André Gide

Si le grain ne meurt

Gallimard

André Gide naît à Paris le 22 novembre 1869, au 19 de la rue de Médicis. Son père, Paul Gide, protestant d'origine cévenole, professeur de droit romain à la faculté, meurt en 1880. Sa mère, Juliette Rondeaux, grande bourgeoise normande, dont la famille s'est convertie au protestantisme au début du XIXe siècle, lui donne une éducation stricte, où prime la morale de l'effort.

Malgré une scolarité en pointillés, il acquiert une solide culture et l'étude du piano le passionne. En 1887, il retourne à l'École alsacienne, où il est en classe de rhétorique avec Pierre Louÿs — qui lui présentera Paul Valéry et Marcel Drouin. Après sa réussite au baccalauréat, en 1889, il se consacre à l'écriture.

Il fait paraître anonymement et à ses frais, *Les Cahiers d'André Walter* (1891) suivi des *Poésies d'André Walter* (1892), mais il signe *Le Traité du Narcisse* (1892). En 1893, il embarque pour l'Afrique du Nord, patrie mythique de sa guérison (il soigne sa tuberculose) et de sa libération (il passe outre les interdits).

Après la mort de sa mère et un mariage blanc avec sa cousine Madeleine Rondeaux — elle figure dans ses livres sous le nom d'Emmanuèle, c'est-à-dire « Dieu est avec nous » —, après *Paludes* (1895), il publie *Les Nourritures terrestres* (1897), qui servira de Bible à plusieurs générations.

En 1899, lors d'une lecture de sa pièce *Saül* — manière d'antidote à son ouvrage précédent, de même que *La Porte étroite* (1909) est une sorte de contrepoids à *L'Immoraliste*

(1902) —, il rencontre Maria Van Rysselberghe, la « Petite Dame », une amie pour la vie, qui deviendra, vingt-quatre ans plus tard, la grand-mère de son unique enfant, Catherine.

En 1909, il fonde avec Jacques Copeau, Jean Schlumberger et André Ruyters, *La Nouvelle Revue française*, dotée l'année suivante d'un comptoir d'éditions ayant pour gérant Gaston Gallimard. Il publie des textes de facture différente comme *Isabelle* (1911), *Nouveaux prétextes* (1911) et *Le Retour de l'enfant prodigue* (1912). *Les Caves du Vatican* (1914) le rapproche de Roger Martin du Gard et occasionne sa rupture avec Paul Claudel.

En 1918, un an avant *La Symphonie pastorale*, son voyage en Angleterre avec Marc Allégret déclenche une crise conjugale, dont il rendra compte dans *Et nunc manet in te*. En 1926, il publie conjointement son autobiographie *Si le grain ne meurt* et *Les Faux-Monnayeurs*, roman qui bouleverse les lois du genre.

Même si « le point de vue esthétique est le seul où il faille se placer » pour parler de son œuvre, celle-ci n'est pas coupée des préoccupations citoyennes de son auteur, dans des domaines aussi variés que la justice (*Souvenirs de la Cour d'assises*, 1914), l'homosexualité (*Corydon*, 1924), le colonialisme (*Voyage au Congo*, 1927 et *Le Retour du Tchad*, 1928) ou l'émancipation féminine (*L'École des femmes*, 1929 ; *Robert*, 1930 et *Geneviève*, 1936). Engagé politiquement à gauche, Gide rompt avec le communisme dans *Retour de l'U.R.S.S.* (1936) et *Retouches à mon Retour de l'U.R.S.S.* (1937).

Il est aussi, par ses commentaires sur Oscar Wilde ou Dostoïevski et ses traductions de Shakespeare, Conrad, Rilke, Whitman, Tagore ou Blake, un passeur éclairé des littératures étrangères.

En 1939, avec son *Journal 1889-1939*, André Gide est le premier contemporain à figurer dans la Bibliothèque de la Pléiade. En 1947, un an après la parution de *Thésée*, il reçoit le prix Nobel. Il meurt le 19 février 1951, à son domicile, 1 *bis* rue Vaneau.

MARTINE SAGAERT

PREMIÈRE PARTIE

I

Je naquis le 22 novembre 1869. Mes parents occupaient alors, rue de Médicis, un appartement au quatrième ou cinquième étage, qu'ils quittèrent quelques années plus tard, et dont je n'ai pas gardé souvenir. Je revois pourtant le balcon; ou plutôt ce qu'on voyait du balcon : la place à vol d'oiseau et le jet d'eau de son bassin — ou, plus précisément encore, je revois les dragons de papier, découpés par mon père, que nous lancions du haut de ce balcon, et qu'emportait le vent, par-dessus le bassin de la place, jusqu'au jardin du Luxembourg où les hautes branches des marronniers les accrochaient.

Je revois aussi une assez grande table, celle de la salle à manger sans doute, recouverte d'un tapis bas tombant; au-dessous de quoi je me glissais avec le fils de la concierge, un bambin de mon âge qui venait parfois me retrouver.

— Qu'est-ce que vous fabriquez là-dessous? criait ma bonne.

— Rien. Nous jouons.

Et l'on agitait bruyamment quelques jouets qu'on avait emportés pour la frime. En vérité nous nous amusions autrement : l'un près de l'autre, mais non l'un avec l'autre pourtant, nous avions ce que j'ai su plus tard qu'on appelait « de mauvaises habitudes ».

Qui de nous deux en avait instruit l'autre ? et de qui le premier les tenait-il ? Je ne sais. Il faut bien admettre qu'un enfant parfois à nouveau les invente. Pour moi je ne puis dire si quelqu'un m'enseigna ou comment je découvris le plaisir ; mais, aussi loin que ma mémoire remonte en arrière, il est là.

Je sais de reste le tort que je me fais en racontant ceci et ce qui va suivre ; je pressens le parti qu'on en pourra tirer contre moi. Mais mon récit n'a raison d'être que véridique. Mettons que c'est par pénitence que je l'écris.

A cet âge innocent où l'on voudrait que toute l'âme ne soit que transparence, tendresse et pureté, je ne revois en moi qu'ombre, laideur, sournoiserie.

On m'emmenait au Luxembourg ; mais je me refusais à jouer avec les autres enfants ; je restais à l'écart, maussadement, près de ma bonne ; je considérais les jeux des autres enfants. Ils faisaient, à l'aide de seaux, des rangées de jolis pâtés de sable... Soudain, à un moment que ma bonne tournait la tête, je m'élançais et piétinais tous les pâtés.

L'autre fait que je veux relater est plus bizarre, et c'est pourquoi sans doute j'en suis moins honteux. Ma mère me l'a souvent raconté par la suite, et son récit aide mon souvenir.

Cela se passait à Uzès où nous allions une fois par an revoir la mère de mon père et quelques autres parents : les cousins de Flaux entre autres, qui possédaient, au cœur de la ville, une vieille maison avec jardin. Cela se passait dans cette maison des de Flaux. Ma cousine était très belle et le savait. Ses cheveux très noirs, qu'elle portait en bandeaux, faisaient valoir un profil de camée (j'ai revu sa photographie) et une peau éblouissante. De l'éclat de cette peau, je me souviens très bien; je m'en souviens d'autant mieux que, ce jour où je lui fus présenté, elle portait une robe largement échancrée.

— Va vite embrasser ta cousine, me dit ma mère lorsque j'entrai dans le salon. (Je ne devais avoir guère plus de quatre ans; cinq peut-être.) Je m'avançai. La cousine de Flaux m'attira contre elle en se baissant, ce qui découvrit son épaule. Devant l'éclat de cette chair, je ne sais quel vertige me prit : au lieu de poser mes lèvres sur la joue qu'elle me tendait, fasciné par l'épaule éblouissante, j'y allai d'un grand coup de dents. La cousine fit un cri de douleur; j'en fis un d'horreur; puis je crachai, plein de dégoût. On m'emmena bien vite, et je crois qu'on était si stupéfait qu'on oublia de me punir.

Une photographie de ce temps, que je retrouve, me représente, blotti dans les jupes de ma mère, affublé d'une ridicule petite robe à carreaux, l'air maladif et méchant, le regard biais.

J'avais six ans quand nous quittâmes la rue de Médicis. Notre nouvel appartement, 2 rue de Tournon, au second étage, formait angle avec la rue Saint-Sulpice, sur quoi donnaient les fenêtres de la bibliothèque de mon père; celle de ma chambre ouvrait sur une grande cour. Je me souviens surtout de l'antichambre parce que je m'y tenais le plus souvent, lorsque je n'étais pas à l'école ou dans ma chambre, et que maman, lasse de me voir tourner auprès d'elle, me conseillait d'aller jouer « avec mon ami Pierre », c'est-à-dire tout seul. Le tapis bariolé de cette antichambre présentait de grands dessins géométriques, parmi lesquels il était on ne peut plus amusant de jouer aux billes avec le fameux « ami Pierre ».

Un petit sac de filet contenait les plus belles billes, qu'une à une l'on m'avait données et que je ne mêlais pas aux vulgaires. Il en était que je ne pouvais manier sans être à neuf ravi par leur beauté : une petite, en particulier, d'agate noire avec un équateur et des tropiques blancs, une autre, translucide, en cornaline, couleur d'écaille claire, dont je me servais pour *caler*. Et puis, dans un gros sac de toile, tout un peuple de billes grises qu'on gagnait, qu'on perdait, et qui servaient d'enjeu lorsque, plus tard, je pus trouver de vrais camarades avec qui jouer.

Un autre jeu dont je raffolais, c'est cet instrument de merveilles qu'on appelle kaléidoscope : une sorte de lorgnette qui, dans l'extrémité opposée à celle de l'œil, propose au regard une toujours changeante rosace, formée de mobiles verres de couleur emprisonnés entre deux vitres translucides. L'intérieur de la lorgnette est tapissé de miroirs où se multiplie symétriquement la fantasmagorie des verres, que déplace entre les deux vitres le moindre mouvement de l'appareil. Le changement d'aspect des rosaces me plongeait dans un ravissement indicible. Je revois encore avec précision la couleur, la forme des verroteries : le morceau le plus gros était un rubis clair, il avait forme triangulaire; son poids l'entraînait d'abord et par-dessus l'ensemble qu'il bousculait. Il y avait un grenat très sombre à peu près rond; une émeraude en lame de faux; une topaze dont je ne revois plus que la couleur; un saphir, et trois petits débris mordorés. Ils n'étaient jamais tous ensemble en scène; certains restaient cachés complètement; d'autres à demi, dans les coulisses, de l'autre côté des miroirs; seul le rubis, trop important, ne disparaissait jamais tout entier. Mes cousines qui partageaient mon goût pour ce jeu, mais s'y montraient moins patientes, secouaient à chaque fois l'appareil afin d'y contempler un changement total. Je ne procédais pas de même : sans quitter la scène des yeux, je tournais le kaléidoscope doucement, doucement, admirant la lente modification de la rosace. Parfois l'insensible déplacement d'un des éléments entraînait des conséquences bouleversantes. J'étais autant intrigué qu'ébloui, et bientôt voulus forcer l'appareil à me livrer son secret. Je débouchai le fond, dénombrai les morceaux de verre, et sortis du fourreau de carton trois miroirs; puis les remis; mais, avec eux, plus que trois ou quatre verroteries. L'accord était pauvret; les changements ne causaient plus de surprise; mais comme on suivait bien les parties! comme on comprenait bien le pourquoi du plaisir!

Puis le désir me vint de remplacer les petits morceaux de verre par les objets les plus bizarres : un bec de plume, une aile de mouche, un bout d'allumette, un brin d'herbe. C'était opaque, plus féerique du tout, mais, à cause des reflets dans les miroirs, d'un certain intérêt géométrique... Bref, je passais des heures et des jours à ce jeu. Je crois que les enfants d'aujourd'hui l'ignorent, et c'est pourquoi j'en ai si longuement parlé.

Les autres jeux de ma première enfance, patiences, décalcomanies, constructions, étaient tous des jeux solitaires. Je n'avais aucun camarade... Si pourtant; j'en revois bien un; mais hélas! ce n'était pas un camarade de jeu. Lorsque Marie me menait au Luxembourg, j'y retrouvais un enfant de mon âge, délicat, doux, tranquille, et dont le blême visage était à demi caché par de grosses lunettes aux verres si sombres que, derrière eux, l'on ne pouvait rien distinguer. Je ne me souviens plus de son nom, et peut-être que je ne l'ai jamais su. Nous l'appelions Mouton, à cause de sa petite pelisse en toison blanche.

— Mouton, pourquoi portez-vous des lunettes? (Je crois me souvenir que je ne le tutoyais pas.)

— J'ai mal aux yeux.

— Montrez-les-moi.

Alors il avait soulevé les affreux verres, et son pauvre regard clignotant, incertain, m'était entré douloureusement dans le cœur.

Ensemble nous ne jouions pas; je ne me souviens pas que nous fissions autre chose que de nous promener, la main dans la main, sans rien dire.

Cette première amitié dura peu. Mouton cessa bientôt de venir. Ah! que le Luxembourg alors me parut vide!... Mais mon vrai désespoir commença lorsque je compris que Mouton devenait aveugle. Marie avait rencontré la bonne du petit dans le quartier et racontait à ma mère sa conversation avec elle; elle parlait à voix basse pour que je n'entendisse pas; mais je surpris ces quelques mots : « Il ne peut déjà plus retrouver sa bouche! » Phrase absurde assurément, car il n'est nul besoin de la vue pour trouver sa bouche sans doute, et je le pensai tout aussitôt — mais qui me consterna néanmoins. Je m'en allai pleurer dans ma chambre, et durant plusieurs jours, m'exerçai à demeurer longtemps les yeux fermés, à circuler sans les ouvrir, à m'efforcer de ressentir ce que Mouton devait éprouver.

Accaparé par la préparation de son cours à la Faculté de Droit, mon père ne s'occupait guère de moi. Il passait la plus grande partie du jour, enfermé dans un vaste cabinet de travail un peu sombre, où je n'avais accès que lorsqu'il m'invitait à y venir. C'est d'après une photographie que je revois mon père, avec une barbe carrée, des cheveux noirs assez longs et bouclés; sans cette image je n'aurais gardé souvenir que de son extrême douceur. Ma mère m'a dit plus tard que ses collègues l'avaient surnommé *Vir probus ;* et j'ai su par l'un d'eux que souvent on recourait à son conseil.

Je ressentais pour mon père une vénération un peu craintive, qu'aggravait la solennité de ce lieu. J'y entrais comme dans un temple; dans la pénombre se dressait le tabernacle de la bibliothèque; un épais tapis aux tons riches et sombres étouffait le bruit de mes pas. Il y avait un lutrin près d'une des deux fenêtres; au milieu de la pièce, une énorme table couverte de livres et de papiers. Mon père allait chercher un gros livre, quelque *Coutume de Bourgogne* ou *de Normandie*, pesant in-folio qu'il ouvrait sur le bras d'un fauteuil pour épier avec moi, de feuille en feuille, jusqu'où persévérait le travail d'un insecte rongeur. Le juriste, en consultant un vieux texte, avait admiré ces petites galeries clandestines et s'était dit : « Tiens! cela amusera mon enfant. » Et cela m'amusait beaucoup, à cause aussi de l'amusement qu'il paraissait lui-même y prendre.

Mais le souvenir du cabinet de travail est resté lié surtout à celui des lectures que mon père m'y faisait. Il avait à ce sujet des idées très particulières, que n'avait pas épousées ma mère; et souvent je les entendais tous deux discuter sur la nourriture qu'il convient de donner au cerveau d'un petit enfant.

De semblables discussions étaient soulevées parfois au sujet de l'obéissance, ma mère restant d'avis que l'enfant doit se soumettre sans chercher à comprendre, mon père gardant toujours une tendance à tout m'expliquer. Je me souviens fort bien qu'alors ma mère comparait l'enfant que j'étais au peuple hébreu et protestait qu'avant de vivre dans la grâce il était bon d'avoir vécu sous la loi. Je pense aujourd'hui que ma mère était dans le vrai; n'empêche qu'en ce temps je restais vis-à-vis d'elle dans un état d'insubordination fréquente et de continuelle discussion, tandis que, sur un mot, mon père eût obtenu de moi tout ce qu'il eût voulu. Je crois qu'il cédait au besoin de son cœur plutôt qu'il ne suivait une méthode lorsqu'il ne proposait à mon amusement ou à mon admiration rien qu'il ne pût aimer ou admirer lui-même. La littérature enfantine française ne présentait alors guère que des inepties, et je pense qu'il eût souffert s'il avait vu entre mes mains tel livre qu'on y mit plus tard, que Mme de Ségur par exemple — où je pris, je l'avoue, et comme à peu près tous les enfants de ma génération, un plaisir assez vif, mais stupide — un plaisir non plus vif heureusement que celui que j'avais pris d'abord à écouter mon père me lire des scènes de Molière, des passages de *L'Odyssée*, *La Farce de Pathelin*, les aventures de Sindbad ou celles d'Ali-Baba et quelques bouffonneries de la Comédie italienne, telles qu'elles sont rapportées dans *Les Masques* de Maurice Sand, livre où j'admirais aussi les figures d'Arlequin, de Colombine, de Polichinelle ou de Pierrot, après que, par la voix de mon père, je les avais entendus dialoguer.

Le succès de ces lectures était tel, et mon père poussait si loin sa confiance, qu'il entreprit un jour le début du livre de Job. C'était une expérience à laquelle ma mère voulut assister; aussi n'eut-elle pas lieu dans la bibliothèque ainsi que les autres, mais dans un petit salon où l'on se sentait chez elle plus spécialement. Je ne jurerais pas, naturellement, que j'aie compris d'abord la pleine beauté du texte sacré! Mais cette lecture, il est certain, fit sur moi l'impression la plus vive, aussi bien par la solennité du récit que par la gravité de la voix de mon père et l'expression du visage de ma mère, qui tour à tour gardait les yeux fermés pour marquer ou protéger son pieux recueillement, et ne les rouvrait que pour porter sur moi un regard chargé d'amour, d'interrogation et d'espoir.

Certains beaux soirs d'été, quand nous n'avions pas soupé trop tard et que mon père n'avait pas trop de travail, il demandait :

— Mon petit ami vient-il se promener avec moi?

Il ne m'appelait jamais autrement que « son petit ami ».

— Vous serez raisonnable, n'est-ce pas? disait ma mère. Ne rentrez pas trop tard.

J'aimais sortir avec mon père; et, comme il s'occupait de moi rarement, le peu que je faisais avec lui gardait un aspect insolite, grave et quelque peu mystérieux qui m'enchantait.

Tout en jouant à quelque jeu de devinette ou d'homonymes, nous remontions la rue de Tournon, puis traversions le Luxembourg, ou suivions cette partie du boulevard Saint-Michel qui le longe, jusqu'au second jardin, près de l'Observatoire. Dans ce temps, les terrains qui font face à l'École de Pharmacie n'étaient pas encore bâtis; l'École même n'existait pas. Au lieu des maisons à six étages, il n'y avait là que baraquements improvisés, échoppes de fripiers, de revendeurs et de loueurs de vélocipèdes. L'espace asphalté, ou macadamisé je ne sais, qui borde ce second Luxembourg, servait de piste aux amateurs; juchés sur ces étranges et paradoxaux instruments qu'ont remplacés les bicyclettes, ils viraient, passaient et disparaissaient dans le soir. Nous admirions leur hardiesse, leur élégance. A peine encore distinguait-on la monture et la roue d'arrière minuscule où reposait l'équilibre de l'aérien appareil. La svelte roue d'avant se balançait; celui qui la montait semblait un être fantastique.

La nuit tombait, exaltant les lumières, un peu plus loin, d'un café-concert, dont les musiques nous attiraient. On ne voyait pas les globes de gaz eux-mêmes, mais, par-dessus la palissade, l'étrange illumination des marronniers. On s'approchait. Les planches n'étaient pas si bien jointes qu'on ne pût, par-ci, par-là, en appliquant l'œil, glisser entre deux le regard : je distinguais, par-dessus la grouillante et sombre masse des spectateurs, l'émerveillement de la scène, sur laquelle une divette venait débiter des fadeurs.

Nous avions parfois encore le temps, pour rentrer, de retraverser le grand Luxembourg. Bientôt un roulement de tambour en annonçait la fermeture. Les derniers promeneurs, à contre-gré, se dirigeaient vers les sorties, talonnés par les gardes, et les grandes allées qu'ils désertaient s'emplissaient derrière eux de mystère. Ces soirs-là je m'endormais ivre d'ombre, de sommeil et d'étrangeté.

Depuis ma cinquième année, mes parents me faisaient suivre des cours enfantins chez Mlle Fleur et chez Mme Lackerbauer.

Mlle Fleur habitait rue de Seine [1]. Tandis que les petits, dont j'étais, pâlissaient sur les alphabets ou sur des pages d'écriture, les grands — ou plus exactement : les grandes (car au cours de Mlle Fleur fréquentaient bien de grandes filles mais seulement de petits garçons) — s'agitaient beaucoup autour des répétitions d'une représentation à laquelle devaient assister les familles. On préparait un acte des *Plaideurs :* les grandes essayaient des fausses barbes; et je les enviais d'avoir à se costumer; rien ne devait être plus plaisant.

De chez Mme Lackerbauer, je ne me rappelle qu'une « machine de Ramsden », une vieille machine électrique, qui m'intriguait furieusement avec son disque de verre où de petites plaques de métal étaient collées, et une manivelle pour faire tourner le disque; à quoi il était défendu de toucher « expressément sous peine de mort », comme disent certaines pancartes sur des poteaux de transmission. Un jour, la maîtresse avait voulu faire fonctionner la machine; tout autour, les enfants formaient un grand cercle, très écarté parce qu'on avait grand-peur; on s'attendait à voir foudroyer la maîtresse; et certainement elle tremblait un peu en approchant d'une boule de cuivre, à l'extrémité de l'appareil, son index replié. Mais pas la moindre étincelle n'avait jailli... Ah! l'on était bien soulagé.

J'avais sept ans quand ma mère crut devoir ajouter au cours de Mlle Fleur et de Mme Lackerbauer les leçons de piano de Mlle de Gœcklin. On sentait chez cette innocente personne peut-être moins de goût

1. Voir appendice.

pour les arts qu'un grand besoin de gagner sa vie. Elle était toute fluette, pâle et comme sur le point de se trouver mal. Je crois qu'elle ne devait pas manger à sa faim.

Quand j'avais été docile, Mlle de Gœcklin me faisait cadeau d'une image qu'elle sortait d'un petit manchon. L'image, en elle-même, eût pu me paraître ordinaire, et j'en aurais presque fait fi; mais elle était parfumée, extraordinairement parfumée — sans doute en souvenir du manchon. Je la regardais à peine; je la humais; puis la collais dans un album, à côté d'autres images que les grands magasins donnaient aux enfants de leur clientèle, mais qui, elles, ne sentaient rien. J'ai rouvert l'album dernièrement pour amuser un petit neveu : les images de Mlle de Gœcklin embaument encore; elles ont embaumé tout l'album.

Après que j'avais fait mes gammes, mes arpèges, un peu de solfège et ressassé quelque morceau des *Bonnes Traditions du Pianiste*, je cédais la place à ma mère qui s'installait à côté de Mlle de Gœcklin. Je crois que c'est par modestie que maman ne jouait jamais seule; mais, à quatre mains, comme elle y allait! C'était d'ordinaire quelque partie d'une symphonie de Haydn, et de préférence le finale qui, pensait-elle, comportait moins d'expression à cause du mouvement rapide — qu'elle précipitait encore en approchant de la fin. Elle comptait à haute voix d'un bout à l'autre du morceau.

Quand je fus un peu plus grand, Mlle de Gœcklin ne vint plus; j'allai prendre les leçons chez elle. C'était un tout petit appartement où elle vivait avec une sœur plus âgée, infirme ou un peu simple d'esprit, dont elle avait la charge. Dans la première pièce, qui devait servir de salle à manger, se trouvait une volière pleine de bengalis; dans la seconde pièce, le piano; il avait des notes étonnamment fausses dans le registre supérieur, ce qui modérait mon désir de prendre la haute de préférence, lorsque nous jouions à quatre mains. Mlle de Gœcklin, qui comprenait sans peine ma répugnance, disait alors d'une voix plaintive, abstraitement, comme un ordre discret qu'elle eût donné à un esprit : « Il faudra faire venir l'accordeur. » Mais l'esprit ne faisait pas la commission.

Mes parents avaient pris coutume de passer les vacances d'été dans le Calvados, à La Roque Baignard, cette propriété qui revint à ma mère au décès de ma grand-mère Rondeaux. Les vacances de nouvel an, nous les passions à Rouen dans la famille de ma mère; celles de Pâques à Uzès, auprès de ma grand-mère paternelle.

Rien de plus différent que ces deux familles; rien de plus différent que ces deux provinces de France, qui conjuguent en moi leurs contradictoires influences. Souvent, je me suis persuadé que j'avais été contraint à l'œuvre d'art, parce que je ne pouvais réaliser que par elle l'accord de ces éléments trop divers, qui sinon fussent restés à se combattre, ou tout au moins à dialoguer en moi. Sans doute ceux-là seuls sont-ils capables d'affirmations puissantes, que pousse en un seul sens l'élan de leur hérédité. Au contraire, les produits de croisement en qui coexistent et grandissent, en se neutralisant, des exigences opposées, c'est parmi eux, je crois, que se recrutent les arbitres et les artistes. Je me trompe fort si les exemples ne me donnent raison.

Mais cette loi, que j'entrevois et indique, a jusqu'à

présent si peu intrigué les historiens, semble-t-il, que, dans aucune des biographies que j'ai sous la main à Cuverville où j'écris ceci, non plus que dans aucun dictionnaire, ni même dans l'énorme *Biographie universelle* en cinquante-deux volumes, à quelque nom que je regarde, je ne parviens à trouver la moindre indication sur l'origine maternelle d'aucun grand homme, d'aucun héros. J'y reviendrai.

Mon arrière-grand-père, Rondeaux de Montbray, conseiller, comme son père, à la Cour des Comptes, dont le bel hôtel existait encore sur la place Notre-Dame, en face de la Cathédrale, était maire de Rouen en 1789. En 93, il fut incarcéré à Saint-Yon avec M. d'Herbouville, et M. de Fontenay, qu'on tenait pour plus *avancé*, le remplaça. Sorti de prison, il se retira à Louviers. C'est là, je crois, qu'il se remaria[1]. Il avait eu deux enfants d'un premier lit; et jusqu'alors la famille Rondeaux avait toute été catholique; mais, en secondes noces, Rondeaux de Montbray épousa une protestante, Mlle Dufour, qui lui donna encore trois enfants, dont Édouard, mon grand-père. Ces enfants furent baptisés et élevés dans la religion catholique. Mais mon grand-père épousa lui aussi une protestante, Julie Pouchet; et cette fois les cinq enfants, dont le plus jeune était ma mère, furent élevés protestants.

Néanmoins, à l'époque de mon récit, c'est-à-dire au sommet de mes souvenirs, la maison de mes parents était redevenue catholique, plus catholique et bien

1. Je tiens ces renseignements et ceux qui suivent de ma tante Henri Rondeaux, et les écrivis sous sa dictée, à Cuverville, lors du dernier séjour qu'elle y fit. Je donne, en appendice à ce volume, une lettre de mon cousin Maurice Démarest qui relève dans mon récit quelques erreurs.

pensante qu'elle n'avait jamais été. Mon oncle Henri Rondeaux, qui l'habitait depuis la mort de ma grand-mère, avec ma tante et leurs deux enfants, s'était converti tout jeune encore, longtemps même avant d'avoir songé à épouser la très catholique Mlle Lucile K...

La maison faisait angle entre la rue de Crosne et la rue Fontenelle. Elle ouvrait sa porte cochère sur celle-là; sur celle-ci le plus grand nombre de ses fenêtres. Elle me paraissait énorme; elle l'était, il y avait en bas, en plus du logement des concierges, de la cuisine, de l'écurie, de la remise, un magasin pour les « rouenneries » que fabriquait mon oncle à son usine du Houlme, à quelques kilomètres de Rouen. Et à côté du magasin, ou plus proprement de la salle de dépôt, il y avait un petit bureau, dont l'accès était également défendu aux enfants, et qui du reste se défendait bien tout seul par son odeur de vieux cigare, son aspect sombre et rébarbatif. Mais combien la maison, par contre, était aimable!

Dès l'entrée, la clochette au son doux et grave semblait vous souhaiter bon accueil. Sous la voûte, à gauche, la concierge, de la porte vitrée de sa loge exhaussée de trois marches, vous souriait. En face s'ouvrait la cour, où de décoratives plantes vertes, dans des pots alignés contre le mur du fond, prenaient l'air et, avant d'être ramenées dans la serre du Houlme, d'où elles venaient et où elles allaient refaire leur santé, se reposaient à tour de rôle de leur service d'intérieur. Ah! que cet intérieur était tiède, moite, discret et quelque peu sévère, mais confortable, honnête et plaisant. La cage d'escalier prenait jour par en bas sous la voûte, et tout en haut par un toit vitré. A chaque palier, de longues banquettes de velours vert, sur lesquelles il faisait bon s'étendre à plat ventre pour lire. Mais combien on était mieux encore, entre le deuxième étage et le dernier, sur les marches mêmes, que couvrait un tapis chiné noir et blanc bordé de larges bandes rouges. Du toit vitré tombait une lumière tamisée, tranquille; la marche au-dessus de celle sur laquelle j'étais assis me servait d'appuie-coude, de pupitre et lentement me pénétrait le côté...

J'écrirai mes souvenirs comme ils viennent, sans chercher à les ordonner. Tout au plus les puis-je grouper autour des lieux et des êtres; ma mémoire ne se trompe pas souvent de place; mais elle brouille les dates; je suis perdu si je m'astreins à de la chronologie. A reparcourir le passé, je suis comme quelqu'un dont le regard n'apprécierait pas bien les distances et parfois reculerait extrêmement ce que l'examen reconnaîtra beaucoup plus proche. C'est ainsi que je suis resté longtemps convaincu d'avoir gardé le souvenir de l'entrée des Prussiens à Rouen :

C'est la nuit. On entend la fanfare militaire, et du balcon de la rue de Crosne où elle passe, on voit les torches résineuses fouetter d'inégales lueurs les murs étonnés des maisons...

Ma mère à qui, plus tard, j'en reparlai, me persuada que d'abord, en ce temps, j'étais beaucoup trop jeune pour en avoir gardé quelque souvenir que ce soit; qu'au surplus jamais un Rouennais, ou en tout cas aucun de ma famille, ne se serait mis au balcon pour voir passer fût-ce Bismarck ou le roi de Prusse lui-même, et que si les Allemands avaient organisé des cortèges, ceux-ci eussent défilé devant des volets clos. Certainement mon souvenir devait être des « retraites aux flambeaux » qui, tous les samedis soir, remontaient ou descendaient la rue de Crosne après que les

Allemands avaient depuis longtemps déjà vidé la ville.

— C'était là ce que nous te faisions admirer du balcon, en te chantant, te souviens-tu :

Zim laï la! laï la
Les beaux militaires!

Et soudain je reconnaissais aussi la chanson. Tout se remettait à sa place et reprenait sa proportion. Mais je me sentais un peu volé; il me semblait que j'étais plus près de la vérité d'abord, et que méritait bien d'être un événement historique ce qui, devant mes sens tout neufs, se douait d'une telle importance. De là ce besoin inconscient de le reculer à l'excès afin que le magnifiât la distance.

Il en est de même de ce bal, rue de Crosne, que ma mémoire s'est longtemps obstinée à placer du temps de ma grand-mère — qui mourut en 73, alors que je n'avais pas quatre ans. Il s'agit évidemment d'une soirée que mon oncle et ma tante Henri donnèrent trois ans plus tard, à la majorité de leur fille :

Je suis déjà couché, mais une singulière rumeur, un frémissement du haut en bas de la maison, joints à des vagues harmonieuses, écartent de moi le sommeil. Sans doute ai-je remarqué, dans la journée, des préparatifs. Sans doute l'on m'a dit qu'il y aurait un bal ce soir-là. Mais un bal, sais-je ce que c'est? Je n'y avais pas attaché d'importance et m'étais couché comme les autres soirs. Mais cette rumeur à présent... J'écoute; je tâche de surprendre quelque bruit plus distinct, de comprendre ce qui se passe. Je tends l'oreille. A la fin, n'y tenant plus, je me lève, je sors de la chambre à tâtons dans le couloir sombre et, pieds nus, gagne l'escalier plein de lumière. Ma chambre est au troisième étage. Les vagues de sons montent du premier; il faut aller voir; et, à mesure que de marche en marche je me rapproche, je distingue des bruits de voix, des frémissements d'étoffes, des chuchotements et des rires. Rien n'a l'air coutumier; il me semble que je vais être initié tout à coup à une autre vie, mystérieuse, différemment réelle, plus brillante et plus pathétique, et qui commence seulement lorsque les petits enfants sont couchés. Les couloirs du second tout emplis de nuit sont déserts; la fête est au-dessous. Avancerai-je encore? On va me voir. On va me punir de ne pas dormir, d'avoir vu. Je passe ma tête à travers les fers de la rampe. Précisément les invités arrivent, un militaire en uniforme, une dame toute en rubans, toute en soie; elle tient un éventail à la main; le domestique, mon ami Victor, que je ne reconnais pas d'abord à cause de ses culottes et de ses bas blancs, se tient devant la porte ouverte du premier salon et introduit. Tout à coup quelqu'un bondit vers moi; c'est Marie, ma bonne, qui comme moi tâchait de voir, dissimulée un peu plus bas au premier angle de l'escalier. Elle me saisit dans ses bras; je crois d'abord qu'elle va me reconduire dans ma chambre, m'y enfermer; mais non, elle veut bien me descendre, au contraire, jusqu'à l'endroit où elle était, d'où le regard cueille un petit brin de la fête. A présent j'entends parfaitement bien la musique. Au son des instruments que je ne puis voir, des messieurs tourbillonnent avec des dames parées qui toutes sont beaucoup plus belles que celles du milieu du jour. La musique cesse; les danseurs s'arrêtent; et le bruit des voix remplace celui des instruments. Ma bonne va me remmener; mais à ce moment une des belles dames qui se tenait debout, appuyée près de la porte et s'éventait, m'aperçoit; elle court à moi, m'embrasse et rit parce que je ne la reconnais pas. C'est évidemment cette amie de ma mère que j'ai vue précisément ce matin; mais tout de même je ne suis pas bien sûr que ce soit tout à fait elle, elle réellement. Et quand je me retrouve dans mon lit, j'ai les idées toutes brouillées et je pense, avant de sombrer dans le sommeil, confusément : il y a la réalité et il y a les rêves; et puis il y a *une seconde réalité.*

La croyance indistincte, indéfinissable, à je ne sais quoi d'autre, à côté du réel, du quotidien, de l'avoué, m'habita durant nombre d'années; et je ne suis pas sûr de n'en pas retrouver en moi, encore aujourd'hui, quelques restes. Rien de commun avec les contes de fées, de goules ou de sorcières; ni même avec ceux d'Hoffmann ou d'Andersen que, du reste, je ne connaissais pas encore. Non, je crois bien qu'il y avait plutôt là un maladroit besoin d'épaissir la vie — besoin que la religion, plus tard, serait habile à contenter; et une certaine propension, aussi, à supposer le clandestin. C'est ainsi qu'après la mort de mon père, si grand garçon que je fusse déjà, n'allais-je pas m'imaginer qu'il n'était pas mort pour de vrai! ou du moins — comment exprimer cette sorte d'appréhension ? — qu'il n'était mort qu'à notre vie ouverte et diurne, mais que, de nuit, secrètement, alors que je dormais, il venait retrouver ma mère. Durant le jour mes soupçons se maintenaient incertains, mais je les sentais se préciser et s'affirmer, le soir, immédiatement avant de m'endormir. Je ne cherchais pas à percer le mystère; je sentais que j'eusse empêché tout net ce que j'eusse essayé de surprendre; assurément j'étais trop jeune encore, et ma mère me répétait trop souvent, et à propos de trop de choses : « Tu comprendras plus tard » — mais certains soirs, en m'abandonnant au sommeil, il me semblait vraiment que je cédais la place...

Je reviens à la rue de Crosne.

Au deuxième étage, à l'extrémité d'un couloir sur lequel ouvrent les chambres, se trouve la salle d'étude, plus confortable, plus intime que les grands salons du premier, de sorte que ma mère s'y tient et m'y retient de préférence. Une grande armoire formant bibliothèque en occupe le fond. Les deux fenêtres ouvrent sur la cour; l'une d'elles est double et, entre les deux châssis, fleurissent dans des pots, sur des soucoupes, des crocus, des hyacinthes et des tulipes « du duc de Tholl ». Des deux côtés de la cheminée, deux grands fauteuils de tapisserie, ouvrage de ma mère et de mes tantes; dans l'un d'eux ma mère est assise. Mlle Shackleton, sur une chaise de reps grenat et d'acajou, près de la table, s'occupe à un ouvrage de broderie sur filet. Le petit carré de filet que se propose d'agrémenter son travail est tendu sur un cadre de métal; c'est un arachnéen réseau à travers lequel court l'aiguille. Mlle Schackleton consulte parfois un modèle où les dessins du fil sont marqués en blanc sur fond bleu. Ma mère regarde à la fenêtre et dit :

— Les crocus sont ouverts : il va faire beau.

Mlle Shackleton la reprend doucement :

— Juliette, vous serez toujours la même : c'est parce qu'il fait déjà beau que les crocus se sont ouverts; vous savez bien qu'ils ne prennent pas les devants.

Anna Shackleton ! Je revois votre calme visage, votre front pur, votre bouche un peu sévère, vos souriants regards qui versèrent tant de bonté sur mon enfance. Je voudrais, pour parler de vous, inventer des mots plus vibrants, plus respectueux et plus tendres. Raconterai-je un jour votre modeste vie? Je voudrais que, dans mon récit, cette humilité resplendisse, comme elle resplendira devant Dieu le jour où seront abaissés les puissants, où seront magnifiés les humbles. Je ne me suis jamais senti grand goût pour portraire les triomphants et les glorieux de ce monde, mais bien ceux dont la plus vraie gloire est cachée.

Je ne sais quels revers précipitèrent du fond de l'Écosse sur le continent les enfants Shackleton. Le pasteur Roberty, qui lui-même avait épousé une Écossaise, connaissait, je crois, cette famille et c'est lui, sans doute, qui recommanda l'aînée des filles à ma grand-mère. Tout ce que je vais redire ici, je ne l'appris, il va sans dire, que longtemps ensuite, par ma mère elle-même, ou par des cousins plus âgés [1].

C'est proprement comme gouvernante de ma mère que Mlle Shackleton entra dans notre famille. Ma mère allait bientôt atteindre l'âge d'être mariée; il parut à plus d'un qu'Anna Shackleton, encore jeune elle-même et, de plus, extrêmement jolie, pourrait faire tort à son élève. La jeune Juliette Rondeaux était du reste, il faut le reconnaître, un sujet quelque peu décourageant. Non seulement elle se retirait sans cesse et s'effaçait chaque fois qu'il aurait fallu briller; mais encore ne perdait-elle pas une occasion de pousser en avant Mlle Anna, pour qui, presque aussitôt, elle s'était prise d'une amitié très vive. Juliette ne supportait pas d'être la mieux mise; tout la choquait, de ce qui marquait sa situation, sa fortune, et les questions de préséance entretenaient une lutte continuelle avec sa mère et avec Claire, sa sœur aînée.

1. Voir appendice.

Ma grand-mère n'était point dure, assurément; mais, sans être précisément entichée, elle gardait un vif sentiment des hiérarchies. On retrouvait ce sentiment chez sa fille Claire, mais qui n'avait pas sa bonté; qui même n'avait pas beaucoup d'autres sentiments que celui-là, et s'irritait à ne le retrouver point chez sa sœur; elle rencontrait, à la place, un instinct, sinon précisément de révolte, du moins d'insoumission, qui sans doute n'avait pas existé de tout temps chez Juliette, mais qui s'éveillait, semblait-il, à la faveur de son amitié pour Anna. Claire pardonnait mal à Anna cette amitié que lui avait vouée sa sœur; elle estimait que l'amitié comporte des degrés, des nuances, et qu'il ne convenait pas que Mlle Shackleton cessât de se sentir institutrice.

« Eh quoi! pensait ma mère, suis-je plus belle? ou plus intelligente? ou meilleure? Est-ce ma fortune ou mon nom pour quoi je serais préférée? »

— Juliette, disait Anna, vous me donnerez pour le jour de vos noces une robe de soie couleur thé, et je serai tout à fait heureuse.

Longtemps Juliette Rondeaux avait dédaigné les plus brillants partis de la société rouennaise, lorsque enfin on fut tout surpris de la voir accepter un jeune professeur de droit sans fortune, venu du fond du Midi, et qui n'eût jamais osé demander sa main si ne l'y eût poussé l'excellent pasteur Roberty qui le présentait, connaissant les idées de ma mère. Quand, six ans plus tard, je vins au monde, Anna Shackleton m'adopta, comme elle avait adopté tour à tour mes grands cousins. Ni la beauté, ni la grâce, ni la bonté, ni l'esprit, ni la vertu ne faisant oublier qu'on est pauvre, Anna ne devait connaître qu'un reflet lointain de l'amour, ne devait avoir d'autre famille que celle que lui prêtaient mes parents.

Le souvenir que j'ai gardé d'elle me la représente les traits un peu durcis déjà par l'âge, la bouche un peu sévère, le regard seul encore plein de sourire, un sourire qui pour un rien devenait du rire vraiment, si frais, si pur qu'il semblait que ni les chagrins ni les déboires n'eussent pu diminuer en elle l'amusement extrême que l'âme prend naturellement à la vie. Mon père avait, lui aussi, ce même rire, et parfois Mlle Shackleton et lui entraient dans des accès d'enfantine gaieté, auxquels je ne me souviens pas que s'associât jamais ma mère.

Anna (à l'exception de mon père qui l'appelait toujours : Mademoiselle Anna, nous l'appelions tous par son prénom, et même je disais : « Nana », par une puérile habitude que je conservai jusqu'à l'annonce du livre de Zola auquel ce nom servait de titre) — Anna Shackleton portait une sorte de coiffe d'intérieur en dentelle noire, dont deux bandeaux tombaient de chaque côté de son visage et l'encadraient assez bizarrement. Je ne sais quand elle commença de se coiffer ainsi, mais c'est avec cette coiffure que je la revois, du plus loin qu'il me souvienne, et que la représentent les quelques photographies que j'ai d'elle. Si harmonieusement tranquilles que fussent l'expression de son visage, son allure et toute sa vie, Anna n'était jamais oisive; réservant les interminables travaux de broderie pour le temps qu'elle passait en société, elle occupait à quelque traduction les longues heures de sa solitude; car elle lisait l'anglais et l'allemand aussi bien que le français, et fort passablement l'italien.

J'ai conservé quelques-unes de ces traductions qui toutes sont demeurées manuscrites; ce sont de gros cahiers d'écolier emplis jusqu'à la dernière ligne d'une sage et fine écriture. Tous les ouvrages qu'Anna Shackleton avait ainsi traduits ont paru depuis dans d'autres traductions, peut-être meilleures; pourtant je ne puis me résoudre à jeter ces cahiers où respire tant de patience, d'amour et de probité. L'un entre tous m'est cher : c'est le *Reineke Fuchs* de Gœthe, dont Anna me lisait des passages. Après qu'elle eut achevé ce travail, mon cousin Maurice Démarest lui fit cadeau de petites têtes en plâtre de tous les animaux qui figurent dans le vieux fabliau; Anna les avait accrochées tout autour du cadre de la glace, au-dessus de la cheminée de sa chambre, où ils faisaient ma joie.

Anna dessinait aussi et peignait à l'aquarelle. Des vues qu'elle prit de La Roque, consciencieuses, harmonieuses et discrètes ornent encore la chambre de ma femme à Cuverville; et de la Mivoie, cette propriété de ma grand-mère sur la rive droite de la Seine, en amont de Rouen, — qu'on vendit quelque temps après sa mort, et dont je ne me souviendrais guère si je ne pouvais la revoir du train à chaque voyage en Normandie — près de la colline de Saint-Adrien, au-dessous de l'église de Bon-Secours, peu d'instants avant de passer sur le pont. L'aquarelle la représente encore avec la gracieuse balustrade de sa façade Louis XVI, que ses nouveaux propriétaires se hâtèrent d'écraser sous un massif fronton.

Mais la principale occupation d'Anna, sa plus chère étude, était la botanique. A Paris elle suivait assidûment les cours de M. Bureau au Muséum, et elle accompagnait au printemps les herborisations organisées par M. Poisson, son assistant. Je n'ai garde d'oublier ces noms qu'Anna citait avec vénération et qui s'auréolaient dans mon esprit d'un grand prestige. Ma mère, qui voyait là une occasion de me faire prendre de l'exercice, me permettait de me joindre à ces excursions dominicales qui prenaient pour moi tout l'attrait d'une exploration scientifique. La bande des botanistes était composée presque uniquement de vieilles demoiselles et d'aimables maniaques; on se rassemblait au départ d'un train; chacun portait en bandoulière une boîte verte de métal peint où l'on couchait les plantes que l'on se proposait d'étudier ou de faire sécher. Quelques-uns avaient en plus un sécateur, d'autres un filet à papillons. J'étais de ces derniers, car je ne m'intéressais point tant alors aux plantes qu'aux insectes, et plus spécialement aux coléoptères, dont j'avais commencé de faire collection; et mes poches étaient gonflées de boîtes et de tubes de verre où j'asphyxiais mes victimes dans les vapeurs de benzine ou le cyanure de potassium. Cependant je chassais la plante également; plus agile que les vieux amateurs, je courais de l'avant, et, quittant les sentiers, fouillais, de-ci, de-là, le taillis, la campagne, claironnant mes découvertes, tout glorieux d'avoir aperçu le premier l'espèce rare que venaient admirer ensuite tous les membres de notre petite troupe, certains un peu dépités lorsque le spécimen était unique, que triomphalement j'apportais à Anna.

A l'instar d'Anna et avec son aide, je faisais un herbier; mais surtout l'aidais à compléter le sien qui était considérable et remarquablement bien arrangé. Non seulement elle avait fini par se procurer, patiemment, pour chaque variété les plus beaux exemplaires, mais la présentation de chacun de ceux-ci était merveilleuse : de minces bandelettes gommées fixaient les plus délicates tigelles; le port de la plante était soigneusement respecté; on admirait, auprès du bouton, la fleur épanouie puis la graine. L'étiquette était calligraphiée. Parfois, la désignation d'une variété douteuse nécessitait des recherches, un examen minutieux; Anna se penchait sur sa « loupe montée », s'armait de pinces, de minuscules scalpels, ouvrait délicatement, la fleur, en étalait sous l'objectif tous les organes et m'appelait pour me faire remarquer telle particularité des étamines ou je ne sais quoi dont ne parlait pas sa « flore » et qu'avait signalé M. Bureau.

C'est à La Roque surtout, où Anna nous accompagnait tous les étés, que se manifestait dans son plein son activité botanique et que s'alimentait l'herbier. Nous ne sortions jamais, elle ni moi, sans notre boîte verte (car moi aussi j'avais la mienne) et une sorte de truelle cintrée, un déplantoir, qui permettait de s'emparer de la plante avec sa racine. Parfois on en surveillait une de jour en jour; on attendait sa floraison parfaite, et c'était un vrai désespoir quand, le dernier jour, parfois on la trouvait à demi broutée par des chenilles, ou qu'un orage tout à coup nous retenait à la maison.

A La Roque l'herbier régnait en seigneur; tout ce qui se rapportait à lui, on l'accomplissait avec zèle, avec gravité, comme un rite. Par les beaux jours, on étalait aux rebords des fenêtres, sur les tables et les planchers ensoleillés, les feuilles de papier gris entre lesquelles iraient sécher les plantes; pour certaines, grêles ou fibreuses, quelques feuilles suffisaient; mais il en était d'autres, charnues, gonflées de sève, qu'il fallait presser entre d'épais matelas de papier spongieux, bien secs et renouvelés chaque jour. Tout cela prenait un temps considérable, et nécessitait beaucoup plus de place qu'Anna n'en pouvait trouver à Paris.

Elle habitait, rue de Vaugirard, entre la rue Madame et la rue d'Assas, un petit appartement de quatre pièces exiguës et si basses que presque on en pouvait toucher de la main le plafond. Au demeurant l'appartement n'était pas mal situé, en face du jardin ou de la cour de je ne sais quel établissement scientifique, où nous pûmes contempler les essais des premières chaudières solaires. Ces étranges appareils ressemblaient à d'énormes fleurs, dont la corolle eût été formée de miroirs; le pistil, au point de convergence des rayons, présentait l'eau qu'il s'agissait d'amener à ébullition. Et sans doute y parvenait-on, car un beau jour un de ces appareils éclata, terrifiant tout le voisinage et brisant les carreaux du salon d'Anna et ceux de sa chambre, qui donnaient tous deux sur la rue. Sur une cour donnaient la salle à manger et une salle de travail où Anna se tenait le plus souvent; même elle y recevait plus volontiers que dans son salon les quelques intimes qui venaient la voir; aussi ne me souviendrais-je sans doute pas du salon si ce n'eût été là qu'on avait dressé pour moi un petit lit pliant, lorsque, à ma grande joie, ma mère me confia pour quelques jours à son amie, je ne sais plus à quelle occasion.

L'année que j'entrai à l'École Alsacienne, mes parents ayant jugé sans doute que l'instruction que je recevais chez Mlle Fleur et Mme Lackerbauer ne me suffisait plus, il fut convenu que je déjeunerais chez Anna une fois par semaine. C'était, il m'en souvient, le jeudi, après la gymnastique. L'École Alsacienne, qui n'avait pas encore, en ce temps-là, l'importance qu'elle a prise par la suite et ne disposait pas d'une salle spéciale pour les exercices physiques, menait ses élèves au « gymnase Pascaud », rue de Vaugirard, à quelques pas de chez Anna. J'arrivais chez elle encore en nage et en désordre, les vêtements pleins de sciure de bois et les mains gluantes de colophane. Qu'avaient ces déjeuners de si charmant ? Je crois surtout l'attention inlassable d'Anna pour mes plus niais bavardages, mon importance auprès d'elle, et de me sentir attendu, considéré, choyé. L'appartement s'emplissait pour moi de prévenances et de sourires; le déjeuner se faisait meilleur. En retour, ah! je voudrais avoir gardé souvenir de quelque gentillesse enfantine, de quelque geste ou mot d'amour... Mais non; et le seul dont il me souvienne, c'est une phrase absurde, bien digne de l'enfant obtus que j'étais; je rougis à vous la redire — mais ce n'est pas un roman que j'écris et j'ai résolu de ne me flatter dans ces mémoires, non plus en surajoutant du plaisant qu'en dissimulant le pénible.

Comme je mangeais ce matin-là de fort bon appétit et qu'Anna, avec ses modiques ressources, avait visiblement fait de son mieux :

— Mais Nana, je vais te ruiner! m'écriai-je (la phrase sonne encore à mon oreille)... Du moins sentis-je, aussitôt ces mots prononcés, qu'ils n'étaient pas de ceux qu'un cœur un peu délicat pouvait inventer, qu'Anna s'en affectait, que je l'avais un peu blessée. Ce fut, je le crois bien, un des premiers éclairs de ma conscience; lueur fugitive, encore bien incertaine, bien insuffisante à percer l'épaisse nuit où ma puérilité s'attardait.

II

J'imagine le dépaysement de ma mère, lorsque sortant pour la première fois du confortable milieu de la rue de Crosne, elle accompagna mon père à Uzès. Il semblait que le progrès du siècle eût oublié la petite ville ; elle était sise à l'écart et ne s'en apercevait pas. Le chemin de fer ne menait que jusqu'à Nîmes, ou tout au plus à Remoulins, d'où quelque guimbarde achevait le trimbalement. Par Nîmes, le trajet était sensiblement plus long, mais la route était beaucoup plus belle. Au point Saint-Nicolas elle traversait le Gardon ; c'était la Palestine, la Judée. Les bouquets des cistes pourpres ou blancs chamarraient la rauque garrigue, que les lavandes embaumaient. Il soufflait par là-dessus un air sec, hilarant, qui nettoyait la route en empoussiérant l'alentour. Notre voiture faisait lever d'énormes sauterelles qui tout à coup déployaient leurs membranes bleues, rouges ou grises, un instant papillons légers, puis retombaient un peu plus loin, ternes et confondues, parmi la broussaille et la pierre.

Aux abords du Gardon croissaient des asphodèles, et, dans le lit même du fleuve, presque partout à sec, une flore quasi tropicale... Ici je quitte un instant la guimbarde ; il est des souvenirs qu'il faut que j'accroche au passage, que je ne saurais sinon où placer. Comme je le disais déjà, je les situe moins aisément dans le temps que dans l'espace, et par exemple ne saurais dire en quelle année Anna vint nous rejoindre à Uzès, que sans doute ma mère était heureuse de lui montrer ; mais ce dont je me souviens avec précision c'est de l'excursion que nous fîmes du pont Saint-Nicolas à tel village non loin du Gardon, où nous devions retrouver la voiture.

Aux endroits encaissés, au pied des falaises ardentes qui réverbéraient le soleil, la végétation était si luxuriante que l'on avait peine à passer. Anna s'émerveillait aux plantes nouvelles, en reconnaissait qu'elle n'avait encore jamais vues à l'état sauvage, — et j'allais dire : en liberté — comme ces triomphants daturas qu'on nomme des « trompettes de Jéricho », dont sont restées si fort gravées dans ma mémoire, auprès des lauriers-roses, la splendeur et l'étrangeté. On avançait prudemment à cause des serpents, inoffensifs du reste pour la plupart, dont nous vîmes plusieurs s'esquiver. Mon père musait et s'amusait de tout. Ma mère, consciente de l'heure, nous talonnait en vain. Le soir tombait déjà quand enfin nous sortîmes d'entre les berges du fleuve. Le village était encore loin, dont faiblement parvenait jusqu'à nous le son angélique des cloches ; pour s'y rendre, un indistinct sentier hésitait à travers la brousse... Qui me lit va douter si je n'ajoute pas aujourd'hui tout ceci ; mais non : cet angélus, je l'entends encore ; je revois ce sentier charmant, les roseurs du couchant et, montant du lit du Gardon, derrière nous, l'obscurité envahissante. Je m'amusais d'abord des grandes ombres que nous faisions ; puis tout se fondit dans le gris crépusculaire, et je me laissai gagner par l'inquiétude de ma mère. Mon père et Anna, tout à la beauté de l'heure, flânaient, peu soucieux du retard. Je me souviens qu'ils récitaient des vers ; ma mère trouvait que « ce n'était pas le moment » et s'écriait :

— Paul, vous réciterez cela quand nous serons rentrés.

Dans l'appartement de ma grand-mère, toutes les pièces se commandaient ; de sorte que, pour gagner leur chambre, les parents devaient traverser la salle à manger, le salon et un autre salon plus petit où l'on avait dressé mon lit. Achevait-on le tour, on trouvait un petit cabinet de toilette, puis la chambre de grand-mère, qu'on gagnait également de l'autre côté, en passant par la chambre de mon oncle. Celle-ci rejoignait le palier, sur lequel ouvraient également la cuisine et la salle à manger. Les fenêtres des deux salons et de la chambre de mes parents regardaient l'esplanade ; les autres ouvraient sur une étroite cour que l'appartement ceinturait ; seule la chambre de mon oncle donnait, de l'autre côté de la maison, sur une obscure ruelle, tout au bout de laquelle on voyait un coin de la place du marché. Sur le rebord de sa fenêtre, mon oncle s'occupait à d'étranges cultures : dans de mystérieux bocaux cristallisaient, autour de tiges rigides, ce qu'il m'expliquait être des sels de zinc, de cuivre ou d'autres métaux ; il m'enseignait que, d'après le nom du métal, ces implacables végétations étaient dénommées arbres de Saturne, de Jupiter, etc. Mon oncle, en ce temps-là, ne s'occupait pas encore d'économie politique ; j'ai su depuis que l'astronomie surtout l'attirait alors, vers quoi le poussaient également son goût pour les chiffres, sa taciturnité contemplative et ce déni de l'individuel et de toute psychologie qui fit bientôt de lui l'être le plus ignorant de soi-même et d'autrui que je connaisse. C'était alors (je veux dire : au temps de ma première enfance) un grand jeune homme aux cheveux noirs, longs et plaqués en mèches derrière les oreilles, un peu myope, un peu bizarre, silencieux et on ne peut plus intimidant. Ma mère l'irritait beaucoup par les constants efforts qu'elle faisait pour le dégeler; il y avait chez elle plus de bonne volonté que d'adresse, et mon oncle, peu capable ou peu désireux de lire l'intention sous le geste, se préparait déjà à n'être séduit que par des faiseurs. On eût dit que mon père avait accaparé toute l'aménité dont pouvait disposer la famille, de sorte que rien plus ne tempérait, des autres membres, l'air coriace et refrogné.

Mon grand-père était mort depuis assez longtemps lorsque je vins au monde; mais ma mère l'avait pourtant connu, car je ne vins au monde que six ans après son mariage. Elle m'en parlait comme d'un huguenot austère, entier, très grand, très fort, anguleux, scrupuleux à l'excès, inflexible, et poussant la confiance en Dieu jusqu'au sublime. Ancien président du tribunal d'Uzès, il s'occupait alors presque uniquement de bonnes œuvres et de l'instruction morale et religieuse des élèves de l'école du Dimanche.

En plus de Paul, mon père, et de mon oncle Charles, Tancrède Gide avait eu plusieurs enfants qu'il avait tous perdus en bas âge, l'un d'une chute sur la tête, l'autre d'une insolation, un autre encore d'un rhume mal soigné; mal soigné pour les mêmes raisons apparemment qui faisaient qu'il ne se soignait pas lui-même. Lorsqu'il tombait malade, ce qui du reste était peu fréquent, il prétendait ne recourir qu'à la prière; il considérait l'intervention du médecin comme indiscrète, voire impie, et mourut sans avoir admis qu'on l'appelât [1].

Certains s'étonneront peut-être qu'aient pu se conserver si tard ces formes incommodes et quasi paléontologiques de l'humanité; mais la petite ville d'Uzès était conservée tout entière; des outrances comme celles de mon grand-père n'y faisaient assurément point tache; tout y était à l'avenant; tout les expliquait, les motivait, les encourageait au contraire, les faisait sembler naturelles; et je pense, du reste, qu'on les eût retrouvées à peu près les mêmes dans toute la région cévenole, encore mal ressuyée des cruelles dissensions religieuses qui l'avaient si fort et si longuement tourmentée. Cette étrange aventure m'en persuade, qu'il faut que je raconte aussitôt bien qu'elle soit de ma dix-huitième (?) année :

J'étais parti d'Uzès au matin, répondant à l'invitation de Guillaume Granier, mon cousin, pasteur aux environs d'Anduze. Je passai près de lui la journée. Avant de me laisser partir, il me sermonna, pria avec moi, pour moi, me bénit, ou du moins pria Dieu de me bénir... mais ce n'est point pourquoi j'ai commencé ce récit. — Le train devait me ramener à Uzès pour dîner; mais je lisais *Le Cousin Pons*. C'est peut-être, de tant de chefs-d'œuvre de Balzac, celui que je préfère; c'est en tout cas celui que j'ai le plus

1. Il se trouve que, sur ce point, mes souvenirs des récits de ma mère, ou ces récits mêmes, sont inexacts. Mon oncle Charles Gide me dit, par la suite, que Tancrède Gide, mon grand-père, dans les derniers temps de sa vie, consultait toutes sortes de médicastres et de charlatans.

souvent relu. Or, ce jour-là, je le découvrais. J'étais dans le ravissement, dans l'extase, ivre, perdu...

La tombée de la nuit interrompit enfin ma lecture. Je pestai contre le wagon qui n'était pas éclairé; puis m'avisai qu'il était en panne; les employés, qui le croyaient vide, l'avaient remisé sur une voie de garage.

— Vous ne saviez donc pas qu'il fallait changer? dirent-ils. On a pourtant assez appelé! Mais vous dormiez sans doute. Vous n'avez qu'à recommencer, car il ne part plus de train d'ici demain.

Passer la nuit dans cet obscur wagon n'avait rien d'enchanteur; et puis je n'avais pas dîné. La gare était loin du village et l'auberge m'attirait moins que l'aventure; au surplus je n'avais sur moi que quelques sous. Je partis sur la route, au hasard, et me décidai à frapper à la porte d'un *mas* assez grand, d'aspect propre et accueillant. Une femme m'ouvrit, à qui je racontai que je m'étais perdu, que d'être sans argent ne m'empêchait pas d'avoir faim et que peut-être on serait assez bon pour me donner à manger et à boire; après quoi je regagnerais mon wagon remisé, où je patienterais jusqu'au lendemain.

Cette femme qui m'avait ouvert ajouta vite un couvert à la table déjà servie. Son mari n'était pas là; son vieux père, assis au coin du feu, car la pièce servait également de cuisine, était resté penché vers l'âtre sans rien dire, et son silence, qui me paraissait réprobateur, me gênait. Soudain, je remarquai sur une sorte d'étagère une grosse Bible, et, comprenant que je me trouvais chez des protestants, je leur nommai celui que je venais d'aller voir. Le vieux se redressa tout aussitôt; il connaissait mon cousin le pasteur; même il se souvenait fort bien de mon grand-père. La manière dont il m'en parla me fit comprendre quelle abnégation, quelle bonté pouvait habiter la plus rude enveloppe, aussi bien chez mon grand-père que chez ce paysan lui-même, à qui j'imaginais que mon grand-père avait dû ressembler, d'aspect extrêmement robuste, à la voix sans douceur, mais vibrante, au regard sans caresse, mais droit.

Cependant les enfants rentraient du travail, une grande fille et trois fils; plus fins, plus délicats que l'aïeul; beaux, mais déjà graves et même un peu froncés. La mère posa la soupe fumante sur la table, et comme à ce moment je parlais, d'un geste discret elle arrêta ma phrase, et le vieux dit le bénédicité [1].

Ce fut pendant le repas qu'il me parla de mon grand-père; son langage était à la fois imagé et précis; je regrette de n'avoir pas noté de ses phrases. Quoi! ce n'est là, me redisais-je, qu'une famille de paysans! quelle élégance, quelle vivacité, quelle noblesse, auprès de nos épais cultivateurs de Normandie! Le souper fini, je fis mine de repartir; mais mes hôtes ne l'entendaient pas ainsi. Déjà la mère s'était levée; l'aîné des fils coucherait avec un de ses frères; j'occuperais sa chambre et son lit, auquel elle mit des draps propres, rudes et qui sentaient délicieusement la lavande. La famille n'avait pas l'habitude de veiller tard, ayant celle de se lever tôt; au demeurant je pourrais rester à lire encore s'il me plaisait.

— Mais, dit le vieux, vous permettrez que nous ne dérangions pas nos habitudes — qui ne seront pas pour vous étonner, puisque vous êtes le petit de M. Tancrède.

1. L'on me fait remarquer que ce mot n'est jamais employé que par les catholiques. J'attends que les protestants m'en indiquent un autre pour désigner cette prière qui précède le repas.

Alors il alla chercher la grosse Bible que j'avais entrevue, et la posa sur la table desservie. Sa fille et ses petits-enfants se rassirent à ses côtés devant la table, dans une attitude recueillie qui leur était naturelle. L'aïeul ouvrit le livre saint et lut avec solennité un chapitre des évangiles, puis un psaume; après quoi chacun se mit à genoux devant sa chaise, lui seul excepté, que je vis demeurer debout, les yeux clos, les mains posées à plat sur le livre refermé. Il prononça une courte prière d'action de grâces, très digne, très simple et sans requêtes, où je me souviens qu'il remercia Dieu de m'avoir indiqué sa porte, et cela d'un tel ton que tout mon cœur s'associait à ses paroles. Pour achever, il récita « Notre Père »; puis il y eut un instant de silence, après quoi seulement chacun des enfants se releva. Cela était si beau, si tranquille, et ce baiser de paix si glorieux, qu'il posa sur le front de chacun d'eux ensuite, que, m'approchant de lui moi aussi, je tendis à mon tour mon front.

Ceux de la génération de mon grand-père gardaient vivant encore le souvenir des persécutions qui avaient martelé leurs aïeux, ou du moins certaine tradition de résistance; un grand raidissement intérieur leur restait de ce qu'on avait voulu les plier. Chacun d'eux entendait distinctement le Christ lui dire, et au petit troupeau tourmenté : « Vous êtes le sel de la terre; or si le sel perd sa saveur, avec quoi la lui rendra-t-on? »

Et il faut reconnaître que le culte protestant de ma petite chapelle d'Uzès présentait, du temps de mon enfance encore, un spectacle particulièrement savoureux. Oui, j'ai pu voir encore les derniers représentants de cette génération de tutoyeurs de Dieu assister au culte avec leur grand chapeau de feutre sur la tête, qu'ils gardaient durant toute la pieuse cérémonie, qu'ils soulevaient au nom de Dieu, lorsque l'invoquait le pasteur, et n'enlevaient qu'à la récitation de « Notre Père... » Un étranger s'en fût scandalisé comme d'un irrespect, qui n'eût pas su que ces vieux huguenots gardaient ainsi la tête couverte en souvenir des cultes en plein air et sous un ciel torride, dans les replis secrets des garrigues, du temps que le service de Dieu selon leur foi présentait, s'il était surpris, un inconvénient capital.

Puis, l'un après l'autre, ces mégathériums disparurent. Quelque temps après eux, survécurent encore les veuves. Elles ne sortaient plus que le dimanche, pour l'église, c'est-à-dire aussi pour s'y retrouver. Il y avait là ma grand-mère, Mme Abauzit son amie, Mme Vincent et deux autres vieillardes dont je ne sais plus le nom. Un peu avant l'heure du culte, des servantes, presque aussi vieilles que leur maîtresse, apportaient les chaufferettes de ces dames, qu'elles posaient devant leur banc. Puis, à l'heure précise, les veuves faisaient leur entrée, tandis que le culte commençait. A moitié aveugles, elles ne se reconnaissaient point avant la porte, mais seulement une fois dans le banc; tout au plaisir de la rencontre, elles commençaient en chœur d'extraordinaires effusions, mélange de congratulations, de réponses et de questions, chacune, sourde comme un pot, n'entendant rien de ce que lui disait sa commère; et leurs voix mêlées, durant quelques instants, couvraient complètement celle du malheureux pasteur. Certains s'en seraient indignés qui, en souvenir des époux, excusaient les veuves; d'autres, moins rigoristes, s'en amusaient;

des enfants s'esclaffaient; pour moi, un peu gêné, je demandais à n'être point assis à côté de ma grand-mère. Cette petite comédie recommençait chaque dimanche; on ne pouvait rêver rien de plus grotesque ni de plus touchant.

Jamais je ne saurai dire combien ma grand-mère était vieille. Du plus loin que je la revois, il ne restait rien plus en elle qui permît de reconnaître ou d'imaginer ce qu'elle avait pu être autrefois. Il semblait qu'elle n'eût jamais été jeune, qu'elle ne pouvait pas l'avoir été. D'une santé de fer, elle survécut non seulement à son mari, mais aussi à son fils aîné, mon père; et longtemps encore, ensuite, nous retournions à Uzès, ma mère et moi, aux vacances de Pâques, pour la retrouver d'année en année la même, à peine un peu plus sourde, car pour plus ridée, depuis longtemps cela n'était plus possible.

Certainement la chère vieille se mettait en quatre pour nous recevoir; mais c'est précisément pourquoi je ne suis pas assuré que notre présence lui fût bien agréable. Au demeurant la question ne se posait pas ainsi; il s'agissait moins, pour ma mère, de faire plaisir à quelqu'un, que d'accomplir un devoir, un rite — comme cette lettre solennelle à ma grand-mère, qu'elle me contraignait d'écrire au Nouvel An et qui m'empoisonnait cette fête. D'abord je tâchais d'esquiver, je discutais :

— Mais qu'est-ce que tu veux que ça lui fasse, à bonne-maman, de recevoir ou non une lettre de moi?

— Là n'est pas la question, disait ma mère; tu n'as pas tant d'obligations dans la vie; tu dois t'y soumettre.

Alors je commençais de pleurer.

— Voyons, mon poulot, reprenait-elle, sois raisonnable : songe à cette pauvre grand-mère qui n'a pas d'autre petit-fils.

— Mais qu'est-ce que tu veux que je lui dise? hurlais-je à travers mes sanglots.

— N'importe quoi. Parle-lui de tes cousines; de tes petits amis Jardinier.

— Mais puisqu'elle ne les connaît pas.

— Raconte-lui ce que tu fais.

— Mais tu sais bien que ça ne l'amusera pas.

— Enfin, mon petit, c'est bien simple : tu ne sortiras pas d'ici (c'était la salle d'étude de la rue de Crosne) avant d'avoir écrit cette lettre.

— Mais...

— Non, mon enfant; je ne veux plus discuter.

A la suite de quoi ma mère s'enfermait dans le mutisme. Je lanternais quelque temps encore, puis commençais à me pressurer le cerveau au-dessus de mon papier blanc.

Le fait est que plus rien ne semblait devoir intéresser ma grand-mère. A chaque séjour que nous faisions à Uzès pourtant, par gentillesse je crois pour ma mère qui venait s'asseoir auprès d'elle, sa tapisserie à la main ou un livre, elle faisait un grand effort de mémoire et, de quart d'heure en quart d'heure, rappelant enfin le nom d'un de nos cousins normands :

— Et les Widmer comment vont-ils?

Ma mère la renseignait avec une patience infinie, puis repartait dans sa lecture. Dix minutes après :

— Et Maurice Démarest, il n'est toujours pas marié?

— Si, ma mère; celui qui n'est pas marié, c'est Albert; Maurice est père de trois enfants; trois filles.

— Eh! dites-moi, Juliette!...

Cette interjection n'avait rien d'interrogatif; simple exclamation à tout usage, par laquelle ma grand-mère exprimait l'étonnement, l'approbation, l'admiration, de sorte qu'on l'obtenait en réflexe de quoi que ce fût qu'on lui dît; et quelque temps après l'avoir jetée, grand-mère restait encore le chef branlant, agité d'un mouvement méditatif de haut en bas; on la voyait ruminer la nouvelle dans une sorte de mastication à vide qui ravalait et gonflait tour à tour ses molles gifles ridées. Enfin, quand tout était bien absorbé, et qu'elle renonçait pour un temps à inventer des questions nouvelles, elle reprenait sur ses genoux le tricot interrompu.

Grand-mère tricotait des bas; c'est la seule occupation que je lui connusse. Elle tricotait tout le long du jour, à la manière d'un insecte; mais comme elle se levait fréquemment pour aller voir ce que Rose faisait à la cuisine, elle égarait le bas sur quelque meuble, et je crois que personne ne lui en vit jamais achever un. Il y avait des commencements de bas dans tous les tiroirs, où Rose les remisait au matin, en faisant les pièces. Quant aux aiguilles, grand-mère en promenait toujours un faisceau, derrière l'oreille, entre son petit bonnet de tulle enrubanné et le mince bandeau de ses cheveux gris jaunâtre.

Ma tante Anna, sa nouvelle bru, n'avait point pour grand-mère l'affectueuse et respectueuse indulgence de maman; tout ce qu'elle désapprouvait, tout ce qui l'irritait chez mon oncle, elle en faisait sa mère responsable. Elle ne vint, je crois bien, qu'une seule fois à Uzès pendant que ma mère et moi y étions; nous la surprîmes aussitôt qui faisait la rafle des bas.

— Huit! j'en ai trouvé huit! disait-elle à ma mère, à

la fois amusée et exaspérée par tant d'incurie. Et le soir elle ne se retenait pas de demander à grand-mère pourquoi jamais elle n'en achevait un, une bonne fois?

La pauvre vieille d'abord tâchait tout de même de sourire, puis tournait son inquiétude vers ma mère :

— Juliette! Qu'est-ce qu'elle veut, Anna?

Mais ma mère n'entrait pas dans le jeu, et c'est ma tante qui reprenait plus fort :

— Je demande, ma mère, pourquoi vous n'en achevez pas un, une fois, au lieu d'en commencer plusieurs?

Alors la vieille, un peu piquée, serrait les lèvres, puis ripostait soudain :

— Achever, achever... Eh! elle est bonne, Anna!... Il faut le temps!

La continuelle crainte de ma grand-mère était que nous n'eussions pas assez à manger. Elle qui ne mangeait presque rien elle-même, ma mère avait peine à la convaincre que quatre plats par repas nous suffisaient. Le plus souvent elle ne voulait rien entendre, s'échappait d'auprès de ma mère pour avoir avec Rose des entretiens mystérieux. Dès qu'elle avait quitté la cuisine, ma mère s'y précipitait à son tour et, vite, avant que Rose fût partie au marché, révisait le menu et décommandait les trois quarts.

— Eh bien, Rose! ces gelinottes? criait grand-mère, au déjeuner.

— Mais, ma mère, nous avions ce matin les côtelettes. J'ai dit à Rose de garder les gelinottes pour demain.

La pauvre vieille était au désespoir.

— Les côtelettes! Les côtelettes! répétait-elle,

affectant de rire. — Des côtelettes d'agneau; il en faut six pour une bouchée...

Puis, par manière de protestation, elle se levait enfin, allait quérir dans une petite réserve, au fond de la salle à manger, pour parer à la désolante insuffisance du menu, quelque mystérieux pot de conserves, préparé pour notre venue. C'étaient le plus souvent des boulettes de porc, truffées, confites dans de la graisse, succulentes, qu'on appelait des « fricandeaux ». Ma mère naturellement refusait.

— Té! le petit en mangera bien, lui!

— Mère, je vous assure qu'il a assez mangé comme cela.

— Pourtant! Vous n'allez pas le laisser mourir de faim?...

(Pour elle, tout enfant qui n'éclatait pas, se mourait. Quand on lui demandait, plus tard, comment elle avait trouvé ses petits-fils, mes cousins, elle répondait invariablement, avec une moue :

— Bien maigres!)

Une bonne façon d'échapper à la censure de ma mère, c'était de commander à l'hôtel Béchard quelque tendre aloyau aux olives, ou, chez Fabregas le pâtissier, un vol-au-vent de quenelles, une floconneuse brandade, ou le traditionnel croûtillon au lard. Ma mère guerroyait aussi, au nom des principes d'hygiène, contre les goûts de ma grand-mère; en particulier lorsque celle-ci, coupant le vol-au vent, se réservait un morceau du fond.

— Mais, ma mère, vous prenez justement le plus gras!

— Eh! faisait ma grand-mère, qui se moquait bien de l'hygiène — la croûte du fond...

— Permettez que je vous serve moi-même.

Et d'un œil résigné la pauvre vieille voyait écarter de son assiette le morceau qu'elle préférait.

De chez Fabregas arrivaient également des entremets, méritoires mais peu variés. A vrai dire on en revenait toujours à la *sultane*, dont aucun de nous n'était fou. La *sultane* avait forme de pyramide, que parfois surmontait, pour le faste, un petit ange en je ne sais quoi de blanc qui n'était pas comestible. La pyramide était composée de minuscules choux à la crème, enduits d'un caramel résistant qui les soudait l'un à l'autre et faisait que la cuillère les crevait plutôt que de les séparer. Un nuage de fils de caramel revêtait l'ensemble, l'écartait poétiquement de la gourmandise et poissait tout.

Grand-mère tenait à nous faire sentir que, faute de mieux seulement, elle nous offrait une *sultane*. Elle faisait la grimace. Elle disait :

— Eh! Fabregas!... Fabregas! Il n'est pas varié!

Ou encore :

— Il se néglige.

Que ces repas duraient longtemps, pour moi toujours si impatient de sortir! J'aimais passionnément la campagne aux environs d'Uzès, la vallée de la Fontaine d'Eure et, par-dessus tout, la garrigue. Les premières années, Marie, ma bonne, accompagnait mes promenades. Je l'entraînais sur le « mont Sarbonnet », un petit mamelon calcaire, au sortir de la ville, où il était si amusant de trouver, sur les grandes euphorbes au suc blanc, de ces chenilles de sphinx qui ont l'air d'un turban défait et qui portent une espèce de corne sur le derrière; ou, sur les fenouils à l'ombre des pins, ces autres chenilles, celles du *machaon*, ou du *flambé* qui, dès qu'on les asticotait, faisaient surgir, au-dessus de leur nuque, une sorte de trompe fourchue très odorante et de couleur inattendue. En continuant la route qui contourne le Sarbonnet, on gagnait les prés verdoyants que baigne la Fontaine d'Eure. Les plus mouillés d'entre eux s'émaillaient au printemps de ces gracieux narcisses blancs dits « du poète », qu'on appelle là-bas des *courbadonnes*. Aucun Uzétien ne songeait à les cueillir, ni ne se serait dérangé pour les voir; de sorte que, dans ces prés toujours solitaires, il y en avait une extraordinaire profusion; l'air en était embaumé loin à la ronde; certains penchaient leur face au-dessus de l'eau, comme dans la fable que l'on m'avait apprise, et je ne voulais pas les cueillir; d'autres disparaissaient à demi dans l'herbe épaisse; mais le plus souvent, haut dressé sur sa tige, parmi le sombre gazon, chacun brillait comme une étoile. Marie, en bonne Suissesse, aimait les fleurs; nous en rapportions des brassées.

La Fontaine d'Eure est cette constante rivière que les Romains avaient captée et amenée jusqu'à Nîmes par l'aqueduc fameux du Pont du Gard. La vallée où elle coule, à demi cachée par des aulnes, en approchant d'Uzès, s'étrécit. O petite ville d'Uzès! Tu serais en Ombrie, des touristes accourraient de Paris pour te voir! Sise au bord d'une roche dont le dévalement brusque est occupé en partie par les ombreux jardins du duché, leurs grands arbres, tout en bas, abritent dans le lacis de leurs racines les écrevisses de la rivière. Des terrasses de la Promenade ou du Jardin public, le regard, à travers les hauts micocouliers du duché, rejoint, de l'autre côté de l'étroite vallée, une roche plus abrupte encore, déchiquetée, creusée de grottes, avec des arcs, des aiguilles et des escarpements pareils à ceux des falaises marines; puis au-dessus la garrigue rauque, toute dévastée de soleil.

Marie, qui se plaignait sans cesse de ses cors, montrait peu d'enthousiasme pour les sentiers raboteux de la garrigue; mais bientôt enfin ma mère me laissa sortir seul et je pus escalader tout mon soûl.

On traversait la rivière à la *Fon di biau* (je ne sais si j'écris correctement, ce qui veut dire, dans la langue de Mistral : fontaine aux bœufs) après avoir suivi quelque temps le bord de la roche, lisse et tout usée par les pas, puis descendu les degrés taillés dans la roche. Qu'il était beau de voir les lavandières y poser lentement leurs pieds nus, le soir, lorsqu'elles remontaient du travail, toutes droites, et la démarche comme ennoblie par cette charge de linge blanc qu'elles portaient, à la manière antique, sur la tête. Et comme la « Fontaine d'Eure » était le nom de la rivière, je ne suis pas certain que, de même, ces mots « fon di biau » désignassent précisément une fontaine : je revois un moulin, une métairie qu'ombrageaient d'immenses platanes; entre l'eau libre et l'eau qui travaillait au moulin, une sorte d'îlot où s'ébattait la basse-cour. A l'extrême pointe de cet îlot, je venais rêver ou lire, juché sur le tronc d'un vieux saule et caché par ses branches, surveillant les jeux aventureux des canards, délicieusement assourdi par le ronflement de la meule, le fracas de l'eau dans la roue, les mille chuchotis de la rivière, et plus loin, où lavaient les laveuses, le claquement rythmé de leurs battoirs.

Mais le plus souvent, brûlant la Fon di biau, je gagnais en courant la garrigue, vers où m'entraînait déjà cet étrange amour de l'inhumain, de l'aride, qui, si longtemps, me fit préférer à l'oasis le désert. Les grands souffles secs, embaumés, l'aveuglante réverbération du soleil sur la roche nue, sont enivrants comme le vin. Et combien m'amusait l'escalade des roches; la chasse aux mantes religieuses qu'on appelle là-bas des « prega Diou », et dont les paquets d'œufs, conglutinés et pendus à quelque brindille, m'intriguaient si fort; la découverte, sous les cailloux que je soulevais, des hideux scorpions, mille-pattes et scolopendres!

Les jours de pluie, confiné dans l'appartement, je faisais la chasse aux moustiques, ou démontais complètement les pendules de grand-mère, qui toutes s'étaient détraquées depuis notre dernier séjour; rien ne m'absorbait plus que ce minutieux travail, et combien j'étais fier, après que je les avais remises en mouvement, d'entendre grand-mère s'écrier, en revoyant l'heure :

— Eh! dites-moi, Juliette! ce petit...

Mais le meilleur du temps de pluie, je le passais dans le grenier dont Rose me prêtait la clef. (C'est là que plus tard je lus *Stello*.) De la fenêtre du grenier on dominait les toits voisins; près de la fenêtre, dans une grande cage en bois recouverte d'un sac, grand-mère engraissait des poulets pour la table. Les poulets ne m'intéressaient pas beaucoup, mais dès qu'on restait un peu tranquille, on voyait paraître, entre l'encombrement de malles, d'objets sans nom et hors d'usage, d'un tas de poussiéreux débris, ou derrière la provision de bois et de sarments, les frimousses des petits chats de Rose, encore trop jeunes pour préférer, comme leur mère, au capharnaüm du grenier natal, la tiède quiétude de la cuisine, les caresses de Rose, l'âtre et le fumet du rôt tournant devant le feu de sarments.

Tant qu'on n'avait pas vu ma grand-mère, on pouvait douter s'il y avait rien au monde de plus vieux que Rose; c'était merveille qu'elle pût faire encore quelque service; mais grand-mère en demandait si peu! et, quand nous étions là, Marie aidait au ménage. Puis Rose enfin prit sa retraite, et avant que ma grand-mère se résignât à aller vivre à Montpellier chez mon oncle Charles, on vit se succéder chez elle les plus déconcertants spécimens ancillaires. L'une grugeait; l'autre buvait; la troisième était débauchée. Je me souviens de la dernière : une salutiste, dont, ma foi, l'on commençait d'être satisfait, lorsque ma grand-mère, certaine nuit d'insomnie, s'avisa d'aller chercher, dans le salon, le bas qu'elle achevait éternellement de tricoter. Elle était en jupon de dessous et en chemise; sans doute flairait-elle quelque chose d'anormal; elle entrouvrait avec précaution la porte du salon, le découvrait plein de lumières... Deux fois par semaine, la salutiste « recevait »; c'était dans l'appartement de grand-mère d'édifiantes réunions, assez courues, car, après le chant des cantiques, la salutiste offrait le thé. On imagine, au milieu de l'assemblée, l'entrée de ma grand-mère dans son accoutrement nocturne!... C'est peu de temps après qu'elle quitta définitivement Uzès.

Avant de quitter Uzès avec elle, je veux parler de la porte de la resserre, au fond de la salle à manger. Il y avait, dans cette porte très épaisse, ce qu'on appelle un nœud de bois, ou plus exactement, je crois, l'amorce d'une petite branche qui s'était trouvée prise dans l'aubier. Le bout de branche était parti et cela faisait, dans l'épaisseur de la porte, un trou rond de la largeur du petit doigt, qui s'enfonçait obliquement de haut en bas. Au fond du trou, on distinguait quelque chose de rond, de gris, de lisse, qui m'intriguait fort :

— Vous voulez savoir ce que c'est? me dit Rose, tandis qu'elle mettait le couvert, car j'étais tout occupé à entrer mon petit doigt dans le trou, pour prendre contact avec l'objet. — C'est une bille que votre papa a glissé là quand il avait votre âge, et que, depuis, on n'a jamais pu retirer.

Cette explication satisfit ma curiosité, mais tout en m'excitant davantage. Sans cesse je revenais à la bille; en enfonçant mon petit doigt, je l'atteignais tout juste, mais tout effort pour l'attirer au-dehors la faisait rouler sur elle-même, et mon ongle glissait sur sa surface lisse avec un petit grincement exaspérant...

L'année suivante, aussitôt de retour à Uzès, j'y revins. Malgré les moqueries de maman et de Marie, j'avais tout exprès laissé croître démesurément l'ongle de mon petit doigt, que d'emblée je pus insinuer sous la bille; une brusque secousse, et la bille jaillit dans ma main.

Mon premier mouvement fut de courir à la cuisine et de chanter victoire; mais, escomptant aussitôt le plaisir que je tirerais des félicitations de Rose, je l'imaginai si mince que cela m'arrêta. Je restai quelques instants devant la porte, contemplant dans le creux de ma main cette bille grise, désormais pareille à toutes les billes, et qui n'avait plus aucun intérêt dès l'instant qu'elle n'était plus dans son gîte. Je me sentis tout bête, tout penaud, pour avoir voulu faire le malin... En rougissant, je fis retomber la bille dans le trou (elle y est probablement encore) et allai me couper les ongles, sans parler de mon exploit à personne.

Il y a quelque dix ans, passant en Suisse, j'allai revoir ma pauvre vieille Marie dans son petit village de Lotzwyl où elle ne se décide pas à mourir. Elle m'a reparlé d'Uzès et de grand-mère, ravivant mes souvenirs ternis :

— A chaque œuf que vous mangiez, racontait-elle, votre bonne maman ne manquait pas de s'écrier, qu'il fût au plat ou à la coque : « Eh! laisse le blanc, petiton : il n'y a que le jaune qui compte! »

Et Marie, en bonne Suissesse, ajoutait :

— Comme si le bon Dieu n'avait pas fait le blanc aussi pour être mangé!

Je ne compose pas; je transcris mes souvenirs tout comme ils viennent et passe de ma grand-mère à Marie.

Je me souviens avec précision du jour où brusquement je m'avisai que Marie pouvait être jolie : c'était un jour d'été, à La Roque (comme il y a longtemps de cela!); nous étions sortis, elle et moi, pour cueillir des fleurs, dans la prairie qui s'étend par-devant le jardin; je marchais devant elle et venais de traverser le ruisseau; alors je me retournai : Marie était encore sur le petit pont fait d'un tronc d'arbre, dans l'ombre du frêne qui abrite à cet endroit le ruisseau; encore quelques pas, et soudain elle fut tout enveloppée de soleil; elle tenait à la main un bouquet de reines-des-prés; son visage, abrité par un chapeau de paille à larges bords, ne semblait tout entier qu'un sourire; je m'écriai :

— Pourquoi ris-tu?

Elle répondit :

— Pour rien. Il fait beau. — Et la vallée aussitôt s'emplit visiblement d'amour et de bonheur.

Dans ma famille on a toujours tenu très serré les domestiques. Ma mère, qui se croyait volontiers une responsabilité morale sur ceux à qui elle s'intéressait, n'aurait souffert aucune intrigue qu'un hymen ne vînt consacrer. C'est sans doute pourquoi je n'ai jamais connu à Marie d'autre passion que celle que je surpris pour Delphine, notre cuisinière, et que ma mère, certes, n'eût jamais osé soupçonner. Il va sans dire que moi-même je ne m'en rendis point nettement compte au moment même, et que je ne m'expliquai que longtemps ensuite les transports de certaine nuit; mais pourtant je ne sais quel obscur instinct me retint d'en parler à ma mère :

Rue de Tournon, ma chambre, je l'ai dit, donnait sur la cour, à l'écart; elle était assez vaste, et, comme toutes les pièces de l'appartement, fort haute; de sorte que, dans cette hauteur trouvaient place, à côté de ma chambre, au bout d'un couloir qui reliait ma chambre à l'appartement, une sorte d'office qui servait de salle de bains, où je fis plus tard mes expériences de chimie; et par-dessus l'office, la chambre de Marie. On accédait à cette chambre par un petit escalier intérieur qui partait de ma chambre même et s'élevait, derrière une cloison, contre mon lit. L'office et la chambre de Marie avaient d'autre part une sortie sur un escalier de service. Rien de plus difficile ni de plus ennuyeux qu'une description de lieux; mais celle-ci sans doute était nécessaire pour expliquer ce qui suit... Il faut encore que je dise que notre cuisinière, qui avait nom Delphine, venait de se fiancer au cocher de nos voisins de campagne. Elle allait quitter notre maison pour toujours. Or, la veille de son départ, je fus réveillé, au cœur de la nuit, par les bruits les plus étranges. J'allais appeler Marie, lorsque je m'avisai que les bruits partaient précisément de sa chambre; du reste ils étaient bien plus bizarres et mystérieux qu'effrayants. On eût dit une sorte de lamentation à deux voix, que je peux comparer aujourd'hui à celle des pleureuses arabes, mais qui, dans ce temps, ne me parut pareille à rien; une mélopée pathétique, coupée spasmodiquement de sanglots, de gloussements, d'élans, que longtemps j'écoutai, à demi dressé dans le noir. Je sentais inexplicablement que quelque chose s'exprimait là, de plus puissant que la décence, que le sommeil et que la nuit; mais il y a tant de choses qu'à cet âge on ne s'explique pas, que, ma foi! je me rendormis, glissant outre; et le lendemain, je rattachai tant bien que mal cet excès au manque de tenue des domestiques en général, dont je venais d'avoir un exemple à la mort de mon oncle Démarest :

Ernestine, la bonne des Démarest, — tandis que la famille en deuil, dans le salon, retenait ses pleurs auprès de ma tante, qui, muette, immobile, paraissait toute diminuée, — Ernestine, dans la pièce voisine, poussait de grands sanglots dans un fauteuil, criait par intervalles respiratoires :

— Ah! mon bon maître! Ah, maître aimé! Ah! maître vénéré! — se secouait, se trémoussait, faisait tant, qu'il me parut d'abord que tout le chagrin de ma tante pesait sur elle et que ma tante s'en était déchargée sur Ernestine, comme on donne une valise à porter.

Je ne pouvais comprendre à cet âge (j'avais dix ans) que les lamentations d'Ernestine s'adressaient à la galerie, tandis que Marie n'élevait les siennes que parce qu'elle ne les croyait pas entendues. Mais j'étais alors on ne peut moins sceptique, et, de plus, parfaitement ignorant, incurieux même, des œuvres de la chair.

Au musée du Luxembourg, il est vrai, où Marie me menait parfois — et où j'imagine que mes parents m'avaient conduit d'abord, désireux d'éveiller en moi le goût des couleurs et des lignes — j'étais attiré beaucoup moins par les tableaux anecdotiques, malgré le zèle que dépensait Marie à me les expliquer (ou peut-être à cause de cela même) que par l'image des nudités, au grand scandale de Marie, et qui s'en ouvrit à ma mère; et plus encore par les statues. Devant le *Mercure* d'Idrac (si je ne fais erreur) je tombais dans des stupeurs admiratives dont Marie ne m'arrachait qu'à grand-peine. Mais ni ces images n'invitaient au plaisir, ni le plaisir n'évoquait ces images. Entre ceci et cela, nul lien. Les thèmes d'excitation sexuelle étaient tout autres : le plus souvent une profusion de couleurs ou de sons extraordinairement aigus et suaves; parfois aussi l'idée de l'urgence de quelque acte important, que je devrais faire, sur lequel on compte, qu'on attend de moi, que je ne fais pas, qu'au lieu d'accomplir, j'imagine; et, c'était aussi, toute voisine, l'idée de saccage, sous forme d'un jouet aimé que je détériorais : au demeurant nul désir réel, nulle recherche de contact. N'y entend rien qui s'en étonne : sans exemple et sans but, que deviendra la volupté? Au petit bonheur, elle commande au rêve des dépenses de vie excessives, des luxes niais, des prodigalités saugrenues... Mais pour dire à quel point l'instinct d'un enfant peut errer, je veux indiquer plus précisément deux de mes thèmes de jouissance : l'un m'avait été fourni bien innocemment par George Sand, dans ce conte charmant de *Gribouille*, qui se jette à l'eau, un jour qu'il pleut beaucoup, non point pour se garer de la pluie, ainsi que ses vilains frères ont tenté de le faire croire, mais pour se garer de ses frères qui se moquaient. Dans la rivière, il s'efforce et nage quelque temps, puis s'abandonne; et dès qu'il s'abandonne, il flotte; il se sent alors devenir tout petit, léger, bizarre, végétal;

il lui pousse des feuilles par tout le corps; et bientôt l'eau de la rivière peut coucher sur la rive le délicat rameau de chêne que notre ami Gribouille est devenu. — Absurde! — Mais c'est bien là précisément pouquoi je le raconte; c'est la vérité que je dis, non point ce qui me fasse honneur. Et sans doute la grand-mère de Nohant ne pensait guère écrire là quelque chose de débauchant; mais je témoigne que nulle page d'*Aphrodite* ne put troubler nul écolier autant que cette métamorphose de Gribouille en végétal le petit ignorant que j'étais.

Il y avait aussi, dans une stupide piécette de Mme de Ségur : *Les Dîners de Mademoiselle Justine*, un passage où les domestiques profitent de l'absence des maîtres pour faire bombance; ils fouillent dans tous les placards; ils se gobergent; puis voici, tandis que Justine se penche et qu'elle enlève une pile d'assiettes du placard, en catimini le cocher vient lui pincer la taille; Justine, chatouilleuse, lâche la pile; patratas! toute la vaisselle se brise. Le dégât me faisait pâmer.

En ce temps venait travailler chez ma mère une petite couturière, que je retrouvais également chez ma tante Démarest. Elle avait nom Constance. C'était un petit avorton au teint allumé, à l'œil fripon, à la démarche claudicante, très adroite de ses mains, de langage réservé devant ma mère, mais fort libre dès que ma mère avait le dos tourné. Par commodité, c'est dans ma chambre qu'on l'installait, où Constance trouvait la plus abondante lumière; elle restait là des demi-journées, et je restais des heures près d'elle. Comment ma mère, si scrupuleuse, si attentive, et dont l'inquiète sollicitude me devait même bientôt excéder, comment sa vigilance ici s'endormait-elle?

Les propos de Constance, s'ils étaient peu décents,

j'étais du reste trop niais pour les entendre, et je ne m'étonnais même pas de ce qui faisait parfois Marie pouffer dans son mouchoir. Mais Constance parlait beaucoup moins qu'elle ne chantait; elle avait une voix agréable et singulièrement ample pour son petit corps; elle en était d'autant plus vaine qu'elle n'avait raison de l'être que de cela. Elle chantait tout le long du jour; elle disait qu'elle ne pouvait bien coudre qu'en chantant; elle n'arrêtait pas de chanter. Quelles chansons, Seigneur! Constance aurait pu protester qu'elles n'avaient rien d'immoral. Non, ce qui me souillait le cerveau, c'est leur bêtise. Que n'ai-je pu les oublier! Hélas! tandis qu'échappent à ma mémoire les trésors les plus gracieux, ces rengaines misérables, je les entends aussi net que le premier jour. Quoi! tandis que Rousseau sur le tard s'attendrit encore au souvenir des aimables refrains par quoi sa tante Gancera avait bercé son enfance, devrai-je jusqu'à ma fin entendre la voix grasseyante de Constance me chanter sur un air de valse :

Maman — dis-moi,
Connaissons-nous c'jeune homme,
Qu'a l'air — si doux,
Qu'a l'air d'une boul' de gomme?

— Voici bien du bruit pour un inoffensif fredon!

— Parbleu! ce n'est pas à la chanson que j'en ai; c'est à l'amusement que j'y pris; où je vois déjà s'éveiller un goût honteux pour l'indécence, la bêtise et la pire vulgarité.

Je ne me charge point. Je suis prêt à dire bientôt quels éléments en moi, inaperçus encore, devaient rallier la vertu. Cependant mon esprit désespérément restait clos. En vain cherché-je dans ce passé quelque lueur qui pût permettre d'espérer quoi que ce fût de l'enfant obtus que j'étais. Autour de moi, en moi, rien que ténèbres. J'ai déjà raconté ma maladresse à reconnaître la sollicitude d'Anna. Un autre souvenir de la même époque peindra mieux encore l'état larvaire où je traînais.

Mes parents m'avaient donc fait entrer à l'École alsacienne. J'avais huit ans. Je n'étais pas entré dans la dixième classe, celle des plus petits bambins, à qui M. Grisier inculquait les rudiments; mais aussitôt dans la suivante, celle de M. Vedel, un brave Méridional tout rond, avec une mèche de cheveux noirs qui se cabrait en avant du front et dont le subit romantisme jurait étrangement avec l'anodine placidité du reste de sa personne. Quelques semaines ou quelques jours avant ce que je vais raconter, mon père m'avait accompagné pour me présenter au directeur. Comme les classes avaient déjà repris et que j'étais retardataire, les élèves, dans la cour, rangés pour nous laisser passer, chuchotaient : « Oh! un nouveau! un nouveau! » et, très ému, je me pressais contre mon père. Puis j'avais pris place auprès des autres, de ces autres que je devais bientôt perdre de vue pour les raisons que j'aurai à dire ensuite. — Or ce jour-là, M. Vedel enseignait aux élèves qu'il y a parfois dans les langues plusieurs mots qui, indifféremment, peuvent désigner un même objet, et qu'on les nomme alors des synonymes. C'est ainsi, donnait-il en exemple, que le mot « coudrier » et le mot « noisetier » désignent à la fois le même arbuste. Et faisant alterner suivant l'usage, et pour animer la leçon, l'interrogation et l'enseignement, M. Vedel pria l'élève Gide de répéter ce qu'il venait de dire...

Je ne répondis pas. Je ne savais pas répondre. Mais M. Vedel était bon : il répéta sa définition avec la patience des vrais maîtres, proposa de nouveau le même exemple; mais quand il me demanda de nouveau de redire après lui le mot synonyme de « coudrier », de nouveau je demeurai coi. Alors il se fâcha quelque peu, pour la forme, et me pria d'aller dans la cour répéter vingt fois de suite que « coudrier » est synonyme de « noisetier », puis de revenir le lui dire.

Ma stupidité avait mis en joie toute la classe. Si j'avais voulu me tailler un succès, il m'eût été facile, au retour de ma pénitence, lorsque M. Vedel, m'ayant rappelé, me demanda pour la troisième fois le synonyme de « coudrier », de répondre « chou-fleur » ou « citrouille ». Mais non, je ne cherchais pas le succès et il me déplaisait de prêter à rire; simplement j'étais stupide. Peut-être bien aussi que je m'étais mis dans la tête de ne pas céder? — Non, pas même cela : en vérité, je crois que je ne comprenais pas ce que l'on me voulait, ce que l'on attendait de moi.

Les pensums n'étant pas de règle à l'École, M. Vedel dut se contenter de m'infliger un « zéro de conduite ». La sanction, pour rester morale, n'en était pas moins rigoureuse. Mais cela ne m'affectait guère. Toutes les semaines j'obtenais mon zéro de « tenue, conduite », ou d' « ordre, propreté »; parfois les deux. C'était couru. Inutile d'ajouter que j'étais un des derniers de la classe. Je le répète : je dormais encore; j'étais pareil à ce qui n'est pas encore né.

C'est peu de temps ensuite que je fus renvoyé de l'École, pour des motifs tout différents que je vais tâcher d'oser dire.

III

Il était bien spécifié que mon renvoi de l'École n'était que provisoire. M. Brunig, le directeur des basses classes, me donnait trois mois pour me guérir de ces « mauvaises habitudes », que M. Vedel avait surprises d'autant plus facilement que je ne prenais pas grand soin de m'en cacher, n'ayant pas bien compris qu'elles fussent à ce point répréhensibles; car je vivais toujours (si l'on peut appeler cela : vivre) dans l'état de demi-sommeil et d'imbécillité que j'ai peint.

Mes parents avaient donné la veille un dîner; j'avais bourré mes poches des friandises du dessert; et, ce matin-là, sur mon banc, tandis que s'évertuait M. Vedel, je faisais alterner le plaisir avec les pralines.

Tout à coup, je m'entendis interpeller :

— Gide! Il me semble que vous êtes bien rouge? Venez donc me dire deux mots.

Le sang me monta au visage plus encore, tandis que je gravissais les quatre marches de la chaire, et que mes camarades ricanaient.

Je ne cherchai pas à nier. A la première question que M. Vedel me posa, à voix basse, penché vers moi, je fis de la tête un signe d'acquiescement : puis regagnai mon banc plus mort que vif. Pourtant, il ne me venait pas à l'idée que cet interrogatoire pourrait avoir des suites; M. Vedel, avant de poser sa question, ne m'avait-il pas promis de n'en rien dire?

N'empêche que, le soir même, mon père recevait une lettre du sous-directeur, l'invitant à ne m'envoyer plus à l'École avant trois mois.

La tenue morale, les bonnes mœurs, étaient la spécialité de l'École alsacienne, la renommée de la maison. La décision prise ici par M. Brunig n'avait donc rien de surprenant. Ma mère m'a dit plus tard que mon père avait pourtant été outré par cette lettre et par la brusquerie de cette exécution. Il me cacha naturellement sa colère, mais me découvrit son chagrin. Il eut avec ma mère de graves délibérations, à la suite desquelles on décida de me mener au médecin.

Le médecin de mes parents, dans ce temps, n'était autre que le docteur Brouardel, qui bientôt devait acquérir une grande autorité comme médecin légiste. Je pense que ma mère n'attendait de cette consultation, en plus de quelques conseils peut-être, qu'un effet tout moral. Après qu'elle eut causé quelques instants seule avec Brouardel, celui-ci me fit entrer dans son cabinet, tandis qu'en sortait ma mère :

— Je sais ce dont il s'agit, dit-il en grossissant la voix, et n'ai besoin, mon petit, ni de t'examiner ni de t'interroger aujourd'hui. Mais si ta mère d'ici quelque temps, voyait qu'il est nécessaire de te ramener, c'est-à-dire si tu ne t'étais pas corrigé, eh bien (et ici sa voix se faisait terrible) voici les instruments auxquels il nous faudrait recourir, ceux avec lesquels on opère les petits garçons dans ton cas! — Et sans me quitter des yeux, qu'il roulait sous ses sourcils froncés, il indiquait, à bout de bras, derrière son fauteuil, une panoplie de lances touareg.

L'invention était trop apparente pour que je prisse cette menace au sérieux. Mais le souci que je voyais qu'avait ma mère, mais ses objurgations, mais le chagrin silencieux de mon père, pénétrèrent enfin ma torpeur, qu'avait assez fort secouée déjà l'annonce de mon renvoi de l'École. Ma mère exigea de moi des promesses ; Anna et elle s'ingénièrent à me distraire. La grande Exposition universelle était sur le point de s'ouvrir ; nous allions, auprès des palissades, admirer les préparatifs...

Trois mois plus tard, je reparus sur les bancs de l'École : j'étais guéri ; du moins à peu près autant qu'on peut l'être. Mais, peu de temps après, j'attrapai la rougeole, qui me laissa passablement affaibli ; mes parents, prenant alors le parti de me faire redoubler, l'an suivant, une classe où j'avais si peu profité, m'emmenèrent à La Roque sans attendre le commencement des vacances.

Lorsqu'en 1900 je fus amené à vendre La Roque, je renfonçai tous mes regrets, par crânerie, confiance en l'avenir, que j'étayais d'une inutile haine du passé où se mêlait passablement de théorie ; on dirait aujourd'hui : par futurisme. A dire vrai, mes regrets furent sur le moment beaucoup moins vifs qu'ils ne devinrent par la suite. Ce n'est point tant que le souvenir de ces lieux s'embellisse : j'eus l'occasion de les revoir et de pouvoir apprécier mieux, ayant voyagé davantage, le charme enveloppant de cette petite vallée dont, à l'âge où me gonflaient trop de désirs, je sentais surtout l'étroitesse.

Et le ciel trop petit sur les arbres trop grands

— ainsi que dira Jammes dans une des élégies qu'il y composa.

C'est une vallée que j'ai peinte et c'est notre maison, dans *L'Immoraliste*. Le pays ne m'a pas seulement prêté son décor; à travers tout le livre j'ai poursuivi profondément sa ressemblance; mais il ne s'agit pas de cela pour l'instant.

La propriété fut achetée par mes grands-parents. Une plaque de marbre noir, sur la poterne, porte cette inscription :

CONDIDIT A 1577 NOB. DOM. FRANCISCUS
LABBEY DO ROQUÆ.
MAGNAM PARTEM DESTRUXIT A 1792
SCELESTE TUMULTUANTIUM TURBA
REFECIT A 1803 CONDITORIS AT NEPOS
NOBILIS DOMINUS PETRUS ELIAS MARIA
LABBEY DO ROQUÆ, MILES

J'ai transcrit tel quel, et donne ce latin pour ce qu'il vaut.

Quoi qu'il en fût, il sautait aux yeux que le corps de logis principal était de construction bien plus récente, sans autre attrait que le manteau de glycine qui le vêtait. Le bâtiment de la cuisine, par contre, et la poterne, de proportions menues mais exquises, présentaient une agréable alternance de briques et de chaînes de pierre, selon le style de ce temps. Des douves entouraient l'ensemble, suffisamment larges et profondes, qu'alimentait et avivait l'eau détournée de la rivière; un ruisselet fleuri de myosotis amenait celle-ci et la déversait en cascade. Comme sa chambre en était voisine, Anna l'appelait « *ma* cascade »; toute chose appartient à qui sait en jouir.

Au chant de la cascade se mêlaient les chuchotis de la rivière et le murmure continu d'une petite source captée qui jaillissait hors de l'île, en face de la poterne; on y allait cueillir pour les repas une eau qui paraissait glacée et, l'été, couvrait de sueur les carafes.

Un peuple d'hirondelles sans cesse tournoyait autour de la maison; leurs nids d'argile s'abritaient sous le rebord des toits, dans l'embrasure des fenêtres, d'où l'on pouvait surveiller les couvées. Quand je pense à La Roque, c'est d'abord leurs cris que j'entends; on eût dit que l'azur se déchirait à leur passage. J'ai souvent revu ailleurs des hirondelles; mais jamais nulle part ailleurs je ne les ai entendues crier comme ici; je crois qu'elles criaient ainsi en repassant à chaque tour devant leurs nids. Parfois elles volaient si haut que l'œil s'éblouissait à les suivre, car c'était dans les plus beaux jours; et quand le temps changeait, leur vol s'abaissait barométriquement. Anna m'expliquait que, suivant la pesanteur de l'air, volent plus ou moins haut les menus insectes que leur course poursuit. Il arrivait qu'elles passassent si près de l'eau qu'un coup d'aile hardi parfois en tranchait la surface :

— Il va faire de l'orage, disaient alors ma mère et Anna.

Et soudain le bruit de la pluie s'ajoutait à ces bruits mouillés du ruisseau, de la source, de la cascade; elle faisait sur l'eau de la douve un clapotis argentin. Accoudé à l'une des fenêtres qui s'ouvraient au-dessus de l'eau, je contemplais interminablement les petits cercles par milliers se former, s'élargir s'intersectionner, se détruire, avec parfois une grosse bulle éclatant au milieu.

Lorsque mes grands-parents entrèrent dans la propriété, on y accédait à travers prés, bois et cours de fermes. Mon grand-père et M. Guizot son voisin firent tracer la route qui, s'amorçant à La Boissière sur celle de Caen à Lisieux, vint desservir le Val-Richer d'abord où le ministre d'État s'était retiré, puis La Roque. Et quand la route eut relié La Roque au reste du monde et que ma famille eut commencé d'y habiter, mon grand-père fit remplacer par un pont de briques le petit pont-levis du château, coûteux à entretenir, et que du reste on ne relevait plus.

Qui dira l'amusement, pour un enfant, d'habiter une île, une île toute petite, et dont il peut, du reste, s'échapper quand il veut? Un mur de briques, en manière de parapet, l'encerclait, reliant exactement l'un à l'autre chacun des corps de bâtiments; à l'intérieur épaissement tapissé de lierre, il était assez large pour qu'on le pût arpenter sans imprudence; mais, pour pêcher à la ligne, on était alors trop en vue des poissons, et mieux valait se pencher simplement par-dessus; la surface extérieure et plongeante s'ornait de-ci de-là de plantes pariétales, valérianes, fraisiers, saxifrages, parfois même un petit buisson, que maman regardait d'un mauvais œil parce qu'il dégradait la muraille, mais qu'Anna obtenait qu'elle ne fît pas enlever, parce qu'une mésange y nichait.

Une cour devant la maison, entre la poterne et le bâtiment de la cuisine, laissait le regard, par-dessus le parapet de la douve et par-delà le jardin, s'enfoncer infiniment dans la vallée; on l'eût dite étroite si les collines qui l'enclosaient eussent été plus hautes.

Sur la droite, à flanc de coteau, une route menait à Cambremer et à Léaupartie, puis à la mer; une de ces haies continues, qui dans ce pays bordent les prés, dérobait presque constamment cette route à la vue et faisait, réciproquement, que, de la route, La Roque n'était visible que par soudaines échappées, aux barrières par exemple, qui, rompant la continuité de la haie, donnaient accès dans les près dont le mol dévalement rejoignait la rivière. Épars, quelques beaux bouquets d'arbres offrant leur ombre au tranquille bétail, ou quelques arbres isolés, au bord de la route ou de la rivière, donnaient à la vallée entière l'aspect aimable et tempéré d'un parc.

L'espace, à l'intérieur de l'île, que j'appelle cour, faute d'un autre nom, était semé de gravier, que maintenaient à distance quelques corbeilles de géraniums, de fuchsias et de rosiers nains, devant les fenêtres du salon et de la salle à manger. Par-derrière, une petite pelouse triangulaire d'où s'élevait un immense acacia sophora qui dominait de beaucoup la maison. C'est au pied de cet unique arbre de l'île que nous nous réunissions d'ordinaire durant les beaux jours de l'été.

La vue ne s'étendait qu'en aval, c'est-à-dire : que par-devant la maison; là seulement s'ouvrait la vallée, au confluent de deux ruisseaux qui venaient l'un, à travers bois, du Val-Richer, l'autre, à travers prés, du hameau de La Roque à deux kilomètres de là. De l'autre côté de la douve, dans la direction du Val-Richer, s'élevait en pente assez rapide le pré qu'on appelait « le Rouleux », que ma mère, quelques années après la mort de mon père, réunit au jardin; qu'elle sema de quelques massifs d'arbres, et à travers lequel, après une longue étude, elle traça deux allées qui montaient, en serpentant selon des courbes savantes, jusqu'à la petite barrière par où l'on entrait dans le bois. On plongeait aussitôt dans un tel mystère que, d'abord en la franchissant, le cœur me battait un peu. Ces bois dominaient la colline, se prolongeaient sur une assez grande étendue, et ceux du Val-Richer y faisaient suite. Il n'y avait, du temps de mon père, que peu de sentiers tracés, et d'être si difficilement pénétrables, ces bois me paraissaient plus vastes. Je fus bien désolé le jour où maman, tout en me permettant de m'y aventurer, me montra sur une carte du cadastre leur limite, et qu'au-delà, les prés et les champs recommençaient. Je ne sais plus trop ce que j'imaginais au-delà des bois; et peut-être que je n'imaginais rien; mais si j'avais imaginé quelque chose, j'aurais voulu pouvoir l'imaginer différent. De connaître leur dimension, leur limite, diminua pour moi leur attrait; car je me sentais à cet âge moins de goût pour la contemplation que pour l'aventure, et prétendais trouver partout de l'inconnu.

Pourtant ma principale occupation, à La Roque, ce n'était pas l'exploration, c'était la pêche. O sport injustement décrié! ceux-là seuls te dédaignent qui t'ignorent, ou que les maladroits. C'est pour avoir pris tant de goût à la pêche, que la chasse eut pour moi plus tard si peu d'attraits, qui ne demande, dans nos pays du moins, guère d'autre adresse sans doute que celle qui consiste à bien viser. Tandis que pour pêcher la truite, que d'habileté, que de ruse! Théodomir, le neveu de notre vieux garde Bocage, m'avait appris dès mon plus jeune âge à monter une ligne et à appâter l'hameçon commc il faut; car si la truite est le plus vorace, c'est aussi le plus méfiant des poissons. Naturellement je pêchais sans flotteur et sans plomb, plein de mépris pour ces aide-niais, qui ne servent que d'épouvantails. Par contre, j'usais de « crins de Florence », qui sont glandes de vers à soie tréfilées; légèrement bleutés, ils ont cet avantage d'être à peu près invisibles dans l'eau; avec cela d'une résistance remarquable, à l'épreuve des truites de la douve, aussi lourdes que des saumons. Je pêchais plus volontiers dans la rivière où les truites étaient de chair plus délicate, et surtout plus farouches, c'est-à-dire : plus amusantes à attraper. Ma mère se désolait de me voir tant de goût pour un amusement qui me faisait prendre, à son avis, trop peu d'exercice. Alors je protestais contre la réputation qu'on faisait à la pêche d'être un sport d'empoté, pour lequel l'immobilité complète était de règle : cela pouvait être vrai dans les grandes rivières, ou dans les eaux dormantes et pour des poissons somnolents; mais la truite, dans les très petits ruisseaux où je pêchais, il importait de la surprendre précisément à l'endroit qu'elle hantait et dont elle ne s'écartait guère; dès qu'elle apercevait l'appât, elle se lançait dessus goulûment; et, si elle ne le faisait point aussitôt, c'est qu'elle avait distingué quelque chose de plus que la sauterelle : un bout de ligne, un bout d'hameçon, un bout de crin, l'ombre du pêcheur, ou avait entendu celui-ci approcher : dès lors, inutile d'attendre, et plus on insistait, plus on compromettait la partie; mieux valait revenir plus tard, en prenant plus de précautions que d'abord, en se glissant, en rampant, en se subtilisant parmi les herbes, et jetant la sauterelle du plus loin, pour autant que le permettaient les branches des arbustes, coudres et osiers qui bordaient presque continûment la rivière, ne cédant la rive qu'aux grands épilobes ou lauriers de Saint-Antoine, et dans lesquels, si par malchance le fil de la ligne ou l'hameçon se prenait, on en avait pour une heure, sans parler de l'effarouchement définitif du poisson.

Il y avait à La Roque un grand nombre de « chambres d'amis »; mais elles restaient toujours vides, et pour cause : mon père frayait peu avec la société de Rouen; ses collègues de Paris avaient leur famille, leurs habitudes... En fait d'hôtes, je ne me souviens que de M. Gueroult, qui vint à La Roque, pour la première fois je crois, cet été qui suivit mon renvoi de l'École. Il y revint encore une ou deux fois après la mort de mon père; et je doute si ma mère n'estimait pas faire quelque chose d'assez osé en continuant à le recevoir, une fois veuve, bien qu'à chaque fois pour un temps assez court. Rien n'était plus bourgeois que le milieu de ma famille, et M. Gueroult, pour n'être rien moins qu'un bohème, était tout de même un artiste, c'est-à-dire qu'il n'était pas « de notre monde » du tout — un musicien, un compositeur, un ami d'autres musiciens plus célèbres, de Gounod par exemple, ou de Stephen Heller, qu'il allait voir à Paris. Car M. Gueroult habitait Rouen, où il tenait à Saint-Ouen les grandes orgues que venait de livrer Cavaillé-Coll. Très clérical, et protégé par le clergé, il comptait des élèves dans les familles les meilleures et les mieux pensantes, la mienne en particulier, où il jouissait d'un grand prestige, sinon d'une parfaite considération. Il avait le profil dur et énergique, d'assez beaux traits, d'abondants cheveux noirs très bouclés, une barbe carrée, le regard rêveur ou soudain fougueux, la voix harmonieuse, onctueuse mais sans vraie douceur, le geste caressant mais dominateur. Dans toutes ses paroles, dans toutes ses manières respirait je ne sais quoi d'égoïste et de magistral. Ses mains particulièrement étaient belles, à la fois molles et puissantes. Au piano, une animation quasi céleste le transfigurait; son jeu semblait plutôt celui d'un organiste que d'un pianiste et manquait parfois de subtilité, mais il était divin dans les andantes, en particulier ceux de Mozart pour qui il professait une prédilection passionnée. Il avait coutume de dire en riant :

— Pour les allegros, je ne dis pas; mais dans les mouvements lents, je vaux Rubinstein.

Il disait cela d'un ton si bonhomme qu'on ne pouvait y voir vanterie; et en vérité je ne crois pas que ni Rubinstein, dont je me souviens à merveille ni qui que ce fût au monde, pût jouer la *fantaisie en ut mineur* de Mozart, par exemple, ou tel largo d'un *concerto* de Beethoven, avec une plus tragique noblesse, avec plus de chaleur, de poésie, de puissance et de gravité. J'eus dans la suite maintes raisons de m'exaspérer contre lui : il reprochait aux fugues de Bach de se prolonger parfois sans surprise; s'il aimait la bonne musique, il ne détestait pas suffisamment la mauvaise; il partageait avec son ami Gounod une monstrueuse et obstinée méconnaissance de César Franck, etc.; mais, en ce temps où je naissais au monde des sons, il en était pour moi le grand maître, le prophète, le magicien. Chaque soir, après le dîner, il offrait à mon ravissement sonates, opéras, symphonies; et maman, d'ordinaire intraitable sur les questions d'heure et qui m'envoyait coucher tambour battant, permettait que je prolongeasse outre-temps la veillée.

Je n'ai pas de prétention à la précocité et crois bien que le vif plaisir que je prenais à ces séances musicales il faut le placer principalement et presque uniquement lors des dernières visites de M. Gueroult, deux ou trois ans après la mort de mon père. Entre-temps, et sur ses indications, maman m'avait mené à quantité de concerts, et pour montrer que je profitais, tout le long du jour je chantais ou sifflais des bribes de symphonies. Alors M. Gueroult commença d'entreprendre mon éducation. Il me faisait mettre au piano, et à chaque morceau qu'il m'enseignait, il inventait une sorte d'affabulation continue, qui le doublât, l'expliquât, l'animât : tout devenait dialogue ou récit. Encore qu'un peu factice, la méthode, avec un jeune enfant, peut je crois, n'être pas mauvaise, si toutefois le récit surajouté n'est pas trop niais ou trop inadéquat. Il faut songer que je n'avais guère plus de douze ans.

Après midi, M. Gueroult composait; Anna, dressée à écrire sous la dictée musicale, lui servait parfois de secrétaire; il avait recours à elle aussi bien pour ménager sa vue, qui commençait à faiblir, que par besoin d'exercer son despotisme, à ce que prétendait ma mère. Anna était à sa dévotion. Elle l'escortait dans ses promenades matinales, portait son pardessus s'il avait trop chaud et tenait ouverte devant lui, pour protéger ses regards du soleil, une ombrelle. Ma mère protestait à ces complaisances; le sans-gêne de M. Gueroult l'indignait; elle prétendait lui faire payer ce prestige, auquel elle ne pouvait elle-même se dérober, par une pluie de menues épigrammes dont elle tentait de le larder, mais qu'elle appointait et dirigeait assez mal, de sorte que lui ne faisait que s'en amuser. Longtemps après qu'il était devenu presque aveugle, elle mettait encore en doute, ainsi que beaucoup d'autres, cette nuit envahissante; ou du moins accusait M. Gueroult d'en jouer, et de n'être « pas si aveugle que ça ». Elle le trouvait obséquieux, entrant, retors, intéressé, féroce; il était un peu tout cela, mais il était musicien. Parfois, au repas, son regard, à demi voilé déjà derrière ses lunettes, se perdait; ses puissantes mains, posées, comme sur un clavier, sur la table, s'agitaient; et quand on lui parlait, revenant à vous soudain, il répondait :

— Pardon! J'étais en *mi* bémol.

Mon cousin Albert Démarest — pour qui je ressentais déjà une sympathie des plus vives, malgré qu'il eût vingt ans de plus que moi — s'était particulièrement lié avec celui qu'il appelait cordialement : le père Gueroult. Albert, seul artiste de la famille, aimait passionnément la musique et jouait lui-même fort agréablement du piano; la musique était leur seul terrain d'entente; partout ailleurs ils s'opposaient. A chaque défaut du père Gueroult correspondait, dans le caractère d'Albert, un relief. Celui-ci était aussi droit, aussi franc, que l'autre était retors et papelard; aussi généreux que l'autre cupide; et tout ainsi; mais par bonté, par indiscipline, Albert savait mal se conduire dans la vie; il soignait peu ses propres intérêts et, souvent, ce qu'il entreprenait tournait à son désavantage, de sorte que, dans la famille, on ne le prenait pas tout à fait au sérieux. M. Gueroult l'appelait toujours « ce gros Bert », avec une indulgence protectrice où perçait un peu de pitié. Albert, lui, admirait le talent de M. Gueroult; quant à l'homme, il le méprisait. Plus tard il me raconta qu'un jour il avait surpris Gueroult embrassant Anna. Il avait d'abord feint de ne rien voir, par respect pour Anna; mais dès qu'il s'était retrouvé seul avec Gueroult :

— Qu'est-ce que tu t'es permis, tout à l'heure?...

Cela se passait dans le salon de la rue de Crosne. Albert était très grand et très fort; il poussait contre le mur de la pièce le maestro qui balbutiait :

— Qu'il est bête, ce gros Bert! Tu vois bien que je plaisantais.

— Misérable! s'écriait Albert. Si je te reprends à plaisanter de cette manière, je...

— J'étais si indigné, ajoutait-il : s'il avait dit un mot de plus, je crois que je l'aurais étranglé.

C'est peut-être au retour de ces vacances qui suivirent mon renvoi de l'École, qu'Albert Démarest commença à faire attention à moi. Que pouvait-il bien discerner en moi qui attirât sa sympathie? Je ne sais; mais sans doute lui fus-je reconnaissant de cette attention, d'autant plus que, précisément, je sentais que je la méritais moins. Et tout aussitôt je m'efforçai d'en être un petit peu moins indigne. La sympathie peut faire éclore bien des qualités somnolentes; je me suis souvent persuadé que les pires gredins sont ceux auxquels d'abord les sourires affectueux ont manqué. Sans doute est-il étrange que ceux de mes parents n'eussent pas suffi; mais il est de fait que je devins aussitôt beaucoup plus sensible à l'approbation ou à la désapprobation d'Albert qu'à la leur.

Je me souviens avec précision du soir d'automne où il me prit à part, après dîner, dans un coin du cabinet de mon père, tandis que mes parents taillaient une besigue avec ma tante Démarest et Anna. Il commença de me dire à voix basse qu'il ne voyait pas bien à quoi d'autre je m'intéressais dans la vie qu'à moi-même; que c'était là le propre des égoïstes, et que je lui faisais tout l'effet d'en être un.

Albert n'avait rien d'un censeur. C'était un être d'apparence très libre, fantasque, plein d'humour et de gaieté : sa réprobation n'avait rien d'hostile; au contraire, je sentais qu'elle n'était vive qu'en raison de sa sympathie; c'est ce qui me la rendait pressante. Jamais encore on ne m'avait parlé ainsi; les paroles d'Albert pénétraient en moi à une profondeur dont il ne se doutait certes pas, et que moi-même je ne pus sonder que plus tard. Ce que j'aime le moins dans l'ami, d'ordinaire, c'est l'indulgence; Albert n'était pas indulgent. On pouvait au besoin, près de lui, trouver des armes contre soi-même. Et, sans trop le savoir, j'en cherchais.

Mes parents me firent redoubler une neuvième, où j'avais presque tout le temps manqué; ce qui me permit d'avoir sans peine de bonnes places; ce qui tout à coup me donna le goût du travail.

L'hiver fut rigoureux et se prolongea longtemps cette année. Ma mère eut le bon esprit de me faire apprendre à patiner. Jules et Julien Jardinier, les fils d'un collègue de mon père, dont le plus jeune était mon camarade de classe, apprenaient avec moi; c'était à qui mieux mieux! et nous devînmes assez promptement d'une gentille force. J'aimais passionnément ce sport, que nous pratiquions sur le bassin du Luxembourg d'abord, puis sur l'étang de Villebon dans les bois de Meudon, ou sur le grand canal de Versailles. La neige tomba si abondamment et il y eut un tel verglas par-dessus, que je me souviens d'avoir pu, de la rue de Tournon, gagner l'École alsacienne — qui se trouvait rue d'Assas, c'est-à-dire à l'autre extrémité du Luxembourg — sans enlever mes patins; et rien n'était plus amusant et plus étrange que de glisser ainsi muettement dans les allées du grand jardin, entre deux hauts talus de neige. Depuis, il n'a plus fait d'hiver pareil.

Je n'avais de véritable amitié pour aucun des deux Jardinier. Jules était trop âgé; Julien d'une rare épaisseur. Mais nos parents qui, pour l'amitié, semblaient avoir les idées de certaines familles sur les mariages de convenance, ne manquaient pas une occasion de nous réunir. Je voyais Julien déjà chaque jour en classe; je le retrouvais en promenade, au patinage. Mêmes études, mêmes ennuis, mêmes plaisirs; là se bornait la ressemblance; pour l'instant, elle nous suffisait. Certes, il était, sur les bancs de la neuvième, quelques élèves vers qui plus d'affinité m'eût porté; mais leur père, hélas! n'était pas professeur à la faculté.

Tous les mardis, de 2 à 5, l'École alsacienne emmenait promener les élèves (ceux des basses classes du moins) sous la surveillance d'un professeur, qui nous faisait visiter la Sainte-Chapelle, Notre-Dame, le Panthéon, le Musée des Arts et Métiers — où, dans une petite salle obscure, se trouvait un petit miroir sur lequel, par un ingénieux jeu de glaces, venait se refléter, en petit, tout ce qui se passait dans la rue; cela faisait un tableautin des plus plaisants avec des personnages animés, à l'échelle de ceux de Teniers, qui s'agitaient; tout le reste du musée distillait un ennui morne; — les Invalides, le Louvre, et un extraordinaire endroit, situé tout contre le parc de Montsouris, qui s'appelait le *Géorama Universel :* c'était un misérable jardin, que le propriétaire, un grand lascar vêtu d'alpaga, avait aménagé en carte de géographie. Les montagnes y étaient figurées par des rocailles; les lacs, bien que cimentés, étaient à sec; dans le bassin de la Méditerranée naviguaient quelques poissons rouges comme pour accuser l'exiguïté de la botte italienne. Le professeur nous invitait à lui désigner les Karpathes, cependant que le lascar, une longue baguette à la main, soulignait les frontières, nommait des villes, dénonçait un tas d'ingéniosités indistinctes et saugrenues, exaltait son œuvre, insistant sur le temps qu'il avait fallu pour la mener à bien ; et, comme alors le professeur, au départ, le félicitait sur sa patience, il répliquait, d'un ton doctoral :

— La patience n'est rien sans l'idée.

Je suis curieux de savoir si tout cela existe encore ?

Parfois M. Brunig lui-même, le sous-directeur, se joignait à nous, doublant M. Vedel, qui s'effaçait alors avec déférence. C'est au Jardin des Plantes que M. Brunig nous conduisait immanquablement ; et immanquablement, dans les sombres galeries des animaux empaillés (le nouveau Muséum n'existait pas encore), il nous arrêtait devant la tortue luth qui, sous vitrine à part, occupait une place d'honneur, il nous groupait en cercle autour d'elle et disait :

— Eh bien ! mes enfants. Voyons ! Combien a-t-elle de dents, la tortue ? (Il faut dire que la tortue, avec une expression naturelle et comme criante de vie, gardait, empaillée, la gueule entrouverte.) Comptez bien. Prenez votre temps. Y êtes-vous ?

Mais on ne pouvait plus nous la faire ; nous la connaissions, sa tortue. N'empêche que, tout en pouffant, nous faisions mine de chercher ; on se bousculait un peu pour mieux voir. Dubled s'obstinait à ne distinguer que deux dents, mais c'était un farceur. Le grand Wenz, les yeux fixés sur la bête, comptait à haute voix sans arrêter, et ce n'est que lorsqu'il dépassait soixante que M. Brunig l'arrêtait avec ce bon rire spécial de celui qui sait se mettre à la portée des enfants, et, citant La Fontaine :

— « Vous n'en approchez point. » Plus vous en trouvez, plus vous êtes loin du compte. Il vaut mieux que je vous arrête. Je vais beaucoup vous étonner. Ce que vous prenez pour des dents ne sont que des petites protubérances cartilagineuses. La tortue n'a pas de dents du tout. La tortue est comme les oiseaux; elle a un bec.

Alors tous nous faisions : — Oooh! par bienséance. J'ai assisté trois fois à cette comédie.

Nos parents, à Julien et à moi, donnaient deux sous à chacun, ces jours de sortie. Ils avaient discuté ensemble; maman n'aurait pas consenti à me donner plus que Mme Jardinier ne donnait à Julien; comme leur situation était plus modeste que la nôtre, c'était à Mme Jardinier de décider.

— Qu'est-ce que vous voulez que ces enfants fassent avec cinquante centimes? s'était-elle écriée. Et ma mère accordait que deux sous étaient « parfaitement suffisants ».

Ces deux sous étaient dépensés d'ordinaire à la boutique du père Clément. Installée dans le jardin du Luxembourg, presque contre la grille d'entrée la plus voisine de l'École, ce n'était qu'une petite baraque de bois peinte en vert, exactement de la couleur des bancs. Le père Clément, en tablier bleu, tout pareil aux anciens portiers des lycées, vendait des billes, des hannetons, des toupies, du coco, des bâtons de sucre à la menthe, à la pomme ou à la cerise, des cordonnets de réglisse enroulés sur eux-mêmes à la façon des ressorts de montre, des tubes de verre emplis de grains à l'anis blancs et roses, maintenus à chaque extrémité par de l'ouate rose et par un bouchon; les grains d'anis n'étaient pas fameux, mais le tube, une fois vide, pouvait servir de sarbacane. C'est comme les petites bouteilles qui portaient des étiquettes : *cassis*, *anisette*, *curaçao*, et qu'on n'achetait guère que pour le plaisir, ensuite, de se les suspendre à la lèvre comme des ventouses ou des sangsues. Julien et moi d'ordinaire nous partagions nos emplettes; aussi l'un n'achetait-il jamais rien sans consulter l'autre.

L'année suivante, Mme Jardinier et ma mère estimèrent qu'elles pouvaient porter à cinquante centimes leurs libéralités hebdomadaires — largesse qui me permit enfin d'élever des vers à soie; ceux-ci ne coûtaient pas si cher que les feuilles de mûrier pour leur nourriture, que je devais aller prendre deux fois par semaine chez un herboriste de la rue Saint-Sulpice. Julien, que les chenilles dégoûtaient, déclara que désormais il achèterait ce qui lui plairait de son côté et sans m'en rien dire. Cela jeta un grand froid entre nous, et, dans les sorties du mardi où il fallait aller deux par deux, chacun chercha un autre camarade.

Il y en avait un pour qui je m'étais épris d'une véritable passion. C'était un Russe. Il faudra que je recherche son nom sur les registres de l'École. Qui me dira ce qu'il est devenu? Il était de santé délicate, pâle extraordinairement; il avait les cheveux très blonds, assez longs, les yeux très bleus; sa voix était musicale, que rendait chantante un léger accent. Une sorte de poésie se dégageait de tout son être, qui venait, je crois, de ce qu'il se sentait faible et cherchait à se faire aimer. Il était peu considéré par les copains et participait rarement à leurs jeux; pour moi, dès qu'il me regardait, je me sentais honteux de m'amuser avec les autres, et je me souviens de certaines récréations où, surprenant tout à coup son regard, je quittais tout net la partie pour venir auprès de lui. On s'en moquait. J'aurais voulu qu'on l'attaquât, pour avoir à le défendre. Aux classes de dessin, où il est permis de parler un peu à voix basse, nous étions l'un à côté de l'autre; il me disait alors que son père était un grand savant très célèbre; et je n'osais pas l'interroger sur sa mère ni lui demander pour quelles raisons il se trouvait à Paris. Un beau jour il cessa de venir, et personne ne sut me dire s'il était tombé malade ou retourné en Russie; du moins une sorte de pudeur ou de timidité me retint de questionner les maîtres qui auraient peut-être pu me renseigner, et je gardai secrète une des premières et des plus vives tristesses de ma vie.

Ma mère prenait grand soin que rien, dans les dépenses qu'elle faisait pour moi, ne me vînt avertir que notre situation de fortune était sensiblement supérieure à celle des Jardinier. Mes vêtements, en tout point pareils à ceux de Julien, venaient comme les siens de *La Belle Jardinière*. J'étais extrêmement sensible à l'habit, et souffrais beaucoup d'être toujours hideusement fagoté. En costume marin avec un béret, ou bien en complet de velours, j'eusse été aux anges! Mais le genre « marin » non plus que le velours ne plaisait à Mme Jardinier. Je portais donc de petits vestons étriqués, des pantalons courts, serrés aux genoux et des chaussettes à raies; chaussettes trop courtes qui formaient tulipe et retombaient désolément, ou rentraient se cacher dans les chaussures. J'ai gardé pour la fin le plus horrible : c'était la chemise empesée. Il m'a fallu attendre d'être presque un homme déjà pour obtenir qu'on ne m'empesât plus mes devants de chemise. C'était l'usage, la mode, et l'on n'y pouvait rien. Et si j'ai fini pourtant par obtenir satisfaction, c'est tout bonnement parce que la mode a changé. Qu'on imagine un malheureux enfant qui, tous les jours de l'année, pour le jeu comme pour l'étude, porte, à l'insu du monde et cachée sous sa veste, une espèce de cuirasse blanche et qui s'achevait en carcan; car la blanchisseuse empesait également, et pour le même prix sans doute, le tour du cou contre quoi venait s'ajuster le faux col; pour peu que celui-ci, un rien plus large ou plus étroit, n'appliquât pas exactement sur la chemise (ce qui neuf fois sur dix était le cas), il se formait des plis cruels; et, pour peu que l'on suât, le plastron devenait atroce. Allez donc faire du sport dans un accoutrement pareil! Un ridicule petit chapeau melon complétait l'ensemble... Ah! les enfants d'aujourd'hui ne connaissent pas leur bonheur!

Pourtant j'aimais courir, et, après Adrien Monod, j'étais le champion de la classe. A la gymnastique, j'étais même meilleur que lui pour grimper au mât et à la corde; j'excellais aux anneaux, à la barre fixe, aux barres parallèles; mais je ne valais plus rien au trapèze, qui me donnait le vertige. Les beaux soirs d'été, j'allais retrouver quelques camarades dans une grande allée du Luxembourg, celle qui s'achevait à la boutique du père Clément; on jouait au ballon. Ce n'était pas encore, hélas! le football; le ballon était tout pareil, mais les règles étaient sommaires, et, tout au contraire du football, il était défendu de se servir des pieds. Tel qu'il était, ce jeu nous passionnait.

Mais je n'en avais pas fini avec la question du costume : à la mi-carême, chaque année, le Gymnase Pascaud donnait un bal aux enfants de sa clientèle;

c'était un bal costumé. Dès que je vis que ma mère me laisserait y aller, dès que j'eus cette fête en perspective, l'idée de devoir me déguiser me mit la tête à l'envers. Je tâche à m'expliquer ce délire. Quoi! se peut-il qu'une dépersonnalisation puisse déjà promettre une telle félicité? A cet âge déjà? Non : le plaisir plutôt d'être en couleur, d'être brillant, d'être baroque, de jouer à paraître qui l'on n'est pas... Ma joie fut infiniment rafraîchie lorsque j'entendis Mme Jardinier déclarer que, quant à Julien, elle le mettrait en pâtissier.

— Ce qui importe, pour ces enfants, expliquait-elle à ma mère (et ma mère aussitôt acquiesçait), c'est d'être costumés, n'est-ce pas? Peu leur importe le costume.

Dès lors, je savais ce qui m'attendait; car ces deux dames, consultant un catalogue de *La Belle Jardinière*, découvraient que le costume de « pâtissier » — tout au bas d'une liste qui commençait par le « petit marquis », et continuait decrescendo en passant par le « cuirassier », le « polichinelle », le « spahi », le « lazzarone » — de « pâtissier », dis-je, était « vraiment pour rien ».

Avec mon tablier de calicot, mes manches de calicot, ma barrette de calicot, j'avais l'air d'un mouchoir de poche. Je paraissais si triste que maman voulut bien me prêter une casserole de la cuisine, une vraie casserole de cuivre, et qu'elle glissa dans ma ceinture une cuillère à sauce; pensant relever un peu par ces attributs l'insipidité de mon travestissement prosaïque. Et, de plus, elle avait empli de croquignoles la poche de mon tablier : « Pour que tu puisses en offrir. »

Sitôt entré dans la salle de bal, je pus constater que les « petits pâtissiers » étaient au nombre d'une vingtaine; on aurait dit un pensionnat. La casserole trop grande me gênait beaucoup; j'en étais empêtré; et pour achever ma confusion, voici que, tout à coup, je tombai amoureux, oui, positivement amoureux, d'un garçonnet un peu plus âgé que moi, qui devait me laisser un souvenir ébloui de sa sveltesse, de sa grâce et de sa volubilité.

Il était costumé en diablotin, ou en clown, c'est-à-dire qu'un maillot noir pailleté d'acier moulait exactement son corps gracile. Tandis qu'on se pressait pour le voir, lui sautait, cabriolait, faisait mille tours, comme ivre de succès et de joie; il avait l'air d'un sylphe; je ne pouvais déprendre de lui mes regards. J'eusse voulu attirer les siens, et tout à la fois je le craignais, à cause de mon accoutrement ridicule; et je me sentais laid, misérable. Entre deux pirouettes, il souffla, s'approcha d'une dame qui devait être sa mère, lui demanda un mouchoir et, pour s'éponger, car il était en nage, souleva le serre-tête noir qui fixait sur son front deux petites cornes de chevreau; je m'approchai de lui et gauchement lui offris quelques croquignoles. Il dit : merci; en prit une distraitement et tourna les talons aussitôt. Je quittai le bal peu après, la mort dans l'âme, et, de retour à la maison, il me prit une telle crise de désespoir, que ma mère me promit, pour l'an prochain, un costume de « lazzarone ». Oui, ce costume du moins me convenait; peut-être qu'il plairait au clown... Au bal suivant, je fus donc en « lazzarone »; mais lui, le clown, n'était plus là.

Je ne cherche plus à comprendre pour quelles raisons ma mère, quand je commençai ma huitième, me mit pensionnaire. L'École alsacienne, qui s'élevait contre l'internat des lycées, n'avait pas de dortoirs; mais elle encourageait ses professeurs à prendre chacun un petit nombre de pensionnaires. C'est chez M. Vedel que j'entrai, bien que je ne fusse plus dans sa classe. M. Vedel habitait la maison de Sainte-Beuve, de qui le buste, au fond d'un petit couloir-vestibule, m'intriguait. Il présentait à mon étonnement cette curieuse sainte sous l'aspect d'un vieux monsieur, l'air paterne et le chef couvert d'une toque à gland. M. Vedel nous avait bien dit que Sainte-Beuve était « un grand critique »; mais il y a des bornes à la crédulité d'un enfant.

Nous étions cinq ou six pensionnaires, dans deux ou trois chambres. Je partageais une chambre du second avec un grand être apathique, exsangue et de tout repos, qui s'appelait Roseau. Des autres camarades, je ne me souviens guère... Si : de Barnett l'Américain, pourtant, que j'avais admiré sur les bancs de la classe quand, au lendemain de son entrée à l'École, il s'était fait des moustaches avec de l'encre. Il portait une vareuse flottante et de larges pantalons courts; son visage était grêlé, mais extraordinairement ouvert et rieur; tout son être éclatait de joie, de santé et d'une espèce de turbulence intérieure qui le faisait inventer sans cesse quelque excentricité pleine de risque, par quoi il s'auréolait de prestige à mes yeux, et positivement m'enthousiasmait. Il essuyait toujours sa plume à ses cheveux en broussailles. Le premier jour qu'il entra chez Vedel, dans le petit jardin derrière la maison, où nous prenions notre récréation après les repas, il se campa tout au milieu, le torse glorieusement rejeté en arrière, et sous nos yeux à tous, en hauteur, il pissa. Nous étions consternés par son cynisme.

Ce petit jardin fut le théâtre d'un pugilat. A l'ordinaire j'étais calme, plutôt trop doux, et je détestais les peignées, convaincu sans doute que j'y aurais toujours le dessous. Je gardais cuisant encore le souvenir d'une aventure qu'il faut que je raconte ici : En rentrant de l'École à travers le Luxembourg et passant, contrairement à mon habitude, par la grille en face du petit jardin, ce qui ne me déroutait pas beaucoup, j'avais croisé un groupe d'élèves, de l'école communale sans doute, pour qui les élèves de l'École alsacienne représentaient de haïssables aristos. Ils étaient à peu près de mon âge, mais sensiblement plus costauds. Je surpris au passage des ricanements, des regards narquois ou chargés de fiel, et continuai ma route du plus digne que je pouvais ; mais voici que le plus gaillard se détache du groupe et vient à moi. Mon sang tombait dans mes talons. Il se met devant moi. Je balbutie :

— Qu'est-ce... qu'est-ce que vous me voulez ?

Il ne répond rien, mais emboîte le pas à ma gauche.

Je gardais, tout en marchant, les yeux fichés en terre, mais sentais son regard qui me braquait ; et, dans mon dos, je sentais le regard des autres. J'aurais voulu m'asseoir. Tout à coup :

— Tiens ! Voilà ce que je veux ! dit-il en m'envoyant son poing dans l'œil.

J'eus un éblouissement et m'en allai dinguer au pied d'un marronnier, dans cet espace creux réservé pour l'arrosement des arbres ; d'où je sortis plein de boue et de confusion. L'œil poché me faisait très mal. Je ne savais pas encore à quel point l'œil est élastique et croyais qu'il était crevé. Comme les larmes en jaillissaient avec abondance : « C'est cela, pensais-je : il se vide. » — Mais ce qui m'était plus douloureux encore, c'étaient les rires des autres, leurs quolibets et les applaudissements qu'ils adressaient à mon agresseur.

Au demeurant, je n'aurais pas plus aimé donner des

coups que je n'aimais d'en recevoir. Tout de même, chez Vedel, il y avait un grand sacré rouquin au front bas, dont le nom m'est heureusement sorti de la mémoire, qui abusait un peu trop de mon pacifisme. Deux fois, trois fois, j'avais supporté ses sarcasmes; mais voilà que, tout à coup, la sainte rage me prit; je sautai sur lui, l'empoignai; les autres cependant se rangeaient en cercle. Il était passablement plus grand et plus fort que moi; mais j'avais pour moi sa surprise; et puis je ne me connaissais plus; ma fureur décuplait mes forces; je le cognai, le bousculai, le tombai tout aussitôt. Puis, quand il fut à terre, ivre de mon triomphe, je le traînai à la manière antique, ou que je croyais telle; je le traînai par la tignasse, dont il perdit une poignée. Et même je fus un peu dégoûté de ma victoire, à cause de tous ces cheveux gras qu'il me laissait entre les doigts, mais stupéfait d'avoir pu vaincre; cela me paraissait auparavant si impossible qu'il avait bien fallu que j'eusse perdu la tête pour m'y risquer. Le succès me valut la considération des autres et m'assura la paix pour longtemps. Du coup, je me persuadai qu'il est bien des choses qui ne paraissent impossibles que tant qu'on ne les a pas tentées.

Nous avions passé une partie du mois de septembre aux environs de Nîmes, dans la propriété du beau-père de mon oncle Charles Gide qui venait de se marier. Mon père avait rapporté de là une indisposition qu'on affectait d'attribuer aux figues. De vrai, le désordre était dû à la tuberculose intestinale; et ma mère, je crois, le savait; mais la tuberculose est une maladie qu'en ce temps on espérait guérir en ne la reconnaissant pas. Au reste, mon père était sans doute déjà trop atteint pour qu'on pût espérer triompher du mal. Il s'éteignit assez doucement le 28 octobre de cette année (1880).

Je n'ai pas souvenir de l'avoir vu mort, mais peu de jours avant sa fin, sur le lit qu'il ne quittait plus. Un gros livre était devant lui, sur les draps, tout ouvert, mais retourné, de sorte qu'il ne présentait que son dos de basane; mon père avait dû le poser ainsi au moment où j'étais entré. Ma mère m'a dit plus tard que c'était un Platon.

J'étais chez Vedel. On vint me chercher; je ne sais plus qui; Anna peut-être. En route j'appris tout. Pourtant mon chagrin n'éclata que lorsque je vis ma mère en grand deuil. Elle ne pleurait pas; elle se contenait devant moi; mais je sentais qu'elle avait beaucoup pleuré. Je sanglotai dans ses bras. Elle craignait pour moi un ébranlement nerveux trop fort et voulut me faire prendre un peu de thé. J'étais sur ses genoux; elle tenait la tasse, en levait une cuillère qu'elle me tendait, et je me souviens qu'elle disait, en prenant sur elle de sourire :

— Voyons! celle-ci va-t-elle arriver à bon port?

Et je me sentis soudain tout enveloppé par cet amour, qui désormais se refermait sur moi.

Quant à la perte que j'avais faite, comment l'eussé-je réalisée? Je parlerais de mes regrets, mais hélas! j'étais surtout sensible à l'espèce de prestige dont ce deuil me revêtait aux yeux de mes camarades. Songez donc! Chacun d'eux m'avait écrit, tout comme avait fait chacun des collègues de mon père après qu'il avait été décoré! Puis j'appris que mes cousines allaient venir! Ma mère avait décidé que je n'assisterais pas à la cérémonie funèbre; pendant que mes oncles et mes tantes, avec maman, suivraient le char,

Emmanuèle et Suzanne resteraient à me tenir compagnie. Le bonheur de les revoir l'emportait presque, ou tout à fait, sur mon chagrin. Il est temps que je parle d'elles.

IV

Emmanuèle avait deux ans de plus que moi; Suzanne n'était pas de beaucoup mon aînée; Louise suivait de près. Quant à Édouard et Georges, qu'on appelait ensemble et comme pour s'en débarrasser à la fois : « les garçons », ils nous semblaient encore à peu près négligeables, à peine sortis du berceau. Emmanuèle était, à mon goût, trop tranquille. Elle ne se mêlait plus à nos jeux sitôt qu'ils cessaient d'être « honnêtes » et même dès qu'ils devenaient bruyants. Elle s'isolait alors avec un livre; l'on eût dit qu'elle désertait; aucun appel ne l'atteignait plus; le monde extérieur cessait pour elle d'exister; elle perdait la notion du lieu au point qu'il lui arrivait de tomber tout à coup de sa chaise. Elle ne querellait jamais; il lui était si naturel de céder aux autres son tour, ou sa place, ou sa part, et toujours avec une grâce si souriante, qu'on doutait si elle ne le faisait pas plutôt par goût que par vertu, et si ce n'est pas en agissant différemment qu'elle se fût contrainte.

Suzanne avait le caractère hardi; elle était prompte, irréfléchie; le moindre jeu près d'elle aussitôt s'animait; C'est avec elle que je jouais le plus volontiers, et avec Louise lorsque celle-ci ne boudait point, car elle était de caractère plus inégal et inquiet que ses deux sœurs.

Qu'est-il besoin de raconter nos jeux? Je ne pense pas qu'ils différassent beaucoup de ceux des autres enfants de notre âge, sinon peut-être par la passion que nous y apportions.

Mon oncle et ma tante habitaient avec leurs cinq enfants rue de Lecat. C'était une de ces tristes rues de province, sans magasins, sans animation d'aucune sorte, ni caractère ni agrément. Avant de gagner le quai plus morne encore, elle passait devant l'Hôtel-Dieu, où avaient vécu les parents de Flaubert et où son frère Achille, à la suite de son père, avait exercé.

La maison de mon oncle était aussi banale et maussade que la rue. J'en reparlerai plus tard. Je voyais mes cousines, sinon plus souvent, du moins plus volontiers rue de Crosne, et plus volontiers encore à la campagne, où je les retrouvais pendant quelques semaines chaque été, soit qu'elles vinssent à La Roque, soit que nous allassions à Cuverville, qui était la propriété de mon oncle. Ensemble alors nous prenions nos leçons, ensemble nous jouions, ensemble se formaient nos goûts, nos caractères, ensemble se tissaient nos vies, se confondaient nos projets, nos désirs, et quand, à la fin de chaque journée, nos parents nous séparaient pour nous emmener dormir, je pensais enfantinement : cela va bien parce que nous sommes petits encore, hélas! mais un temps viendra où la nuit même ne nous séparera plus.

Le jardin de Cuverville, où j'écris ceci, n'a pas beaucoup changé. Voici le rond-point entouré d'ifs taillés, où nous jouions dans le tas de sable; non loin, dans « l'allée aux fleurs », l'endroit où l'on avait aménagé nos petits jardins; à l'ombre d'un tilleul argenté, la gymnastique où Emmanuèle était si craintive, Suzanne au contraire si hardie; puis, une partie ombreuse, « l'allée noire » où certains beaux soirs, après dîner, se cachait mon oncle; les autres soirs il nous lisait à haute voix un interminable roman de Walter Scott.

Devant la maison, le grand cèdre est devenu énorme, dans les branches duquel nous nichions et passions des heures; chacun de nous s'y était aménagé une chambre; on se faisait de l'une à l'autre des visites, puis, du haut des branches, avec des nœuds coulants, des crochets, on pêchait; Suzanne et moi nous montions tout en haut, et de la cime on criait à ceux des régions inférieures : « On voit la mer! On voit la mer! — En effet, quand le temps était clair, on apercevait la petite ligne d'argent qu'elle faisait à quinze kilomètres de là.

Non, rien de tout cela n'a changé, et je retrouve au fond de moi sans peine le petit enfant que j'étais. Mais il n'est ici d'aucun intérêt de remonter trop loin en arrière : lorsque Emmanuèle et Suzanne vinrent me retrouver à Paris au moment de la mort de mon père les amusements de la première enfance déjà cédaient à d'autres jeux.

Ma mère se laissa persuader par la famille d'aller passer à Rouen les premiers temps de son deuil. Elle n'eut pas le cœur de me laisser chez M. Vedel; et c'est ainsi que commença pour moi cette vie irrégulière et désencadrée, cette éducation rompue à laquelle je ne devais que trop prendre goût.

C'est donc dans la maison de la rue de Crosne, chez mon oncle Henri Rondeaux, que nous passâmes cet hiver. M. Hubert, un professeur qui donnait également des leçons à ma cousine Louise, vint me faire travailler un peu chaque jour. Il se servait, pour m'enseigner la géographie, de « cartes muettes », dont je devais repérer et inscrire tous les noms, repasser à l'encre les tracés discrets. L'effort de l'enfant était considérablement épargné; grâce à quoi il ne retenait plus rien. Je ne me souviens que des doigts en spatule de M. Hubert, extraordinairement plats, larges et carrés du bout, qu'il promenait sur ces cartes.

Je reçus en cadeau de Nouvel An, cet hiver, un appareil à copier; je ne sais plus le nom de cette machine rudimentaire, qui n'était, en somme, qu'un plateau de métal couvert d'une substance gélatineuse, sur laquelle on appliquait d'abord la feuille qu'on venait de couvrir d'écriture, puis la série des feuilles à impressionner. L'idée d'un journal naquit-elle de ce cadeau? ou au contraire le cadeau vint-il pour répondre à un projet de journal? Peu importe. Toujours est-il qu'une petite gazette, à l'usage des proches, fut fondée. Je ne pense pas avoir conservé les quelques numéros qui parurent : je vois bien qu'il y avait de la prose et des vers de mes cousines; quant à ma collaboration, elle consistait uniquement dans la copie de quelques pages de grands auteurs; par une modestie que je renonce à qualifier, je m'étais persuadé que les parents trouveraient plus de plaisir à lire *L'Ecureuil est un gentil petit animal*... de Buffon et des fragments d'épîtres de Boileau, que n'importe quoi de mon cru— et qu'il était séant qu'il en fût ainsi.

Mon oncle Henri Rondeaux dirigeait une fabrique de rouenneries au Houlme, à quatre ou cinq kilomètres de la ville. Nous y allions assez souvent en voiture. Il y avait primitivement, contre l'usine, une maison rectangulaire, petite, modeste, insignifiante au point de n'avoir laissé aucune trace en mon esprit, que mon oncle fit abattre, pour bâtir, sinon à la place, du moins un peu plus loin, bien en face de ce qui devait devenir le jardin, une habitation prétentieuse et cossue qui tenait du chalet de bains de mer et de la maison normande.

Mon oncle Henri était la crème des hommes : doux, paterne, même un peu confit; son visage non plus n'avait aucun caractère; j'ai dit, n'est-ce pas, qu'il s'était fait catholique, vers l'âge de dix-huit ans je crois; ma grand-mère, en ouvrant une armoire dans la chambre de son fils, tombait à la renverse évanouie : c'était un autel à la Vierge.

Les Henri Rondeaux recevaient *Le Triboulet*, journal humoristique ultra, créé pour déboulonner Jules Ferry; cette feuille était pleine d'immondes dessins dont tout l'esprit consistait à instrumenter en trompe le nez du « Tonkinois », ce qui faisait la joie de mon cousin Robert. Les numéros du *Triboulet*, à côté de ceux de *La Croix*, traînaient au Houlme, sur les tables du salon ou du billard, tout ouverts, comme par défi, et mettaient mal à l'aise ceux des hôtes qui ne partageaient pas les opinions de la maison; les parents Démarest et ma mère affectaient de ne rien voir; Albert s'indignait sourdement. Malgré les divergences politiques et confessionnelles, ma mère était trop conciliante pour ne s'entendre pas avec son frère aîné; mais plus volontiers encore avec sa belle-sœur Lucile. Personne d'ordre, de grand bon sens et de grand cœur, ma tante doublait exactement son mari; et pourtant on la jugeait supérieure; car il faut à l'homme beaucoup d'intelligence pour ne pas, avec d'égales qualités morales, rester sensiblement au-dessous de la femme. C'est ma tante et non Robert qui prit la direction de la fabrique, à la mort de mon oncle Henri, l'an qui suivit celui où mon récit est parvenu, et qui tint tête aux ouvriers, certain jour qu'ils s'étaient mis en grève.

La fabrique du Houlme était alors une des plus importantes usines de Rouen, dont le commerce était encore prospère. On n'y fabriquait point les tissus; on les imprimait seulement. Mais cette impression s'accompagnait d'une quantité d'opérations complémentaires, et occupait un peuple d'ouvriers. Il y avait, un peu à l'écart dans la prairie, un hangar de séchage tout en hauteur : l'air qui passait entre les claires-voies agitait constamment les toiles dont bruissaient les mystérieux frôlements; un escalier en zigzag s'élevait en tremblant au travers d'une multitude de petits paliers, de couloirs et de passerelles qui vous perdaient parmi les infinis lacis verticaux des blanches banderoles fraîches, tranquilles et palpitantes. Contre la rivière, un petit pavillon toujours clos, où se fabriquaient en secret les couleurs, exhalait une odeur bizarre et que l'on finissait par aimer. Dans la salle des machines, je serais volontiers resté des heures à contempler le passage des toiles sous les rouleaux de cuivre brillant qui les chargeaient de couleur et de vie; mais il ne nous était pas permis à nous enfants, d'y aller seuls. En revanche, nous entrions sans demander la permission dans le grand magasin, chaque fois que nous en trouvions la porte ouverte. C'était un vaste bâtiment où s'empilaient en ordre les pièces d'étoffe imprimée, enroulées et prêtes à être livrées au commerce. A chacun des étages, des wagonnets, sur trois lignes de rails, couraient d'un bout à l'autre des salles, le long de trois couloirs parallèles, entre les rayons vides ou pleins. Suzanne, Louise et moi, chacun sur un des wagonnets, nous organisions de pathétiques courses. Emmanuèle ne nous accompagnait pas dans le magasin, parce qu'il n'y avait que trois wagons, qu'elle n'aimait pas les aventures, et surtout qu'elle n'était pas bien sûre que ce fût permis.

A côté de l'usine s'étalait la ferme, avec une basse-cour modèle et une grange immense où mon cousin Robert s'amusait à l'élevage d'une race particulière de lapins; des fascines entassées suppléaient les terriers; là je passais des heures assis ou couché sur la paille, en l'absence de mes amies, à contempler les ébats de ce petit peuple fantastique.

Le jardin était resserré entre le mur qui bordait la route, et la rivière. Au centre, une pièce d'eau dont l'exiguïté contournée eût fait rêver Flaubert. Un ridicule joujou de pont de métal la traversait. Le fond du bassin était cimenté, et, sur ce fond, semblables à des débris végétaux, quantités de larves de phrygane se traînaient dans leur bizarre fourreau de brindilles. J'en élevais dans une cuvette, mais dus quitter le Houlme avant d'avoir pu assister à leur transformation.

Je doute si jamais livres, musiques ou tableaux me ménagèrent plus tard autant de joies, ni d'aussi vives, que ne faisaient dès ces premiers temps les jeux de la matière vivante. J'étais parvenu à faire partager à Suzanne ma passion pour l'entomologie; du moins me suivait-elle dans mes chasses et ne répugnait-elle pas trop à retourner avec moi bouses et charognes à la recherche des nécrophores, des géotrupes et des staphylins. Il faut croire que ma famille finit par prendre en considération mon zèle, car, si enfant que je fusse encore, c'est à moi que l'on fit revenir toute la collection d'insectes de feu Félix Archimède Pouchet, cousin germain de ma grand-mère. Le vieux savant, théoricien buté, avait eu son heure de célébrité pour avoir soutenu contre Pasteur l'aventureuse thèse de l'*hétérogénie* ou génération spontanée. Il n'est pas donné à beaucoup d'avoir un cousin qui s'appelle Archimède. Que je voudrais l'avoir connu ! Je raconterai plus tard mes relations avec son fils Georges, professeur au Muséum.

Ce don de vingt-quatre boîtes à fond de liège, pleines de coléoptères, classés, rangés, étiquetés, certes je fus flatté d'en avoir été jugé digne ; mais je n'ai pas souvenir qu'il m'ait fait un bien énorme plaisir. Ma pauvre collection particulière, auprès de ce trésor, paraissait trop humiliée ; et combien m'y était plus précieux chacun de ces insectes que j'y avais épinglés moi-même, après les avoir moi-même capturés. Ce que j'aimais, ce n'était pas la collection, c'était la chasse.

Je rêvais aux heureux coins de France hantés de capricornes et cerfs-volants, qui sont les plus gros coléoptères de nos climats ; à La Roque on n'en trouvait point ; mais, au pied d'un antique tas de sciure, à côté de la scierie du Val-Richer, j'avais surpris une colonie de rhinocéros, c'est-à-dire d'*oryctes nasicornes*. Ces beaux insectes d'acajou vernissé, presque aussi gros que les lucanes, portent, entre les deux yeux, la corne retroussée à laquelle ils doivent leur nom. Je fus comme fou la première fois que je les vis.

En creusant la sciure, on découvrait aussi leurs larves, d'énormes vers blancs semblables aux *turcs* ou larves des hannetons. On découvrait encore d'étranges chapelets ou paquets d'œufs blanchâtres et mous, gros comme des mirabelles, collés les uns aux autres, qui m'intriguaient d'abord étrangement. On ne pouvait briser ces œufs, qui n'avaient à proprement parler pas de coquille, et même avait-on quelque mal à déchirer l'enveloppe souple et parcheminée — d'où s'échappait alors, ô stupeur! une délicate couleuvre.

Je rapportai à La Roque quantité de larves d'oryctes que j'élevai dans une caisse pleine de sciure, mais qui moururent toujours avant de parvenir à la nymphose, pour cette raison, je crois, qu'il leur faut s'enfoncer en terre pour se métamorphoser.

Lionel de R... m'aidait dans ces chasses. Nous étions exactement de même âge. Orphelin, il habitait, ainsi que sa sœur, au Val-Richer, chez son oncle, gendre de Guizot, dont il était le petit-fils. J'allais au Val-Richer tous les dimanches. Quand mes cousines étaient là, nos bonnes nous y menaient en bande. La route était plaisante, mais nous étions endimanchés; la visite était une corvée. Entre Lionel et moi, l'intimité, qui devait devenir bientôt très étroite, ne s'était pas encore établie et je ne voyais alors en lui qu'un garçonnet turbulent, rageur, autoritaire, aux mollets de coq, aux cheveux en poils de goupillon, toujours en nage, et ponceau dès qu'il s'agitait. Son sport favori consistait à s'emparer de mon beau chapeau de panama tout neuf et à le jeter dans une corbeille de dahlias où il était défendu d'entrer; ou encore d'exciter contre nous « Mousse », un énorme terre-neuve, qui nous culbutait. Parfois des parentes plus âgées étaient là; c'était très gai : on jouait aux « barres anglaises »; mais, après le goûter, quand on commençait de vraiment s'amuser, les bonnes nous appelaient : il était temps de rentrer. Je me souviens particulièrement d'un de ces retours :

Un orage épouvantable s'éleva presque subitement;

le ciel s'emplit de nuages violâtres; on pressentait avec angoisse foudre, grêle, bourrasque et damnation. Nous pressions le pas pour rentrer. Mais l'orage gagnait sur nous; il semblait nous poursuivre; nous nous sentions visés, oui, menacés directement. Alors, selon notre coutume, repassant ensemble notre conduite, l'un l'autre nous nous interrogions, tâchant de reconnaître à qui le terrifiant Zeus en avait. Puis, comme nous ne parvenions pas à nous découvrir de gros péchés récents, Suzanne s'écriait :

— C'est pour les bonnes!

Aussitôt nous piquions de l'avant, au galop, abandonnant ces pécheresses au feu du ciel.

Cette année 1881, ma douzième, ma mère, qui s'inquiétait un peu du désordre de mes études et de mon désœuvrement à La Roque, fit venir un précepteur. Je ne sais trop qui put lui recommander M. Gallin. C'était un tout jeune gandin, un étudiant en théologie, je crains bien, myope et niais, que les leçons qu'il donnait semblaient embêter encore plus que moi, ce qui n'était pourtant pas peu dire. Il m'accompagnait dans les bois, mais sans cacher qu'il ne goûtait pas la campagne. J'étais ravi quand une branche de coudre, au passage, faisait sauter son pince-nez. Il chantait du bout des lèvres, avec affectation, un air des *Cloches de Corneville*, où revenaient ces paroles :

... Des amourettes
Qu'on n'aime pas.

La complaisante affectation de sa voix mièvre m'exaspérait; je finis par déclarer que je ne comprenais pas qu'il pût trouver plaisir à chanter de pareilles inepties.

— Vous trouvez cela stupide parce que vous êtes trop jeune, répliqua-t-il avec suffisance. Vous comprendrez cela plus tard. C'est au contraire très fin.

Il ajouta que c'était un air très vanté d'un opéra très en vogue... Tout alimentait mon mépris.

J'admire qu'une instruction si brisée ait malgré tout pu réussir en moi quelque chose : l'hiver suivant ma mère m'emmena dans le Midi. Sans doute cette décision fut-elle le résultat de longues méditations, de patients débats; chaque action de maman était toujours raisonnée. S'inquiétait-elle de mon médiocre état de santé? Cédait-elle à des objurgations de ma tante Charles Gide qui s'obstinait volontiers à ce qu'elle estimait le préférable? Je ne sais. Les raisons des parents sont impénétrables.

Les Charles Gide occupaient alors à Montpellier, au bout en cul-de-sac de la rue Salle-l'Évêque, le second et dernier étage de l'hôtel particulier des Castelnau. Ceux-ci ne s'étaient réservé que le premier et le rez-de-chaussée beaucoup plus vaste, de plain-pied avec un jardin où nous avions gracieux accès. Le jardin n'était en lui-même, autant qu'il m'en souvient, qu'un fouillis de chênes verts et de lauriers, mais sa position était admirable; en terrasse d'angle au-dessus de l'Esplanade, dont il dominait l'extrémité, ainsi que les faubourgs de la ville, jetant le regard jusqu'au lointain pic Saint-Loup, que mon oncle contemplait également des fenêtres de son cabinet de travail.

Est-ce par discrétion que ma mère et moi nous ne logeâmes pas chez les Charles Gide? ou simplement parce qu'ils n'avaient pas la place de nous héberger? car nous avions Marie avec nous. Peut-être aussi ma mère en deuil souhaitait-elle la solitude. Nous descendîmes d'abord à l'hôtel Nevet, avant de chercher dans un quartier voisin un appartement meublé où nous installer pour l'hiver.

Celui sur lequel s'arrêta le choix de ma mère était dans une rue en pente qui partait de la grand-place, à l'autre bout de l'Esplanade, en contrebas de celle-ci, de sorte qu'elle n'avait de maisons que d'un côté. A mesure qu'elle descendait, s'éloignant de la grand-place, la rue se faisait plus sombre et plus sale. Notre maison était vers le milieu.

L'appartement était petit, laid, misérable ; son mobilier était sordide. Les fenêtres de la chambre de ma mère et de la pièce qui servait à la fois de salon et de salle à manger, donnaient sur l'Esplanade, c'est-à-dire que le regard butait sur son mur de soutènement. Ma chambre et celle de Marie prenaient jour sur un jardinet sans gazon, sans arbres, sans fleurs, et que l'on eût appelé cour, n'eussent été deux buissons sans feuilles sur lesquels la lessive de la propriétaire s'épanouissait hebdomadairement. Un mur bas séparait ce jardin d'une courette voisine, sur laquelle ouvraient d'autres fenêtres : il y avait là des cris, des chants, des odeurs d'huile, des langes qui séchaient, des tapis qu'on secouait, des pots de chambre qu'on vidait, des enfants qui piaillaient, des oiseaux qui s'égosillaient dans leurs cages. On voyait errer de cour en cour nombre de chats faméliques que, dans le désœuvrement des dimanches, le fils de la propriétaire et ses amis, grands galopins de dix-huit ans, poursuivaient à coups de débris de vaisselle. Nous dînions tous les deux ou trois jours chez les Charles Gide ; leur cuisine était excellente et contrastait avec la ratatouille que nous apportait le reste du temps un traiteur. La hideur de notre installation me donnait à penser que la mort de mon père avait entraîné notre ruine ; mais je n'osais questionner maman là-dessus. Si lugubre que fût l'appartement, c'était un paradis pour qui revenait du lycée.

Je doute si ce lycée avait beaucoup changé depuis le temps de Rabelais. Comme il n'y avait de patères nulle part où pouvoir accrocher ses effets, ceux-ci servaient de coussins de siège ; et aussi de coussins de pieds pour le voisin d'au-dessus, car on était sur des gradins. On écrivait sur ses genoux.

Deux factions divisaient la classe et divisaient tout le lycée : il y avait le parti des catholiques et le parti des protestants. A mon entrée à l'École alsacienne j'avais appris que j'étais protestant ; dès la première récréation, les élèves, m'entourant, m'avaient demandé :

— T'es catholique, toi ? ou protescul ?

Parfaitement interloqué, entendant pour la première fois de ma vie ces mots baroques — car mes parents s'étaient gardés de me laisser connaître que la foi de tous les Français pouvait ne pas être la même, et l'entente qui régnait à Rouen entre mes parents m'aveuglait sur leurs divergences confessionnelles — je répondis que je ne savais pas ce que tout cela voulait dire. Il y eut un camarade obligeant qui se chargea de m'expliquer :

— Les catholiques sont ceux qui croient à la sainte Vierge.

Sur quoi je m'écriai qu'alors j'étais sûrement protestant. Il n'y avait pas de juifs parmi nous, par miracle ; mais un petit gringalet, qui n'avait pas encore parlé, s'écria soudain :

— Mon père, lui, est athée. Ceci, dit d'un ton supérieur qui laissa les autres perplexes.

Je retins le mot pour en demander l'explication à ma mère :

— Qu'est-ce que cela veut dire : athée?

— Cela veut dire : un vilain sot.

Peu satisfait, j'interrogeai derechef, je pressai; enfin maman, lassée, coupa court à mon insistance, comme elle faisait souvent par un :

— Tu n'as pas besoin de comprendre cela maintenant, ou : Tu comprendras cela plus tard. (Elle avait un grand choix de réponses de ce genre, qui m'enrageaient.)

S'étonnera-t-on que des mioches de dix ou douze ans se préoccupassent déjà de ces choses? Mais non; il n'y avait là que ce besoin inné du Français de prendre parti, d'être d'un parti, qui se retrouve à tous les âges et du haut en bas de la société française.

Un peu plus tard, me promenant au Bois avec Lionel de R. et mon cousin Octave Join-Lambert, dans la voiture des parents de celui-ci, je me fis chanter pouilles par les deux autres : ils m'avaient demandé si j'étais royaliste ou républicain, et j'avais répondu :

— Républicain parbleu! ne comprenant pas encore, puisque nous étions en république, qu'on pût être autre que républicain. Lionel et Octave m'étaient tombés dessus à bras raccourcis. Sitôt de retour :

— Ça n'est donc pas ça que j'aurais dû dire? avais-je demandé naïvement.

— Mon enfant, m'avait répondu ma mère après un petit temps de réflexion, lorsqu'on te demandera ce que tu es, dis que tu es pour une bonne représentation constitutionnelle. Tu te souviendras?

Elle m'avait fait répéter ces mots surprenants.

— Mais... qu'est-ce que ça veut dire?

— Eh bien! précisément, mon petit : les autres ne comprendront pas plus que toi, et alors ils te laisseront tranquille.

A Montpellier la question confessionnelle importait peu; mais comme l'aristocratie catholique envoyait ses enfants chez les frères, il ne restait guère au lycée, en regard des protestants qui presque tous cousinaient entre eux, qu'une plèbe souvent assez déplaisante et qu'animaient contre nous des sentiments nettement haineux.

Je dis « nous », car presque aussitôt j'avais fait corps avec mes coreligionnaires, enfants de ceux que fréquentaient mon oncle et ma tante, et auprès de qui j'avais été introduit. Il y avait là des Westphal, des Leenhardt, des Castelnau, des Bazile, parents les uns des autres et des plus accueillants. Tous n'étaient pas dans ma classe, mais on se retrouvait à la sortie. Les deux fils du docteur Leenhardt étaient ceux avec qui je frayais le plus. Ils étaient de naturel ouvert, franc, un peu taquin, mais foncièrement honnêtes; malgré moi je n'éprouvais qu'un médiocre plaisir à me trouver avec eux. Je ne sais quoi de positif dans leurs propos, de déluré dans leur allure, me rencognait dans ma timidité, qui s'était entre-temps beaucoup accrue. Je devenais triste, maussade et ne fréquentais mes camarades que parce que je ne pouvais faire autrement. Leurs jeux étaient bruyants autant que les miens eussent été calmes et je me sentais pacifique autant qu'ils se montraient belliqueux. Non contents des tripotées au sortir des classes, ils ne parlaient que de canons, de poudre et de « pois fulminants ». C'était une invention que nous ne connaissions heureusement pas à Paris; un peu de fulminate, un peu de fin gravier ou de sable, le tout enveloppé dans un papier à papillotes, et cela pétait ferme quand on le lançait sur le trottoir entre les jambes d'un passant. Aux premiers pois que les fils Leenhardt me donnèrent, je n'eus rien de plus pressé que de les noyer dans ma cuvette, sitôt rentré dans notre infect appartement. L'argent de poche qu'ils pouvaient avoir passait en achats de poudre dont ils bourraient jusqu'à la gueule des petits canons de cuivre ou d'acier qu'on venait de leur donner pour leurs étrennes et qui positivement me terrifiaient. Ces détonations me tapaient sur les nerfs, m'étaient odieuses et je ne comprenais pas quelle sorte de plaisir infernal on y pouvait prendre. Ils organisaient des feux de file contre des armées de soldats de plomb. Moi aussi j'avais eu des soldats de plomb; moi aussi je jouais avec eux; mais c'était à les faire fondre. On les posait tout droits sur une pelle qu'on faisait chauffer; alors on les voyait chanceler soudain sur leur base, piquer du nez, et bientôt s'échappait de leur uniforme terni une petite âme brillante, ardente et dépouillée... Je reviens au lycée de Montpellier :

Le régime de l'École alsacienne amendait celui du lycée; mais ces améliorations, pour sages qu'elles fussent, tournaient à mon désavantage. Ainsi l'on m'avait appris à réciter à peu près décemment les vers, ce à quoi déjà m'invitait un goût naturel; tandis qu'au lycée (du moins celui de Montpellier) l'usage était de réciter indifféremment vers ou prose d'une voix blanche, le plus vite possible et sur un ton qui enlevât au texte, je ne dis pas seulement tout attrait, mais tout sens même, de sorte que plus rien n'en demeurait qui motivât le mal qu'on s'était donné pour l'apprendre. Rien n'était plus affreux, ni plus baroque; on avait beau connaître le texte, on n'en reconnaissait plus rien; on doutait si l'on entendait du français. Quand mon tour vint de réciter (je voudrais me rappeler quoi), je sentis aussitôt que, malgré le meilleur vouloir, je ne pourrais me plier à leur mode, et qu'elle me répugnait trop. Je récitai donc comme j'eusse récité chez nous.

Au premier vers ce fut de la stupeur, cette sorte de stupeur que soulèvent les vrais scandales; puis elle fit place à un immense rire général. D'un bout à l'autre des gradins, du haut en bas de la salle, on se tordait; chaque élève riait comme il n'est pas souvent donné de rire en classe; on ne se moquait même plus; l'hilarité était irrésistible au point que M. Nadaud lui-même y cédait; du moins souriait-il, et les rires alors, s'autorisant de ce sourire, ne se retinrent plus. Le sourire du professeur était ma condamnation assurée; je ne sais pas où je pus trouver la constance de poursuivre jusqu'au bout du morceau que, Dieu merci, je possédais bien. Alors à mon étonnement et à l'ahurissement de la classe, on entendit la voix très calme, auguste même, de M. Nadaud, qui criait encore après que les rires enfin s'étaient tus.

— Gide, dix. (C'était la note la plus haute.) Cela vous fait rire, Messieurs; eh bien! permettez-moi de vous le dire : c'est comme cela que vous devriez tous réciter.

J'étais perdu. Ce compliment, en m'opposant à mes camarades, eut pour résultat le plus clair de me les mettre tous à dos. On ne pardonne pas, entre condisciples, les faveurs subites, et M. Nadaud, s'il avait voulu m'accabler, ne s'y serait pas pris autrement. Ne suffisait-il pas déjà qu'ils me trouvassent poseur, et ma récitation ridicule? Ce qui achevait de me compromettre, c'est qu'on savait que je prenais avec

M. Nadaud des leçons particulières. Et voici pourquoi j'en prenais :

Une des réformes de l'École alsacienne portait sur l'enseignement du latin, qu'elle ne commençait qu'en sixième. De la sixième au baccalauréat ses élèves auraient le temps, prétendait-elle, de rejoindre ceux du lycée qui, dès la neuvième, ânonnaient : *rosa, rosae*. On partait plus tard, mais pour n'arriver pas moins tôt; les résultats l'avaient prouvé. Oui, mais moi qui prenais la course en écharpe, j'étais handicapé; malgré les fastidieuses répétitions de M. Nadaud, je perdis vite tout espoir de rattraper jamais ceux qui déjà traduisaient Virgile. Je sombrai dans un désespoir affreux.

Ce stupide succès de récitation, et la réputation de poseur qui s'ensuivit déchaînèrent l'hostilité de mes camarades; ceux qui d'abord m'avaient entouré me renoncèrent; les autres s'enhardirent dès qu'ils ne me virent plus soutenu. Je fus moqué, rossé, traqué. Le supplice commençait au sortir du lycée; pas aussitôt pourtant, car ceux qui d'abord avaient été mes compagnons ne m'auraient tout de même pas laissé brimer sous leurs yeux; mais au premier détour de la rue. Avec quelle appréhension j'attendais la fin de la classe! Et sitôt dehors, je me glissais, je courais. Heureusement nous n'habitions pas loin; mais eux s'embusquaient sur ma route : alors, par peur des guets-apens, j'inventais d'énormes détours; ce que les autres ayant compris, ce ne fut plus de l'affût, ce devint de la chasse à courre; pour un peu ç'aurait pu devenir amusant; mais je sentais chez eux moins l'amour du jeu que la haine du misérable gibier que j'étais. Il y avait surtout le fils d'un entrepreneur forain, d'un directeur de cirque, un nommé

Lopez, ou Tropez, ou Gomez, un butor de formes athlétiques, sensiblement plus âgé qu'aucun de nous, qui mettait son orgueil à rester dernier de la classe, dont je revois le mauvais regard, les cheveux ramenés bas sur le front, plaqués, luisants de pommade, et la lavallière couleur sang; il dirigeait la bande et celui-là vraiment voulait ma mort. Certains jours je rentrais dans un état pitoyable, les vêtements déchirés, pleins de boue, saignant du nez, claquant des dents, hagard. Ma pauvre mère se désolait. Puis enfin je tombai sérieusement malade, ce qui mit fin à cet enfer. On appela le docteur : j'avais la petite vérole. Sauvé!

Bien soignée la maladie suivit son cours normal; c'est-à-dire que j'allais être bientôt remis sur pied. Mais à mesure qu'avançait la convalescence et qu'approchait l'instant où je devrais reprendre le licol, je sentais une affreuse angoisse du souvenir de mes misères, une angoisse sans nom m'envahir. Dans mes rêves, je revoyais Gomez le féroce; je haletais, poursuivi par sa meute; j'essuyais à nouveau contre ma joue l'abominable contact du chat crevé qu'un jour il avait ramassé dans le ruisseau pour m'en frictionner le visage, tandis que d'autres me tenaient les bras; je me réveillais en sueur, mais c'était pour retrouver mon épouvante en songeant à ce que le docteur Leenhardt avait dit à ma mère : dans peu de jours je pourrais rentrer au lycée; alors je sentais le cœur me manquer. Au demeurant ce que j'en dis n'est nullement pour excuser ce qui va suivre. Dans la maladie nerveuse qui succéda à ma variole, je laisse aux neurologues à démêler la part qu'y prit la complaisance.

Voici, je crois, comment cela commença : Au premier jour qu'on me permit de me lever, un certain vertige faisait chanceler ma démarche, comme il est naturel après trois semaines de lit. Si ce vertige était un peu plus fort, pensai-je, puis-je imaginer ce qui se passerait? Oui, sans doute : ma tête, je la sentirais fuir en arrière; mes genoux fléchiraient (j'étais dans le petit couloir qui menait de ma chambre à celle de ma mère) et soudain je croulerais à la renverse. Oh! me disais-je, imiter ce qu'on imagine! Et tandis que j'imaginais, déjà je pressentais quelle détente, quel répit je goûterais à céder à l'invitation de mes nerfs. Un regard en arrière, pour m'assurer de l'endroit où ne pas me faire trop de mal en tombant...

Dans la pièce voisine, j'entendis un cri. C'était Marie; elle accourut. Je savais que ma mère était sortie; un reste de pudeur, ou de pitié, me retenait encore devant elle; mais je comptais qu'il lui serait tout rapporté. Après ce coup d'essai, presque étonné d'abord qu'il réussît, promptement enhardi, devenu plus habile et plus décidément inspiré, je hasardai d'autres mouvements, que tantôt j'inventais saccadés et brusques, que tantôt je prolongeais au contraire, répétais et rythmais en danses. J'y devins fort expert et possédai bientôt un répertoire assez varié : celle-ci se sautait presque sur place; cette autre nécessitait le peu d'espace de la fenêtre à mon lit, sur lequel, tout debout, à chaque retour, je me lançais : en tout trois bonds bien exactement réussis; et cela près d'une heure durant. Une autre enfin que j'exécutais couché, les couvertures rejetées, consistait en une série de ruades en hauteur, scandées comme celles des jongleurs japonais.

Maintes fois par la suite je me suis indigné contre moi-même, doutant où je pusse trouver le cœur, sous les yeux de ma mère, de mener cette comédie. Mais avouerai-je qu'aujourd'hui cette indignation ne me paraît pas bien fondée. Ces mouvements que je faisais, s'ils étaient conscients, n'étaient qu'à peu près volontaires. C'est-à-dire que, tout au plus, j'aurais pu les retenir un peu. Mais j'éprouvais le plus grand soulas à les faire. Ah! que de fois, longtemps ensuite, souffrant des nerfs, ai-je pu déplorer de n'être plus à un âge où quelques entrechats...

Dès les premières manifestations de ce mal bizarre, le docteur Leenhardt appelé avait pu rassurer ma mère : les nerfs, rien que les nerfs, disait-il; mais comme tout de même je continuais de gigoter, il jugea bon d'appeler à la rescousse deux confrères. La consultation eut lieu, je ne sais comment ni pourquoi, dans une chambre de l'hôtel Nevet [1]. Ils étaient là, trois docteurs, Leenhardt, Theulon et Boissier; ce dernier, médecin de Lamalou-les-Bains, où il était question de m'envoyer. Ma mère assistait, silencieuse.

J'étais un peu tremblant du tour que prenait l'aventure; ces vieux messieurs, dont deux à barbe blanche, me retournaient dans tous les sens, m'auscultaient, puis parlaient entre eux à voix basse. Allaient-ils me percer à jour? dire, l'un d'eux, M. Theulon à l'œil sévère :

— Une bonne fessée, Madame, voilà ce qui convient à cet enfant...?

Mais non; et plus ils m'examinent, plus semble les pénétrer le sentiment de l'authenticité de mon cas. Après tout, puis-je prétendre en savoir sur moi-même plus long que ces messieurs? En croyant les

1. A y bien réfléchir, je crois qu'il faut placer cette consultation entre mes deux séjours à Lamalou, et c'est ce qui expliquerait que nous fussions à l'hôtel.

tromper, c'est sans doute moi que je trompe.

La séance est finie.

Je me rhabille. Theulon paternellement se penche, veut m'aider; Boissier aussitôt l'arrête; je surprends, de lui à Theulon, un petit geste, un clin d'œil, et suis averti qu'un regard malicieux, fixé sur moi, m'observe, veut m'observer encore, alors que je ne me sache plus observé, qu'il épie le mouvement de mes doigts, ce regard, tandis que je reboutonne ma veste. « Avec le petit vieux que voilà, s'il m'accompagne à Lamalou, il va falloir jouer serré », pensai-je, et, sans en avoir l'air, je lui servis quelques grimaces de supplément, du bout des doigts trébuchant dans les boutonnières.

Quelqu'un qui ne prenait pas au sérieux ma maladie, c'était mon oncle; et comme je ne savais pas encore qu'il ne prenait au sérieux les maladies de personne, j'étais vexé. J'étais extrêmement vexé, et résolus de vaincre cette indifférence en jouant, gros. Ah! quel souvenir misérable! Comme je sauterais par-dessus, si j'acceptais de rien omettre! — Me voici dans l'antichambre de l'appartement, rue Salle-l'Évêque; mon oncle vient de sortir de sa bibliothèque et je sais qu'il va repasser; je me glisse sous une console, et, quand il revient, j'attends d'abord quelques instants, si peut-être il m'apercevra de lui-même, car l'anti-chambre est vaste et mon oncle va lentement; mais il tient à la main un journal qu'il lit tout en marchant; encore un peu et il va passer outre... Je fais un mouvement; je pousse un gémissement; alors il s'arrête, soulève son lorgnon et, de par-dessus son journal :

— Tiens! Qu'est-ce que tu fais là?

Je me crispe, me contracte, me tords et, dans une espèce de sanglot que je voudrais irrésistible :

— Je souffre, dis-je.

Mais tout aussitôt j'eus la conscience du fiasco : mon oncle remit le lorgnon sur son nez, son nez dans son journal, rentra dans sa bibliothèque dont il referma la porte de l'air le plus quiet. O honte! Que me restait-il à faire, que me relever, secouer la poussière de mes vêtements, et détester mon oncle; à quoi je m'appliquai de tout mon cœur.

Les rhumatisants s'arrêtaient à Lamalou-le-Bas; ils trouvaient là, auprès de l'établissement thermal, un bourg, un casino, des boutiques. A quatre kilomètres en amont, Lamalou-le-Haut, ou le-Vieux, le Lamalou des ataxiques, n'offrait que sa sauvagerie. L'établissement des bains, l'hôtel, une chapelle et trois villas, dont celle du docteur Boissier : c'était tout; encore l'établissement se dérobait-il aux regards, en contrebas dans une faille ravineuse; celle-ci, brusquement, coupait le jardin de l'hôtel et glissait ombreusement, furtivement, vers la rivière. A l'âge que j'avais alors, le charme le plus proche est extrême; une sorte de myopie désintéresse des plans lointains; on préfère le détail à l'ensemble; au pays qui se livre, le pays qui se dissimule et qu'on découvre en avançant.

Nous venions d'arriver. Pendant que maman et Marie s'occupaient à défaire les malles, j'échappai. Je courus au jardin; je pénétrai dans cet étroit ravin; par-dessus les parois schisteuses, de hauts arbres penchés formaient voûte; un ruisselet fumant, qui traversait l'établissement thermal, chantait au bord de mon sentier; son lit était tapissé d'une épaisse rouille floconneuse; j'étais transi de surprise, et, pour exagérer mon ravissement, je me souviens que j'avançais les bras levés, à l'orientale, ainsi que j'avais vu faire à Sindbad dans le Vallon des Pierreries, sur une image de mes chères *Mille et une Nuits*. La faille aboutissait à la rivière, qui faisait coude à cet endroit et dont l'eau rapide, en venant buter contre la falaise schisteuse, l'avait profondément creusée; le haut de la falaise était frangé par l'inculte prolongement des jardins de l'hôtel : yeuses, cistes, arbousiers et, courant d'un arbuste à l'autre, puis retombant en chevelure dans le vide hésitant au-dessus des eaux, le smilax aimé des bacchantes. La limpidité de la rivière éteignait aussitôt l'ardeur ferrugineuse des sources; des troupeaux de goujons jouaient parmi les débris ardoisés faits de l'effritement des roches; celles-ci ne s'abaissaient qu'un peu plus loin, en aval, où plus lentement coulaient des eaux plus profondes; en amont, la rivière plus étroite précipitait son cours; il y avait des remous, des bondissements, des cascades, des vasques fraîches où l'imagination se baignait; par endroits, lorsqu'un avancement de la falaise barrait la route, de grandes dalles espacées permettaient de passer sur l'autre rive; puis soudain les falaises des deux rives à la fois se rapprochaient : force était de gravir, quittant le bord des eaux, quittant l'ombre. On retrouvait, au-dessus des falaises, un terrain où quelques cultures fanaient sous un ardent soleil; plus loin, aux premières pentes des monts, commençaient d'immenses forêts de châtaigniers séculaires.

La piscine de Lamalou-le-Haut prétendait, je crois, remonter au temps des Romains; elle était du moins primitive, et je l'aimais pour cela; petite, mais il importait peu, puisqu'il était prescrit d'y demeurer tout immobile afin de permettre à l'acide carbonique d'opérer. L'eau, d'une opaque couleur de rouille, n'était point si chaude qu'en y plongeant on ne s'y sentît d'abord frissonner; puis bientôt, si l'on ne bougeait point, venaient vous taquiner des myriades de petites bulles, qui se fixaient sur vous, vous piquaient, interposaient à la fraîcheur de l'eau une cuisson mystérieuse par quoi les centres nerveux fussent décongestionnés; le fer agissait de son côté, ou de connivence, avec le concours d'on ne sait quels éléments subtils, et tout cela mêlé faisait l'extraordinaire efficacité de la cure. On sortait du bain la peau cuite et les os gelés. Un grand feu de sarments flamboyait, que le vieil Antoine activait encore, et au-dessus duquel il faisait ballonner ma chemise de nuit; car ensuite on se recouchait : par un interminable couloir on regagnait l'hôtel, et sa chambre, et son lit que bassinait en votre absence un « moine » — c'est ainsi qu'on appelle là-bas un réchaud qu'un ingénieux système d'arceaux suspend entre les draps écartés.

L'assemblée des docteurs, à la suite de cette première cure, reconnut que Lamalou m'avait fait du bien (oui, décidément, ce dut être cette consultation qui se tint à l'hôtel Nevet) et conclut à l'opportunité d'une nouvelle cure en automne, ce qui servait tous mes désirs. Entre-temps l'on m'envoyait prendre des douches à Géradmer.

Je renonce à copier ici les pages où je racontais d'abord Géradmer, ses forêts, ses vallons, ses chaumes, la vie oisive que j'y menai. Elles n'apporteraient rien de neuf et j'ai hâte de sortir enfin des ténèbres de mon enfance.

Lorsque après dix mois de jachère, ma mère me ramena à Paris et me remit à l'École alsacienne, j'avais complètement perdu le pli. Je n'y étais pas depuis quinze jours que j'ajoutais à mon répertoire de troubles nerveux les maux de tête, d'usage plus discret, et, partant, plus pratique en classe. Ces maux de tête m'ayant complètement quitté à partir de la vingtième année, et plus tôt même, je les ai jugés très sévèrement par la suite, les accusant d'avoir été, sinon tout à fait feints, du moins grandement exagérés. Mais à présent qu'ils reparaissent, je les reconnais, ceux de la quarante-sixième année [1] exactement pareils à ceux de la treizième et admets qu'ils aient pu décourager mon effort. En vérité, je n'étais pas paresseux; et de toute mon âme j'applaudissais en entendant mon oncle Émile déclarer :

— André aimera toujours le travail.

Mais c'était également lui qui m'appelait : l'irrégulier. Le fait est que je ne m'astreignais qu'à grand-peine; à cet âge déjà, l'obstination laborieuse je la mettais dans la reprise à petits coups d'un effort que je ne pouvais pas prolonger. Il me prenait des fatigues soudaines, des fatigues de tête, des sortes d'interruptions de courant, qui persistèrent après que les migraines eurent cessé, ou qui plus proprement les remplacèrent, et qui prolongeaient des jours, des semaines, des mois. Indépendamment de tout cela, ce que je ressentais alors c'était un dégoût sans nom pour tout ce que nous faisions en classe, pour la classe elle-même, le régime des cours, des examens, les concours, les récréations même; et l'immobilité sur les bancs, les lenteurs, les insipidités, les stagnances. Que mes maux de tête vinssent fort à propos, cela est sûr; il m'est impossible de dire dans quelle mesure j'en jouai.

1. Écrit en 1916.

Brouardel, que nous avions d'abord comme docteur, était cependant devenu si célèbre que ma mère reculait à le demander, tout empêchée par je ne sais qu'elle vergogne, que certainement j'héritai d'elle et qui me paralyse également en face des gens arrivés. Avec M. Lizart, qui l'avait remplacé près de nous, rien de pareil n'était à craindre ; on pouvait être bien assuré que la célébrité jamais ne se saisirait de lui, car il n'offrait aucune prise : un être débonnaire, blond et niais, à la voix caressante, au regard tendre, au geste mou ; inoffensif en apparence ; mais rien n'est plus redoutable qu'un sot. Comment lui pardonner ses ordonnances et le traitement qu'il prescrivit ? Dès que je me sentais, ou prétendais, nerveux : du bromure ; dès que je ne dormais pas : du chloral. Pour un cerveau qui se formait à peine ! Toutes mes défaillances de mémoire ou de volonté, plus tard, c'est lui que j'en fais responsable. Si l'on plaidait contre les morts, je lui intenterais procès. J'enrage à me remémorer que, durant des semaines, chaque nuit, un verre à demi plein d'une solution de chloral (j'avais la libre disposition du flacon, plein de petits cristaux d'hydrate, et dosais à ma fantaisie), de chloral, dis-je, attendait au chevet de mon lit le bon plaisir de l'insomnie ; que, durant des semaines, des mois, je trouvais en me mettant à table, à côté de mon assiette, une bouteille de « sirop Laroze — d'écorces d'oranges amères, au bromure de potassium » ; que je sirotais à petits coups ; dont il me fallait prendre, à chacun des repas, une, puis deux, puis trois cuillerées — et de cuillère non pas à café, mais à soupe — puis recommencer, rythmant ainsi par triades le traitement, qui durait, durait et qu'il n'y avait aucune raison d'interrompre avant l'abrutissement complet du patient naïf que j'étais. D'autant qu'il avait fort bon goût, ce sirop. Je ne comprends encore pas comment j'en ai pu revenir.

Décidément le diable me guettait; j'étais tout cuisiné par l'ombre, et rien ne laissait pressentir par où pût me toucher un rayon. C'est alors que survint l'angélique intervention que je vais dire, pour me disputer au malin. Événement d'infiniment modeste apparence, mais important dans ma vie autant que les révolutions pour les empires; première scène d'un drame qui n'a pas achevé de se jouer.

V

Ce devait être aux approches du nouvel an. Nous étions à Rouen de nouveau; non seulement parce que c'était temps de vacances, mais parce qu'après un mois d'essai, j'avais de nouveau quitté l'École alsacienne. Ma mère se résignait à me traiter en malade et acceptait que je n'apprisse rien que par raccroc. C'est-à-dire que de nouveau et pour longtemps mon instruction se trouvait interrompue.

Je mangeais peu; je dormais mal. Ma tante Lucile était aux petits soins; le matin Adèle ou Victor venait allumer le feu dans ma chambre; du grand lit où je paressais longtemps après l'éveil, j'écoutais les bûches siffler, lancer contre le garde-feu d'inoffensives étincelles, et je sentais mon engourdissement se résorber dans le bien-être qui régnait du haut en bas de la maison. Je me revois entre ma mère et ma tante, dans cette grande salle à manger, à la fois aimable et solennelle, qu'ornaient aux quatre coins, dans des niches, les blanches statues des quatre saisons, décentes et lascives, selon le goût de la Restauration, et dont le piédestal était aménagé en buffet (celui de l'Hiver en chauffe-assiettes).

Séraphine me préparait des petits plats spéciaux; mais je restais devant eux sans appétit.

— Vous le voyez, chère amie; il faut la croix et la bannière pour le faire manger, disait ma mère.

Alors ma tante : — Croyez-vous, Juliette, que des huîtres ne lui diraient rien?

Et maman : — Non; vous êtes beaucoup trop bonne... Enfin! on peut toujours essayer.

Il faut bien que je certifie que je ne faisais pourtant pas le difficile. Je n'avais goût à rien; j'allais à table comme on marche au supplice; je n'avalais quelques bouchées qu'au prix de grands efforts; ma mère suppliait, grondait, menaçait et presque chaque repas s'achevait dans les larmes. Mais ce n'est pas là ce qu'il m'importe de raconter...

A Rouen, j'avais retrouvé mes cousines. J'ai dit comment mes goûts d'enfant me rapprochaient plutôt de Suzanne et de Louise; mais cela même n'est pas parfaitement exact : sans doute je jouais plus souvent avec elles, mais c'est parce qu'elles jouaient plus volontiers avec moi; je préférais Emmanuèle, et davantage à mesure qu'elle grandissait. Je grandissais aussi; mais ce n'était pas la même chose; j'avais beau, près d'elle, me faire grave, je sentais que je restais enfant; je sentais qu'elle avait cessé de l'être. Une sorte de tristesse s'était mêlée à la tendresse de son regard, et qui me retenait d'autant plus que je la pénétrais moins. Même je ne savais pas précisément qu'Emmanuèle était triste; car jamais elle ne parlait d'elle, et cette tristesse n'était pas de celles qu'un autre enfant pût deviner. Je vivais auprès de ma cousine déjà dans une consciente communauté de goûts et de pensées, que de tout mon cœur je travaillais à rendre plus étroite et parfaite. Elle s'en amusait, je crois; par exemple, lorsque nous dînions ensemble rue de Crosne, au dessert, elle jouait à me priver de ce que je préférais, en s'en privant d'abord elle-même, sachant bien que je ne toucherais à aucun plat qu'à sa suite. — Tout cela paraît enfantin? — Hélas! combien l'est peu ce qui va suivre.

Cette secrète tristesse qui mûrissait si précocement mon amie, je ne la découvris pas lentement, comme il advient le plus souvent qu'on découvre les secrets d'une âme. Ce fut la révélation totale et brusque d'un monde insoupçonné, sur lequel tout à coup mes yeux s'ouvrirent, comme ceux de l'aveugle-né quand les eut touchés le Sauveur.

J'avais quitté mes cousines vers la tombée du soir pour rentrer rue de Crosne, où je pensais que maman m'attendait; mais je trouvai la maison vide. Je balançai quelque temps, puis résolus de retourner rue de Lecat; ce qui me paraissait d'autant plus plaisant que je savais qu'on ne m'y attendait plus. J'ai dénoncé déjà cet enfantin besoin de mon esprit de combler avec du mystère tout l'espace et le temps qui ne m'étaient pas familiers. Ce qui se passait derrière mon dos me préoccupait fort, et parfois même il me semblait que, si je me retournais assez vite, j'allais voir du je-ne-sais-quoi.

J'allai donc hors temps rue de Lecat, avec le désir de surprendre. Ce soir-là mon goût du clandestin fut servi.

Dès le seuil je flairai l'insolite. Contrairement à la coutume, la porte cochère n'était pas fermée, de sorte que je n'eus pas à sonner. Je me glissais furtivement lorsque Alice, une peste femelle que ma tante avait à son service, surgit de derrière la porte du vestibule, où apparemment elle était embusquée, et, de sa voix la moins douce :

— Eh quoi ! c'est vous ! Qu'est-ce que vous venez faire à présent ?

Évidemment je n'étais pas celui qu'on attendait. Mais je passai sans lui répondre.

Au rez-de-chaussée se trouvait le bureau de mon oncle Émile, un morne petit bureau qui sentait le cigare, où il s'enfermait des demi-journées et où je crois que les soucis l'occupaient beaucoup plus que les affaires ; il ressortait de là tout vieilli. Certainement il avait beaucoup vieilli ces derniers temps ; je ne sais trop si j'aurais remarqué cela de moi-même, mais, après avoir entendu ma mère dire à ma tante Lucile : « Ce pauvre Émile a bien changé ! » aussitôt m'était apparu le plissement douloureux de son front, l'expression inquiète et parfois harassée de son regard. Mon oncle n'était pas à Rouen ce jour-là.

Je montai sans bruit l'escalier sans lumière. Les chambres des enfants se trouvaient tout en haut ; au-dessous, la chambre de ma tante et celle de mon oncle ; au premier, la salle à manger et le salon, devant lesquels je passai. Je m'apprêtais à franchir d'un bond le deuxième étage, mais la porte de la chambre de ma tante était grande ouverte ; la chambre était très éclairée et répandait de la lumière sur le palier. Je ne jetai qu'un rapide coup d'œil, j'entrevis ma tante, étendue languissamment sur un sofa ; auprès d'elle Suzanne et Louise, penchées, l'éventaient et lui faisaient, je crois, respirer des sels. Je ne vis pas Emmanuèle, ou, plus exactement, une sorte d'instinct m'avertit qu'elle ne pouvait pas être là. Par peur d'être aperçu et retenu, je passai vite.

La chambre de ses sœurs, que je devais d'abord traverser, était obscure, ou du moins je n'avais pour me diriger que la clarté crépusculaire des deux fenêtres dont on n'avait pas encore fermé les rideaux. J'arrivai devant la porte de mon amie; je frappai doucement et, ne recevant pas de réponse, j'allais frapper encore, mais la porte céda, qui n'était pas close. Cette chambre était plus obscure encore; le lit en occupait le fond; contre le lit je ne distinguai pas d'abord Emmanuèle, car elle était agenouillée. J'allais me retirer, croyant la chambre vide, mais elle m'appela. :

— Pourquoi viens-tu? Tu n'aurais pas dû revenir...

Elle ne s'était pas relevée. Je ne compris pas aussitôt qu'elle était triste. C'est en sentant ses larmes sur ma joue que tout à coup mes yeux s'ouvrirent.

Il ne me plaît point de rapporter ici le détail de son angoisse, non plus que l'histoire de cet abominable secret qui la faisait souffrir, et dont à ce moment je ne pouvais du reste à peu près rien entrevoir. Je pense aujourd'hui que rien ne pouvait être plus cruel, pour une enfant qui n'était que pureté, qu'amour et que tendresse, que d'avoir à juger sa mère et à réprouver sa conduite; et ce qui renforçait le tourment, c'était de devoir garder pour elle seule, et cacher à son père qu'elle vénérait, ce secret qu'elle avait surpris je ne sais comment et qui l'avait meurtrie. — ce secret dont on jasait en ville, dont riaient les bonnes et qui se jouait de l'innocence et de l'insouciance de ses deux sœurs. Non, de tout cela je ne devais rien comprendre que plus tard; mais je sentais que, dans ce petit être que déjà je chérissais, habitait une grande, une intolérable détresse, un chagrin tel que je n'aurais pas trop de tout mon amour, toute ma vie, pour l'en guérir. Que dirais-je de plus?... J'avais erré jusqu'à ce jour à l'aventure;

je découvrais soudain un nouvel orient à ma vie.

En apparence il n'y eut rien de changé. Je vais reprendre comme devant le récit des menus événements qui m'occupèrent; il n'y eut de changé que ceci : qu'ils ne m'occupaient plus tout entier. Je cachais au profond de mon cœur le secret de ma destinée. Eût-elle été moins contredite et traversée, je n'écrirais pas ces mémoires.

C'est sur la Côte d'Azur que nous achevâmes de passer l'hiver. Anna nous avait accompagnés. Une fâcheuse inspiration nous arrêta d'abord à Hyères, où la campagne est d'accès difficile, où la mer, que nous espérions toute proche, n'apparaissait au loin, par-delà les cultures maraîchères, que comme un mirage décevant; le séjour nous y parut morne; de plus, Anna et moi y tombâmes malades. Un certain docteur, dont le nom me reviendra demain, spécialiste pour enfants, persuada ma mère que tous mes malaises, nerveux ou autres, étaient dus à des flatuosités; en m'auscultant il découvrit à mon abdomen des cavités inquiétantes et une disposition à enfler; même il désigna magistralement le repli d'intestin où se formaient les vapeurs peccantes et prescrivit le port d'une ceinture orthopédique à commander chez son cousin le bandagiste, pour prévenir mon ballonnement. J'ai porté quelque temps, il m'en souvient, cet appareil ridicule qui gênait tous mes mouvements et avait d'autant plus de mal à me comprimer le ventre, que j'étais maigre comme un clou.

Les palmiers d'Hyères ne me ravirent point tant que les eucalyptus en fleur. Au premier que je vis, j'eus un transport; j'étais seul; il me fallut courir aussitôt annoncer l'événement à ma mère et à Anna, et comme je n'avais pu rapporter la moindre brindille, les frondaisons fleuries restant hors de prise, je n'eus de cesse que je n'eusse entraîné Anna au pied de l'arbre de merveilles. Elle dit alors :

— C'est un eucalyptus; un arbre importé d'Australie — et elle me fit observer le port des feuilles, la disposition des ramures, la caducité de l'écorce...

Un chariot passa; un gamin haut perché sur des sacs cueillit et nous jeta un rameau couvert de ces fleurs bizarres qu'il me tardait d'examiner de près. Les boutons, couleur vert-de-gris, que couvrait une sorte de pruine résineuse, avaient l'aspect de petites cassolettes fermées; on aurait cru des graines, n'eût été leur fraîcheur; et soudain le couvercle d'une de ces cassolettes cédait, soulevé par un bouillonnement d'étamines; puis, le couvercle tombant à terre, les étamines délivrées se disposaient en auréole; de loin, dans les fouillis des feuilles coupantes, oblongues et retombées, cette blanche fleur sans pétales semblait une anémone de mer.

La première rencontre avec l'eucalyptus et la découverte, dans les haies qui bordaient les chemins vers Costebelle, d'un petit arum à capuchon, furent les événements de ce séjour.

Pendant que nous nous morfondions à Hyères, maman, qui ne prenait pas son parti de notre déconvenue, poussait une exploration par-delà l'Esterel, revenait éblouie, et nous emmenait à Cannes le jour suivant. Si médiocrement installés que nous fussions, près de la gare, dans le quartier le moins agréable de la ville, j'ai gardé de Cannes un souvenir enchanté. Aucun hôtel et presque aucune villa ne s'élevaient encore dans la direction de Grasse; la route du Cannet circulait à travers les bois d'oliviers; où finissait la ville, la campagne aussitôt commençait; à l'ombre des oliviers, narcisses, anémones, tulipes croissaient en abondance; à profusion dès que l'on s'éloignait.

Mais c'est principalement une autre flore qui recevait le tribut de mon admiration; je veux parler de la sous-marine, que je pouvais contempler une ou deux fois par semaine, quand Marie m'emmenait promener aux îles de Lérins. Il n'était pas besoin de s'écarter beaucoup du débarcadère, à Sainte-Marguerite où nous allions de préférence, pour trouver, à l'abri du ressac, des criques profondes que l'érosion du roc divisait en multiples bassins. Là, coquillages, algues, madrépores déployaient leurs splendeurs avec une magnificence orientale. Le premier coup d'œil était un ravissement; mais le passant n'avait rien vu, qui s'en tenait à ce premier regard : pour peu que je demeurasse immobile, penché comme Narcisse au-dessus de la surface des eaux, j'admirais lentement ressortir de mille trous, de mille anfractuosités du roc, tout ce que mon approche avait fait fuir. Tout se mettait à respirer, à palpiter; le roc même semblait prendre vie et ce qu'on croyait inerte commençait timidement à se mouvoir; des êtres translucides, bizarres, aux allures fantasques, surgissaient d'entre le lacis des algues; l'eau se peuplait; le sable clair qui tapissait le fond, par places, s'agitait, et, tout au bout de tubes ternes, qu'on eût pris pour de vieilles tiges de jonc, on voyait une frêle corolle, craintive encore un peu, par petits soubresauts s'épanouir.

Tandis que Marie lisait ou tricotait non loin, je

restais ainsi, durant des heures, sans souci du soleil, contemplant inlassablement le lent travail rotatoire d'un oursin pour se creuser un alvéole, les changements de couleur d'une pieuvre, les tâtonnements ambulatoires d'une actinie, et des chasses, des poursuites, des embuscades, un tas de drames mystérieux qui me faisaient battre le cœur. Je me relevais d'ordinaire de ces stupeurs, ivre et avec un violent mal de tête. Comment eût-il été question de travail ?

Durant tout cet hiver, je n'ai pas souvenir d'avoir ouvert un livre, écrit une lettre, appris une leçon. Mon esprit restait en vacances aussi complètement que mon corps. Il me paraît aujourd'hui que ma mère aurait pu profiter de ce temps pour me faire apprendre l'anglais par exemple ; mais c'était là une langue dont mes parents se réservaient l'usage pour dire devant moi ce que je ne devais pas comprendre ; de plus j'étais si maladroit à me servir du peu d'allemand que Marie m'avait appris, que l'on jugeait prudent de ne pas m'embarrasser davantage. Il y avait bien dans le salon un piano, fort médiocre, mais sur lequel j'aurais pu m'exercer un peu chaque jour ; hélas ! n'avait-on pas recommandé à ma mère d'éviter soigneusement tout ce qui m'eût coûté quelque effort ?... J'enrage, comme M. Jourdain, à rêver au virtuose qu'aujourd'hui je pourrais être, si seulement en ce temps j'eusse été quelque peu poussé.

De retour à Paris, au début du printemps, maman se mit en quête d'un nouvel appartement, car il avait été reconnu que celui de la rue de Tournon ne pouvait plus nous convenir. Évidemment, pensais-je au souvenir du sordide logement garni de Montpellier, évidemment la mort de papa entraîne l'effondrement de notre fortune; et de toute manière cet appartement de la rue de Tournon est désormais beaucoup trop vaste pour nous deux. Qui sait de quoi ma mère et moi allons devoir nous contenter?

Mon inquiétude fut de courte durée. J'entendis bientôt ma tante Démarest et ma mère débattre des questions de loyer, de quartier, d'étage, et il n'y paraissait pas du tout que notre train de vie fût sur le point de se réduire. Depuis la mort de papa, ma tante Claire avait pris ascendant sur ma mère. (Elle était son aînée de beaucoup.) Elle lui disait sur un ton tranchant et avec une moue qui lui était particulière :

— Oui, l'étage, passe encore. On peut consentir à monter. Mais, quant à l'autre point, non Juliette; je dirai même : absolument pas. — Et elle faisait du plat de la main un petit geste en biais, net et péremptoire qui mettait la discussion au cran d'arrêt.

Cet « autre point », c'était la porte cochère. Il pouvait paraître à l'esprit d'un enfant que, ne recevant guère et ne roulant point carosse nous-mêmes, la porte cochère fût chose dont on aurait pu se passer. Mais l'enfant que j'étais n'avait pas voix au chapitre; et du reste, que pouvait-on trouver à répliquer, après que ma tante avait déclaré :

— Ce n'est pas une question de commodité, mais de décence.

Puis, voyant que ma mère se taisait, elle reprenait plus doucement, mais d'une manière plus pressante :

— Tu te le dois; tu le dois à ton fils.

Puis, très vite et comme par-dessus le marché :

— D'ailleurs, c'est bien simple, si tu n'as pas de

porte cochère, je peux te nommer d'avance ceux qui renonceront à te voir.

Et elle énumérait aussitôt de quoi faire frémir ma mère. Mais celle-ci regardait sa sœur, souriait alors d'un air un peu triste et disait :

— Et toi, Claire, tu refuserais aussi de venir ?

Sur quoi ma tante reprenait sa broderie en pinçant les lèvres.

Ces conversations n'avaient lieu que quand Albert n'était pas là. Albert certainement manquait d'usage. Ma mère l'écoutait pourtant volontiers, se souvenant d'avoir été d'esprit frondeur ; mais ma tante préférait qu'il ne donnât pas son avis.

Bref, le nouvel appartement choisi se trouva être sensiblement plus grand, plus beau, plus agréable et plus luxueux que l'ancien. J'en réserve la description.

Avant de quitter celui de la rue de Tournon, je regarde une dernière fois tout le passé qui s'y rattache et relis ce que j'en ai écrit. Il m'apparaît que j'ai obscurci à l'excès les ténèbres où patientait mon enfance ; c'est-à-dire que je n'ai pas su parler de deux éclairs, deux sursauts étranges qui secouèrent un instant ma torpeur. Les eussé-je racontés plus tôt, à la place qu'il eût fallu pour respecter l'ordre chronologique, sans doute se fût expliqué mieux le bouleversement de tout mon être, ce soir d'automne, rue de Lecat, au contact de l'invisible réalité.

Le premier me reporte loin en arrière ; je voudrais préciser l'année, mais tout ce que je puis dire, c'est que mon père vivait encore. Nous étions à table ; Anna déjeunait avec nous. Mes parents étaient tristes parce qu'ils avaient appris dans la matinée la mort d'un petit enfant de quatre ans, fils de nos cousins Widmer ; je ne connaissais pas encore la nouvelle,

mais je la compris à quelques mots que ma mère dit à Nana. Je n'avais vu que deux ou trois fois le petit Émile Widmer et n'avais point ressenti pour lui de sympathie bien particulière; mais je n'eus pas plus tôt compris qu'il était mort, qu'un océan de chagrin déferla soudain dans mon cœur. Maman me prit alors sur ses genoux et tâcha de calmer mes sanglots; elle me dit que chacun de nous doit mourir; que le petit Émile était au ciel où il n'y a plus ni larmes, ni souffrances, bref, tout ce que sa tendresse imaginait de plus consolant; rien n'y fit, car ce n'était pas précisément la mort de mon petit cousin qui me faisait pleurer, mais je ne savais quoi, mais une angoisse indéfinissable et qu'il n'était pas étonnant que je ne pusse expliquer à ma mère, puisque encore aujourd'hui je ne la puis expliquer mieux. Si ridicule que cela doive paraître à certains, je dirai pourtant que, plus tard, en lisant certaines pages de Schopenhauer, il me sembla tout à coup la reconnaître. Oui vraiment, pour comprendre [1]. . . . .
. . . .
c'est le souvenir de mon premier *Schaudern* à l'annonce de cette mort que, malgré moi, et tout irrésistiblement, j'évoquai.

Le second tressaillement est plus bizarre encore : c'était quelques années plus tard, peu après la mort de mon père; c'est-à-dire que je devais avoir onze ans. La scène de nouveau se passa à table, pendant un repas du matin; mais, cette fois, ma mère et moi étions seuls. J'avais été en classe ce matin-là. Que s'était-il passé? Rien, peut-être.... Alors pourquoi tout à coup me décomposai-je et, tombant entre les

1. Je renonce à citer, ce serait beaucoup trop long.

bras de maman, sanglotant, convulsé, sentis-je à nouveau cette angoisse inexprimable, la même exactement que lors de la mort de mon petit cousin ? On eût dit que brusquement s'ouvrait l'écluse particulière de je ne sais quelle commune mer intérieure inconnue dont le flot s'engouffrait démesurément dans mon cœur ; j'étais moins triste qu'épouvanté ; mais comment expliquer cela à ma mère qui ne distinguait, à travers mes sanglots, que ces confuses paroles que je répétais avec désespoir :

— Je ne suis pas pareil aux autres ! Je ne suis pas pareil aux autres !

Deux autres souvenirs se rattachent encore à l'appartement de la rue de Tournon : il faut vite que je les dise avant de déménager. Je m'étais fait donner pour mes étrennes le gros livre de chimie de Troost. Ce fut ma tante Lucile qui me l'offrit ; ma tante Claire, à qui je l'avais d'abord demandé, trouvait ridicule de me faire cadeau d'un livre de classe ; mais je criai si fort qu'aucun autre livre ne pouvait me faire plus de plaisir, que ma tante Lucile accéda. Elle avait ce bon esprit de s'inquiéter, pour me contenter, de mes goûts plus que des siens propres, et c'est à elle que je dus également, quelques années plus tard, la collection des *Lundis* de Sainte-Beuve, puis *La Comédie humaine* de Balzac. Mais je reviens à la chimie.

Je n'avais encore que treize ans, mais je proteste qu'aucun étudiant jamais ne plongea dans ce livre avec plus d'activité que je ne fis. Il va sans dire, toutefois, qu'une partie de l'intérêt que je prenais à cette lecture pendait aux expériences que je me proposais de tenter. Ma mère consentait à ce que cette office y servît, qui se trouvait à l'extrémité de notre appartement de la rue de Tournon, à côté de ma chambre, et où j'élevais des cochons de Barbarie. C'est là que j'installai un petit fourneau à alcool, mes matras et mes appareils. J'admire encore que ma mère m'ait laissé faire; soit qu'elle ne se rendît pas nettement compte des risques que couraient les murs, le plancher et moi-même, ou peut-être estimant qu'il valait la peine de les courir s'il devait en sortir pour moi quelque profit, elle mit à ma disposition, hebdomadairement, une somme assez rondelette que j'allais aussitôt dépenser place de la Sorbonne ou rue de l'Ancienne-Comédie en tubes, cornues, éprouvettes, sels, métalloïdes et métaux — acides enfin, dont certains, je m'étonne aujourd'hui qu'on consentît à me les vendre; mais sans doute le commis qui me servait me prenait-il pour un simple commissionnaire. Il arriva nécessairement qu'un beau matin le récipient dans lequel je fabriquais de l'hydrogène m'éclata au nez. C'était, il m'en souvient, l'expérience dite de « l'harmonica chimique » qui se fait avec le concours d'un verre de lampe... La production de l'hydrogène était parfaite; j'avais assujetti le tube effilé par où le gaz devait sortir, que je m'apprêtais à enflammer; d'une main je tenais l'allumette et de l'autre le verre de lampe dans le corps duquel la flamme avait mission de se mettre à chanter; mais je n'eus pas plus tôt approché l'allumette, que la flamme, envahissant l'intérieur de l'appareil, projeta au diable verre, tubes et bouchons. Au bruit de l'explosion les cochons de Barbarie firent en hauteur un bond absolument extraordinaire et le verre de lampe m'échappa des mains. Je compris en tremblant que, pour peu que le récipient eût été plus solidement bouché, il m'eût éclaté au visage, et ceci me rendit plus réservé dans mes rapports avec les gaz.

A partir de ce jour, je lus ma chimie d'un autre œil. Je désignai d'un crayon bleu les corps tranquilles, ceux avec lesquels il y avait plaisir à commercer, d'un crayon rouge tous ceux qui se comportent d'une façon douteuse ou terrible.

Il m'est arrivé ces temps derniers d'ouvrir un livre de chimie de mes jeunes nièces. Je n'y reconnais plus rien; tout est changé : formules, lois, classification des corps, et leurs noms, et leur place dans le livre, et jusqu'à leurs propriétés... Moi qui les avais crus si fidèles! Mes nièces s'amusent de mon désarroi; mais, devant ces bouleversements, j'éprouve une secrète tristesse, comme lorsqu'on retrouve pères de famille d'anciens amis qu'on imaginait devoir toujours rester garçons.

L'autre souvenir est celui d'une conversation avec Albert Démarest. Quand nous étions à Paris, il venait dîner chez nous une fois par semaine, avec sa mère. Après dîner, ma tante Claire s'installait avec maman devant une partie de cartes ou de jacquet; Albert et moi nous nous mettions au piano, d'ordinaire. Mais ce soir-là, la causerie l'emporta sur la musique. Qu'avais-je pu dire pendant le dîner, je ne sais plus, qui parût à Albert mériter d'être relevé? Il n'en fit rien devant les autres et attendit que le repas fût achevé; mais, sitôt après, me prenant à part...

J'avais pour Albert, à cette époque déjà, une espèce d'adoration; j'ai dit de quelle âme je pouvais boire ses paroles, surtout lorsqu'elles allaient à l'encontre de mon penchant naturel; c'est aussi qu'il ne s'y opposait que rarement et que je le trouvais d'ordinaire extraordinairement attentif à comprendre de moi précisément ce qui risquait d'être le moins bien compris par ma mère et par le reste de la famille.

Albert était grand; à la fois très fort et très doux; ses moindres propos m'amusaient inexprimablement, soit qu'il dît précisément ce que je n'osais point dire, soit même ce que je n'osais pas penser; le seul son de sa voix me ravissait. Je le savais vainqueur à tous les sports, à la nage et au canotage surtout; et, après avoir connu l'ivresse du grand air, du bel épanouissement physique, la peinture, la musique et la poésie l'occupaient à présent tout entier. Mais ce soir-là ce n'est de rien de tout cela que nous parlâmes. Ce soir, Albert m'expliqua ce que c'était que la patrie.

Certes, sur ce sujet il restait beaucoup à m'apprendre; car ni mon père, ni ma mère, si bons Français qu'ils fussent, ne m'avaient inculqué le sentiment très net des frontières de nos terres ni de nos esprits. Je ne jurerais pas qu'ils l'eussent eux-mêmes; et, par tempérament naturel, disposé comme l'avait été mon père à attacher moins d'importance aux réalités qu'aux idées, je raisonnais là-dessus, à treize ans, comme un idéologue, comme un enfant et comme un sot. J'avais dû déclarer, pendant le dîner, qu'en 70 « si j'avais été la France » je ne me serais sûrement pas défendu — ou quelque ânerie de ce genre; et que du reste j'avais horreur de tout ce qui est militaire. C'est là ce qu'Albert avait jugé nécessaire de relever.

Il le fit sans protestations, ni grandes phrases, mais simplement en me racontant l'invasion et tous ses souvenirs de soldat. Il me dit égale à la mienne son horreur de la force qui provoque, mais que, pour cela même, il aimait celle qui défend, et que la beauté du soldat venait de ce qu'il ne se défendait pas pour lui-même, mais bien pour protéger les faibles qu'il sentait menacés. Et, tandis qu'il parlait, sa voix devenait plus grave et tremblait :

— Alors tu penses qu'on peut de sang-froid laisser insulter ses parents, violer ses sœurs, piller son bien... ? et l'image de la guerre certainement passait devant ses yeux que je voyais s'emplir de larmes, bien que son visage fût dans l'ombre. Il était dans un fauteuil bas, tout près de la grande table de mon père sur laquelle j'étais juché, les jambes ballantes, un peu gêné par ses propos et d'être assis plus haut que lui. A l'autre extrémité de la pièce, ma tante et ma mère travaillaient un grabuge ou un besigue, avec Anna qui était venue dîner ce soir-là. Albert parlait à mi-voix, de manière à n'être pas entendu par ces dames; après qu'il eut achevé de parler, je pris sa grosse main dans les miennes et demeurai sans rien dire, assurément plus ému par la beauté de son cœur que convaincu par ses raisons. Du moins dus-je me rappeler ses paroles, plus tard, lorsque je fus mieux éduqué pour les comprendre.

L'idée de déménager m'exaltait immensément et l'amusement que je me promettais de la mise en place des meubles; mais ce déménagement s'effectua sans moi. A notre retour de Cannes, maman m'avait mis en pension chez un nouveau professeur; ce dont elle espérait plus de profit pour moi, plus de tranquillité pour elle.

M. Richard, à qui je fus confié, avait eu le bon goût de se loger à Auteuil; ou peut-être était-ce parce que logé à Auteuil, que maman avait eu l'idée de me confier à lui ? Il occupait, dans la rue Raynouard, au nº 12 je crois, une maison vieillotte, à deux étages, flanquée d'un jardin pas très grand mais qui formait terrasse d'où l'on dominait la moitié de Paris. Tout cela existe encore; pour peu d'années sans doute, car le temps est loin où une modeste famille de professeur choisissait la rue Raynouard pour des raisons d'économie. M. Richard ne donnait alors de leçons qu'à ses pensionnaires, c'est-à-dire qu'à moi et qu'à deux demoiselles anglaises qui, je crois, payaient surtout pour le bon air et la belle vue. M. Richard n'était que professeur *in partibus ;* ce ne fut que plus tard, ayant passé son agrégation, qu'il obtint un cours d'allemand dans un lycée. C'est au pastorat qu'il se destinait d'abord et pourquoi il avait fait, je pense, d'assez bonnes études, car il n'était ni paresseux, ni sot; puis des doutes ou des scrupules (les deux ensemble plus vraisemblablement) l'avaient arrêté sur le seuil. Il gardait de sa première vocation je ne sais quelle onction du regard et de la voix, qu'il avait naturellement pastorale, je veux dire propre à remuer les cœurs; mais un sourire tempérait ses propos les plus austères, mi-triste et mi-amusé, et je crois presque involontaire, à quoi l'on comprenait qu'il ne se prenait pas lui-même bien au sérieux. Il avait toutes sortes de qualités, de vertus même, mais rien dans son personnage ne paraissait ni tout à fait valide, ni solidement établi; il était inconsistant, flâneur, prêt à blaguer les choses graves et à prendre au sérieux les fadaises — défauts auxquels, si jeune que je fusse, je ne laissais pas d'être sensible et que je jugeais en ce temps avec peut-être encore plus de sévérité qu'aujourd'hui. Je crois que sa belle-sœur, la veuve du général Bertrand, qui vivait avec nous rue Raynouard, n'avait pas pour lui beaucoup de considération; et cela m'en donnait beaucoup pour elle. Femme de grand bon sens et qui avait connu des temps meilleurs, il me paraît qu'elle était la seule personne raisonnable de la maison; avec cela beaucoup de cœur, mais ne le montrant qu'à la meilleure occasion. Mme Richard avait autant de cœur qu'elle sans doute; même on eût dit qu'elle en avait davantage, car, de bon sens aucun, il n'y avait jamais que son cœur qui parlât. Elle était de santé médiocre, maigre, au visage pâle et tiré; très douce, elle s'effaçait sans cesse devant son mari, devant sa sœur, et c'est assurément pourquoi je n'ai conservé d'elle qu'un souvenir indistinct; tandis qu'au contraire, Mme Bertrand, solide, affirmative et décidée, a su graver ses traits dans ma mémoire. Elle avait une fille, de quelques années plus jeune que moi, qu'elle tenait précautionneusement à l'écart de nous tous, et qui, à ce qu'il me semblait, souffrait un peu de l'excès d'autorité de sa mère. Yvonne Bertrand était délicate, chétive presque, et comme réduite par la discipline; même quand on la voyait sourire, elle avait toujours l'air d'avoir pleuré. Elle ne paraissait guère qu'aux repas.

Les Richard avaient deux enfants; une fillette de dix-huit mois, que je considérais avec stupeur depuis le jour où, dans le jardin, je lui avais vu manger de la terre, au grand amusement du petit Blaise, son frère, chargé de la surveiller, bien qu'il ne fût âgé lui-même que de cinq ans.

Tantôt seul, tantôt avec M. Richard, je travaillais dans une petite orangerie, si j'ose appeler ainsi un appentis vitré, qui s'appuyait au mur aveugle d'une grande maison voisine, à l'extrémité du jardin.

A côté du pupitre où j'écrivais, végétait sur une planchette un glaïeul que je prétendais voir pousser. J'avais acheté l'oignon au marché de Saint-Sulpice et l'avais mis en pot moi-même. Un glaive verdoyant avait bientôt surgi de terre, et sa croissance de jour en jour m'émerveillait; pour la contrôler, j'avais fiché dans le pot une baguette blanche sur laquelle, chaque jour, j'inscrivais le progrès. J'avais calculé que la feuille gagnait trois cinquièmes de millimètre par heure, ce qui tout de même, avec un peu d'attention, devait être perceptible à l'œil nu. Or, j'étais tourmenté de savoir par où le développement se faisait. Mais j'en venais à croire que la plante donnait d'un coup toute sa poussée dans la nuit, car j'avais beau rester les yeux fixés sur la feuille... L'observation des souris était infiniment plus récompensante. Je n'étais pas depuis cinq minutes devant un livre ou mon glaïeul, que gentiment elles accouraient me distraire; chaque jour je leur apportais des friandises, et je les avais enfin si bien rassurées qu'elles venaient grignoter les miettes sur la table même où je travaillais. Elles n'étaient que deux; mais je me persuadai que l'une des deux était pleine, de sorte que, chaque matin, avec des battements de cœur j'espérais l'apparition des souriceaux. Il y avait un trou dans le mur; c'est là qu'elles rentraient quand approchait M. Richard; c'est là qu'était leur gîte; c'est de là que je m'attendais à voir sortir la portée; et du coin de l'œil je guettais tandis que M. Richard me faisait réciter ma leçon; naturellement je récitais fort mal; à la fin M. Richard me demanda d'où venait que je paraissais si distrait. Jusqu'alors j'avais gardé le secret sur la présence de mes compagnes. Ce jour-là, je racontai tout.

Je savais que les jeunes filles ont peur des souris; j'admettais que les ménagères les craignissent; mais M. Richard était un homme. Il parut vivement intéressé par mon récit. Il me fit lui montrer le trou, puis sortit sans rien dire, en me laissant perplexe. Quelques instants après, je le vis revenir avec une bouillote fumante. Je n'osais comprendre. Craintivement je demandai :

— Qu'est-ce que vous apportez, Monsieur ?

— De l'eau bouillante.

— Pour quoi faire ?

— Les échauder, vos sales bêtes.

— Oh ! monsieur Richard, je vous en prie ! Je vous en supplie. Justement je crois qu'elles viennent d'avoir des petits...

— Raison de plus.

Et c'est moi qui les avais livrées ! Décidément j'aurais dû lui demander d'abord s'il aimait les animaux... Pleurs, supplications, rien n'y fit. Ah ! quel homme pervers ! Je crois qu'il ricanait en vidant sa bouillote dans le trou du mur ; mais j'avais détourné les yeux.

J'eus du mal à lui pardonner. A vrai dire il parut un peu surpris ensuite, devant le grand chagrin que j'en avais ; il ne s'excusa pas précisément, mais je sentais percer un peu de confusion dans l'effort qu'il faisait pour me démontrer à quel point j'étais ridicule, et que ces petits animaux étaient affreux, et qu'ils sentaient mauvais, et qu'ils faisaient beaucoup de mal ; surtout ils m'empêchaient de travailler. Et comme M. Richard n'était pas incapable de retour, il m'offrit, à quelque temps de là, en manière de réparation, tels animaux que je voudrais, mais qui du moins ne fussent pas nuisibles.

Ce fut un couple de tourterelles. Après tout, fut-ce bien lui qui me les offrit, ou simplement les toléra-t-il ? Mon ingrate mémoire abandonne ce point... On suspendit leur cage d'osier dans une volière aux grillages à demi crevés qui faisait pendant à l'orangerie, et où vivaient deux ou trois poules, piailleuses, coléreuses, stupides, qui ne m'intéressaient pas du tout.

Les premiers jours je fus enthousiasmé par le roucoulement de mes tourterelles ; je n'avais rien encore entendu de plus suave ; elles roucoulaient comme des sources, sans arrêt tout le long du jour ; de délicieux, ce bruit devint exaspérant. Miss Elvin, l'une des deux pensionnaires anglaises, à qui le roucoulis tapait particulièrement sur les nerfs, me persuada de leur donner un nid. Ce que je n'eus pas plus tôt fait, que la femelle se mit à pondre, et que les roucoulements s'espacèrent.

Elle pondit deux œufs ; c'est leur coutume ; mais comme je ne savais pas combien de temps elle les devait couver, j'entrais à tout moment dans le poulailler ; là, juché sur un vieil escabeau, je pouvais dominer le nid ; mais, ne voulant pas déranger la couveuse, j'attendais interminablement qu'elle voulût bien se soulever pour me laisser voir que les œufs n'étaient pas éclos.

Puis, un matin, dès avant d'entrer, je distinguai, sur le plancher de la cage, à hauteur de mon nez, des débris de coquilles à l'intérieur légèrement sanguinolent. Enfin ! Mais quand je voulus pénétrer dans la volière pour contempler les nouveau-nés, je m'aperçus à ma profonde stupeur que la porte en était fermée. Un petit cadenas la maintenait, que je reconnus pour celui que M. Richard avait été acheter avec moi l'avant-veille à un bazar du quartier.

— Ça vaut quelque chose ? avait-il demandé au marchand.

— Monsieur, c'est aussi bon qu'un grand, lui avait-il été répondu.

M. Richard et Mme Bertrand, exaspérés de me voir passer tant de temps auprès de mes oiseaux, avaient résolu d'y apporter obstacle; ils m'annoncèrent au déjeuner qu'à partir de ce jour le cadenas resterait mis, dont Mme Bertrand garderait la clef, et qu'elle ne me prêterait cette clef qu'une fois par jour, à quatre heures, à la récréation du goûter. Mme Bertrand arrivait à la rescousse chaque fois qu'il y avait lieu de prendre une initiative ou d'exercer une sanction. Elle parlait alors avec calme, douceur même, mais grande fermeté. En m'annonçant cette décision terrible, elle souriait presque. Je me gardai de protester; mais c'est que j'avais mon idée : ces petits cadenas à bon marché ont tous des clefs semblables; j'avais pu le constater l'autre jour tandis que M. Richard en choisissait un. Avec les quelques sous que j'entendais tinter dans ma poche... Sitôt après le déjeuner, m'échappant, je courus au bazar.

Je proteste qu'il n'y avait place en mon cœur pour aucun sentiment de révolte. Jamais, alors ou plus tard, je n'ai pris plaisir à frauder. Je prétendais jouer avec Mme Bertrand, non la jouer. Comment l'amusement que je me promettais de cette gaminerie put-il m'aveugler à ce point sur le caractère qu'elle risquait de prendre à ses yeux? J'avais pour elle de l'affection, du respect, et même, je l'ai dit, j'étais particulièrement soucieux de son estime; le peu d'humeur que peut-être je ressentais venait plutôt de ce qu'elle eût eu recours à cet empêchement matériel, alors qu'il eût suffi de faire appel à mon obéissance; c'est aussi ce que je me proposais de lui faire sentir; car, à bien considérer les choses, elle ne m'avait pas précisément défendu d'entrer dans la volière; simplement elle y mettait obstacle, comme si... Eh bien! nous allions lui montrer ce que valait son cadenas. Naturellement, pour entrer dans la cage, je ne me cacherais point d'elle; si elle ne me voyait pas, ce ne serait plus amusant du tout; j'attendrais pour ouvrir la porte qu'elle fût au salon, dont les fenêtres faisaient face à la volière (déjà je riais de sa surprise) et ensuite je lui tendrais la double clef en l'assurant de mon bon vouloir. C'est tout cela que je ruminais en revenant du bazar; et qu'on ne cherche point de logique dans l'exposé de mes raisons; je les présente en vrac, comme elles m'étaient venues et sans les ordonner davantage.

En entrant dans le poulailler, j'avais moins d'yeux pour mes tourterelles que pour Mme Bertrand; je la savais dans le salon, dont je surveillais les fenêtres; mais rien n'y paraissait; on eût dit que c'était elle qui se cachait. Comme c'était manqué! Je ne pouvais tout de même pas l'appeler. J'attendais; j'attendais et il fallut bien à la fin se résigner à sortir. A peine si j'avais regardé la couvée. Sans enlever ma clef du cadenas, je retournai dans l'orangerie où m'attendait une version de Quinte-Curce et restai devant mon travail, vaguement inquiet et me demandant ce que j'aurais à faire, quand sonnerait l'heure du goûter.

Le petit Blaise vint me chercher quelques minutes avant quatre heures : sa tante désirait me parler. Mme Bertrand m'attendait dans le salon. Elle se leva quand j'entrai, évidemment pour m'impressionner davantage; me laissa faire quelques pas vers elle, puis :

— Je vois que je me suis trompée sur votre compte : j'espérais que j'avais affaire à un honnête garçon... Vous avez cru que je ne vous voyais pas tout à l'heure.

— Mais...

— Vous regardiez vers la maison dans la crainte que...

— Mais précisément c'est...

— Non, je ne vous laisserai pas dire un mot. Ce que vous avez fait est très mal. D'où avez-vous eu cette clef?

— Je...

— Je vous défends de répondre. Savez-vous où l'on met les gens qui forcent les serrures? En prison. Je ne raconterai pas votre tromperie à votre mère, parce qu'elle en aurait trop de chagrin; si vous aviez un peu plus songé à elle, jamais vous n'auriez osé faire cela.

Je me rendais compte, à mesure qu'elle parlait, qu'il me serait à tout jamais impossible d'éclairer pour elle les mobiles secrets de ma conduite; et, à dire vrai, ces mobiles, je ne les distinguais plus bien moi-même; à présent que l'excitation était retombée, mon espièglerie m'apparaissait sous un jour autre et je n'y voyais plus que sottise. Au demeurant, cette impuissance à me justifier avait amené tout aussitôt une sorte de résignation dédaigneuse qui me permit d'essuyer sans rougir le sermon de Mme Bertrand. Je crois qu'après m'avoir défendu de parler, elle s'irritait à présent de mon silence, qui la forçait de continuer après qu'elle n'avait plus rien à dire. A défaut de voix, je chargeais mes yeux d'éloquence :

— Je n'y tiens plus du tout, à votre estime, lui disaient-ils; dès l'instant que vous me jugez mal, je cesse de vous considérer.

Et pour exagérer mon dédain, je m'abstins, quinze jours durant, d'aller visiter mes oiseaux. Le résultat fut excellent pour le travail.

M. Richard était bon professeur; plus que le besoin de s'instruire, il avait le goût d'enseigner; il s'y prenait avec douceur et avec une sorte d'enjouement qui faisait que ses leçons n'étaient pas ennuyeuses. Comme il me restait tout à apprendre, nous avions dressé un emploi du temps compliqué, mais que brouillaient sans cesse mes maux de tête persistants. Il faut dire aussi que mon esprit prenait facilement la tangente; M. Richard s'y prêtait, tant par crainte de me fatiguer que par goût naturel, et la leçon dégénérait en causerie. C'est l'inconvénient ordinaire des professeurs particuliers.

M. Richard avait du goût pour les lettres, mais n'était pas assez lettré pour que ce goût fût excellent. Il ne se cachait pas de moi pour bâiller devant les classiques; force était de se soumettre aux programmes, mais il se reposait d'une analyse de *Cinna* en me lisant *Le Roi s'amuse*. Les apostrophes de Triboulet aux courtisans m'arrachaient des larmes; avec des sanglots dans la voix je déclamais :

Oh! voyez! Cette main, main qui n'a rien d'illustre,
Main d'un homme du peuple, et d'un serf et d'un rustre,
Cette main qui paraît désarmée aux rieurs
Et qui n'a pas d'épée, a des ongles, Messieurs!

Ces vers dont aujourd'hui la soufflure m'est intolérable, à treize ans me paraissaient les plus beaux du monde, et autrement émus que le :

Embrassons-nous, Cinna...

qu'on proposait à mon admiration. Je répétais après M. Richard la tirade fameuse du marquis de Saint-Vallier :

Dans votre lit, tombeau de la vertu des femmes,
Vous avez froidement, sous vos baisers infâmes,
Terni, flétri, souillé, déshonoré, brisé,
Diane de Poitiers, comtesse de Brézé.

Qu'on osât écrire ces choses, et en vers encore! voici qui m'emplissait de stupeur lyrique. Car ce que j'admirais surtout en ces vers, c'était assurément la hardiesse. Le hardi, c'était de les lire à treize ans.

Devant mon émotion, et constatant que je vibrais comme un violon, M. Richard résolut de soumettre ma sensibilité à de plus rares épreuves. Il m'apporta *Les Blasphèmes* de Richepin, puis *Les Névroses* de Rollinat, qui étaient à ce moment ses livres de chevet, et commença de me les lire. Bizarre enseignement!

Ce qui me permet de préciser la date de ces lectures, c'est le souvenir exact du lieu où je les fis. M. Richard, avec qui je travaillai trois ans, s'installa au centre de Paris l'hiver suivant; *Le Roi s'amuse*, *Les Névroses* et *Les Blasphèmes* ont pour décor la petite orangerie de Passy.

M. Richard avait deux frères. Edmond le puîné était un grand jeune homme mince, distingué d'intelligence et de manières, que j'avais eu comme précepteur l'été précédent en remplacement de Gallin le dadais. Depuis, je ne l'ai plus revu; il était de santé délicate et ne pouvait vivre à Paris. (J'ai récemment appris qu'il avait fait, depuis, une brillante carrière dans la banque.)

Je n'étais que depuis peu de temps rue Raynouard lorsqu'y vint habiter le second frère, qui n'avait que cinq ans de plus que moi. Il vivait précédemment à Guéret, chez une sœur dont je connaissais l'existence parce que, l'été passé, Edmond Richard avait parlé d'elle à ma mère; répondant aux interrogations de ma mère qui, le soir de son arrivée à La Roque, s'informait affablement de ses proches, comme elle lui demandait :

— Vous n'avez pas de sœurs, n'est-ce pas?

— Si, Madame, avait-il dit. Puis, en homme bien élevé, trouvant son monosyllabe un peu bref, il ajoutait d'une voix douce :

— J'ai une sœur, qui vit à Guéret.

— Tiens! faisait maman; à Guéret... Et que fait-elle?

— Elle est pâtissière.

Ce colloque avait lieu pendant le dîner; mes cousines étaient là; nous étions suspendus aux lèvres du nouveau précepteur, cet inconnu qui venait partager notre vie et qui, pour peu qu'il se montrât prétentieux, niais ou grincheux, allait nous gâter nos vacances.

Edmond Richard nous paraissait charmant, mais nous guettions ses premiers propos sur lesquels notre jugement collectif allait s'asseoir, ce jugement si implacable, si irrévocable, que sont disposés à porter ceux qui ne connaissent rien de la vie. Nous n'étions pas moqueurs et c'est un rire sans méchanceté, mais un fou rire incoercible, qui s'empara de nous à ces mots : Elle est pâtissière — qu'Edmond Richard avait dits pourtant bien simplement, droitement, et courageusement, si tant est qu'il ait pu pressentir ces rires. Nous les étouffâmes de notre mieux, sentant bien à quel point ils étaient irrévérencieux; la pensée qu'il a pu les entendre me rend ce souvenir très douloureux.

Abel Richard était, sinon simple d'esprit, du moins sensiblement moins ouvert que ses deux aînés; et c'est pourquoi son instruction avait été très négligée. Grand garçon d'aspect flasque, au regard tendre, à la main molle, à la voix plaintive, il était serviable, empressé même, mais pas très adroit, de sorte que, pour prix de ses soins, il recevait moins de remerciements que de rebuffades. Bien qu'il tournât sans cesse autour de moi, nous ne causions pas beaucoup ensemble; je ne trouvais rien à lui dire, et lui semblait tout essoufflé dès qu'il avait sorti trois phrases. Un soir d'été, un de ces beaux soirs chauds où vient se reposer dans l'adoration toute la peine de la journée, nous prolongions la veillée sur la terrasse. Abel s'approcha de moi selon son habitude et, comme à l'ordinaire, je feignis de ne pas le voir; j'étais assis un peu à l'écart, sur une escarpolette où, durant le jour, se balançaient les enfants de M. Richard; mais ils étaient couchés depuis longtemps; du bout du pied je maintenais immobile la balançoire, et, sentant Abel tout près de moi maintenant, immobile lui aussi, appuyé contre un montant de la balançoire à laquelle sans le vouloir il imprimait un léger tremblement, je restais la face détournée, les yeux dirigés vers la ville dont les feux répondaient aux étoiles du ciel. Nous demeurions ainsi depuis assez longtemps l'un et l'autre; à un petit mouvement qu'il fit, enfin je le regardai. Sans doute il n'attendait que mon regard; il balbutia d'une voix étranglée, et que je pouvais à peine entendre :

— Voulez-vous être mon ami?

Je ne ressentais à l'égard d'Abel qu'une affection des plus ordinaires; mais il aurait fallu de la haine pour repousser ce cœur qui s'offrait. Je répondis :

— Mais oui, ou : — Je veux bien — gauchement, confusément. Et lui, tout aussitôt, sans transition aucune :

— Alors, je vais vous montrer mes secrets. Venez.

Je le suivis. Dans le vestibule il voulut allumer une bougie; il était si tremblant que plusieurs allumettes se cassèrent. A ce moment, la voix de M. Richard :

— André! Où êtes-vous? Il est temps d'aller vous coucher.

Abel me prit la main dans l'ombre.

— Ce sera pour demain, dit-il avec résignation.

Le jour suivant il me fit monter dans sa chambre. J'y vis deux lits, dont l'un restait inoccupé depuis le départ d'Edmond Richard. Abel, sans un mot, se dirigea vers une armoire de poupée, qui se trouvait sur une table, l'ouvrit avec une clef qu'il portait pendue à sa chaîne de montre; il sortit de là une douzaine de lettres ceinturées d'une faveur rose, dont il défit le nœud; puis, me tendant le paquet :

— Tenez! Vous pouvez toutes les lire, fit-il avec un grand élan.

A dire vrai, je n'en avais aucun désir. L'écriture de toutes ces lettres était la même; une écriture de femme, déliée, égale, banale, pareille à celle des comptables ou des fournisseurs, et dont le seul aspect eût glacé la curiosité. Mais je ne pouvais me dérober; il fallait lire ou mortifier Abel cruellement.

J'avais pu croire à des lettres d'amour; mais non : c'étaient des lettres de sa sœur, la pâtissière de Guéret; de pauvres lettres éplorées, lamentables, où il n'était question que de traites à payer, de termes échus, d'« arriéré » — je voyais pour la première fois ce mot sinistre — et je comprenais à des allusions, des réticences, qu'Abel avait dû généreusement faire l'abandon à sa sœur d'une part qui lui serait revenue de la fortune de leurs parents; je me souviens spécialement d'une phrase où il était dit que son geste ne suffirait pas, hélas! à « couvrir l'arriéré »...

Abel s'était écarté de moi pour me laisser lire; j'étais assis devant une table de bois blanc, à côté de l'armoire minuscule d'où il avait sorti les lettres; il n'avait pas refermé l'armoire et, tout en lisant, je louchais vers celle-ci, craignant que n'en sortissent encore d'autres lettres; mais l'armoire était vide. Abel se tenait près de la fenêtre ouverte; assurément il connaissait ces pages par cœur; je sentais qu'il suivait de loin ma lecture. Il attendait sans doute quelque parole de sympathie, et je ne savais trop que lui dire, répugnant à marquer plus d'émotion que je n'en éprouvais. Les drames d'argent sont de ceux dont un enfant sent le plus difficilement la beauté; j'aurais juré qu'ils n'en avaient aucune, et j'avais besoin de quelque sorte de beauté pour m'émouvoir. J'eus enfin l'idée de demander à Abel s'il n'avait pas un portrait de sa sœur, ce qui m'épargnait tout mensonge et cependant pouvait passer pour un témoignage d'intérêt. Avec une hâte bégayante, il tira de son portefeuille une photographie :

— Comme elle vous ressemble! m'écriai-je.

— Oh! n'est-ce pas! fit-il dans une jubilation subite. J'avais dit ce mot sans intention, mais il y trouvait plus de réconfort que dans une protestation d'amitié.

— Maintenant vous savez tous mes secrets, reprit-il, après que je lui eus rendu l'image. Vous me raconterez les vôtres, n'est-ce pas?

Déjà, tout en lisant les lettres de sa sœur, j'avais distraitement évoqué Emmanuèle. Auprès de ces tristesses désenchantées, de quel rayonnement se nimbait le beau visage de mon amie! Le vœu que j'avais fait de lui donner tout l'amour de ma vie ailait mon cœur où foisonnait la joie; d'indistinctes ambitions déjà tout au fond de moi s'agitaient, mille velléités confuses; chants, rires, danses et bondissantes harmonies formaient cortège à mon amour... A la question d'Abel je sentis, gonflé de tant de biens, mon cœur s'étrangler dans ma gorge. Et, décemment, devant sa pénurie, puis-je étaler mes trésors ? pensai-je. En détacherai-je quelque miette ? Mais quoi ! c'était le bloc d'une fortune immense, un lingot qui ne se laissait pas monnayer. Je regardai de nouveau le paquet de lettres autour duquel Abel renouait avec application la faveur, la petite armoire vide ; et quand Abel de nouveau me demanda :

— Dites-moi vos secrets, voulez-vous ?

Je répondis :

— Je n'en ai pas.

VI

La rue de Commaille était une rue nouvelle taillée au travers des jardins qui, dans cette partie de la rue du Bac sur quoi elle donnait, longtemps se dissimulèrent derrière la façade protectrice des hautes maisons. La porte cochère de celles-ci restait-elle, par hasard, entrouverte, l'œil émerveillé s'enfonçait curieusement vers d'insoupçonnables, de mystérieuses profondeurs, jardins d'hôtels particuliers, auxquels d'autres jardins faisaient suite, jardins de ministères, d'ambassades, jardins de Fortunio, jalousement protégés, mais sur lesquels les fenêtres des maisons voisines les plus modernes avaient parfois le coûteux privilège de plonger.

Les deux fenêtres du salon, celle de la bibliothèque, celles de la chambre de ma mère et de la mienne ouvraient sur un de ces merveilleux jardins, qui n'était séparé de nous que par la largeur de la rue. Celle-ci n'était bâtie que d'un côté; un mur bas, face aux maisons, ne gênait que les premiers étages; nous habitions au quatrième.

C'est dans la chambre de ma mère qu'elle et moi nous nous tenions le plus souvent. C'est là que nous prenions notre thé du matin. Je parle déjà de cette seconde année où, M. Richard ayant réintégré le centre de Paris, je n'étais plus que son « demi-pensionnaire », c'est-à-dire que je rentrais dîner et coucher à la maison chaque jour. J'en repartais au matin, à l'heure où Marie commençait de coiffer ma mère; aussi ne m'était-il donné d'assister que les jours de congé à cette opération, qui durait une demi-heure. Maman, recouverte d'un peignoir blanc, s'asseyait, bien au jour, devant la fenêtre. En face d'elle, et de manière qu'elle s'y pût mirer, Marie dressait une glace ovale échassière, articulée, montée sur tige de métal à trépied, qui se haussait à volonté; un minuscule plateau rond ceinturait la tige, sur lequel peignes et brosses étaient posés. Ma mère, alternativement, lisait trois lignes du *Temps* de la veille au soir, qu'elle tenait en main, puis regardait dans le miroir. Elle y voyait le dessus de sa tête et la main de Marie armée du peigne ou de la brosse, qui sévissait; quoi que fît Marie, c'était avec l'apparence de la fureur.

— Oh! Marie, que vous me faites mal! geignait maman.

Je lisais vautré dans un des deux grands fauteuils qui, de droite et de gauche, encombraient les abords de la cheminée (mastodontesques fauteuils de velours grenat, dont la monture et la forme même se dissimulaient sous l'intumescence du capiton). Je levais un instant les yeux vers le beau profil de ma mère; ses traits étaient naturellement graves et doux, un peu durcis occasionnellement par la blancheur crue du peignoir et par la résistance qu'elle opposait, quand Marie lui tirait les cheveux en arrière.

— Marie, vous ne brossez pas, vous tapez!

Marie s'arrêtait un instant; puis repartait de plus

belle. Maman laissait alors glisser de dessus ses genoux le journal et mettait ses mains l'une dans l'autre en signe de résignation, de cette manière qui lui était familière, les doigts exactement croisés, à l'exception des deux index, arqués l'un contre l'autre et pointant en avant.

— Madame ferait bien mieux de se coiffer elle-même; comme ça elle ne se plaindrait plus.

Mais la coiffure de maman comportait un peu d'artifice et se fût malaisément passée de l'assistance de Marie. Séparés par le milieu, de dessous un couronnement de tresses formant chignon plat, deux bandeaux lisses, au-dessus des tempes ne bombaient de manière séante qu'à l'aide de quelques adjonctions. En ce temps on en fourrait partout : c'était l'époque hideuse des « tournures ».

Marie n'avait pas précisément son franc parler — maman ne l'eût point toléré — elle s'en tenait aux boutades : quelques mots partaient en sifflant, chassés par une furia comprimée. Maman tremblait un peu devant elle, et lorsqu'elle servait à table on attendait qu'elle fût sortie pour dire :

— J'ai beau le répéter à Désirée (c'est à ma tante Claire que la phrase s'adressait) sa mayonnaise est encore trop vinaigrée.

Désirée avait succédé à Delphine, l'ex-passion de Marie; mais, quelle qu'eût été la cuisinière, Marie aurait pris toujours son parti. Alors, le lendemain, comme je sortais avec elle :

— Tu sais, Marie, commençais-je, à la manière des plus vilains cafards, si Désirée ne veut pas écouter ce que lui dit maman, je ne sais pas si nous pourrons la garder. (C'était aussi pour faire l'important.) Sa mayonnaise, hier...

— Était encore trop vinaigrée, je sais, interrompait Marie, d'un air vengeur. Elle pinçait les lèvres, retenait son rire un instant, puis, quand la tension était devenue assez forte, on entendait jaillir :

— Allez! Vous êtes des fins becs.

Marie n'était pas réfractaire à toute émotion esthétique; mais chez elle, comme chez beaucoup de Suisses, le sentiment de la beauté se confondait avec celui de l'altitude; et pareillement ses dispositions musicales se limitaient au chant des cantiques. Un jour pourtant, tandis que j'étais au piano, elle entra brusquement dans le salon; je jouais une *Romance sans paroles* assez fadement expressive.

— Au moins voilà de la musique, dit-elle en hochant la tête avec mélancolie; puis furieusement :

— Je vous demande si ça ne vaut pas mieux que toutes vos trioles?

Elle appelait indifféremment des « trioles » toute la musique qu'elle ne comprenait pas.

Les leçons de Mlle de Gœcklin ayant été jugées insuffisantes, je fus confié à un professeur mâle, qui ne valait, hélas! pas beaucoup mieux. M. Merriman était essayeur chez Pleyel; il avait fait du métier de pianiste sa profession, sans vocation aucune; à force de travail il était parvenu à décrocher au Conservatoire un premier prix, si je ne m'abuse; son jeu correct, luisant, glacé, ressortissait plutôt à l'arithmétique qu'à l'art; quand il se mettait au piano, on croyait voir un comptable devant sa caisse; sous ses doigts, blanches, noires et croches s'additionnaient; il faisait la vérification du morceau. Assurément il aurait pu m'entraîner pour le mécanisme; mais il ne prenait aucun plaisir à enseigner. Avec lui, la musique devenait un pensum aride; ses maîtres étaient Cramer, Steibelt,

Dussek, du moins ceux dont il préconisait pour moi la férule. Beethoven lui paraissait libidineux. Deux fois par semaine, il venait, ponctuel; la leçon consistait dans la répétition monotone de quelques exercices, et encore point des plus profitables pour les doigts, mais des plus niaisement routiniers; quelques gammes, quelques arpèges, puis je commençais de rabâcher « les huit dernières mesures » du morceau en cours, c'est-à-dire les dernières étudiées; après quoi, huit pas plus loin, il faisait une sorte de grand V au crayon, marquant la besogne à abattre, comme on désigne dans une coupe de bois les arbres à exécuter; puis disait, en se levant, tandis que sonnait la pendule :

— Pour la prochaine fois, vous étudierez les huit mesures suivantes.

Jamais la moindre explication. Jamais le moindre appel, je ne dis pas à mon goût musical ou à ma sensibilité (comment en eût-il été question?) mais non plus seulement à ma mémoire ou à mon jugement. A cet âge de développement, de souplesse et d'assimilation, quels progrès n'eussé-je point faits, si ma mère m'avait aussitôt confié au maître incomparable que fut pour moi, un peu plus tard (trop tard, hélas!) M. de la Nux. Hélas! après deux ans d'ânonnements mortels, je ne fus délivré de Merriman que pour tomber en Schifmacker.

Je reconnais qu'en ce temps il n'était pas aussi facile qu'aujourd'hui de trouver un bon professeur; la Schola n'en formait pas encore; l'éducation musicale de la France entière restait à faire, et, de plus, le milieu où fréquentait ma mère n'y entendait à peu près rien. Ma mère indéniablement faisait de grands efforts pour s'instruire elle-même et m'instruire; mais ses efforts étaient mal dirigés. Schifmacker lui était chaudement recommandé par une amie.

Le premier jour qu'il vint chez nous, il nous exposa son système. C'était un gros vieux homme ardent, essoufflé, qui rougeoyait comme une forge, qui bredouillait, sifflait et postillonnait en parlant. On eût dit qu'il était sous pression et laissait échapper sa vapeur. Il portait les cheveux en brosse et des favoris; tout cela, blanc de neige, avait l'air de fondre sur sa face qu'il lui fallait sans cesse éponger. Il disait :

— Les autres professeurs, qu'est-ce qu'ils racontent? Faut faire des exercices, des exercices, et patati, et patata. Mais est-ce que j'en ai fait, moi, des exercices? Laissez-moi donc tranquille! On apprend à jouer en jouant. C'est comme pour parler. Voyons! Vous qui êtes raisonnable, Madame, est-ce que vous accepteriez que chaque matin on fît faire à votre enfant des exercices de langue, sous prétexte qu'il aura à se servir de sa langue dans la journée : ra, ra, ra, ra, gla, gla, gla, gla. (Ici, ma mère, positivement terrifiée par l'humide exubérance de Schifmacker, reculait sensiblement son fauteuil; l'autre approchait le sien d'autant.) — Qu'on ait la langue bien ou mal pendue, ce qu'on dit, c'est ce qu'on a à dire, et au piano on a toujours assez de doigts pour exprimer ce qu'on sent. Ah! si l'on ne sent rien, quand on aurait dix doigts à chaque main, la belle affaire! — Alors il partait d'un gros rire, puis s'étranglait et toussait, puis suffoquait durant quelques instants, roulait des yeux tout blancs puis s'épongeait, puis s'éventait avec son mouchoir. Ma mère proposait d'aller lui chercher un verre d'eau; mais il faisait signe que ce n'était rien, agitait un dernier coup ses petits bras, ses courtes jambes, expliquait qu'il avait voulu rire et tousser à la fois, faisait un : Hum! retentissant et, tourné vers moi :

— Alors, mon petit, c'est compris : plus d'exercices. Regardez, Madame! regardez ce farceur comme il est content! Il se dit déjà : on ne va pas s'embêter avec le papa Schifmacker. Il a raison cet enfant.

Ma mère, complètement submergée, éberluée, amusée tout de même par tant de pitrerie, mais effrayée plutôt encore, et n'approuvant pas trop une méthode qui supprimait la contrainte et l'effort, elle qui en apportait à tout dans la vie et s'appliquait sans cesse et à quoi que ce soit qu'elle fît, tâchait en vain de placer une phrase complète; on l'entendait, à travers cet éclaboussement continu :

— Oui, pourvu que... mais il ne demande pas à... évidemment... à condition de...

Et tout à coup Schifmacker se levait :

— Maintenant je vais vous jouer quelque chose, pour que vous n'alliez pas penser : ce professeur de piano, il ne sait que parler.

Il ouvrit le piano, frappa quelques accords, puis se lança dans une petite étude de Stephen Heller, en forme de fanfare, qu'il mena d'un train d'enfer et avec un étourdissant brio. Il avait de petites mains courtes et rouges avec lesquelles, presque sans agiter les doigts, il semblait pétrir le piano. Son jeu ne rappelait rien que j'eusse jamais entendu ou que je dusse jamais entendre; ce qu'on appelle « mécanisme » lui faisait complètement défaut et je crois qu'il aurait trébuché dans une simple gamme; aussi n'était-ce jamais précisément le morceau tel qu'il était écrit qu'on entendait avec lui, mais quelque approximation pleine de fougue, de saveur et d'étrangeté.

Je n'étais pas particulièrement ravi qu'il supprimât de ma vie les exercices; déjà j'aimais étudier; c'est pour plus de progrès que je changeais de professeur, et je doutais si, avec ce diable d'homme... Il avait de bizarres principes; celui-ci, par exemple : que le doigt, sur la touche, ne doit jamais demeurer immobile; il feignait que ce doigt continuât de disposer de la note, comme fait le doigt du violoniste ou l'archet qui porte sur la corde vibrante elle-même, et se donnait ainsi l'illusion d'en grossir ou d'en diminuer le son et de le modeler à son gré, suivant qu'il enfonçait ce doigt plus avant sur la touche ou au contraire le ramenait à lui. C'est là ce qui donnait à son jeu cet étrange mouvement de va-et-vient par quoi il avait l'air de malaxer la mélodie.

Ses leçons prirent fin brusquement sur une scène affreuse. Voici ce qui la motiva : Schifmacker était corpulent, je l'ai dit. Ma mère, craignant pour les petites chaises du salon, et que leur complexion délicate s'accommodât mal d'un tel poids, avait été chercher dans l'antichambre un robuste siège, hideux, recouvert de molesquine et qui jurait étrangement avec le mobilier du salon. Elle mit ledit siège à côté du piano, et écarta les autres, « pour qu'il comprît bien où il devait s'asseoir », disait-elle. La première leçon, tout alla bien, la chaise tenait bon et résistait à l'oppression et à l'agitation de ce gros corps. Mais la fois suivante il se passa quelque chose d'épouvantable : la molesquine, amollie sans doute à la leçon précédente, commença de lui coller aux chausses. On ne s'en aperçut, hélas! qu'à la fin de la séance, au moment qu'il voulut se lever. Vains efforts! Il tenait à la chaise, et la chaise tenait à lui. Son mince pantalon (nous étions en été) si l'étoffe en était un peu mûre, le fond allait y rester, c'était sûr; il y eut quelques secondes d'angoisse... Et puis, non! sur un nouvel effort, ce fut la molesquine qui céda, doucement, doucement abandonnant du sien, comme par conciliation. Je maintenais la chaise, encore trop consterné pour oser rire ; lui, tirant de l'avant, disait :

— Mon Dieu ! Mon Dieu ! qu'est-ce que c'est encore que cette invention d'enfer ? — et tâchait, par-dessus son épaule, de surveiller le décollement, ce qui rendait sa face plus rouge encore.

Tout se passa sans déchirure, heureusement, et sans dommage, que pour la molesquine dont il emportait avec lui tout l'apprêt, laissant sur le siège, imprimée, l'effigie de son volumineux derrière.

Le plus curieux, c'est qu'il ne se fâcha qu'à la leçon suivante. Je ne sais ce qui lui prit ce jour-là, mais, après la leçon, comme je le raccompagnais dans l'antichambre, subitement il éclata en invectives d'une violence extrême, déclara qu'il y voyait clair dans mon jeu, que j'étais « un faux bonhomme », qu'il ne supporterait pas plus longtemps qu'on se fichât de lui et qu'il ne remettrait plus les pieds dans une maison où on le traitait en paltoquet.

Effectivement, il ne reparut plus ; et nous apprîmes par les journaux, à quelque temps de là, qu'il s'était noyé pendant une partie de canotage.

Je n'entrais guère dans le salon qu'à cause du piano qui s'y trouvait. La pièce restait à demi fermée d'ordinaire, les meubles soigneusement protégés par des housses de percale blanche, striée de minces raies rouge vif. Ces housses habillaient si exactement la forme des chaises et des fauteuils, que c'était un plaisir de les remettre chaque jeudi matin, après la parade du mercredi, jour de réception de ma mère ; la percale avait de savants retours, et de petites agrafes la maintenaient appliquée contre les soutiens des dossiers. Je ne suis pas bien sûr que je n'aimasse pas mieux le salon, ainsi revêtu de son uniforme de housses, décent, modeste et, l'été, délicieusement frais derrière les volets clos, que lorsque éclatait aux regards son luxe morne et inharmonieux. Il y avait diverses chaises en tapisserie, des fauteuils faux Louis XVI, recouverts d'un damas bleu et vieil or, dont étaient faits également les rideaux, rangés le long des murs ou en deux files qui, partant du milieu du salon, rejoignaient, aux deux côtés de la cheminée, deux fauteuils beaucoup plus importants que les autres et dont le faste m'éblouissait; je savais qu'ils étaient en « velours de Gênes », mais j'imaginais mal sur quel métier compliqué pouvait être tissée cette étoffe qui tenait à la fois du velours, de la guipure et de la broderie; elle était de couleur havane; les bois de ces fauteuils étaient noirs et dorés; je n'avais pas la permission de m'y asseoir. Sur la cheminée, des candélabres et une pendule en cuivre doré : la décente *Sapho* de Pradier. Que dirai-je du lustre et des appliques? J'ai fait un grand pas dans l'émancipation de la pensée, je jour où j'osai me persuader que tous les lustres de tous les salons « comme il faut » n'étaient pas forcément en girandoles de cristal, comme ceux-ci.

Devant la cheminée, un écran en tapisserie de soie présentait, sous des églantines, une espèce de pont chinois dont les bleus me sont restés dans l'œil; des pendeloques agrémentaient la monture de bambou, balançant de droite et de gauche des glands de soie, du même azur que celui de la tapisserie, suspendus deux par deux à la tête et à la queue de poissons de nacre et retenus par des fils d'or. Il me fut raconté, plus tard, que ma mère l'avait brodé en secret dans les premiers temps de son mariage; le regard de mon père, le jour de sa fête, avait été buter contre, en entrant dans son cabinet. Quelle consternation! Lui, si doux, et qui adorait ma mère, il s'était presque fâché :

— Non, Juliette! s'était-il écrié; non, je vous en prie. Ici, je suis chez moi. Cette pièce au moins, laissez-moi l'arranger moi-même, tout seul, à ma façon.

Puis, rappelant à lui son aménité, il avait persuadé ma mère que l'écran lui faisait beaucoup de plaisir, mais qu'il le préférait dans le salon.

Depuis la mort de mon père nous dînions tous les dimanches avec ma tante Claire et Albert; nous allions chez eux et ils venaient chez nous, alternativement, on n'enlevait pas les housses pour eux. Après le repas, tandis que nous nous mettions au piano, Albert et moi, ma tante et ma mère s'approchaient de la grande table, éclairée par une lampe à huile que coiffait un de ces abat-jour compliqués comme on en faisait alors; je crois qu'on n'en voit plus de pareils aujourd'hui; une fois par an, à même époque, nous allions en choisir un nouveau, maman et moi, chez un papetier de la rue de Tournon qui en avait un grand choix; dans leur carton opaque, des gaufrures savantes et des crevés laissaient passer des onglets de lumière à travers des papiers très minces et diversement colorés; c'était proprement enchanteur.

La table du salon était couverte d'un épais tapis de velours, marginé d'une très large bande de tapisserie laine et soie, qui, je crois, avait été l'œuvre patiente d'Anna et de ma mère, au temps qu'elles vivaient rue de M... Elle débordait la table et retombait sur les côtés, verticale, de sorte qu'on ne la pouvait admirer que de loin. Elle représentait, cette bordure, une torsade de pivoines et de rubans, ou du moins de quelque chose de jaune et de contourné qui pouvait passer pour tel. La bordure avait fait effort pour se raccorder au velours, c'est-à-dire qu'il y avait, mordant la bordure, en guise d'amorce ou de provocation, une régulière indentation de faux prolongements du velours; mais le velours, lui, n'avait fait aucun effort pour s'harmoniser avec la bordure; il avait préféré s'assortir aux fauteuils de velours de Gênes, adoptant leur couleur havane, tandis que les amorces restaient vert chou.

Alors, tandis que ma tante et ma mère faisaient leur partie de cartes, Albert et moi nous nous plongions dans les trios, les quatuors et les symphonies de Mozart, de Beethoven et de Schumann, déchiffrant avec frénésie tout ce que les éditions allemandes ou françaises nous offraient d'arrangements à quatre mains.

J'étais devenu à peu près de sa force, ce qui n'était du reste pas beaucoup dire, mais ce qui nous permettait de goûter ensemble des joies musicales qui sont restées parmi les plus vives et les plus profondes que j'aie connues.

Tout le temps que nous jouions, ces dames n'arrêtaient pas de causer; leurs voix s'élevaient à la faveur de nos fortissimos; mais dans les pianissimos, hélas! elles ne baissaient guère et nous souffrions beaucoup de ce défaut de recueillement. Il ne nous arriva que deux fois de pouvoir jouer dans le silence, et ce fut un ravissement. Maman m'avait laissé pour quelques jours, dans les circonstances que je vais dire, et, Albert, deux soirs de suite, avait eu la gentillesse de venir dîner avec moi; a-t-on compris ce qu'était pour moi mon cousin, on comprendra du même coup quelle fête ce put être de l'avoir ainsi pour moi tout seul, et qui n'était venu que pour moi. Nous prolongeâmes la soirée fort avant dans la nuit, et nous jouâmes si suavement que les anges durent entendre.

C'est à La Roque qu'était allée maman ; une épidémie de fièvre typhoïde s'était déclarée sur une de nos fermes, et maman ne l'avait pas plus tôt appris, qu'elle était partie pour soigner les malades, estimant qu'il était de son devoir de le faire, puisque ces gens étaient ses fermiers. Ma tante Claire avait essayé de la retenir, disant qu'avant de se devoir à ses fermiers, elle se devait à son fils ; qu'elle risquait beaucoup, pour n'être que d'un secours très médiocre ; et ce que ma tante aurait pu ajouter, c'est que ces gens, assez neufs sur la ferme, butés, rapaces, étaient incapables à tout jamais d'apprécier un geste désintéressé comme celui de ma mère. Albert et moi faisions chorus, très alarmés, car déjà deux des gens de la ferme étaient morts. Conseils, objurgations, rien n'y fit : ce que maman reconnaissait pour son devoir, elle l'accomplissait contre vent et marée. S'il n'y paraissait pas toujours nettement, c'est qu'elle avait encombré sa vie de maintes préoccupations adventices, de sorte que l'idée de devoir, souvent, se brésillait chez elle en un tas de menues obligations.

Ayant à parler souvent de ma mère, je comptais que ce que je rappellerais d'elle en cours de route allait la peindre suffisamment ; mais je crains d'avoir bien imparfaitement laissé voir la *personne de bonne volonté* qu'elle était (je prends ce mot dans le sens le plus évangélique). Elle allait toujours s'efforçant vers quelque bien, vers quelque mieux, et ne se reposait jamais dans la satisfaction de soi-même. Il ne lui suffisait point d'être modeste ; sans cesse elle travaillait à diminuer ses imperfections, ou celles qu'elle surprenait en autrui, à corriger elle ou autrui, à s'instruire. Du vivant de mon père, tout cela se soumettait, se fondait dans un grand amour. Son amour pour moi était sans doute à peine moindre, mais toute la soumission qu'elle avait professée pour mon père, à présent c'est de moi qu'elle l'exigeait. Des conflits en naissaient, qui m'aidaient à me persuader que je ne ressemblais qu'à mon père; les plus profondes similitudes ancestrales ne se révèlent que sur le tard.

En attendant, ma mère, très soucieuse de sa culture et de la mienne, et pleine de considération pour la musique, la peinture, la poésie et en général tout ce qui la surplombait, faisait de son mieux pour éclairer mon goût, mon jugement, et les siens propres. Si nous allions voir une exposition de tableaux — et nous ne manquions aucune de celles que *Le Temps* voulait bien nous signaler — ce n'était jamais sans emporter le numéro du journal qui en parlait, ni sans relire sur place les appréciations du critique, par grand-peur d'admirer de travers, ou de n'admirer pas tout. Pour les concerts, le resserrement et la timide monotonie des programmes d'alors laissaient peu de champ à l'erreur; il n'y avait qu'à écouter, qu'à approuver, qu'à applaudir.

Maman me menait chez Pasdeloup à peu près tous les dimanches; un peu plus tard nous prîmes un abonnement au Conservatoire où, deux années de suite, nous allâmes ainsi, de deux dimanches l'un. Je remportais de certains de ces concerts des impressions profondes, et ce que je n'étais pas d'âge encore à comprendre (c'est en 79 que maman commença de m'y mener) n'en façonnait pas moins ma sensibilité. J'admirais tout, à peu près indifféremment, comme il sied à cet âge, sans choix presque, et par urgent besoin d'admirer : la *Symphonie en ut mineur* et la *Symphonie écossaise*, la suite de concertos de Mozart que Ritter (ou Risler) débitait chez Pasdeloup de dimanche en dimanche, et *Le Désert* de Félicien David, que j'entendis plusieurs fois, Pasdeloup et le public affectant un goût particulier pour cette œuvre aimable, qu'on trouverait sans doute un peu surannée et manquant d'épaisseur aujourd'hui; elle me charmait alors comme avait fait un paysage oriental de Tournemine, qui, lors de mes premières visites au Luxembourg avec Marie, me paraissait le plus beau du monde : il montrait, sur un fond de couchant couleur de grenade et d'orange, reflété dans de calmes eaux, des éléphants ou des chameaux allongeant trompe ou cou pour boire, et tout au loin une mosquée allongeant ses minarets vers le ciel.

Si vifs que soient certains souvenirs de ces premiers « moments musicaux », il en est un près duquel tous pâlissent : en 83, Rubinstein vint donner une suite de concerts, à la salle Érard; les programmes prenaient la musique de piano à ses débuts et la menaient jusqu'à nos jours. Je n'assistai pas à tous, car les places étaient « hors de prix », comme disait maman, mais à trois seulement — dont j'ai gardé souvenir si lumineux, si net, que je doute parfois s'il s'agit bien du souvenir de Rubinstein lui-même, ou seulement des morceaux que, depuis, j'ai tant de fois relus et étudiés. Mais non; c'est bien précisément lui que j'entends et que je revois; et certains de ces morceaux : quelques pièces de Couperin par exemple, la *Sonate en C dur* de Beethoven (op. 53) et le rondo de celle en *mi* (op. 90), *L'Oiseau-prophète* de Schumann, je ne les pus ensuite écouter jamais qu'à travers lui.

Son prestige était considérable. Il ressemblait à Beethoven, de qui certains le disaient fils (je n'ai pas été vérifier si son âge rendait cette supposition vraisemblable) ; visage plat aux pommettes marquées, large front à demi noyé dans une crinière abondante, sourcils broussailleux; un regard absent ou dominateur; la mâchoire volontaire, et je ne sais quoi de hargneux dans l'expression de la bouche lippue. Il ne charmait point, il domptait. L'air hagard, il paraissait ivre, et l'on disait que souvent il l'était. Il jouait les yeux clos et comme ignorant du public. Il ne semblait point tant présenter un morceau que le chercher, le découvrir, ou le composer à mesure, et non point dans une improvisation, mais dans une ardente vision intérieure, une progressive révélation dont lui-même éprouvât et ravissement et surprise.

Les trois concerts que j'entendis étaient consacrés, le premier à la musique ancienne, les deux autres à Beethoven et à Schumann. Il y en eut un consacré à Chopin auquel j'aurais bien voulu également assister, mais ma mère tenait la musique de Chopin pour « malsaine » et refusa de m'y mener.

L'an suivant j'allai moins au concert; davantage au théâtre, à l'Odéon, au Français; à l'Opéra-Comique surtout, où j'entendis à peu près tout ce qu'on voulait bien donner du répertoire vieillot de l'époque : Grétry, Boieldieu, Hérold, dont la grâce m'emplissait d'aise, qui m'emplirait aujourd'hui d'un ennui mortel. Oh! ce n'est pas à ces maîtres charmants que j'en ai, mais à la musique dramatique; mais au théâtre en général. Y ai-je été trop naguère? Tout m'y paraît prévu, conventionnel, outré, fastidieux... Si par mégarde encore parfois je m'aventure dans une salle de spectacles, et si quelque ami près de moi ne me retient, j'ai bien du mal à attendre le premier entracte pour m'éclipser du moins décemment. Il a fallu dernièrement le Vieux-Colombier, l'art et la ferveur de Copeau et la bonne humeur de sa troupe pour me réconcilier un peu avec les plaisirs de la scène. Mais je réserve les commentaires et reviens à mes souvenirs.

Depuis deux ans un enfant de mon âge venait passer près de moi les vacances; maman, qui s'était ingéniée à me procurer ce camarade, y voyait un double avantage : faire profiter du bon air de la campagne un enfant peu fortuné qui sinon n'aurait pas quitté Paris de tout l'été, et m'arracher aux trop contemplatives joies de la pêche. Armand Bavretel avait pour fonction de me promener. Fils de pasteur, nécessairement. Il vint la première année avec Edmond Richard; la seconde avec Richard l'aîné, chez qui j'étais déjà pensionnaire. C'était un enfant d'aspect plutôt frêle, aux traits délicats, fins, presque jolis; son œil très vif et son aspect craintif lui donnaient l'air d'un écureuil; il était de naturel espiègle et devenait rieur sitôt qu'il se sentait à l'aise; mais le premier soir, tout dépaysé dans le grand salon de La Roque, malgré l'accueil affectueux d'Anna et de ma mère, le pauvre petit éclata en sanglots. Comme j'y allais aussi de toute mon affection, je fus plus que surpris et presque choqué par ces larmes; il me semblait qu'il reconnaissait mal les prévenances de ma mère; pour un peu j'aurais trouvé qu'il lui manquait. Je ne pouvais comprendre alors tout ce que le visage de la fortune peut présenter d'offensant pour un pauvre; et pourtant le salon de La Roque n'avait rien de bien luxueux; mais on s'y sentait à l'abri de cette meute de soucis qu'excite et fait aboyer la misère.

Armand aussi quittait les siens pour la première fois, et je crois qu'il était de ceux qui se blessent à tout ce qui ne leur est pas familier. Du reste, la fâcheuse impression de ce premier soir dura peu; bientôt il se laissa cajoler par ma mère, et par Anna qui avait de bonnes raisons pour le comprendre mieux encore. Pour moi j'étais ravi d'avoir un camarade, et remisai mes hameçons.

Notre plus grand amusement était de nous lancer à travers bois, à la manière des *Trapeurs de l'Arkansas* dont Gustave Aimard nous racontait les aventures, dédaigneux des chemins tracés, ne reculant devant fourrés ni marécages, et ravis au contraire lorsque l'épaisseur des taillis nous obligeait à avancer péniblement sur les genoux et sur les mains, voire à plat ventre, car nous tenions à déshonneur de biaiser.

Nous passions les après-midi du dimanche au Val-Richer; c'étaient alors d'épiques parties de cache-cache, fécondes en péripéties, car elles se jouaient dans la grande ferme, à travers granges, remises et n'importe quels bâtiments. Puis, après que nous eûmes éventé leurs mystères, nous en cherchâmes d'autres à La Roque, où vinrent Lionel et sa sœur Blandine; nous montions à la ferme de la Cour Vesque (que mes parents appelaient Cour l'Évêque) et, là, les parties reprirent de plus belle, dans l'imprévu de ce décor nouveau. Blandine allait avec Armand, et je restais avec Lionel; les uns cherchant, les autres se cachant sous des fagots, sous des bottes de foin, dans la paille; on grimpait sur les toits, on passait par tous les pertuis, toutes les trappes, et par ce trou dangereux, au-dessus du pressoir, par où l'on fait crouler les pommes; on inventait, poursuivi, mainte acrobatie... Mais, si passionnante que fût la poursuite, peut-être le contact avec les biens de la terre, les plongeons dans l'épaisseur des récoltes, et les bains d'odeurs variées, faisaient-ils le plus vrai du plaisir. O parfum des luzernes séchées, âcres senteurs de la bauge aux pourceaux, de l'écurie ou de l'étable! effluves capiteux du pressoir, et là, plus loin, entre les tonnes, ces courants d'air glacé où se mêle aux relents des futailles une petite pointe de moisi. Oui, j'ai connu plus tard l'enivrante vapeur des vendanges, mais pareil à la Sulamite qui demandait qu'on la soutînt avec des pommes, c'est l'éther exquis de celles-ci que je respire, de préférence à la douceur obtuse du moût. Lionel et moi, devant l'énorme tas de blé d'or qui s'effondrait en pentes molles sur le plancher net du grenier, nous mettions bas nos vestes, puis, les manches haut relevées, nous enfoncions nos bras jusqu'à l'épaule et sentions entre nos doigts ouverts glisser les menus grains frais.

Nous convînmes un jour de nous aménager, chacun séparément et secrètement, une sorte de résidence particulière où chacun, à tour de rôle, inviterait les trois autres, qui apporteraient le goûter. Le sort me désigna le premier. J'avisai pour mon installation un bloc calcaire énorme, blanc, lisse et de fort bel aspect, mais perdu dans un fouillis d'orties que je ne pus traverser que par un bond énorme, en m'aidant d'une perche et prenant un formidable élan. Je baptisai *Le Pourquoi pas?* mon beau domaine. Puis m'assis sur le bloc comme sur un trône, et j'attendis mes invités. Ils s'amenèrent enfin; mais, quand ils virent le rempart d'orties qui me séparait d'eux, ils poussèrent les hauts cris. Je leur tendis la perche qui m'avait servi, afin qu'ils sautassent à leur tour; mais ils ne s'en furent pas plus tôt emparés en riant, qu'ils s'enfuirent à toutes jambes, emportant et perche et goûter, m'abandonnant dans ce diable de retiro d'où, sans élan, j'eus le plus grand mal à sortir.

Armand Bavretel ne vint passer chez nous que deux étés. L'été de 84, mes cousines ne vinrent pas non plus, ou que peu de temps, et, me trouvant seul à La Roque, je fréquentai davantage Lionel. Non contents de nous retrouver ouvertement le dimanche, jour où il était convenu que je goûtais au Val-Richer, nous nous donnions de vrais rendez-vous d'amoureux, auxquels nous courions furtivement, le cœur battant et la pensée frémissante. Nous étions convenus d'une cachette, qui nous pût servir de poste restante; pour savoir où et quand nous retrouver, nous échangions des lettres bizarres, mystérieuses, cryptographiées et qu'on ne pouvait lire qu'à l'aide d'une grille ou d'une clef. La lettre était déposée dans un coffret clos, lequel se dissimulait dans la mousse, à la base d'un vieux pommier, dans un pré à l'orée du bois, à mi-distance de nos deux demeures. Sans doute il y avait dans l'exagération de nos sentiments l'un pour l'autre, comme eût dit La Fontaine, « un peu de faste », mais nullement d'hypocrisie, et, après que l'un à l'autre nous eûmes fait serment d'amitié fidèle, je crois que, pour nous rejoindre, nous aurions traversé le feu. Lionel me persuada qu'un pacte aussi solennel nécessitait un gage; il rompit en deux un fleuron de clématite, m'en remit une moitié, garda l'autre, qu'il jura de porter sur lui comme talisman. J'enfermai mon demi-fleuron dans un petit sachet brodé que je suspendis à mon cou à la façon d'un scapulaire et que je gardai ainsi contre ma poitrine, jusqu'à ma première communion.

Si passionnée que fût notre liaision, il ne s'y glissait de sensualité pas la moindre. Lionel, d'abord, était richement laid; puis sans doute éprouvais-je déjà cette inhabilité foncière à mêler l'esprit et les sens, qui je crois m'est assez particulière, et qui devait bientôt devenir une des répugnances cardinales de ma vie. De son côté, Lionel, en digne petit-fils de Guizot, affichait des sentiments à la Corneille. Certain jour de départ, comme je m'approchais pour une accolade fraternelle, il me repoussa à bras tendus et, solennel :

— Non; entre eux, les hommes ne s'embrassent pas!

Il avait un amical souci de m'introduire davantage dans sa vie et dans la coutume de sa famille. J'ai dit qu'il était orphelin; le Val-Richer appartenait alors à son oncle, également gendre de Guizot, les deux frères de R... ayant épousé les deux sœurs. M. de R... était député, et le fût resté jusqu'à la fin de sa vie si, au début de l'affaire Dreyfus, il n'avait eu le courage unique de voter contre son parti (c'est dire qu'il était de la droite). Extrêmement bon et honnête, il manquait un peu de caractère, d'étoffe, ou enfin de je ne sais quoi qui lui eût permis de présider autrement que par l'âge et qu'en apparence, à cette table de famille nombreuse où les éléments les plus jeunes n'étaient pas toujours les plus soumis; mais l'excellent homme avait déjà de la peine à faire figure suffisante aux côtés de sa femme, dont la supériorité l'exténuait. Mme de R... était du reste très calme, très douce et suffisamment prévenante; rien dans le ton de sa voix ou dans ses manières ne cherchait à imposer; mais, sans dire peut-être des choses bien neuves ou bien profondes, elle ne parlait jamais pour ne rien dire et n'exprimait jamais rien que de sensé (j'ajoute à mes souvenirs d'enfant d'autres souvenirs plus récents), de sorte que l'ascendant était réel qu'elle exerçait sur tous comme une naturelle souveraineté.

Il ne me paraît pas que ses traits rappelassent beaucoup ceux de M. Guizot; mais elle avait été sa secrétaire, la confidente de sa pensée et certainement son prestige s'aggravait du poids conscient de ce passé.

En plus de M. de R..., tout le monde dans la famille s'occupait plus ou moins de politique. Lionel, dans sa chambre, me faisait me découvrir devant une photographie du duc d'Orléans (je ne savais, alors, absolument pas qui c'était). Son frère aîné, qui travaillait l'opinion dans un département du Midi, s'était fait blackbouler et reblackbouler aux élections. Le facteur apportait de Lisieux le courrier; il arrivait pendant qu'on était à table; chacun, grand ou petit, s'emparait aussitôt d'un journal; on arrêtait de manger et, durant un long temps, sur tout le tour de la table, l'invité que j'étais ne voyait plus un visage.

Le dimanche matin, dans le salon, Mme de R... faisait le culte, auquel assistaient parents, enfants et serviteurs. Lionel, d'autorité, me faisait asseoir près de lui; et, durant la prière, alors que nous étions agenouillés, il me prenait la main, qu'il gardait serrée dans la sienne, comme pour offrir à Dieu notre amitié.

Pourtant Lionel ne respirait pas toujours le sublime. A côté de la salle de culte (j'ai dit que c'était le salon), se trouvait la bibliothèque, une vaste pièce carrée aux murs tapissés de livres, où la grande *Encyclopédie* avoisinait les œuvres de Corneille. A portée de la main, elle s'ouvrait aux curiosités de l'enfant; dès que Lionel savait trouver déserte la pièce, il y fouillait éperdument. Un article menait à l'autre; tout y était présenté avec vivacité, agrément et vigueur; ces impertinents esprits forts du XVIIIe siècle s'entendaient admirablement à amuser, à étonner et à distraire en instruisant. Quand nous traversions la pièce, Lionel me poussait du coude (le dimanche il y avait toujours du monde à côté) et d'un clin d'œil m'indiquait les fameux bouquins, que je n'eus jamais l'heur de toucher. Du reste, d'esprit plus lent que Lionel, ou plus occupé, j'étais beaucoup moins curieux que lui de ces choses — on a compris de quoi je veux parler; et lorsque ensuite il me racontait ses explorations au travers du dictionnaire, me faisant part de ses découvertes, je l'écoutais, mais plus ahuri qu'excité; je l'écoutais, mais je ne l'interrogeais point. Je ne comprenais rien à demi-mot, et, l'an suivant encore, comme Lionel me racontait, avec cet air supérieur et renseigné qu'il savait prendre, qu'il avait trouvé dans la chambre abandonnée de son frère un livre au titre suggestif : *Les Souvenirs d'un chien de chasse*, je crus qu'il s'agissait de vénerie.

Cependant la nouveauté de l'*Encyclopédie* s'épuisait et le temps vint que Lionel n'y trouva plus guère à apprendre. Par le plus singulier retour, nous fîmes alors, mais cette fois de conserve, des lectures du genre le plus sérieux : ce fut Bossuet, ce fut Fénelon, ce fut Pascal. A force de dire « l'année suivante », j'en arrive à ma seizième année. Je préparais mon instruction religieuse et la correspondance que j'avais commencé d'entretenir avec ma cousine m'inclinait également l'esprit. Cette année, passé l'été, Lionel et moi nous ne cessâmes pas de nous voir; à Paris nous allions alternativement l'un chez l'autre. Rien de plus prétentieux que nos entretiens de cette époque, pour profitables qu'ils fussent; nous avions la présomption d'*étudier* les grands écrivains susnommés; nous commentions à qui mieux mieux des passages philosophiques, et choisissions de préférence les plus abstrus. Les *Traités de la Concupiscence*, *De la Connaissance de Dieu et de soi-même*, etc., furent mis en coupes réglées; férus de grandiloquence, tout nous paraissait terre à terre, tant que nous n'avions pas perdu pied; nous élaborions d'ineptes gloses, des paraphrases qui me feraient rougir aujourd'hui si je les revoyais, mais qui tout de même nous bandaient l'esprit, et dont surtout était ridicule la satisfaction de nous-mêmes que nous y puisions.

J'achève avec Lionel, car notre belle amitié n'eut pas de suites, et je n'aurai pas l'occasion d'y revenir. Nous continuâmes de nous voir encore quelques années, mais avec de moins en moins de joie. Mes goûts, mes opinions et mes écrits lui déplaisaient; il tenta de m'amender d'abord, puis cessa de me fréquenter. Il était, je crois, de cette famille d'esprits qui ne sont susceptibles que d'amitiés dévalantes, je veux dire : accompagnées de condescendance et de protection. Même au plus chaud de notre passion, il me faisait sentir que je n'étais pas né comme lui. La correspondance du comte de Montalembert avec son ami Cornudet venait de paraître; le livre (la nouvelle édition de 84) était sur les tables du salon de La Roque et de celui du Val-Richer; Lionel et moi, cédant au mouvement, nous nous exaltions sur ces lettres où Montalembert faisait figure de grand homme; son amitié pour Cornudet était touchante; Lionel rêvait notre amitié pareille; bien entendu, c'était moi, Cornudet.

C'est sans doute aussi ce qui fait qu'il ne supportait pas qu'on lui apprît rien; toujours il savait tout avant vous, et parfois il lui arrivait de vous réciter votre propre opinion comme sienne, oubliant qu'il vous la devait, ou de vous redonner avec suffisance le renseignement qu'il tenait de vous. En général il servait comme de son cru ce qu'il avait glané par ailleurs. Avec quel amusement j'avais retrouvé, dans une revue, le mot, absurde du reste, qu'il avait laissé tomber de si haut, comme un fruit de ses réflexion personnelles, du temps que nous découvrions Musset : « C'est un garçon coiffeur qui a dans son cœur une belle boîte à musique. » (Je n'aurais peut-être pas parlé de ce travers, si je n'avais lu dans les *Cahiers* de Sainte-Beuve que Guizot en était pareillement entiché.)

— Et Armand ?

Durant quelques mois je continuai d'aller le voir à Paris de loin en loin. Il habitait avec sa famille rue de l'A..., contre les Halles centrales. Il vivait là, aux côtés de sa mère, digne femme, douce et réservée; avec deux sœurs; l'une sensiblement plus âgée, s'était faite insignifiante, par effacement et affectueuse abnégation devant sa sœur cadette, comme il advient souvent, prenant à sa charge, pour autant qu'il pouvait me paraître, toutes les corvées et les soins les plus rebutants du ménage. La seconde sœur, du même âge à peu près qu'Armand, était charmante; on eût dit qu'elle acceptait son rôle de représenter la grâce et la poésie dans cette sombre maison; on la sentait choyée par tous et particulièrement par Armand, mais par celui-ci de la façon bizarre que je dirai. Armand avait encore un grand frère, qui venait d'achever ses études de médecine et commençait à chercher clientèle; je n'ai pas souvenir de l'avoir jamais rencontré. Quant au pasteur Bavretel, le père, la philanthropie l'accaparait sans doute et je ne l'avais encore jamais rencontré, lorsque soudain, certaine fin d'après-midi que Mme Bavretel avait convié à goûter quelques amis d'Armand, il fit, dans la salle à manger où nous partagions le gâteau des rois, une apparition sensationnelle. Ah! juste ciel! qu'il était laid! C'était un homme court, carré des épaules; avec des bras et des mains de gorille; la dignité de la redingote pastorale accentuait encore l'inélégance de son aspect. Que dire de son chef? Les cheveux grisonnants, huileux, par paquets de mèches plates lustraient son col; les yeux globuleux roulaient sous des paupières épaisses; le nez faisait un encombrement informe; sa lèvre inférieure, tuméfiée, retombait en avant, molle, violette et baveuse. Il parut, et notre animation figea net. Il ne demeura parmi nous qu'un instant, prononça quelque phrase insignifiante, comme :

— « Amusez-vous bien, mes enfants », ou

— « Que Dieu vous ait en sa sainte garde », et sortit, entraînant à sa suite Mme Bavretel à qui il voulait dire quelques mots.

L'an suivant, dans les mêmes circonstances exactement, il fit exactement la même entrée, dit la même phrase, ou une exactement équivalente, et allait ressortir exactement de la même manière, suivi de son épouse, lorsque, celle-ci ayant eu la malencontreuse idée de m'appeler pour me présenter à lui, qui jusqu'alors ne me connaissait que de nom, le pasteur me tira à lui, ô horreur! et, avant que j'eusse pu m'en défendre, m'embrassa.

Je ne le vis que ces deux fois, mais mon impression fut si vive qu'il ne cessa depuis lors de hanter mon imagination; même il commença d'habiter un livre que je projetais d'écrire, et qu'il n'est pas encore dit que je n'écrirai pas, au travers duquel je pusse répandre un peu de la fuligineuse atmosphère que j'avais respirée chez les Bavretel. Ici la pauvreté cessait d'être seulement privative, comme la croient trop souvent les riches; on la sentait réelle, agressive, attentionnée; elle régnait affreusement sur les esprits et sur les cœurs, s'insinuait partout, touchait aux endroits les plus secrets et les plus tendres, et faussait les ressorts délicats de la vie. Tout ce qui s'éclaire à mes yeux aujourd'hui, j'étais mal éduqué pour le comprendre d'abord; bien des anomalies, chez les Bavretel, ne me paraissaient étranges sans doute que parce que j'en discernais mal l'origine, et ne savais pas faire intervenir toujours et partout cette gêne que, par pudeur, la famille prenait tant de soin de cacher. Je n'étais pas précisément un enfant gâté; j'ai dit déjà la vigilance de ma mère à ne m'avantager en rien sur d'autres camarades moins fortunés; mais ma mère ne s'était jamais proposé de me faire échapper à mes habitudes et de rompre le cercle enchanté de mon bonheur. J'étais privilégié sans le savoir, comme j'étais Français et protestant sans le savoir; sorti de quoi, tout me paraissait exotique. Et, de même qu'il fallait une porte cochère à la maison que nous habitions, ou mieux : que « nous nous devions » comme disait ma tante Claire, d'avoir une porte cochère, de même « nous nous devions » de ne voyager jamais qu'en première classe, par exemple; et de même, au théâtre, je ne concevais pas que des gens qui se respectent pussent aller ailleurs qu'au balcon. Quelles réactions une telle éducation me préparait, il est prématuré d'en parler; j'en suis encore au temps où emmenant Armand à une matinée de l'Opéra-Comique pour laquelle ma mère avait retenu deux places de seconde galerie — car, nous laissant, pour la première fois, aller seuls, elle avait jugé ces places suffisantes pour deux galopins de notre âge — je fus éperdu de me trouver sensiblement plus haut que de coutume, environné de gens qui me paraissaient du commun; me précipitant au contrôle je versai tout l'argent que j'avais en poche, pour des suppléments qui nous permissent de regagner mon niveau. Il faut dire aussi que, pour une fois que j'invitais Armand, je souffrais de ne pas lui offrir le meilleur.

Donc, au jour de l'Épiphanie, Mme Bavretel conviait les amis d'Armand à venir « tirer les rois ». J'assistai plusieurs fois à cette petite fête; pas chaque année pourtant, car à ce moment de l'hiver nous étions d'ordinaire à Rouen ou dans le Midi; mais je dus y retourner encore passé 1891, car je me souviens que cette bonne Mme Bavretel me présentait déjà comme un auteur illustre aux autres jeunes gens, tous plus ou moins illustres eux aussi. Évidemment l'arrière-souci du problématique avenir de la jeune sœur n'était pas absent de ces réunions. Mme Bavretel pensait que, parmi ces jeunes célébrités, un parti s'offrirait peut-être, et cette préoccupation, qu'elle eût voulu dissimuler et désavouer presque, était au contraire brutalement mise en lumière par la cynique intervention d'Armand, qui profitait du jour des rois pour se permettre les allusions les plus directes et les plus gênantes; c'est lui qui taillait les parts du gâteau, et, connaissant la place de la fève, il s'arrangeait de manière qu'elle échût à sa sœur ou à l'éventuel prétendant. En l'absence d'autres jeunes filles, force était qu'il la choisît pour reine. Mais alors, quelles plaisanteries! Certainement Armand souffrait déjà du mal bizarre qui le porta quelques années plus tard à se tuer. Je ne puis m'expliquer autrement l'acharnement qu'il y mettait; il n'avait de cesse que sa sœur ne fût en larmes, et, si les mots n'y suffisaient pas, il s'approchait pour la brutaliser, la pincer. Quoi! la détestait-il? Je crois qu'il l'adorait au contraire, et qu'il souffrait pour elle de tout, et aussi de ces mortifications qu'il lui faisait subir, car il était de tendre nature et nullement cruel; mais son obscur démon se plaisait à détériorer son amour. Avec nous Armand était nerveux, sémillant, mais toujours ce même esprit caustique envers soi-même, envers les siens, envers tout ce qu'il aimait, le poussait à rengréger sur la misère; il désolait sa mère en exposant et désignant tout ce qu'elle aurait voulu cacher : les taches, les dépareillements, les déchirures, et mettait tous les invités mal à l'aise. Mme Bavretel s'affolait, concédait à demi, comme faisant la part du feu, mais gâtait le reste par trop d'excuses, par des : « Je sais bien que chez M. Gide on n'oserait pas servir le gâteau des rois dans un plat ébréché », dont Armand soulignait la gaucherie en éclatant de rire insolemment ou s'écriant : « C'est le plat dans lequel j'ai mis les pieds », ou : « ça te la coupe, mon vieux », exclamations qui s'échappaient de lui nerveusement et dont il paraissait à peine responsable. Qu'on imagine pour couronner la scène — Armand gouaillant, la mère protestant, la sœur pleurant, tous les hôtes dans leurs petits souliers — qu'on imagine l'entrée solennelle du pasteur!

J'expliquais à quel point mon éducation me rendait sensible à l'exotisme de la misère, mais il s'y joignait ici je ne sais quoi de grimaçant et de contraint, de courtois et de saugrenu qui portait à la tête et, au bout de peu de temps, me faisait perdre complètement la notion de la réalité; tout commençait à flotter autour de moi, à se déconsister, à verser dans le fantastique, non seulement le lieu, les gens, les propos, mais moi-même, ma propre voix que j'entendais comme à distance et dont les sonorités m'étonnaient. Parfois il me paraissait qu'Armand n'était pas inconscient de toute cette bizarrerie, mais s'efforçait d'y concourir, tant était juste et pour ainsi dire attendue la note aigre qu'il apportait dans ce concert; bien plus, il me semblait enfin que Mme Bavretel elle-même se grisait de cette affolante harmonie, lorsqu'elle présentait à l'auteur des *Cahiers d'André Walter*, « ce livre si remarquable que vous avez lu certainement », monsieur Dehelly, « premier prix de diction au Conservatoire, dont tous les journaux ont fait l'éloge », et chaque invité sur ce mode, de sorte que moi-même, et Dehelly et tous les autres, bientôt, fantoches irréels, nous parlions, nous gesticulions sous la dictée de l'atmosphère que nous avions nous-mêmes créée. On était tout surpris, en sortant, de se retrouver dans la rue.

Je revis Armand... Ce jour-là, je fus reçu par la sœur aînée. Elle était seule dans l'appartement. Elle me dit que je trouverais Armand, deux étages au-dessus, dans sa chambre; car il avait fait dire qu'il ne descendrait pas. Je savais où était sa chambre, mais n'y étais encore jamais entré. Elle donnait directement sur l'escalier en face du logement où son frère avait ouvert un cabinet de consultation si je ne me trompe. C'était une pièce point trop petite mais très sombre qui prenait air sur une courette, et vers laquelle un hideux réflecteur de zinc gondolé rabattait des reflets blafards. Armand était étendu, tout vêtu, sur son lit défait; il avait gardé sa chemise de nuit; il était mal rasé; sans cravate. Il se leva quand j'entrai, et me serra dans ses bras, ce qu'il ne faisait pas d'habitude. Je ne me souviens pas du début de notre conversation. Sans doute étais-je beaucoup plus occupé par l'aspect de sa chambre que par ce qu'il disait. Il n'y avait pas dans toute la pièce le moindre objet où poser agréablement le regard ; la misère, la laideur, la noirceur étaient étouffantes, au point que bientôt je lui demandai s'il ne consentirait pas à m'accompagner au dehors.

— Je ne sors plus, dit-il sommairement.

— Pourquoi ?

— Tu vois bien que je ne peux pas sortir comme je suis.

J'insistai, lui dis qu'il pouvait mettre un col et que je me souciais peu qu'il fût ou non rasé.

— Je ne suis pas lavé non plus, protesta-t-il. Puis, avec une sorte de ricanement douloureux, il m'annonça qu'il ne se lavait plus, et que c'était pour cela que ça sentait si mauvais dans la pièce ; qu'il n'en sortait que pour les repas et n'avait plus mis les pieds dehors depuis vingt jours.

— Que fais-tu ?

— Rien.

Voyant que je cherchais à distinguer les titres de quelques livres qui traînaient sur un coin de table, auprès de son lit :

— Tu veux savoir ce que je lis ?

Il me tendit *La Pucelle* de Voltaire, que depuis longtemps je savais être son livre de chevet, *Le Citateur* de Pigault-Lebrun, et *Le Cocu* de Paul de Kock. Puis, mis en veine de confidence, il m'expliqua bizarrement qu'il s'enfermait parce qu'il n'était capable de faire que du mal, qu'il savait qu'il nuisait aux autres, leur déplaisait, les dégoûtait ; que d'ailleurs il avait beaucoup moins d'esprit qu'il n'avait l'air d'en avoir, et que même le peu qu'il avait il ne savait plus s'en servir.

Je me dis aujourd'hui que je n'aurais pas dû l'abandonner dans cet état; que du moins j'aurais dû lui parler davantage; il est certain que l'aspect d'Armand et sa conversation ne m'affectèrent pas alors autant qu'ils eussent fait plus tard. Il faut que j'ajoute ceci : il me semble bien me souvenir qu'il me demanda brusquement ce que je pensais du suicide, et qu'alors, le regardant dans les yeux, je répondis que, dans certains cas, le suicide me paraissait louable — avec un cynisme dont en ce temps j'étais bien capable — mais je ne suis pas certain de n'avoir pas imaginé tout cela par la suite, à force de remuer dans ma tête ce dernier entretien et de l'apprêter pour le livre où je me proposais de faire figurer également le pasteur.

J'y repensai particulièrement lorsque, à quelques années de là (je l'avais, entre-temps, perdu de vue) je reçus le faire-part de la mort d'Armand. J'étais en voyage et ne pus aller à son enterrement. Quand je revis un peu plus tard sa malheureuse mère, je n'osai l'interroger. C'est indirectement que j'appris qu'Armand s'était jeté dans la Seine.

VII

Sur le seuil de cette année (1884) il m'arriva une aventure extraordinaire. Au matin du premier jour de l'an, j'étais allé embrasser Anna qui, je l'ai dit, habitait rue de Vaugirard. Je revenais, joyeux déjà, content de moi, du ciel et des hommes, curieux de tout, amusé d'un rien et riche immensément de l'avenir. Je ne sais pourquoi, ce jour-là, je pris pour m'en revenir, au lieu de la rue Saint-Placide qui était mon chemin habituel, une petite rue sur la gauche, qui lui est parallèle; par amusement, par simple plaisir de changer. Il était près de midi; l'air était clair et le soleil presque chaud coupait l'étroite rue dans sa longueur, de sorte qu'un trottoir était lumineux, l'autre sombre.

A mi-chemin, quittant le soleil, je voulus goûter de l'ombre. J'étais si joyeux que je chantais en marchant et sautant, les yeux au ciel. C'est alors que je vis descendre vers moi, comme une réponse à ma joie, une petite chose voletante et dorée, comme un morceau de soleil trouant l'ombre, qui s'approcha de moi, battant de l'aile, et vint se poser sur ma casquette, à la manière du Saint-Esprit. Je levai la main ; un joli canari s'y logea ; il palpitait comme mon cœur, que je sentais emplir ma poitrine. Certainement l'excès de ma joie était manifeste au dehors, sinon aux sens obtus des hommes ; certainement pour des yeux un peu délicats je devais scintiller tout entier comme un miroir à alouettes et mon rayonnement avait attiré cette créature du ciel.

Je revins en courant près de ma mère, ravi de rapporter le canari ; mais surtout ce qui me gonflait, ce qui me soulevait de terre, c'était l'enthousiasmante assurance d'avoir été célestement désigné par l'oiseau. Déjà j'étais enclin à me croire une vocation ; je veux dire une vocation d'ordre mystique ; il me sembla qu'une sorte de pacte secret me liait désormais, et lorsque j'entendais ma mère souhaiter pour moi telle ou telle carrière, celle des Eaux et Forêts par exemple qui lui semblait devoir convenir particulièrement à mes goûts, je me prêtais à ses projets par convenance, du bout du cœur, comme on se prêterait à un jeu, mais sachant bien que l'intérêt vital est ailleurs. Pour un peu j'aurais dit à ma mère : Comment disposerais-je de moi ? Ne sais-tu pas que je n'en ai pas le droit ? N'as-tu donc pas compris que je suis élu ? — Je crois bien qu'un jour qu'elle me poussait sur le choix d'une profession, je lui sortis quelque chose de cela.

Le serin (c'était une serine) alla rejoindre, dans une vaste cage, une nichée de chardonnerets que j'avais rapportée de La Roque ; avec laquelle il fit très bon ménage. J'étais ravi. Mais le plus surprenant reste à dire : à quelques jours de là, un matin que je me rendais à Batignolles où habitait à présent M. Richard, voici que, sur le boulevard Saint-Germain, au moment que je m'apprêtais à le traverser, je vis s'abattre, obliquement, vers le milieu de la chaussée... avais-je la berlue? encore un canari! Je m'élançai; mais, un peu plus farouche que l'autre, échappé de la même cage sans doute, cet oiseau me fuyait, s'envolait plus loin, non d'un vol franc, du reste, mais par courtes étapes, rasant le sol, comme un oiseau jusqu'à présent captif et que la liberté de son vol étourdit. Je le poursuivis quelque temps; le long de la ligne de tramways, il m'éluda trois fois, mais enfin je parvins à le couvrir de ma casquette. C'était entre deux rails, à l'instant qu'un tramway menaçait de nous écraser tous les deux.

Cette chasse m'avait mis en retard pour ma leçon; je courus chez mon professeur, éperdu de joie, délirant, tenant mon canari dans mes mains closes. M. Richard n'était pas difficile à distraire gentiment, l'heure de la leçon se passa à la recherche d'une minuscule cage provisoire dans quoi je pusse ramener rue de Commaille mon oiseau. Moi qui précisément souhaitais un mâle pour ma serine! Le voir tomber du ciel à nouveau, voici qui tenait du miracle. Qu'à moi fussent réservées de si gracieuses aventures, j'en ressentais un orgueil fou, bien plus que de quelque haut fait que j'aurais accompli moi-même. Décidément j'étais prédestiné. Je n'allais plus que les regards en l'air, attendant du ciel, comme Élie, mon plaisir et ma nourriture.

Mes canaris firent souche et, quelques semaines plus tard, si grande que fût ma cage, mes protégés s'y bousculaient. Les dimanches, jours de sortie de mon cousin Édouard, on les lâchait tous dans ma chambre; ils s'ébattaient, fientaient de tous côtés, se posaient sur nos têtes, sur le haut des meubles, sur des cordons tendus, et sur quelques ramures rapportées du bois de Boulogne ou de la forêt de Meudon, qu'on coinçait dans des tiroirs, qu'on fichait horizontales dans des trous de serrure, ou verticales dans des pots. Au rez-de-chaussée, dans un dédale de tapis, ingénieusement entassés, folâtrait une famille de souris blanches. Je fais grâce de l'aquarium.

Diverses raisons avaient ramené les Richard dans Paris : l'élévation des loyers dans le quartier de Passy; le désir de se rapprocher d'un lycée où le petit Blaise pût commencer ses études; l'espoir des répétitions aux élèves de ce lycée. Il faut dire aussi que Mme Bertrand avait pris le parti de s'installer de son côté, avec sa fille, ce qui certainement amenait une grande défaillance de budget. Enfin les deux miss pensionnaires avaient repassé le détroit. Edmond Richard était reparti pour Guéret. Moi-même je n'habitais plus chez M. Richard; j'arrivais chez lui chaque matin, vers 9 heures; j'y déjeunais et rentrais rue de Commaille pour le dîner. A la reprise des classes, cette année, j'avais bien essayé de nouveau de l'École alsacienne et m'y étais cramponné quelques mois; mais, de nouveau, des maux de tête des plus gênants m'avaient empêché, et force avait été de reprendre l'autre régime, je veux dire cette instruction rompue, indulgente et n'appuyant pas trop le licol. M. Richard s'y entendait à merveille, étant de tempérament musardeur. Que de fois la promenade nous tint-elle lieu de leçon! Le soleil vaporisait-il notre zèle, on s'écriait : C'est péché de rester enfermé par ce beau temps! — D'abord nous flânions par les rues, reflétant, observant, réflexionnant; mais, l'an suivant, nos promenades eurent un but : pour je ne sais quel motif, M. Richard se mit en tête de redéménager; le logement qu'il avait pris ne faisait décidément pas son affaire; il fallait chercher mieux... Alors, autant par jeu que par besoin, nous courûmes l'écriteau et visitâmes tout ce qui se présentait « à louer ».

En avons-nous gravi des étages, dans des immeubles luxueux, dans des taudis! Nous chassions de préférence le matin. Il arrivait souvent que le gîte n'était pas vide et que nous surprenions à leur petit lever les habitants. Ces voyages de découverte m'instruisaient plus que la lecture de maints romans. Nous chassions à l'entour du lycée Condorcet, de la gare Saint-Lazare et dans le quartier dit : de l'Europe; je laisse à penser le gibier que parfois nous levions. M. Richard s'en amusait aussi; il avait soin de me précéder dans les pièces, par décence, et parfois, se retournant vers moi, criait brusquement : « Ne venez pas! » Mais j'avais le temps néanmoins d'en voir beaucoup, et, de certaines de ces visites domiciliaires, je ressortais éberlué. Avec une autre nature que la mienne, cette indirecte initiation eût présenté bien des dangers; mais l'amusement que j'y prenais ne me troublait guère et ne m'échauffait que l'esprit; bien mieux : j'y cultivais plutôt une sorte de réprobation pour ce que j'entrevoyais de la débauche, contre quoi mon instinct secrètement m'insurgeait. Et peut-être quelque aventure particulièrement scabreuse éclaira-t-elle enfin M. Richard sur l'incongruité de ces visites : il y mit le holà. A moins que tout simplement il eût fini par trouver un logis à sa convenance. Toujours est-il que nous cessâmes de chercher.

En dehors des leçons je lisais beaucoup. C'était le temps où le *Journal intime* d'Amiel faisait fureur; M. Richard me l'avait indiqué, m'en avait lu de longs passages; il y trouvait un complaisant reflet de ses indécisions, de ses retombements, de ses doutes, et comme une sorte d'excuse ou même d'autorisation; pour moi, je ne laissais pas d'être sensible au charme ambigu de cette préciosité morale, dont les scrupules, les tâtonnements et l'amphigouri m'exaspèrent tant aujourd'hui. Puis aussi je cédais à M. Richard et j'admirais par sympathie, ou mieux, comme il advient souvent, pour ne pas me trouver en reste; au demeurant le plus sincèrement du monde.

A la table des Richard s'asseyaient deux pensionnaires; l'un un peu plus âgé que moi, l'autre d'un ou deux ans plus jeune. Adrien Giffard, l'aîné, était un orphelin de père et de mère, sans frères ni sœurs, une sorte d'enfant trouvé; je ne sais trop à la suite de quelles aventures il avait fini par échouer chez les Richard. C'était un de ces êtres de second plan qui semblent ne figurer dans la vie qu'en comparse et pour grossir un nombre. Il n'était ni méchant ni bon, ni gai ni triste et ne s'intéressait jamais qu'à demi. Il vint à La Roque avec M. Richard l'année précisément que cessa d'y venir Armand. Les premiers temps il y fut très malheureux parce qu'il n'osait fumer tout son soûl, par égard pour ma mère; il en tomba presque malade; ce que voyant, on mit à sa disposition tout le tabac qu'il voulut, et il s'enfonça dans une fumerie sans arrêt.

Quand j'étudiais mon piano, il s'approchait, collait son oreille au bois de l'instrument et restait, aussi longtemps que je faisais des gammes dans un état proche de la félicité; puis s'en allait, sitôt que je commençais un morceau. Il disait :

— Ce n'est pas que j'aime la musique; mais c'est les exercices que vous faites qui me plaisent.

Lui-même s'essayait sur une flûte de bazar.

Ma mère lui faisait peur. Elle représentait pour lui,

j'imagine, un degré de civilisation qui lui donnait le vertige. Il arriva qu'un jour, au cours d'une promenade, en traversant une haie (car il n'était pas bien adroit), une ronce au derrière lui déchira son pantalon. L'idée de devoir reparaître dans cet état devant ma mère le terrifia au point qu'il s'enfuit et qu'on ne le revit pas de deux jours — qu'il passa, couchant on ne sut où et se nourrissant on ne sut comment.

— Ce qui m'a fait revenir, me confia-t-il ensuite, c'est le tabac. Tout le reste, je m'en passe.

Bernard Tissaudier était un gros garçon réjoui, franc, coloré, aux cheveux noirs taillés en brosse; plein de bon sens, aimant à causer, et vers qui me poussait une sympathie assez vive. Le soir, quittant M. Richard, chez qui nous n'étions l'un et l'autre que demi-pensionnaires, nous faisions volontiers un bout de route ensemble, en bavardant; un de nos thèmes favoris était l'éducation des enfants. Nous nous entendions à merveille pour reconnaître que les Richard élevaient déplorablement les leurs, et nous naviguions de conserve sur l'océan des théories — car en ce temps je ne savais pas encore à quel point le natif l'emporte sur l'acquis, et qu'à travers tous les apprêts, les empois, les repassages et les plis, la naturelle étoffe reparaît, qui se tient, d'après le tissu, raide ou floche. Je projetais alors d'écrire un traité sur l'éducation et en promettais à Bernard la dédicace.

Adrien Giffard suivait les cours de Lakanal. Bernard Tissaudier allait au lycée Condorcet. Or il arriva que ma mère, un soir, lisant certain article du *Temps*, se récria et me dit sur un ton interrogatif :

— J'espère au moins que ton ami Tissaudier, en sortant du lycée, ne passe pas par le passage du Havre ?

(Il faut dire, pour ceux qui l'ignorent, que ledit passage est à quelques pas du lycée.)

Comme je ne m'étais jamais inquiété de l'itinéraire de mon ami Tissaudier la question demeura sans réponse. Maman reprit :

— Tu devrais lui dire de l'éviter.

La voix de maman était grave, et elle fronçait les sourcils comme je me souviens que faisait le capitaine du navire, certain jour de traversée orageuse entre Le Havre et Honfleur.

— Pourquoi ?

— Parce que je lis dans le journal que le passage du Havre est extrêmement mal fréquenté.

Elle n'en dit pas davantage, mais je restai tout troublé par ces énigmatiques paroles. Je comprenais bien, à peu près, ce que ce mot « mal fréquenté » prétendait dire, mais mon imagination, que ne refrénait aucune idée des convenances ni des lois, me représenta tout aussitôt le passage du Havre (où je n'étais jamais entré) comme un lieu de stupre, une géhenne, le Roncevaux des bonnes mœurs. Malgré mes explorations à travers les appartements des cocottes, j'étais demeuré, à quinze ans, incroyablement ignorant des alentours de la débauche; tout ce que j'en imaginais n'avait aucun fondement dans le réel; je brodais et chargeais aussi bien dans l'indécent, dans le charmant et dans l'horrible — dans l'horrible surtout, à cause de cette instinctive réprobation dont je parlais plus haut : je voyais, par exemple, mon pauvre Tissaudier orgiastiquement lacéré par les hétaïres. Et d'y penser, chez M. Richard, mon cœur se serrait, tandis que je contemplais ce bon gros garçon rouge et joufflu, si calme, si joyeux, si simple... Nous étions seuls dans la pièce, Adrien

Giffard, lui et moi, faisant nos devoirs. Enfin, je n'y tins plus, et, d'une voix étranglée par l'angoisse, lui demandai :

— Bernard, quand tu sors du lycée, tu ne prends pas par le passage du Havre, n'est-ce pas ?

Il ne dit d'abord oui, ni non ; mais, répondant à ma question par une autre question que l'inattendu de mon interrogation rendait naturelle :

— Pourquoi est-ce que tu me demandes ça ? fit-il en ouvrant de grands yeux.

Soudain quelque chose d'énorme, de religieux, de panique, envahit mon cœur, comme à la mort du petit Raoul, ou comme le jour où je m'étais senti séparé, forclos ; tout secoué de sanglots, me précipitant aux genoux de mon camarade :

— Bernard ! Oh ! je t'en supplie : n'y va pas.

L'accent de mes paroles, ma véhémence, mes larmes étaient d'un fou. Adrien reculait sa chaise et roulait des yeux effarés. Mais Bernard Tissaudier, d'éducation puritaine ainsi que moi, ne se méprit pas un instant sur la nature de mon angoisse ; du ton le plus naturel et le plus propre à me calmer :

— Tu crois donc que je ne connais pas le métier ? me dit-il.

Je jure que ce furent là ses paroles.

Mon émotion retomba net. J'entrevis aussitôt qu'il en savait aussi long ou plus long que moi sur ces matières ; et certes le regard qu'il y portait, droit, ferme et même quelque peu chargé d'ironie, était plus rassurant que mon désordre ; mais c'est précisément là ce qui me renversait : que le dragon que je m'étais fait de *cela*, on le pût considérer de sang-froid et sans frissonner d'épouvante. Le mot « métier » sonnait péniblement à mon oreille, apportant une signification pratique et vulgaire où je n'avais vu jusqu'alors qu'un pathétique mélange de hideur et de poésie ; je crois bien que je ne m'étais encore jamais avisé que la question d'argent entrât en rien dans la débauche, ni que la volupté se finançât ; ou peut-être (car pourtant j'avais quelque lecture et ne voudrais pas me peindre par trop niais) était-ce de voir quelqu'un de plus jeune, et j'allais dire : de plus tendre que moi, le savoir, qui me désarçonnait ainsi. La seule connaissance de cela me paraissait déjà flétrissante. Il s'y mêlait également je ne sais quelle affection, peut-être à mon insu frémissante, quel besoin fraternel de protection, et le dépit de le voir tourné...

Cependant, comme après la repartie de Tissaudier je demeurais pantois et prêt à ne plus sentir que mon ridicule, lui me tapa sur l'épaule et riant d'un gros rire bien franc, bien positif.

— Tu n'as pas besoin d'avoir peur pour moi, va ! reprit-il d'un ton qui remettait tout à sa place.

J'ai décrit de mon mieux cette sorte de suffocation profonde, accompagnée de larmes, de sanglots, à quoi j'étais sujet, et qui, dans les trois premières manifestations que j'en eus et que j'ai redites, me surprit moi-même si fort. Je crains pourtant qu'elle ne demeure parfaitement incompréhensible à qui n'a connu rien d'approchant. Depuis, les accès de cette étrange aura, loin de devenir moins fréquents, s'acclimatèrent, mais tempérés, maîtrisés, apprivoisés pour ainsi dire, de sorte que j'appris à n'en être effrayé, non plus que Socrate de son démon familier. Je compris vite que l'ivresse sans vin n'est autre que l'état lyrique, et que l'instant heureux où me secouait ce délire était celui que Dionysos me visitait. Hélas ! pour qui connut le dieu, combien mornes et désespérées les périodes débilitées où il ne consent plus à paraître!

Si Bernard Tissaudier n'avait été que fort peu remué par le pathos de ma sortie, combien je le fus, en revanche, par la bonhomie souriante de sa réplique! C'est à la suite de cette conversation, il me semble, sinon peut-être aussitôt après, que je commençai de prêter attention à certains spectacles de la rue. Ma tante Démarest habitait boulevard Saint-Germain, à peu près en face du théâtre Cluny, ou, plus exactement, de cette rue montante qui mène au Collège de France, dont on voyait la façade, du balcon de son appartement, lequel était au quatrième. La maison avait porte cochère, il est vrai; mais comment ma tante, avec ses goûts et ses principes, avait-elle été choisir ce quartier? Entre le boul'Mich' et la place Maub', à la tombée du jour, le trottoir commençait de s'achalander. Albert avait mis en garde ma mère :

— Je crois, ma tante, lui avait-il dit devant moi, qu'il est préférable que ce grand garçon rentre avec vous, le soir, quand vous venez dîner ici (c'était tous les quinze jours). Et même, pour vous en retourner, vous ferez mieux de suivre le milieu de la chaussée, jusqu'à la station du tramway.

Je ne sais si j'avais tout à fait compris. Mais un soir, contrairement à ma coutume qui était de courir sans arrêt depuis la rue du Bac jusqu'à la porte de ma tante, mettant mon orgueil à devancer le tramway où j'avais fait monter ma mère, certain soir, dis-je — et c'était un soir de printemps — comme ma mère avait passé l'après-midi chez sa sœur et que j'étais parti plus tôt qu'à l'ordinaire, j'allais plus lentement, jouissant de la tiédeur nouvelle. Et déjà j'étais presque arrivé, lorsque je m'avisai de l'allure bizarre de certaines femmes en cheveux, qui vaguaient de-ci de-là, comme indécises, et précisément à l'endroit où je devais passer. Ce mot de « métier » dont s'était servi Tissaudier retentit dans mon souvenir; j'hésitai, le temps d'un éclair, si je ne quitterais pas le trottoir, pour n'avoir pas à passer près d'elles; mais quelque chose en moi presque toujours l'emporte sur la peur : c'est la peur de la lâcheté; je continuai donc d'avancer. Brusquement, tout contre moi, une autre de ces femmes, que d'abord je n'avais pas remarquée ou qui bondit de dessous une porte, vint me dévisager, me barrant la route. Je dus faire un brusque détour, et de quel pas chancelant, précipité! Elle alors, qui d'abord chantait, s'écria d'une voix à la fois grondeuse, moqueuse, câline et enjouée :

— Mais il ne faut pas avoir peur comme ça, mon joli garçon!

Un flot de sang me monta au visage. J'étais ému comme si je l'avais échappé belle.

Nombre d'années après, ces quêtantes créatures m'inspiraient encore autant de terreur que des vitrioleuses. Mon éducation puritaine encourageait à l'excès une retenue naturelle où je ne voyais point malice. Mon incuriosité à l'égard de l'autre sexe était totale; tout le mystère féminin, si j'eusse pu le découvrir d'un geste, ce geste je ne l'eusse point fait; je m'abandonnais à cette flatterie d'appeler réprobation mes répugnances et de prendre mon aversion pour vertu; je vivais replié, contraint, et m'étais fait un idéal de résistance; si je cédais, c'était au vice, j'étais sans attention pour les provocations du dehors. Au surplus, à cet âge, et sur ces questions, avec quelle générosité l'on se dupe! Certains jours qu'il m'arrive de croire au diable, quand je pense à mes saintes révoltes, à mes nobles hérissements, il me semble entendre l'*autre* rire et se frotter les mains dans l'ombre. Mais pouvais-je pressentir quels lacs... ? Ce n'est pas le lieu d'en parler.

En décrivant notre appartement, j'ai réservé la bibliothèque. C'est que, depuis la mort de mon père, ma mère ne m'y laissait plus pénétrer. La pièce restait fermée à clef; et, bien que située à une extrémité de l'appartement, il me semblait qu'elle en faisait le centre; mes pensées, mes ambitions, mes désirs gravitaient autour. C'était, dans l'esprit de ma mère, une sorte de sanctuaire où respirait le cher souvenir du défunt; sans doute, elle eût trouvé malséant que je prisse trop vite sa place; je crois aussi qu'elle balayait de son mieux tout ce qui, à mes propres yeux, pouvait souffler mon importance; enfin, dirai-je qu'il ne lui paraissait pas prudent de mettre à la disposition de mon avidité tous ces livres qui n'étaient rien moins que des livres d'enfant. A l'approche de ma seizième année pourtant, Albert commença d'intercéder en ma faveur; je surpris quelques bribes de discussion; maman s'écriait :

— Il va mettre la bibliothèque au pillage.

Albert arguait doucement que le goût que j'avais pour la lecture méritait d'être encouragé.

— Il a bien assez à faire avec les livres du couloir et avec ceux de sa chambre. Attendons qu'il les ait tous lus, ripostait ma mère.

— Ne craignez-vous pas de prêter à ceux du cabinet un attrait de fruit défendu ?

Ma mère protestait que « à ce compte-là on ne

devrait jamais rien défendre ». Elle se débattit ainsi quelque temps puis finit par céder, comme elle faisait presque toujours lorsque c'était Albert qui lui tenait tête, parce qu'elle avait pour lui beaucoup d'affection, beaucoup d'estime, et parce que le bon sens, avec elle, finissait toujours par triompher.

A dire vrai, non, l'interdiction n'ajoutait rien à l'attrait de cette pièce; ou qu'un peu de mystère en sus. Je ne suis pas de ces tempéraments qui d'abord s'insurgent; au contraire il m'a toujours plu d'obéir, de me plier aux règles, de céder, et, de plus, j'avais une particulière horreur pour ce que l'on fait en cachette; s'il m'est arrivé par la suite et trop souvent, hélas! de devoir dissimuler, je n'ai jamais accepté cette feinte que, comme une protection provisoire comportant le constant espoir et même la résolution d'amener bientôt tout au grand jour. Et n'est-ce pas pourquoi j'écris aujourd'hui ces mémoires?... Pour en revenir à mes lectures de naguère, je puis dire que je n'ai pas souvenir d'une seule, faite dans le dos de ma mère; je mettais mon honneur à ne pas la tromper. Qu'avaient donc de si particulier les livres de la bibliothèque? Ils avaient d'abord pour eux leur bel aspect. Puis, tandis que dans ma chambre et dans le couloir abondaient presque uniquement les livres d'histoire, d'exégèse ou de critique, dans le cabinet de mon père je découvrais les auteurs mêmes dont ces livres de critique parlaient.

A peu près convaincue par Albert, ma mère ne céda pourtant pas tout d'un coup; elle composa. Il fut admis que j'entrerais dans la pièce, mais avec elle, que je choisirais tel ou tel livre qui me plairait et qu'elle m'autoriserait à le lire, mais avec elle, à haute voix. Le premier livre sur lequel mon choix s'abattit fus le premier volume des poésies complètes de Gautier.

Je faisais volontiers lecture à ma mère, mais, par souci de se former le goût, par méfiance de son jugement personnel, les livres qui obtenaient sa faveur étaient d'un genre tout différent. C'étaient les plates et fastidieuses études de Paul Albert; c'était le *Cours de littérature dramatique* de Saint-Marc-Girardin dont, à raison d'un chapitre par jour, nous venions d'absorber l'un après l'autre les cinq volumes. J'admire que de tels aliments ne m'aient pas davantage rebuté. Mais non; j'y prenais plaisir au contraire et, tant était pressant mon appétit, j'allais de préférence au plus scolaire, au plus compact, au plus ardu. J'estime aujourd'hui que ma mère n'avait point tort, du reste, d'accorder tant aux ouvrages de critique; son tort était de ne les pas mieux choisir; mais personne ne la renseignait. Et puis! si j'eusse lu tout aussitôt les *Lundis* de Sainte-Beuve, ou la *Littérature anglaise* de Taine, en eussé-je pu déjà tirer profit, comme je devais faire plus tard? L'important était d'occuper mon esprit.

Si l'on s'étonne que ma mère ne me dirigeât point, de préférence, ou également du moins, vers des livres d'histoire, je répondrai que rien ne décourageait plus mon esprit. C'est une infirmité sur laquelle il faudra tout à l'heure que je m'explique. Un bon maître aurait peut-être éveillé mon intérêt s'il eût su, tout au travers des faits, montrer le jeu des caractères; mais ma chance voulut que, pour m'enseigner l'histoire, je n'eusse jamais affaire qu'à des cuistres. Maintes fois, depuis, j'ai voulu forcer ma nature et m'y suis appliqué de mon mieux; mais mon cerveau reste rebelle, et du plus brillant des récits ne retient rien — sinon ce qui s'inscrit en deçà des événements, comme en marge, et les conclusions qu'un moraliste en peut tirer. Avec quelle reconnaissance je lus, au sortir de la rhétorique, les pages où Schopenhauer tente d'établir le départ entre l'esprit de l'historien et celui du poète : « Et voilà donc pourquoi je n'entends rien à l'histoire! me disais-je avec ravissement : c'est que je suis poète. C'est poète que je veux être! C'est poète que je suis! »

Was sich nie und nirgends hat begeben
Das allein veraltet nie.

Et je me répétais la phrase qu'il cite d'Aristote : « C'est une plus importante chose, la philosophie, et c'en est une plus belle, la poésie — que l'histoire. » Mais je reviens à ma lecture du Gautier.

Me voici donc, un soir, dans la chambre de ma mère, assis près d'elle, avec ce livre qu'elle m'a permis de prendre dans une petite bibliothèque vitrée, réservée plus particulièrement aux poètes. Et je me lance dans la lecture à haute voix d'*Albertus*. *Albertus* ou *L'Ame et le péché*... De quel prestige s'auréolait encore en ce temps le nom de Gautier! Puis l'impertinent sous-titre : *Poème théologique*, m'attirait. Gautier représentait pour moi, comme pour tant d'autres écoliers d'alors, le dédain du convenu, l'émancipation, la licence. Et certes il entrait du défi dans mon choix. Maman voulait m'accompagner : nous verrions qui, de nous deux le premier, crierait grâce. — Mais du défi surtout contre moi-même; comme lorsque, peu de mois auparavant, je m'étais contraint d'entrer, et avec quel raidissement, quel air de mauvaise assurance, dans l'immonde boutique d'un herboriste de la rue Saint-Placide, qui vendait de tout et aussi des chansons — pour acheter la plus niaise et la plus vulgaire : *Ah! qu'el' sent bon, Alexandrine!* — Pourquoi? Oh! je vous dis : uniquement par défi; car, en vérité, je n'en avais aucun désir. Oui, par besoin de me violenter et parce que, la veille, en passant devant la boutique, je m'étais dit : « Ça, tu n'oserais tout de même pas le faire. » Je l'avais fait.

Je lisais sans regarder maman, assise, enfouie dans un des vastes fauteuils, elle faisait de la tapisserie. J'avais commencé très allégrement, mais à mesure que j'avançais, ma voix se glaçait, tandis que le texte devenait plus gaillard. Il s'agit, dans ce poème « gothique », d'une sorcière qui, pour attirer Albertus, revêt l'aspect de la plus fraîche des jouvencelles : prétexte à des descriptions infinies... Maman tirait l'aiguille d'une main toujours plus nerveuse; tout en lisant j'accrochais du coin de l'œil l'extrémité de son mouvement. J'avais atteint la strophe CI :

... La dame était si belle,
Qu'un saint du paradis se fût damné pour elle.
Oh! le tableau charmant! Toute honteuse et rouge...

— Passe-moi le livre un instant, dit ma mère, m'interrompant soudain, à mon immense soulagement. Alors je la regardai : elle approcha le livre de la lampe et, les lèvres serrées, parcourut les strophes qui suivaient, avec ce regard froncé du juge qui, durant un huis clos, écoute une déposition scabreuse. J'attendais. Elle tourna la page; puis revint en arrière, hésitant; puis tourna de nouveau, allant de l'avant, et, me rendant le livre, elle m'indiqua le point où raccrocher ma lecture :

— Oui... Enfin :

Elle valait tout un sérail.

dit-elle, citant le vers qui pouvait le mieux résumer, d'après elle, les strophes censurées — et dont je ne pris connaissance que beaucoup plus tard, pour ma parfaite déception.

Ce pénible et ridicule essai ne fut heureusement pas renouvelé. Je m'abstins durant quelques semaines de regarder vers la bibliothèque, et lorsque enfin ma mère m'en permit l'accès, ce fut sans plus parler de m'y rejoindre.

La bibliothèque de mon père se composait, en majeure partie, de livres grecs et latins; livres de droit également, il va sans dire; mais qui n'occupaient point la place d'honneur. Celle-ci était donnée à Euripide dans la grande édition de Glasgow, à Lucrèce, à Eschyle, à Tacite, au beau Virgile de Heyne et aux trois élégiaques latins. Je pense qu'il fallait voir dans cette élection, moins un effet des préférences de mon père, qu'une certaine appropriation des reliures et des formats. Un grand nombre de ces livres, vêtus de vélin blanc, tranchaient sans dureté sur le sombre et chatoyant émail de l'ensemble. La profondeur du meuble énorme permettait un second rang légèrement surélevé; et rien n'était exquis comme de voir entre un Horace et un Thucydide, la collection des lyriques grecs, dans l'exquise petite édition de Lefèvre, abaisser leur maroquin bleu devant l'ivoire des Ovide de Burmann et devant un Tite-Live en sept volumes, également habillé de vélin.

Au milieu du meuble, sous les Virgile, ouvrait une armoire dans laquelle divers albums étaient serrés; entre l'armoire et le rayon de cymaise, une planchette formant pupitre permettait de poser le livre en lecture ou d'écrire debout; de chaque côté de l'armoire, des rayons bas supportaient de lourds in-folio : l'*Anthologie grecque*, un Plutarque, un Platon, le *Digeste* de Justinien. Mais quelque attrait qu'eussent pour moi ces beaux livres, ceux de la petite bibliothèque vitrée l'emportaient.

Il n'y avait là que des livres français, et presque uniquement des poètes... J'avais accoutumé depuis longtemps d'emporter en promenade quelqu'un des premiers recueils de Hugo, dans une charmante petite édition qu'avait ma mère, et qui lui avait été donnée je crois, par Anna; où j'achevais d'apprendre par cœur nombre de pièces des *Voix intérieures*, des *Chants du crépuscule* et des *Feuilles d'automne*, que je me redisais inlassablement et me promettais de réciter bientôt à Emmanuèle. En ce temps j'avais pour les vers une prédilection passionnée; je tenais la poésie pour la fleur et l'aboutissement de la vie. J'ai mis beaucoup de temps à reconnaître — et je crois qu'il n'est pas bon de reconnaître trop vite — la précellence de la belle prose et sa plus grande rareté. Je confondais alors, comme il est naturel à cet âge, l'art et la poésie; je confiais mon âme à l'alternance des rimes et à leur retour obligé; complaisamment je les sentais élargir en moi comme le battement rythmé de deux ailes et favoriser un essor... Et pourtant, la plus émouvante découverte que je fis dans la bibliothèque vitrée, ce fut celle, je crois, des poésies de Henri Heine. (Je parle de la traduction.) Certainement l'abandon de la rime et du mètre ajoutait au charme de l'émotion une invite fallacieuse, car ce qui me plaisait aussi dans ces poèmes, c'est ce que je me persuadai d'abord que j'allais pouvoir imiter.

Je me revois, étendu sur le tapis, à l'étrusque, au pied de la petite bibliothèque ouverte, en ce printemps de ma seizième année, tremblant à découvrir, à sentir s'éveiller et répondre à l'appel d'Henri Heine, l'abondant printemps de mon cœur. Mais que peut-on raconter d'une lecture ? — C'est le fatal défaut de mon récit, aussi bien que de tous les mémoires ; on présente le plus apparent ; le plus important, sans contours, élude la prise. Jusqu'à présent je prenais plaisir à m'attarder aux menus faits ; mais voici que je nais à la vie.

Les maux de tête, qui, l'an précédent, plus fréquents que jamais, m'avaient forcé d'abandonner presque complètement toute étude, du moins toute étude suivie, à présent s'espaçaient. J'avais quitté M. Richard dont sans doute l'enseignement ne paraissait plus assez sérieux à ma mère ; elle me confia cette année à la pension Keller, rue de Chevreuse, tout près de l'École alsacienne où l'on ne désespérait pas de me voir rentrer.

Si nombreux que fussent les élèves de la pension Keller, j'étais le seul d'entre eux qui ne suivît pas les cours du lycée. J'arrivais, le matin et le soir, aux heures où précisément la pension se désertait. Un grand silence régnait alors dans les salles vides, et je prenais mes leçons tantôt dans l'une, tantôt dans l'autre ; de préférence dans une pièce toute petite, plus propice au travail, et où se resserraient les relations avec le tableau noir ; propice également aux confidences des répétiteurs. J'ai toujours été friand des confidences ; je me flattais d'avoir l'oreille particulièrement bien faite pour les recevoir et rien ne m'enorgueillissait davantage. Je mis bien longtemps à comprendre que, d'ordinaire, l'autre cède au besoin de se raconter qui tourmente le cœur de l'homme, et sans s'inquiéter beaucoup si l'oreille où il se déverse a vraiment qualité pour l'entendre.

C'est ainsi que M. de Bouvy me faisait part de ses déboires. M. de Bouvy, maître répétiteur à la pension, ne commençait pas une phrase qu'il ne la fît précéder d'un soupir. C'était un petit homme flasque, au poil noir, à la barbe épaisse. Je ne sais plus trop ce que j'étudiais avec lui; et sans doute je n'apprenais pas grand-chose, car, dès le début de la leçon, le regard de M. de Bouvy s'éteignait; les soupirs se multipliaient et la phrase cessait bientôt de les suivre. Tandis que je récitais mes leçons, il hochait la tête pensivement, murmurait une suite de : « ouih » plaintifs, puis tout à coup m'interrompant :

— Cette nuit encore, elle ne m'a pas laissé rentrer.

Les déboires de M. de Bouvy étaient de l'ordre conjugal.

— Quoi! m'écriai-je, plus amusé je le crains qu'apitoyé : vous avez de nouveau couché dans l'escalier?

— Ouih! Vous trouvez aussi que cela n'est pas tolérable.

Il regardait dans le vague. Je crois qu'il cessait de me voir et oubliait que c'était à un enfant qu'il parlait.

— D'autant plus, continuait-il, que je deviens la risée des autres locataires, qui ne se rendent pas compte de la situation.

— Vous n'auriez pas pu forcer la porte?

— Quand je fais cela, elle me bat. Mettez-vous seulement à ma place.

— A votre place, je la battrais.

Il soupirait profondément, levait vers le plafond un œil de vache, et sentencieusement :

— On ne doit pas battre une femme. Et il ajoutait dans sa barbe : D'autant plus qu'elle n'est pas seule!...

M. de Bouvy fut remplacé bientôt par M. Daniel, être malpropre, ignare et liquoreux, qui fleurait la taverne et le bordel; mais qui du moins ne faisait pas de confidences; qui fut remplacé par je ne sais plus qui.

L'ignorance et la vulgarité de ces répétiteurs successifs désolait M. Keller, homme de réel mérite et qui se donnait beaucoup de mal pour maintenir la pension à peu près digne de sa première renommée, laquelle était grande et, je crois, parfaitement justifiée. J'obtins bientôt de prendre avec lui seul toutes mes leçons; à l'exception de celles de mathématiques qui m'étaient données par M. Simonnet — tous deux, professeurs excellents, de ces professeurs-nés, qui, loin d'accabler le cerveau de l'enfant, mettent leur soin à le délivrer au contraire, et qui s'y usent; de sorte qu'ils semblent, dans leurs rapports avec l'élève, mettre en pratique la parole du Précurseur... « Il faut qu'il croisse et que je diminue » — tous deux, dis-je, me chauffèrent si bien qu'en un peu plus de dix-huit mois je rattrapai les années incultes et pus, en octobre 1887, rentrer en rhétorique à l'École alsacienne, où je retrouvai les camarades que j'avais perdus de vue depuis si longtemps [1].

1. Je crois pourtant que je fais erreur et ne retrouvai que ceux de la classe suivante, mes premiers camarades m'avant devancé d'une année.

VIII

La joie, en moi, l'emporte toujours; c'est pourquoi mes arrivées sont plus sincères que mes départs. Au moment de partir, cette joie, souvent il n'est point décent que je la montre. J'étais ravi de quitter la pension Keller, mais je ne voulais pas trop le laisser paraître, par crainte d'attrister M. Jacob, que j'aimais beaucoup. On appelait ainsi, par son prénom, M. Keller, mon professeur; ou plutôt : il se faisait appeler ainsi, par égard pour son vieux père, le fondateur et directeur de la pension. Semblable au Wemmick des *Grandes Espérances*, M. Jacob avait pour ses parents — car sa mère également vivait encore — mais principalement pour son vieux père, une vénération quasi religieuse et paralysante. Si mûr qu'il fût déjà lui-même, il subordonnait sa pensée, ses desseins, sa vie, à cet *Aged* que les élèves connaissaient à peine, car il ne se montrait que dans les occasions solennelles, mais dont l'autorité pesait sur la maison entière; et M. Jacob en revenait tout chargé lorsqu'on le voyait redescendre (comme, de la montagne, Moïse porteur des tables saintes) de la chambre du second où le Vieux restait enfermé.

Lieu très saint où il ne me fut permis de pénétrer (et je puis témoigner que l'*Aged* existait vraiment) que de rares fois, accompagnant ma mère, car seul je n'aurais jamais osé. On était introduit dans une petite huguenote, où le vieux, installé pour tout le jour dans un grand fauteuil de reps vert, près d'une fenêtre par où il surveillait le défilé des pensionnaires dans la cour, s'excusait d'abord de ne pouvoir se lever pour vous recevoir. Son coude droit posait de biais sur le pupitre d'un bureau d'acajou, chargé de papiers; à sa gauche je remarquais, sur un petit guéridon, une Bible énorme et un bol bleu qui lui servait de crachoir, car il était très catarrheux. Bien que de grande taille, le poids des ans ne le courbait point trop. Il avait le regard droit, la voix sévère, et ses ordres, que M. Jacob transmettait au reste de la pension, on comprenait ou sentait qu'il les recevait, lui, directement de Dieu.

Quant à la vieille Mme Keller, qui se décida la première à quitter ce monde, je ne me souviens d'elle que comme de la créature la plus ratatinée qu'il m'ait été donné de voir, après ma grand-mère. Plus petite encore que ma grand-mère, mais tout de même un peu moins ridée.

M. Jacob était lui-même marié et père de trois enfants à peu près de mon âge, fondus dans le gros de la pension et avec qui je n'avais que de fuyants rapports. M. Jacob faisait de vains efforts pour se donner une apparence rébarbative et cacher à ses élèves sa bonté; car il était, au fond, très doux; je devrais dire plutôt : débonnaire — et ce mot implique pour moi quelque chose d'enfantin dans le propos. De naturel enjoué, il remplaçait communément, n'étant pas très spirituel, le trait par le calembour, et répétait insatiablement les mêmes, comme pour bien montrer qu'il n'importait que de marquer sa bonne humeur, et aussi parce que les soucis l'empêchaient de chercher mieux. Quand, par exemple, traduisant un peu précipitamment mon Virgile, je m'embarquais à contresens, j'entendais immanquablement : « Ne nous emportons pas, nous nous en porterons mieux »; et si, par aventure, il lui arrivait de faire erreur, il s'écriait : « Pardon, Monsieur ! c'est moi qui se trompe.» Ah l'excellent homme ! La Suisse est la patrie de ces êtres-là. Töpffer est leur auteur.

Il tenait l'harmonium, le dimanche matin, au culte de la rue Madame où prêchaient tour à tour M. Hollard et M. de Pressensé, un vieux pasteur sénateur, presque aussi laid que le pasteur Bavretel, père du rédacteur du *Temps*, prédicateur assez éloquent, mais ressasseur et affligé d'un coryza perpétuel qui lui faisait rater parfois ses effets les plus pathétiques. M. Jacob improvisait, avant le chant des cantiques, d'anodins préludes où se racontait sa candeur; moi, qui manquais totalement d'imagination mélodique, je restais dans l'admiration de sa fécondité.

Donc, devant que de quitter la pension Keller pour rentrer à l'École alsacienne, je cherchai quelque moyen subtil de marquer à M. Jacob le souvenir ému que je gardais de ses bons soins. Évidemment j'aurais pu continuer à le voir, la pension étant sur le chemin de l'École, à lui faire visite de temps à autre, mais je n'aurais trouvé rien à lui dire; et puis cela ne me suffisait pas. Cette absurde délicatesse — ou plus exactement : ce besoin de prouver ma délicatesse, qui me forçait de raffiner sur l'exquis, et tantôt me bourrelait d'inutiles scrupules, tantôt me conseillait des prévenances incompréhensibles pour ceux qui en étaient l'objet — me fit inventer de prendre pension une fois par semaine chez les Keller. Il y avait aussi là-dedans le désir de goûter, mais du bout des lèvres, au régime de l'internat. Et il fut convenu que, le mercredi, je déjeunerais à la pension. C'était le jour du veau. Je pensais qu'on me ferait asseoir parmi les autres élèves; mais M. Jacob tint à me traiter comme un hôte de marque et rien ne fut plus gênant que la situation privilégiée où il me mit. Une quinzaine d'élèves prenaient leur repas à l'extrémité de l'énorme table, que M. et Mme Keller, à l'autre extrémité, présidaient. Assis à côté de M. Jacob, je semblais présider avec lui, séparé des élèves par un grand vide. Le plus fâcheux, c'est que les fils Keller eux-mêmes prenaient place, loin de leurs parents, confondus avec le reste de la classe. Cet effort pour me mettre au pas ne réussit donc qu'à me différencier davantage, comme il advint chaque fois que je tentai de m'enrégimenter.

L'intérêt extrême que je prenais à tout désormais venait surtout de ceci, que m'accompagnait partout Emmanuèle. Je ne découvrais rien que je ne l'en voulusse aussitôt instruire, et ma joie n'était parfaite que si elle la partageait. Dans les livres que je lisais, j'inscrivais son initiale en marge de chaque phrase qui me paraissait mériter notre admiration, notre étonnement, notre amour. La vie ne m'était plus de rien sans elle, et je la rêvais partout m'accompagnant, comme à La Roque, l'été, dans ces promenades matinales où je l'entraînais à travers bois : nous sortions quand la maison dormait encore. L'herbe était lourde de rosée; l'air était frais; la rose de l'aurore avait fané depuis longtemps, mais l'oblique rayon nous riait avec une nouvelleté ravissante. Nous avancions la main dans la main, ou moi la précédant de quelques pas, si la sente était trop étroite. Nous marchions à pas légers, muets, pour n'effaroucher aucun dieu, ni le gibier, écureuils, lapins, chevreuils, qui folâtre et s'ébroue, confiant en l'innocence de l'heure, et ravive un éden quotidien avant l'éveil de l'homme et la somnolence du jour. Éblouissement pur, puisse ton souvenir, à l'heure de la mort, vaincre l'ombre! Mon âme, que de fois, par l'ardeur du milieu du jour, s'est rafraîchie dans ta rosée...

Séparés, nous nous écrivions. Une correspondance suivie avait commencé de s'établir entre nous... J'ai voulu récemment relire mes lettres; mais leur ton m'est insupportable et je m'y parais odieux. Je tâche de me persuader aujourd'hui qu'il n'y a que les simples pour être naturellement naturels. Pour moi j'avais à démêler ma ligne d'entre une multitude de courbes; encore n'étais-je point conscient de l'enchevêtrement à travers quoi je m'avançais; je sentais s'accrocher ma plume, mais je ne savais trop à quoi; et, malhabile encore à démêler, je tranchais.

C'est en ce temps que je commençai de découvrir les Grecs, qui eurent sur mon esprit une si décisive influence. Les traductions de Leconte de Lisle achevaient alors de paraître, dont on parlait beaucoup et que ma tante Lucile (je crois) m'avait données. Elles présentaient des arêtes vives, un éclat insolite et des sonorités exotiques propres à me ravir; même on leur savait gré de leur rudesse et de cette petite difficulté de surface, parfois, qui rebutait le profane en quêtant du lecteur une plus attentive sympathie. A travers elles je contemplais l'Olympe, et la douleur de l'homme et la sévérité souriante des dieux; j'apprenais la mythologie; j'embrassais, je pressais sur mon cœur ardent la Beauté.

Mon amie lisait de son côté *L'Iliade* et les Tragiques; son admiration surexaltait la mienne et l'épousait; je doute si même aux pâques de l'Évangile nous avons communié plus étroitement. Étrange! c'était au temps précisément de ma préparation chrétienne que cette belle ferveur païenne flambait. J'admire aujourd'hui combien peu l'un gênait l'autre; ce que l'on pourrait à la rigueur expliquer si je n'eusse été qu'un tiède catéchumène; mais non! je dirai tout à l'heure mon zèle et jusqu'à quels excès je le poussai. Au vrai, le temple de nos cœurs était pareil à ces mosquées qui, du côté de l'orient, restent béantes et se laissent divinement envahir par les rayons, les musiques et les parfums. L'exclusion nous semblait impie; en nous, quoi que ce fût de beau trouvait accueil.

Le pasteur Couve, qui me préparait, était certes le plus digne homme du monde; mais, Dieu! que son cours était ennuyeux! Nous étions une dizaine à le suivre, tant filles que garçons, dont je n'ai pas gardé le moindre souvenir. L'instruction se faisait dans la salle à manger de M. Couve, qui habitait boulevard Saint-Michel, à la hauteur du Luxembourg. On s'asseyait autour de la grande table ovale et, après la récitation des versets de l'Écriture que, la fois précédente, M. Couve avait désignés, commençait la leçon, que précédait et que suivait une prière. La première année était employée à l'analyse du livre saint; et durant toute cette année je pus nourrir l'espoir que le cours s'animerait un peu l'année suivante; mais M. Couve apportait à l'étude des dogmes et à l'exposé historique de la doctrine chrétienne cette même impassibilité grave qui faisait, je crois, partie de son orthodoxie. Et tout le temps que coulait sa voix monotone, nous prenions des notes et des notes, en vue du résumé qu'il faudrait présenter à la prochaine réunion. Fastidieuses leçons, suivies de devoirs plus fastidieux encore. M. Couve était orthodoxe jusque dans le ton de sa voix, égale et forte comme son âme; et rien ne rebutait plus ma frémissante inquiétude que son imperturbabilité. C'était au demeurant le cœur le plus tendre, mais qui n'avait que faire à se montrer ici... Quelle déconvenue! Car j'avançais vers les mystères saints comme on s'approchait d'Éleusis. Avec quel tremblement j'interrogeais! et pour toute réponse j'apprenais quel était le nombre de prophètes et l'itinéraire des voyages de saint Paul. Je fus déçu jusqu'au cœur de l'âme; et, comme mon interrogation subsistait, j'en venais à me demander si la religion où l'on m'instruisait, j'entends : la protestante, était bien celle qui répondît à mes appels; j'eusse voulu connaître un petit peu la catholique; car enfin je ne laissais pas d'être sensible à tout l'art dont elle s'entourait, et je n'avais point retrouvé dans l'enseignement de M. Couve l'émotion qui m'étreignait à la lecture de Bossuet, de Fénelon ou de Pascal.

J'eus la naïveté de m'en ouvrir à M. Couve lui-même; j'allai jusqu'à lui dire, en entretien particulier, que je n'étais pas certain de quel autel s'approchait mon cœur en quête de Dieu... Cet excellent homme me remit alors un livre où la doctrine catholique se trouvait fort honnêtement exposée; ce n'était pas il va sans dire, une apologie; mais rien n'était plus loin du pamphlet; rien plus propre à me refroidir. C'était aussi dépouillé qu'un constat, aussi morne qu'un exposé de M. Couve; de sorte que, ma foi! je pensai qu'ici comme là, force était de rester sur ma soif — ou de puiser à même; ce que je fis éperdument. C'est-à-dire que je commençai de lire la Bible mieux que je n'avais fait jusqu'alors. Je lus la Bible avidement, gloutonnement, mais avec méthode. Je commençai par le commencement, puis lus à la suite, mais entamant par plusieurs côtés à la fois. Chaque soir, dans la chambre de ma mère et près d'elle, je lisais ainsi un chapitre ou plusieurs dans les livres historiques, un ou plusieurs dans les poétiques, un ou plusieurs dans les prophètes. Ainsi faisant, je connus bientôt de part en part toute l'Écriture; j'en repris alors la lecture partielle, plus posément, mais avec un appétit non calmé. J'entrais dans le texte de l'ancienne alliance avec une vénération pieuse, mais l'émotion que j'y puisais n'était sans doute point d'ordre uniquement religieux, non plus que n'était d'ordre purement littéraire celle que me versait *L'Iliade* ou *L'Orestie*. Ou plus exactement, l'art et la religion en moi dévotieusement s'épousaient, et je goûtais ma plus parfaite extase au plus fondu de leur accord.

Mais l'Évangile... Ah! je trouvais enfin la raison, l'occupation, l'épuisement sans fin de l'amour. Le sentiment que j'éprouvais ici m'expliquait en le renforçant le sentiment que j'éprouvais pour Emmanuèle; il n'en différait point; on eût dit qu'il l'approfondissait simplement et lui conférait dans mon cœur sa situation véritable. Je ne buvais à pleine Bible que le soir, mais au matin reprenais plus intimement l'Évangile; le reprenais encore au cours du jour. Je portais un Nouveau Testament dans ma poche; il ne me quittait point; je l'en sortais à tout instant, et non point seulement quand je me trouvais seul, mais bien aussi en présence de gens précisément qui m'eussent pu tourner en ridicule et dont j'eusse à redouter la moquerie : en tramway, par exemple, tout comme un prêtre, et pendant les récréations, à la pension Keller, ou, plus tard, à l'École alsacienne, offrant à Dieu ma confusion et mes rougeurs sous les quolibets de mes camarades. La cérémonie de ma première communion trancha peu sur mes habitudes; ni l'eucharistie ne m'apprit une extase nouvelle, ni même elle n'augmenta sensiblement celle que déjà je savourais en moi; au contraire je fus plutôt gêné par la sorte d'apparat et d'officialité dont on se plaît à entourer ce jour, et qui presque le profanait à mes yeux. Mais de même que ce jour n'avait été précédé d'aucune langueur, de même aucun retombement ne le suivit; tout au contraire, ma ferveur, après la communion, ne fit que croître et pour atteindre son apogée l'an suivant.

Je me maintins alors, des mois durant, dans une sorte d'état séraphique, celui-là même, je présume, que ressaisit la sainteté. C'était l'été. Je n'allais presque plus en classe, ayant obtenu, par une extraordinaire faveur, de ne plus suivre que les cours où je trouvais profit réel, c'est-à-dire que quelques rares. Je m'étais dressé un emploi du temps, à quoi je me soumettais strictement, car je trouvais la plus grande satisfaction dans sa rigueur même, et quelque fierté à ne m'en point départir. Levé dès l'aube, je me plongeais dans l'eau glacée dont, la veille au soir, j'avais pris soin d'emplir une baignoire; puis, avant de me mettre au travail, je lisais quelques versets de l'Écriture, ou plus exactement relisais ceux que j'avais marqués la veille comme propres à alimenter ma méditation de ce jour; puis je priais. Ma prière était comme un mouvement perceptible de l'âme pour entrer plus avant en Dieu; et ce mouvement, je le renouvelais d'heure en heure; ainsi je rompais mon étude et dont je ne changeais point l'objet sans à nouveau l'apporter en offrande. Par macération je dormais sur une planche; au milieu de la nuit je me relevais, m'agenouillais encore, mais non point tant par macération que par impatience de joie. Il me semblait alors atteindre à l'extrême sommet du bonheur.

Qu'ajouterais-je?... Ah! je voudrais exténuer l'ardeur de ce souvenir radieux! Voici la duperie des récits de ce genre : les événements les plus futiles et les plus vains usurpent sans cesse la place, et tout ce qui se peut raconter. Hélas! ici, quel récit faire? Ce qui gonflait ainsi mon cœur tient dans trois mots qu'en vain je souffle et j'allonge. O cœur encombré de rayons! O cœur insoucieux des ombres qu'ils allaient projetant, ces rayons, de l'autre côté de ma chair. Peut-être, à l'imitation du divin, mon amour pour ma cousine s'accommodait-il par trop facilement de l'absence. Les traits les plus marquants d'un caractère se forment et s'accusent avant qu'on en ait pris conscience. Mais pouvais-je déjà comprendre le sens de ce qui se dessinait en moi?...

Et pourtant ce n'était pas l'Évangile que Pierre Louis [1] surprenait entre mes mains, à la récréation du soir, mais bien le *Buch der Lieder* de Henri Heine, que je lisais dans le texte, à présent. Nous venions de composer en français. Pierre Louis, que je retrouvais en rhétorique, n'avait pas cessé, lui, de suivre les classes. C'était mieux qu'un brillant élève; une sorte

1. Qui signera plus tard Pierre Louÿs. (*Note de l'éditeur.*)

de génie l'habitait et ce qu'il faisait de mieux c'était avec le plus de grâce. A chaque nouveau concours de français, la place de premier lui revenait sans conteste; il précédait de loin les suivants. Dietz, notre professeur, annonçait d'une voix amusée, ce que déjà si souvent avaient annoncé les professeurs des autres classes : « Premier, Louis. » Personne n'osait lui disputer cette place; personne même n'y songeait; moi pas plus que les autres, assurément — habitué depuis nombre d'années à travailler seul, nerveux et beaucoup moins stimulé que gêné par la présence de vingt-cinq camarades. Et tout à coup, sans que j'eusse, me semblait-il, particulièrement mérité, à cette composition-là :

— Premier, Gide, commença Dietz, qui donnait le résultat du classement.

Il dit cela de sa voix la plus haute, comme on jette un défi, avec accompagnement d'un gros coup de poing sur le pupitre de la chaire, et, circulairement, par-dessus ses lunettes, un sourire amusé qui débordait. Dietz était devant sa classe comme un organiste devant son clavier; ce maestro tirait de nous, à son gré, les sons les plus inattendus, les moins espérés par nous-mêmes. Parfois on eût dit qu'il s'en divertissait un peu trop, comme il advient aux virtuoses. Mais que ses cours étaient amusants! J'en sortais surnourri, gonflé. Et combien j'aimais sa voix chaude! et cette affectation d'indolence qui le couchait à demi dans le fauteuil de sa chaire, de travers, une jambe passée sur un bras du fauteuil, le genou à hauteur du nez...

— Premier, Gide!

Je sentis se diriger vers moi tous les regards. Je fis, pour ne pas rougir, un effort énorme, qui me fit rougir davantage; la tête me tournait; mais je n'étais point tant satisfait de ma place, que consterné à l'idée de mécontenter Pierre Louis. Comment prendrait-il cet affront? S'il allait me haïr! En classe je n'avais d'yeux que pour lui; il ne s'en doutait pas, assurément; jusqu'à ce jour je n'avais pas échangé avec lui vingt paroles; il était très exubérant, mais j'étais déplorablement timide, perclus de réticences, paralysé de scrupules. Pourtant, ces temps derniers, j'avais pris une résolution : j'irais à lui; je lui dirais : « Louis, il faut à présent que nous causions. Si quelqu'un peut te comprendre ici, c'est moi... » Oui, vraiment, je me sentais à la veille de lui parler. Et tout à coup, la catastrophe :

— Second, Louis.

Et de loin, de plus loin que jamais, me disais-je, je le regardais qui appointait un crayon, avec l'air de ne rien entendre, mais un peu crispé, un peu pâle, me semblait-il. Je le regardais entre mes doigts, ayant mis ma main devant mes yeux, quand je m'étais senti rougir.

A la récréation qui suivit, je m'en allai, selon ma coutume, dans un couloir vitré qui menait à la cour où jouaient bruyamment les autres; là j'étais seul; là, préservé. Je sortis de ma poche le *Buch der Lieder* et commençai de relire :

Das Meer hat seine Perlen ;
Der Himmel hat seine Sterne

consolant avec son amour mon cœur en peine d'amitié,

Aber mein Herz, mein Herz,
Mein Herz hat seine Liebe.

Des pas derrière moi. Je me retourne. C'était Pierre Louis. Il portait une veste à petits carreaux noirs et blancs, aux manches trop courtes; un col déchiré, car il était batailleur; une cravate flottante... Je le revois si bien! un peu dégingandé, comme un enfant grandi trop vite, flexible, délicat; le désordre de ses cheveux cachait à demi son beau front. Il était contre moi avant que j'aie eu le temps de me ressaisir, et tout de suite :

— Qu'est-ce que tu lis là? me dit-il.

Incapable de parler, je lui tendis mon livre. Il feuilleta le *Buch der Lieder* un instant :

— Tu aimes donc les vers? reprit-il avec un ton de voix, un sourire que je ne lui connaissais pas encore.

Alors quoi! ce n'était pas en ennemi qu'il venait. Mon cœur fondait.

— Oui, je connais ceux-là, continua-t-il en me rendant le petit livre. Mais, en allemand, je préfère ceux de Goethe.

Craintivement, je hasardai :

— Je sais que tu en fais.

Récemment on s'était passé de main en main, dans la classe, un poème burlesque que Louis avait remis à Dietz en guise de pensum, pour avoir « grogné » pendant la classe.

— Monsieur Pierre Louis, vous me ferez pour lundi prochain trente vers sur le grognement, avait dit Dietz.

J'avais appris par cœur la pièce (je crois que je la sais encore); elle était d'un écolier sans doute, mais prodigieusement bien venue. Je commençai de la lui réciter. Il m'interrompit en riant.

— Oh! ceux-là ne sont pas sérieux. Si tu veux, je t'en montrerai d'autres; des vrais.

Il était d'une juvénilité exquise; une sorte de bouillonnement intérieur secouait, on eût dit, le couvercle de sa réserve, dans une sorte de bégaiement passionné qui me paraissait le plus plaisant du monde.

La cloche sonna, qui mit fin à la récréation et, partant, à notre causerie. J'avais mon suffisant de joie pour ce jour. Mais les jours suivants il y eut un retombement. Que s'était-il passé? Louis ne m'adressait plus la parole; il semblait qu'il m'eût oublié. C'est, je crois, que par une craintive pudeur, pareille à celle des amoureux, il voulait dérober aux autres le secret de notre naissante amitié. Mais je ne le comprenais pas ainsi; je jalousais Glatron, Gouvy, Brocchi, ceux avec qui je le voyais parler, j'hésitais à m'approcher de leur groupe; ce qui me retenait n'était point tant la timidité que l'orgueil; je répugnais à me mêler aux autres, et n'admettais point que Louis m'assimilât à eux. J'épiais l'occasion de le rencontrer seul; elle s'offrit bientôt.

J'ai dit que Louis était querelleur; comme il était plus bouillant que robuste, il avait souvent le dessous. Ces empoignades entre copains de l'École alsacienne n'étaient pas bien féroces; elles ne rappelaient en rien les brimades du lycée de Montpellier. Mais Louis était taquin; il provoquait; et, dès qu'on le touchait, se débattait en forcené; ce dont ses vêtements avaient parfois beaucoup à souffrir. Ce jour-là, il y laissa sa casquette, qui s'en alla voler au loin, qui retomba de mon côté, dont subrepticement je m'emparai, et que je cachai sous ma veste, avec le propos, qui déjà me faisait battre le cœur, de la rapporter chez lui tout à l'heure. (Il habitait presque à côté.)

« Certes, il sera touché de cette attention, me disais-je; il me dira sans doute : "Mais entre donc."

Je refuserai d'abord. Et puis j'entrerai tout de même. Nous causerons. Peut-être qu'il me lira de ses vers... »

Tout ceci se passait après la classe. Je laissai les autres s'éloigner et sortis le dernier. Devant moi, Louis marchait sans se retourner; et, sitôt dans la rue, il pressa son allure; j'emboîtai le pas. Il arriva devant sa porte. Je le vis s'engager dans un vestibule obscur, et quand j'y pénétrai moi-même, j'entendis son pas dans l'escalier. C'est au second qu'il habitait. Il atteignit le palier, sonna... Alors, vite, avant que la porte aussitôt ouverte ne se refermât entre nous, je criai, d'une voix qui s'efforçait d'être amicale, mais que l'émotion étranglait :

— Eh! Louis! Je te rapporte ta casquette.

Mais, en retour, du haut des deux étages, tombèrent sur mon pauvre espoir ces mots écrasants :

— C'est bien. Pose-la chez la concierge.

Ma déconvenue ne fut que de courte durée. Le surlendemain un entretien pressant y mit fin, qui fut suivi de beaucoup d'autres; et, bientôt après, j'avais pris le pli de m'arrêter chez Louis à la sortie de la classe du soir, autant de fois et aussi longtemps que nos leçons du lendemain le permettaient. Ma mère avait demandé à connaître ce nouvel ami, des mérites duquel je lui rebattais les oreilles. Avec quel tremblement je l'amenai rue de Commaille. S'il allait n'être pas agréé!

Les bonnes manières de Louis, son tact et sa décence me rassurèrent, aussitôt que je l'eus présenté; et j'eus l'immense plaisir, après qu'il fut parti, d'entendre ma mère déclarer :

— Il est très bien élevé, ton ami. Puis, comme se parlant à elle-même, elle ajouta : « Et cela m'étonne. »

Je hasardai timidement :

— Pourquoi ?

— Ne m'as-tu pas dit qu'il a perdu ses parents de bonne heure et qu'il vit seul avec un frère aîné ?

— Il faut croire, arguai-je, que ces bonnes manières lui sont naturelles.

Mais maman tenait pour l'éducation. Elle eut un petit geste de la main (qui rappelait un peu celui de sa sœur) où je pouvais lire : Je sais très bien ce que je pourrais répondre, mais je préfère ne pas discuter; puis par conciliation elle ajouta :

— Enfin c'est certainement un garçon distingué.

Quelque temps après cette présentation, Louis me proposa de l'accompagner un dimanche à la campagne. Nous irions dans les bois de Meudon par exemple, que déjà je connaissais aussi bien que le Luxembourg, mais à quoi notre nouvelle amitié saurait prêter tous les mystères du Labyrinthe. La seule ombre de ce projet c'était la promesse que j'avais faite à Louis d'apporter des vers à mon tour; de mes vers... En lui disant que j'en faisais je m'étais beaucoup avancé; j'étais, il est vrai, tourmenté par un constant désir de poésie; mais rien n'était plus embarrassé que ma muse. Au vrai, tout mon effort tendait à « traduire en vers » des pensées auxquelles j'attachais beaucoup trop d'importance — à la manière de Sully Prudhomme, dont je raffolais alors et dont l'exemple et le conseil étaient bien les plus pernicieux que pût écouter et suivre l'écolier sentimental que j'étais. Je me laissais affreusement gêner par les rimes; loin d'être escortée, guidée, soutenue par elles, mon émotion se fatiguait et s'épuisait à leur poursuite, et je n'avais rien pu mener à bien jusqu'alors. Le samedi qui précéda cette sortie, je peinai désespérément, mais ne parvins, ô désespoir! à dépasser la seconde strophe d'un poème qui commençait ainsi :

J'ai voulu lui parler, il ne m'a pas compris.
Quand j'ai dit que j'aimais, il s'est mis à sourire.
J'aurais dû mieux choisir les mots pour le lui dire,
De mon amour secret feindre quelque mépris
Ne pas paraître ému, peut-être même en rire.

La suite ne valait rien, et j'enrageais de le sentir. Mais, racontai-je à Pierre Louis pour expliquer ma maladresse, un livre, un projet de livre, habitait uniquement mon cœur, m'occupait tout entier, me désœuvrait de tout le reste. C'était *André Walter* que déjà je commençais d'écrire et que j'alimentais de toutes mes interrogations, de tous mes débats intérieurs, de tous mes troubles, de toutes mes perplexités; de mon amour, surtout, qui formait proprement l'axe du livre et autour de quoi je faisais tout le reste graviter.

Ce livre se dressait devant moi et fermait ma vue, au point que je ne supposais pas que je pusse jamais passer outre. Je ne parvenais pas à le considérer comme le premier de ma carrière, mais comme un livre unique, et n'imaginais rien au delà; il me semblait qu'il devait consumer ma substance; après, c'était la mort, la folie, je ne sais quoi de vide et d'affreux vers quoi je précipitais avec moi mon héros. Et je n'aurais pu su dire bientôt qui de nous deux guidait l'autre, car si rien n'appartenait à lui que je ne pressentisse d'abord et dont je ne fisse pour ainsi dire l'essai en moi-même, souvent aussi, poussant ce double en avant de moi, je m'aventurais à sa suite, et c'est dans *sa* folie que je m'apprêtais à sombrer.

Il s'en fallait encore de plus d'un an que je pusse m'atteler vraiment à ce livre; mais j'avais pris l'habitude de tenir un journal, par besoin d'informer une confuse agitation intérieure; et maintes pages de ce journal ont été transcrites telles quelles dans ces *Cahiers*. La préoccupation où je vivais avait ce grave inconvénient d'absorber introspectivement toutes mes facultés attentives; je n'écrivais et ne souhaitais rien écrire que d'intime; je dédaignais l'histoire, et les événements m'apparaissaient comme d'impertinents dérangeurs. Aujourd'hui que je n'admire peut-être rien tant qu'un récit bien fait, une irritation me prend à relire ces pages; mais, en ce temps, loin de comprendre que l'art ne respire que dans le particulier, je prétendais le soustraire aux contingences, tenais pour contingent tout contour précis, et ne rêvais que quintessence.

Pierre Louis m'eût-il encouragé dans ce sens j'étais perdu. Heureusement il n'avait garde, artiste autant que j'étais musicien. On n'imaginerait pas deux natures plus dissemblables, et c'est pourquoi je trouvais à sa fréquentation un si extraordinaire profit. Mais à quel point nous différions, c'est ce que nous ne savions pas encore. Un égal amour pour la littérature et les arts nous rapprochait; il nous semblait (avions-nous tort?) que cet amour seul importait.

L'année suivante nous sépara. Georges Louis s'installa à Passy. C'est à Janson que mon ami devait faire sa philosophie. Quand à moi je décidai, je ne sais trop pourquoi, de lâcher l'École alsacienne pour Henri-IV. Ou plus exactement je décidai de ne suivre bientôt plus aucun cours, mais bien de préparer mes examens tout seul, avec le secours de quelques répétitions. L'initiation à la sagesse, que je voulais que fût cette classe de philosophie, nécessitait à mon avis la retraite. Dès après le premier trimestre, je séchai le lycée.

IX

Entraîné par mon récit, je n'ai su parler en son temps de la mort d'Anna. C'est en mai 84 qu'elle nous quitta. Nous l'avions accompagnée, ma mère et moi, dix jours auparavant, à la maison de santé de la rue Chalgrin, où on devait l'opérer d'une tumeur qui depuis assez longtemps la déformait et l'oppressait. Je la laissai dans une petite chambre banale, propre et froide; et je ne la revis plus. L'opération réussit, il est vrai, mais la laissa trop affaiblie; Anna ne put s'en remettre et prit congé de la vie à sa modeste manière, si doucement et discrètement qu'on ne s'aperçut point qu'elle mourait, mais seulement qu'elle était morte. Je fus extrêmement affecté à la pensée que ni ma mère, ni moi, n'avions pu l'entourer à son heure dernière, qu'elle ne nous avait pas dit adieu et que ses derniers regards n'avaient rencontré que des visages étrangers. Durant des semaines et des mois m'habita l'angoisse de sa solitude. J'imaginais, j'entendais l'appel désespéré, puis le retombement de cette âme naissante que tout, sauf Dieu, désertait; et c'est l'écho de cet appel qui retentit dans les dernières pages de ma *Porte étroite*.

Aussitôt après ma rhétorique, Albert Démarest proposa de faire mon portrait. J'avais pour mon cousin, je l'ai dit, une sorte d'admiration tendre et passionnée; il personnifiait à mes yeux l'art, le courage, la liberté; mais, bien qu'il me témoignât une affection des plus vives, je restais inquiet près de lui, arpentant impatiemment le peu d'espace que j'occupais dans son cœur et dans sa pensée, soucieux sans cesse des moyens de l'intéresser à moi davantage. Sans doute Albert était-il aussi soucieux de tempérer mes sentiments, que je l'étais de les exagérer au contraire. Je souffrais indistinctement de sa réserve, et je ne puis croire aujourd'hui qu'il ne m'aurait pas rendu plus grand service en s'en départant.

Sa proposition me surprit. Il ne s'agissait tout d'abord que de lui servir de modèle pour le tableau qu'il voulait présenter au Salon, où figurait un violoniste. Albert m'arma d'un violon, d'un archet, et durant de longues séances je crispai mes doigts sur les cordes de l'instrument, m'évertuant à garder une pose où devait se profiler l'âme du violon et la mienne.

— Prends un air douloureux, me disait-il. Et certes je n'y avais aucun mal, car le maintien de cette position surtendue devenait vite une torture. Mon bras replié s'ankylosait; l'archet allait s'échapper de mes doigts...

— Allons! repose-toi. Je vois que tu n'en peux plus.

Mais je craignais, si je la quittais, de ne pouvoir retrouver la pose.

— Je tiens encore. Va toujours.

Puis, au bout d'un instant, l'archet tombait. Albert déposait palette et pinceaux, et nous nous mettions à causer. Albert me racontait sa vie. Mon oncle et ma tante s'étaient longtemps opposés à ses goûts, de sorte qu'il n'avait commencé de travailler sérieusement que très tard. A quarante ans il tâtonnait encore, trébuchait, hésitait, se reprenait sans cesse, et n'avançait que sur terrain rebattu. De sensibilité vive, mais de pinceau lourd et maladroit, tout ce qu'il peignait restait déplorablement en deçà de lui-même; il avait conscience de son impuissance, mais à chaque nouveau tableau, l'espoir d'en triompher par excès d'émotion l'exaltait. D'une voix tremblante et avec les larmes aux yeux, il me racontait son « sujet », en me faisant promettre de n'en parler à personne. Les sujets des tableaux d'Albert n'avaient le plus souvent qu'un rapport assez peu direct avec la peinture; lignes et couleurs, il les appelait à la rescousse et se désolait de leur peu de docilité. Sa défiance, son tremblement se confessaient malgré lui dans ses toiles, leur prêtant, indépendamment de ce qu'il voulait y dire, une sorte de grâce plaintive qui restait leur plus réelle qualité. Avec un peu plus d'assurance, un peu plus d'ingénuité, ces mêmes maladresses eussent pu le servir; mais, par conscience, par modestie, il s'appliquait sans cesse à les corriger et ne parvenait qu'à banaliser ses velléités les plus exquises. Si inexpérimenté que je fusse encore, je devais bien reconnaître qu'Albert, dans le monde des arts, malgré tout son trésor intérieur, ne faisait pas figure de héros; mais en ce temps je croyais, moi aussi, l'émotion de souveraine efficace, et partageais son espoir de voir soudain un de ses « sujets » triompher.

— Je voudrais, comprends-tu, mettre en peinture ce sentiment que Schumann exprime dans sa mélodie : *L'Heure du Mystère*. Ce serait le soir; sur une espèce de colline, une forme de femme, étendue, voilée dans les vapeurs du couchant, tendrait les bras vers une créature ailée qui descendrait vers elle. Je voudrais mettre dans les ailes de l'ange quelque chose de frémissant — et ses mains simulaient des battements d'ailes — de tendre, d'éperdu comme la mélodie; et il chantait :

Le ciel étreint la terre
Dans un baiser d'amour.

Puis il me montrait des esquisses, où l'abondance des nuées dissimulait de son mieux les formes de l'ange et de la femme, c'est-à-dire l'insuffisance du dessin.

— Naturellement, disait-il en manière d'excuse et de commentaire, naturellement je devrai me reporter au modèle. Puis il ajoutait soucieusement : « On ne se figure pas ce que c'est embêtant dans notre métier, ces questions de modèles. D'abord ça coûte horriblement cher... »

Ici j'ouvre une parenthèse : Albert, depuis qu'il avait hérité sa part de la fortune de son père, se serait trouvé dans une position presque aisée s'il n'avait assumé les charges secrètes que je vais être amené à dire. Mais la crainte de n'y point suffire le tourmentait sans cesse, l'obsédait. Au surplus, cette crainte de la dépense était dans sa nature; il l'avait toujours eue.

— Que veux-tu, disait-il; c'est plus fort que moi. J'ai toujours été regardant. C'est un défaut dont j'ai honte, mais dont je n'ai jamais pu me corriger. Quand, il y a vingt ans, je suis parti pour l'Algérie, j'emportais avec moi une petite somme que j'avais mise de côté pour le voyage; ma crainte de trop dépenser a fait que je l'ai rapportée presque intacte; là-bas, niaisement, je me refusais tout plaisir.

Certes ce n'était point de l'avarice, mais bien, chez cet être au contraire si foncièrement généreux, une forme de la modestie. Et tout ce que lui coûtait sa peinture (car il n'était jamais assuré de la vendre), il se le reprochait. Il lésinait misérablement, préoccupé sans cesse de ne pas gâcher de la toile, ni d'employer trop de couleurs. Il lésinait surtout sur les séances de modèles.

— Et puis, continuait-il, je ne trouve jamais de modèles à ma convenance; jamais exactement; et puis jamais ces gens-là ne comprennent ce qu'on leur demande. Tu ne peux pas imaginer ce qu'ils sont bêtes. Ce qu'ils vous mettent devant les yeux est toujours si différent de ce que l'on voudrait! Il y a des peintres qui interprètent, je sais bien; d'autres qui se fichent du sentiment. Moi je suis toujours gêné par ce que je vois. Et d'un autre côté, je n'ai pas assez d'imagination pour pouvoir me passer de modèle... Enfin, c'est ridicule, mais pendant tout le temps de la pose, je reste tourmenté par la crainte que le modèle ne se fatigue; je me retiens tout le temps pour ne pas le prier de se reposer.

Mais l'empêchement principal était celui qu'Albert n'osait avouer à personne, et que je ne fus à même de comprendre que deux ans plus tard. Depuis quinze ans, à l'insu de tous les siens, de son frère même, Albert vivait conjugalement avec une compagne dont le jaloux amour supportait mal de le voir s'enfermer des heures durant avec une femme jeune, belle et aussi dévêtue que « l'heure du mystère » le comportait.

Pauvre cher Albert! Je ne sais qui de nous deux était le plus ému, le jour où il me fit confidence du secret de sa double vie. Rien de plus pur, de plus noble, de plus fidèle, que son amour; et rien de plus craintif ni de plus absorbant. Il avait installé celle qu'il appelait déjà sa femme et qu'il devait plus tard épouser, dans un petit appartement de la rue Denfert, où il s'ingéniait à l'envelopper de confort; et elle s'ingéniait à augmenter les modiques ressources de leur ménage, par des travaux de couture fine et de broderie. Je fus surtout frappé, lorsqu'il m'introduisit près d'elle, par l'extrême distinction de ma cousine Marie; son beau visage, patient et grave, s'inclinait pensivement dans l'ombre; elle ne parlait qu'à demi-voix; le bruit semblait l'effaroucher autant que la pleine lumière, et je crois que c'est par humilité qu'elle ne demandait point à Albert de légitimer une situation que la naissance d'une petite fille avait depuis longtemps consacrée. Albert, malgré son aspect herculéen, était le plus timide des êtres. Il reculait devant le chagrin que pourrait causer à sa mère ce que celle-ci considérerait sûrement comme une mésalliance. Il avait peur du jugement de tous et de chacun, de sa belle-sœur en particulier; ou plus exactement, il redoutait l'ombre que ces méjugements pourraient porter sur son ménage. Il préférait, lui si franc, si ouvert, les louvoiements sournois à quoi cette fausse situation l'obligeait. Avec cela très scrupuleux, soucieux d'autant plus de ne rien rogner sur ce qu'il estimait devoir à sa mère, il partageait son cœur, son temps et ne vivait jamais qu'à cloche-pied. Ma tante, dont il restait le seul compagnon depuis la mort de mon oncle et le mariage de mes autres cousins, le traitait en grand enfant écervelé et se persuadait qu'il ne saurait se passer d'elle; il prenait avec elle un dîner sur deux et rentrait coucher chez elle tous les soirs. Pour protéger son secret, Albert évoquait une amitié qui tenait, à vrai dire, dans sa vie presque autant de place que son amour; mais reconnue, celle-ci, admise, et même que sa mère voyait d'un assez bon œil. Chaque repas qu'Albert n'accordait pas à ma tante, c'est avec son ami Simon qu'il était censé le prendre; c'est près de lui qu'il était censé s'attarder; M. Simon était célibataire, et rien ne paraissait moins suspect que l'association de ces deux vieux garçons. Le manteau de cette amitié couvrait de même les longues absences d'Albert et ces villégiatures conjugales durant les mois d'été que ma tante passait à La Roque ou à Cuverville.

Édouard Simon était juif; mais, sinon peut-être sur les traits de son visage, les caractères de sa race étaient, me semble-t-il, on ne peut moins marqués; ou peut-être étais-je trop jeune pour savoir les reconnaître. Édouard Simon vivait très modestement, bien qu'il ne fût pas sans fortune; il n'avait de goût, de besoin, que d'aider et de secourir. Ancien ingénieur, il n'exerçait d'autre profession, depuis longtemps, que celle de philanthrope. En rapport à la fois avec les ouvriers en quête d'ouvrage et les patrons en quête d'ouvriers, il avait organisé chez lui une sorte d'agence gratuite de placement. Sa journée se passait en visites de pauvres, en courses, en démarches. Je crois que le poussait l'amour moins de chaque homme en particulier que de l'humanité tout entière et, plus abstraitement encore : de la justice. Il donnait à sa charité l'allure d'un devoir social; et, tout de même, en cela se montrait très juif.

Auprès d'une vertu si active, si pratique, auprès de ses résultats évidents, le pauvre Albert prenait honte de sa chimère, à laquelle son ami, force était de s'en convaincre, n'entendait rien.

— J'aurais besoin d'être encouragé, soutenu, me disait Albert tristement. Édouard feint de s'intéresser à ce que je fais; mais c'est par affection pour moi; au fond il ne comprend que ce qui est utile. Ah!

vois-tu, il me faudrait faire un chef-d'œuvre pour me prouver à moi-même que je ne suis pas un vaurien.

Alors il passait son énorme main veinée et velue sur son front déjà dégarni, et je voyais un instant après, ses sourcils bourrus tout ébouriffés et ses grands bons yeux pleins de larmes.

Je n'étais peut-être pas d'abord très sensible à la peinture — moins qu'à la sculpture assurément — mais animé par un tel désir, un tel besoin de compréhension, que mes sens bientôt s'affinèrent. Certain jour que, par expérience, Albert avait laissé traîner une photographie sur sa table, il fut ravi parce que j'y reconnus à première vue un dessin de Fragonard; et je m'étonnai à mon tour de son étonnement même; car il ne me paraissait pas que personne eût pu s'y tromper. Il hochait la tête et souriait en me regardant :

— Il faudra que je te mène chez le *patron*, dit-il enfin. Ça t'amusera de voir son atelier.

Albert avait été l'élève de Jean-Paul Laurens; il gardait pour celui qu'il appelait toujours « le patron » des sentiments de chien, de fils et d'apôtre. Jean-Paul Laurens occupait alors, rue Notre-Dame-des-Champs, un assez incommode appartement flanqué de deux grands ateliers; l'un, aménagé en salon, où recevait Mme Laurens; dans l'autre travaillait « le patron ». Chaque mardi soir, on relevait les rideaux entre les deux ateliers. Il ne venait à ces soirées hebdomadaires que quelques intimes, anciens élèves pour la plupart; on faisait un peu de musique; on causait; rien n'était plus cordial ni plus simple : n'empêche que la première fois que je pénétrai dans ce milieu si nouveau pour moi, mon cœur battait... Une harmonie sévère, pourpre et presque ténébreuse, m'enveloppa d'abord d'un sentiment quasi religieux; là, tout me paraissait flatter les regards et l'esprit, inviter à je ne sais quelle contemplation studieuse. Ce jour-là, tout à coup, mes yeux s'ouvrirent, et je compris aussitôt combien l'ameublement de ma mère était laid; il me semblait que j'en apportais avec moi quelque chose, et le sentiment de mon indignité fut si vif que je crois que je me serais évanoui de honte et de timidité, sans la présence, dans l'atelier, de mon ancien camarade de classe, le fils aîné de Jean-Paul Laurens, dont la cordialité s'efforça de me mettre à l'aise.

Paul-Albert était exactement de mon âge; mais à cause du retard de mes études, je l'avais perdu de vue depuis longtemps; depuis la neuvième, où nous avions été ensemble. J'avais gardé le souvenir d'un cancre indocile et charmant. Assis sur un des derniers bancs de la classe, il passait tout le temps des cours à couvrir ses cahiers de dessins fantastiques qui me paraissaient les plus prodigieux du monde. Parfois je me faisais punir, pour le plaisir d'être renvoyé près de lui. Il se servait, comme d'un pinceau, du gros bout de son porte-plume mâchuré, qu'il trempait dans l'encre; ce travail l'absorbait et lui donnait l'air studieux; mais, si le professeur s'avisait de l'interroger, Paul, hagard, et le regard perdu, semblait revenir de si loin que toute la classe éclatait de rire. Certes, j'étais heureux de le revoir et d'être reconnu par lui, mais tourmenté plus encore par la crainte qu'il ne me prît pour un bourgeois. Depuis que j'avais posé pour Albert (il venait d'achever mon portrait), je m'occupais beaucoup de mon personnage; le souci de paraître précisément ce que je sentais que j'étais, ce que je voulais être : un artiste, allait jusqu'à m'empêcher d'être, et faisait de moi ce que l'on appelle : un poseur. Dans le miroir d'un petit bureau-secrétaire, hérité d'Anna, que ma mère avait mis dans ma chambre et sur lequel je travaillais, je contemplais mes traits, inlassablement, les étudiais, les éduquais comme un acteur, et cherchais sur mes lèvres, dans mes regards, l'expression de toutes les passions que je souhaitais d'éprouver. Surtout j'aurais voulu me faire aimer; je donnais mon âme en échange. En ce temps, je ne pouvais écrire, et j'allais presque dire : penser, me semblait-il, qu'en face de ce petit miroir; pour prendre connaissance de mon émoi, de ma pensée, il me semblait que, dans mes yeux, il me fallait d'abord les lire. Comme Narcisse, je me penchais sur mon image; toutes les phrases que j'écrivais alors en restent quelque peu courbées.

Entre Paul Laurens et moi une amitié ne tarda pas de s'établir, qui devint bientôt des plus vives; j'attends, pour en parler, le voyage que nous fîmes ensemble et reviens d'abord à Albert.

Ce n'était pas seulement l'affection qui poussait Albert à la confidence. Il gardait une arrière-pensée, dont bientôt il me fit part. Sa fille, qui maintenant avait plus de douze ans, se révélait musicienne. Albert, dont les doigts, au piano, restaient aussi maladroits que ses pinceaux sur la toile, rêvait de prendre sa revanche avec elle; il reportait sur Antoinette ses espoirs et ses ambitions.

— Je veux en faire une pianiste, me disait-il. Cela me consolera. J'ai trop souffert de n'avoir pas travaillé quand j'étais jeune. Il est temps qu'elle s'y mette.

Or ma mère, dont les yeux enfin s'étaient ouverts sur la médiocrité des leçons de piano que j'avais reçues jusqu'alors, et sur le profit que je pourrais tirer de leçons meilleures, avait depuis vingt mois confié mon instruction musicale à un maître des plus remarquables, Marc de la Nux, qui m'avait aussitôt fait faire des progrès surprenants. Albert me demanda si je pensais pouvoir, à mon tour, donner des leçons à ma cousine et lui transmettre quelque reflet de cet excellent enseignement; car, reculant devant la dépense, il n'osait s'adresser à M. de la Nux lui-même. Je commençai tout aussitôt, gonflé par l'importance de mon rôle et par la confiance d'Albert, que je travaillai donc à mériter. Ces leçons bi-hebdomadaires, auxquelles, durant deux ans, je mis un point d'honneur à ne point manquer, me furent de profit aussi grand qu'à mon élève, dont par la suite le vieux père de la Nux s'occupa directement. Si j'avais à gagner ma vie, je me ferais professeur; professeur de piano, de préférence; j'ai la passion de l'enseignement et, pour peu que l'élève en vaille la peine, une patience à toute épreuve. J'en fis plus d'une fois l'expérience et j'ai cette fatuité de croire que mes leçons valaient celles des maîtres les meilleurs. Ce que celles du père de la Nux furent pour moi, si je ne l'ai pas dit encore, c'est par crainte de trop m'y étendre; mais le moment est venu d'en parler.

Les leçons de Mlle de Gœcklin, de M. Schifmacker, de M. Merriman surtout, étaient on ne peut plus rebutantes. De loin en loin je revoyais M. Gueroult qui veillait à ce que le « feu sacré », comme il disait, ne s'éteignît point; mais, même plus suivis, les conseils de ce dernier n'eussent pu me mener bien loin. M. Gueroult était trop égoïste pour bien enseigner. Quel pianiste eût fait de moi M. de la Nux, si je lui eusse été confié plus tôt! Mais ma mère partageait cette opinion courante que, pour les débuts, tous les maîtres se valent. Dès la première séance, Marc de la Nux entreprit de tout réformer. Je croyais n'avoir point de mémoire musicale ou que très peu; je n'apprenais par cœur un morceau qu'à force de le ressasser, me reportant au texte sans cesse, perdu dès que je le quittais des yeux. De la Nux s'y prit si bien qu'en quelques semaines j'avais retenu plusieurs fugues de Bach sans seulement avoir ouvert le cahier; et je me souviens de ma surprise en retrouvant, écrite en *ut* dièse, celle que je croyais jouer en *ré* bémol. Avec lui tout s'animait, tout s'éclairait, tout répondait à l'exigence des nécessités harmoniques, se décomposait et se recomposait subtilement; je comprenais. C'est avec un pareil transport, j'imagine que les apôtres sentirent descendre sur eux le Saint-Esprit. Il me semblait que je n'avais fait jusqu'à présent que répéter sans les vraiment entendre les sons d'une langue divine, que tout à coup je devenais apte à parler. Chaque note prenait sa signification particulière, se faisait mot. Avec quel enthousiasme, je me mis à étudier! Un tel zèle me soulevait, que les plus rebutants exercices devinrent mes préférés. Certain jour, après ma leçon, ayant cédé la place à un autre élève, je m'attardai sur le palier, derrière la porte refermée mais qui ne m'empêchait point d'entendre. L'élève qui m'avait remplacé, non plus âgé que moi peut-être, joua le morceau même qu'alors j'étudiais, la grande *Fantaisie* de Schumann, avec une vigueur, un éclat, une sûreté, à quoi je ne pouvais encore prétendre; et je demeurai longtemps, assis sur une marche de l'escalier, à sangloter de jalousie.

M. de la Nux semblait prendre le plus vif plaisir à m'instruire, et ses leçons se prolongeaient souvent bien au-delà de l'heure convenue. Je ne connus que longtemps ensuite la démarche qu'il fit auprès de ma mère; il tâcha de la persuader qu'il valait la peine de sacrifier à la musique le reste de mon instruction, déjà suffisamment avancée disait-il; il la pria de me confier à lui complètement. Ma mère avait hésité, eut recours au conseil d'Albert, puis enfin prit sur elle de refuser, estimant que j'aurais dans la vie mieux à faire qu'à simplement interpréter l'œuvre d'autrui; et, pour ne point éveiller en moi de vaine ambition, elle pria M. de la Nux de ne me rien dire de ses propositions (je dois ajouter qu'elles étaient parfaitement désintéressées). Et tout cela je ne l'appris que beaucoup plus tard, par Albert, alors qu'il n'était plus temps d'y revenir.

Au cours des quatre années que je restai sous la direction de M. de la Nux, une grande intimité s'était établie entre nous. Même après qu'il eut cessé de m'instruire (à mon grand regret, je l'entendis un jour me déclarer qu'il m'avait appris à me passer de lui, et mes protestations ne purent le décider à continuer des leçons qu'il jugeait désormais inutiles), je continuai de le fréquenter assidûment. J'avais pour lui une sorte de vénération, d'affection respectueuse et craintive, semblable à celle que je ressentis un peu plus tard auprès de Mallarmé, et que je n'éprouvai jamais que pour eux deux. L'un comme l'autre réalisaient à mes yeux, sous une de ses formes les plus rares, la sainteté. Un ingénu besoin de révérence inclinait devant eux mon esprit.

Marc de la Nux n'était pas seulement un professeur; sa personnalité même était des plus marquées, sa vie tout entière admirable. Il avait fait de moi son confident. J'ai noté de ses propos, nombre de conversations que j'eus avec lui, surtout dans les derniers temps de sa vie; celles-ci me paraissent encore, à les relire, d'un intérêt extrême; mais elles chargeraient trop mon récit. Je ne puis ici que tracer rapidement son portrait :

Marc de la Nux était né à La Réunion, comme son cousin Leconte de Lisle. Il devait à son origine ses cheveux à demi crépus, qu'il portait assez longs et rejetés en arrière, son teint olivâtre et son regard languide. Tout son être respirait un bizarre mélange de fougue et de nonchaloir. La main qu'il vous tendait fondait dans la vôtre plus qu'aucune autre main de pianiste que j'aie serrée, et son grand corps dégingandé semblait tout de cette même étoffe. Il donnait ses leçons debout, arpentant la pièce, ou appuyé contre un grand piano à queue, dont il ne se servait pas pour l'étude, les coudes en avant et le buste penché, d'une main soutenant son front bombé. Sanglé dans une longue redingote de coupe romantique, le col relevé par une cravate de mousseline à double tour et à tout petit nœud haut placé, sous certain éclairage qui faisait valoir la saillie de ses pommettes et le ravalement de ses joues, il ressemblait extraordinairement au portrait de Delacroix par lui-même. Une sorte de lyrisme, d'enthousiasme, l'animait parfois et il devenait alors vraiment beau. Par modestie je crois, il consentait rarement à se mettre au piano devant moi, ou seulement pour quelque indication passagère; par contre, il ressortait volontiers (avec moi du moins) un violon, qu'il tenait caché d'ordinaire et dont il prétendait jouer fort mal, bien que, dans les sonates que nous lûmes ensemble, il tînt sa partie beaucoup mieux que je ne tenais la mienne. De son humeur je ne dirai donc rien, de crainte de me laisser entraîner; mais je ne me retiens pas de rapporter ce petit trait, qui peint tout l'homme :

Il trouvait qu'on élevait très mal ses petits-enfants.

— Tenez, me disait-il en s'en ouvrant à moi, je vais

vous donner un exemple : chaque mercredi soir la petite Mimi vient coucher ici (c'était la seconde de ses petites-filles). Dans la chambre qu'elle occupe, il y a un réveille-matin ; la petite s'en plaint ; elle dit que le tic-tac l'empêche de dormir. Savez-vous ce qu'a fait Mme de la Nux ? Elle a enlevé le réveille-matin. Alors comment voulez-vous que la petite s'habitue ?

Et ceci me fait penser à ce mot exquis de Mlle de Marcillac, certain jour que je tombai chez elle, à Genève, au milieu d'une réunion de vieilles filles. L'une d'elles parlait de sa petite-nièce qui manifestait une particulière horreur pour ces grosses larves de hanneton qu'on appelle communément « turcs », ou « vers blancs ». Sa mère avait résolu de triompher de cette répugnance.

— Savez-vous comment elle s'y est prise ? Elle a imaginé de lui en faire manger, à la pauvre enfant !

— Mais, s'écria Mlle de Marcillac, il y avait de quoi l'en dégoûter pour toute la vie !

Peut-être ne verra-t-on pas bien le rapport. Laissons.

L'École alsacienne, excellente dans les basses classes, passait en ce temps pour insuffisante dans les classes supérieures. La rhétorique allait encore, mais pour la philosophie, ma mère se laissa persuader que les cours d'un lycée seraient préférables, et décida que je ferais la mienne à Henri-IV. Cependant je m'étais promis de préparer le nouvel examen tout seul, ou avec l'aide de quelques leçons particulières. (N'avais-je pas, en deux ans de semblable régime, rattrapé cinq années de friche ?) L'étude de la philosophie me paraissait alors exiger un recueillement peu compatible avec l'atmosphère des classes et la promiscuité des camarades. Je quittai donc le lycée dès le troisième mois. M. L..., dont je suivais le cours à Henri-IV, accepta de me guider dans les sentiers de la métaphysique et de corriger mes devoirs. C'était un petit homme, sec et court — j'entends quant à l'esprit, car de corps il était long et mince; sa voix grêle et sans harmoniques eût morfondu la plus avenante pensée; mais, dès avant qu'il l'exprimât, la pensée dont il s'était saisi, l'on sentait qu'il la dépouillait de toute fleur, de toute branche, et qu'elle ne pouvait qu'à l'état de concept trouver place en ce triste esprit. Son enseignement distillait l'ennui le plus pur. J'éprouvais avec lui le même désenchantement qu'avec M. Couve lors de mon instruction religieuse. Quoi! c'était là cette science suprême dont j'espérais l'éclaircissement de ma vie, ce sommet de la connaissance d'où l'on pût contempler l'univers... Je me consolais avec Schopenhauer. Je pénétrai dans son *Monde comme représentation et comme volonté* avec un ravissement indicible, le lus de part en part, et le relus avec une application de pensée dont, durant de longs mois, aucun appel du dehors ne put me distraire. Je me suis mis plus tard sous la tutelle d'autres maîtres et que, depuis, j'ai de beaucoup préférés : Spinoza, Descartes, Leibniz, Nietzsche enfin; je crois même m'être assez vite dégagé de cette première influence; mais mon initiation philosophique, c'est à Schopenhauer, et à lui seul, que je la dois.

Recalé en juillet, je passai tant bien que mal, en octobre, la seconde partie de mon baccalauréat, que je considérais comme devant clore la première partie de mes études. Nullement désireux de pousser jusqu'à la licence, de faire du droit, ou de me préparer à n'importe quel autre examen, je résolus de me lancer tout aussitôt dans la carrière. Ma mère obtint de moi, néanmoins, la promesse de travailler encore, avec M. Dietz, l'an suivant; n'importe! je me sentais dès lors étrangement libre, sans charges, sans soucis matériels — et j'imaginais mal, à cet âge, ce que pouvait être celui d'avoir à gagner sa vie. Libre? non, car tout obligé par mon amour et par ce projet de livre dont j'ai parlé, qui s'imposait à moi comme le plus impérieux des devoirs.

Une autre résolution que j'avais prise, c'était celle d'épouser au plus tôt ma cousine. Mon livre ne m'apparaissait plus, par moments, que comme une longue déclaration, une profession d'amour; je la rêvais si noble, si pathétique, si péremptoire, qu'à la suite de sa publication nos parents ne puissent plus s'opposer à notre mariage, ni Emmanuèle me refuser sa main. Cependant mon oncle, son père, à la suite d'une attaque, venait de mourir; elle et moi nous l'avions veillé, penchés, rejoints sur ses derniers instants; il me semblait que dans ce deuil s'étaient consacrées nos fiançailles.

Mais malgré le pressant besoin de mon âme, je sentais bien que mon livre n'était pas mûr, que je n'étais pas encore capable de l'écrire; c'est pourquoi j'envisageai sans trop d'impatience la perspective de quelques mois d'études supplémentaires, d'exercices et de préparations; de lectures surtout (je dévorais un livre par jour). Un court voyage, entre-temps, occuperait profitablement mes vacances, pensait ma mère; je pensais de même; mais nous cessâmes de nous entendre quand il fallut faire choix d'un pays. Maman optait pour la Suisse; elle acceptait de me laisser voyager sans elle; mais non précisément seul. Quand elle parla de m'enrôler dans une bande d'excursionnistes du Club Alpin, je déclarai tout net que l'allure de cette association me rendrait fou, et que du reste j'avais pris la Suisse en horreur. C'est en Bretagne que je voulais aller, sac au dos et sans compagnon. Ma mère commença par ne rien vouloir entendre. J'appelai Albert à la rescousse; lui qui m'avait fait lire *Par les champs et par les grèves*, comprendrait mon désir; il plaiderait pour moi... Ma mère finit par céder; mais du moins voulait-elle me suivre. Il fut convenu que nous nous retrouverions de loin en loin, tous les deux ou trois jours.

Je tins un carnet de route. Quelques pages de ce journal ont paru dans *La Wallonie ;* considérablement remaniées, car j'éprouvais déjà le plus grand mal à désembroussailler ma pensée. De plus, tout ce que j'eusse aisément exprimé me paraissait banal, sans intérêt. D'autres reflets de ce voyage ont passé dans *André Walter*. Grâce à quoi je n'ai plus envie d'en rien dire. Ceci pourtant :

Comme je suivais le littoral, remontant à courtes étapes de Quiberon à Quimper, j'arrivai, certaine fin de jour, dans un petit village : Le Pouldu, si je ne fais erreur. Ce village ne se composait que de quatre maisons, dont deux auberges; la plus modeste me parut la plus plaisante; où j'entrai, car j'avais grand-soif. Une servante m'introduisit dans une salle crépie à la chaux, où elle m'abandonna en face d'un verre de cidre. La rareté des meubles et l'absence de tenture laissaient remarquer d'autant mieux, rangés à terre, un assez grand nombre de toiles et de châssis de peintre, face au mur. Je ne fus pas plus tôt seul que je courus à ces toiles; l'une après l'autre, je les retournai, les contemplai avec une stupéfaction grandissante; il me parut qu'il n'y avait là que d'enfantins bariolages, mais aux tons si vifs, si particuliers, si joyeux que je ne songeai plus à repartir. Je souhaitai connaître les artistes capables de ces amusantes folies; j'abandonnai mon premier projet de gagner Pont-Aven ce même soir, retins une chambre dans l'auberge, et m'informai de l'heure du dîner.

— Voudriez-vous qu'on vous serve à part? ou si vous mangerez dans la même salle que ces Messieurs? demanda la servante.

« Ces Messieurs » étaient les auteurs de ces toiles : ils étaient trois, qui s'amenèrent bientôt, avec boîtes à couleurs et chevalets. Il va sans dire que j'avais demandé qu'on me servît avec eux, si toutefois cela ne les dérangeait pas. Ils montrèrent, du reste, que je ne les gênais guère; c'est-à-dire qu'ils ne se gênèrent point. Ils étaient tous trois pieds nus, débraillés superbement, au verbe sonore. Et, durant tout le dîner, je demeurai pantelant, gobant leurs propos, tourmenté du désir de leur parler, de me faire connaître, de les connaître, et de dire à ce grand, à l'œil clair, que ce motif qu'il chantait à tue-tête et que les autres reprenaient en chœur, n'était pas de Massenet, comme il croyait, mais de Bizet...

Je retrouvai l'un d'eux, plus tard, chez Mallarmé : c'était Gauguin. L'autre était Séruzier. Je n'ai pu identifier le troisième (Filigier, je crois).

Cet automne et cet hiver furent occupés par de menus travaux surveillés par M. Dietz, par des visites, des entretiens avec Pierre Louis, des projets de revue où s'usait impatiemment notre flamme. Au printemps je sentis le moment venu; mais, pour écrire mon livre, il me fallait la solitude. Un petit hôtel, au bord du minuscule lac de Pierrefonds, m'offrit un gîte provisoire. Le surlendemain Pierre Louis vint m'y relancer : force était de chercher plus loin. Je partis pour Grenoble, fouillai les environs, d'Uriage à Saint-Pierre de Chartreuse, d'Allevard à je ne sais où; la plupart des hôtels étaient encore fermés, les chalets réservés pour les familles — et je commençais à me décourager, lorsque je découvris, près d'Annecy et presque sur les bords du lac, à Menthon, un charmant cottage entouré de vergers, dont le propriétaire accepta de me louer au mois deux chambres. Aménageant en cabinet de travail la plus grande, je fis aussitôt venir d'Annecy un piano, sentant que je ne pourrais me passer de musique. Je pris pension, pour mes repas, dans une sorte de restaurant d'été, au bord du lac, et dont, vu la saison peu avancée, je restai, tout le mois durant, le seul hôte. M. Taine habitait non loin. Je venais de dévorer sa *Philosophie de l'Art*, son *Intelligence* et sa *Littérature anglaise*; mais je m'abstins de l'aller voir, par timidité, et par crainte de me distraire de mon travail. Dans la complète solitude où je vécus, je pus chauffer à blanc ma ferveur, et me maintenir dans cet état de transport lyrique hors duquel j'estimais malséant d'écrire.

Quand je rouvre aujourd'hui mes *Cahiers d'André Walter*, leur ton jaculatoire m'exaspère. J'affectionnais en ce temps les mots qui laissent à l'imagination pleine licence, tels qu'*incertain*, *infini*, *indicible* — auxquels je faisais appel, comme Albert avait recours aux brumes pour dissimuler les parties de son modèle qu'il était en peine de dessiner. Les mots de ce genre, qui abondent dans la langue allemande, lui donnaient à mes yeux un caractère particulièrement poétique. Je ne compris que beaucoup plus tard que le caractère propre de la langue française est de tendre à la précision. N'était le témoignage que ces *Cahiers* apportent sur l'inquiet mysticisme de ma jeunesse, il est bien peu de passages de ce livre que je souhaiterais conserver. Pourtant, au moment que je l'écrivais, ce livre me paraissait un des plus importants du monde, et la crise que j'y peignais, de l'intérêt le plus général, le plus urgent; comment eussé-je compris, en ce temps, qu'elle m'était particulière? Mon éducation puritaine avait fait un monstre des revendications de la chair; comment eussé-je compris, en ce temps, que ma nature se dérobait à la solution la plus généralement admise, autant que mon puritanisme la réprouvait. Cependant l'état de chasteté, force était de m'en persuader, restait insidieux et précaire; tout autre échappement m'étant refusé, je retombais dans le vice de ma première enfance et me désespérais à neuf chaque fois que j'y retombais. Avec beaucoup d'amour, de musique, de métaphysique et de poésie, c'était le sujet de mon livre. J'ai dit précédemment que je ne voyais rien au delà; ce n'était point seulement mon premier livre; c'était ma Somme; ma vie me paraissait devoir s'y achever, s'y conclure. Mais par moments pourtant, bondissant hors de mon héros, et tandis qu'il sombrait dans la folie, mon âme, enfin délivrée de lui, de ce poids moribond qu'elle traînait depuis trop longtemps après elle, entrevoyait des possibilités vertigineuses. J'imaginais une suite de « Sermons laïques », à l'imitation des *Sources* du Père Gratry, où, par un vaste détour, bouclant la terre entière, je ramenais les plus rétifs au Dieu de l'Évangile (qui n'était point tout à fait tel qu'on l'imagine d'ordinaire, ainsi que je le démontrais dans une seconde suite plus purement religieuse). Je projetais aussi certain récit, inspiré par la mort d'Anna, qui devait s'appeler « l'essai de bien mourir » et qui devint plus tard *La Porte étroite*. Enfin je commençais de me douter que le monde était vaste et que je n'en connaissais rien.

Je me souviens d'une longue course par-delà l'extrémité du lac; ma solitude m'exaltait et m'exaspérait à la fois; la réclamation de mon cœur devint, à la tombée du jour, si véhémente que, tout en marchant à grands pas (à si grands pas qu'il me semblait voler; c'est-à-dire que je courais presque), j'appelais instamment ce camarade dont l'exaltation fraternelle eût gémellé la mienne, et je me racontais à lui, et lui parlais à haute voix, et sanglotais de ne le point sentir à mon côté. Je décidai que ce serait Paul Laurens (qu'en ce temps je connaissais à peine, car ce que j'ai dit de lui et de mon introduction dans l'atelier de son père, il faut le reporter à plus tard) et pressentis extraordinairement qu'un jour nous partirions ainsi, tous deux ensemble, seuls, au hasard des routes.

Quand, vers le milieu de l'été, je revins à Paris, ce fut avec mon livre achevé. Albert, à qui je le lus aussitôt, fut consterné par l'intempérance de mon piétisme et par l'abondance des citations de l'Écriture. On peut juger de cette abondance par ce qu'il en reste encore après que, sur ses conseils, j'en eus supprimé les deux tiers... Puis je le lus à Pierre Louis. Il avait été convenu que chacun laisserait en blanc une page de son premier livre, page que l'ami remplirait; par une semblable courtoisie Aladin laissait à son beau-père le soin de décorer un des balcons de son palais. Le conte nous apprend que le beau-père ne parvint point à mettre ce balcon d'accord avec le reste de l'édifice; et, de même, nous nous sentîmes l'un et l'autre aussi peu capables, moi d'écrire un de ses sonnets, que lui d'écrire une page de mes *Cahiers*. Mais pour ne renoncer point tout à fait, Louis me proposa une sorte d'introduction qui donnerait au livre une apparence vraiment « posthume [1] ».

En ce temps les journaux étaient pleins de pressants appels à la jeunesse. Au *Devoir présent* de Paul Desjardins, il me semblait que mon livre faisait réponse. Tel article que Melchior de Vogüé adressait « à ceux qui ont vingt ans » me persuadait que j'étais attendu. Oui, mon livre, pensai-je, répondait à un tel besoin de l'époque, à une si précise réclamation du public, que je m'étonnais même si quelque autre n'allait pas s'aviser de l'écrire, de le faire paraître vite, avant moi. J'avais peur d'arriver trop tard, et pestais contre Dumoulin, l'imprimeur, à qui j'avais envoyé le « bon à tirer » depuis longtemps et qui ne me livrait point le volume. Le vrai, comme je l'appris un peu plus tard, c'est que mon livre le mettait dans un grand embarras. Dumoulin, qu'on m'avait indiqué comme un des meilleurs imprimeurs de Paris, était très catholique, et bien pensant, et désireux de le paraître; il avait accepté ce travail sans avoir pris connaissance du texte; or voici qu'il lui revenait que ce livre sentait le fagot. Sans doute il balança quelque temps, puis, par crainte de se compromettre, emprunta la signature d'un confrère.

1. Cette courte préface, signée P. C., initiales de son premier pseudonyme (Pierre Chrysis), ne figure que dans l'édition Perrin.

A côté de cette édition soignée et tirée à peu d'exemplaires, qui devait être la première, j'en ménageais une autre, plus commune, pour satisfaire à l'appétit du public, que je m'imaginais devoir être considérable. Cependant les scrupules de Dumoulin, ses pourparlers avec le complaisant confrère, avaient tant duré que, malgré toutes mes précautions, je ne pus faire que l'édition vulgaire ne prît le pas.

Le nombre des coquilles qui s'y trouvaient me consterna ; et comme d'autre part la vente, force était de m'en convaincre, s'annonçait nulle, dès que la petite édition fut prête, je condamnai l'autre au pilon. Je l'y portai moi-même, l'ayant été cueillir dans sa presque totalité chez le brocheur (moins je pense, soixante-dix exemplaires environ, employés au service de presse) et fus fort réjoui de recevoir quelque argent en échange. On payait au poids du papier... Mais tout ceci n'a d'intérêt que pour les bibliophiles...

Oui, le succès fut nul. Mais j'ai le caractère ainsi fait que je pris plaisir à ma déconvenue. Au fond de tout déboire gît, pour qui sait l'entendre, un « ça t'apprendra » que j'écoutai. Incontinent je cessai de désirer un triomphe qui se dérobait à moi ; ou du moins je commençai de le souhaiter différent, et me persuadai que la qualité des applaudissements importe bien davantage que leur nombre.

Quelques conversations que j'eus alors avec Albert précipitèrent une résolution qui flattait mon goût naturel, et décidèrent d'une attitude qui fut par la suite beaucoup critiquée : celle de me dérober au succès. Le moment est peut-être venu de m'expliquer là-dessus.

Je ne veux point me peindre plus vertueux que je ne

suis : j'ai passionnément désiré la gloire; mais il m'apparut vite que le succès, tel qu'il est offert d'ordinaire, n'en est qu'une imitation frelatée. J'aime être aimé pour le bon motif et souffre de la louange si je sens qu'elle m'est octroyée par méprise. Je ne saurais non plus me satisfaire des faveurs cuisinées. Quel plaisir prendre à ce qui vous est servi sur commande, ou à ce que des considérations d'intérêt, de relations, d'amitié même, ont dicté? La seule idée que je puisse être loué par reconnaissance, ou pour désarmer ma critique, ou pour armer mon bon vouloir, enlève d'un coup tout prix à la louange; je n'en veux plus. Car ce qui m'importe avant tout, c'est de connaître ce que vaut réellement mon ouvrage, et je n'ai que faire d'un laurier qui risque de faner bientôt.

Ma virevolte fut subite; certainement il y entrait du dépit; mais le dépit fut de courte durée, et si d'abord il put motiver mon attitude, il n'eut pas à la maintenir. Cette attitude, je m'en rendis compte bientôt — cette attitude qu'on put prendre pour de la pose — répondait exactement à ma nature, et je m'y sentis tellement à mon aise que je ne cherchai point d'en changer.

J'avais fait tirer un nombre mortifiant d'exemplaires de mon premier livre; des suivants je ne ferais tirer que tout juste assez; même un peu moins. Je prétendais trier désormais mes lecteurs; je prétendais, excité par Albert, me passer de cornacs; je prétendais... Mais je crois qu'il entrait surtout de l'amusement et de la curiosité dans mon cas : je prétendais courir une aventure qu'aucun autre encore n'eût courue. J'avais, Dieu merci, de quoi vivre et pouvais me permettre de faire fi du profit : si mon œuvre vaut quelque chose, me disais-je, elle peut durer; j'attendrai.

Une sorte de morosité naturelle m'enfonça dans cette résolution de rebuter les critiques, voire les lecteurs; et cette diversité d'humeur qui me force, aussitôt délivré d'un livre, de bondir à l'autre extrémité de moi-même (par besoin d'équilibre aussi) et d'écrire précisément le moins capable de plaire aux lecteurs que le précédent m'avait acquis.

— Tu ne me feras jamais croire, s'écriait ma vieille cousine, la baronne de Feuchères (quoi! je ne l'ai pas encore présentée...), tu ne me feras jamais croire que tu ne te tiendras pas à un genre une fois que tu y auras réussi.

Mais précisément je préférais ne réussir point, plutôt que de me fixer dans un genre. Quand elle me mènerait aux honneurs, je ne puis consentir à suivre une route toute tracée. J'aime le jeu, l'inconnu, l'aventure : j'aime à n'être pas où l'on me croit; c'est aussi pour être où il me plaît, et que l'on m'y laisse tranquille. Il m'importe avant tout de pouvoir penser librement.

Certain soir, peu de temps après la publication des *Cahiers*, comme j'essuyais les épais compliments d'Adolphe Retté, c'est irrésistiblement que j'y coupai court (car dans tout ce que je fais il faut voir beaucoup moins de résolution que d'instinct; je ne puis agir autrement), et tout à coup lui faussai compagnie. Ceci se passait au café Vachette, ou à celui de la Source, où Louis m'avait entraîné.

— Si c'est ainsi que tu accueilles les louanges, on ne t'en fera pas souvent, me dit Louis quand il me revit.

Pourtant j'aime les compliments; mais ceux des maladroits m'exaspèrent; ce qui ne me flatte pas au bon endroit, me hérisse; et plutôt que d'être mal loué, je préfère ne l'être point. Facilement aussi je me persuade qu'on exagère; une incurable modestie me présente aussitôt mes manques; je sais où je m'arrête et où commence le défaut; et comme je ne redoute rien tant que de m'en laisser accroire, et que je tiens l'infatuation pour fatale au développement de l'esprit, je ramène sans cesse en deçà mon estimation de moi-même et mets tout mon orgueil à me diminuer. Qu'on n'aille pas voir trop d'apprêt dans ce que j'en dis : le mouvement est spontané, que j'analyse. Si le ressort est compliqué, qu'y puis-je? La complication, je ne la recherche point; elle est en moi. Tout geste me trahit, où je ne reconnais point toutes les contradictions qui m'habitent.

Je me relis. Tout ceci ne me satisfait guère. J'aurais dû mettre en avant, pour expliquer ma sauvagerie et mes retraits, une crainte extrême de la fatigue. Dès que je ne puis m'y montrer parfaitement naturel, toute fréquentation m'exténue.

La cousine que tout à l'heure j'ai nommée, née Gide, veuve du général de Feuchères dont une avenue de Nîmes porte le nom, habitait, du temps de ma jeunesse, rue de Bellechasse, le second étage d'un élégant hôtel particulier. Il y avait une véranda devant l'entrée, et tandis qu'on traversait la cour pour l'atteindre, le concierge sonnait deux coups d'un timbre invisible, pour avertir, de manière qu'on trouvât là-haut, derrière la porte entrouverte, un grand laquais prêt à vous introduire. Ce timbre rendait exactement le même son cristallin que, lorsqu'on la heurtait légèrement, une belle cloche à fromage dont mes parents ne se servaient que lorsque nous avions « du monde » à dîner; ainsi tout ce qui touchait à ma cousine ne devait éveiller que des idées de luxe et de cérémonie. Elle nous recevait, ma mère et moi, lorsque j'étais petit enfant, dans une pièce étroite, aux meubles d'acajou. Je me souviens en particulier d'un grand secrétaire, dont je ne pouvais détacher mes regards, car je savais qu'à un certain moment de la visite ma cousine allait en sortir une boîte de fruits confits, comme, dans les théâtres, l'on passe des bonbons et des oranges pendant l'entracte. Cela coupait agréablement la visite, qui me paraissait interminable; car la cousine profitait de l'inlassable patience de ma mère pour l'accabler du récit de ses fastidieux griefs contre sa fille, ou son banquier, ou son notaire, ou son pasteur; elle en avait à tous et à chacun. Aussi observait-elle cette précaution de ne jamais offrir les fruits confits trop tôt, mais au moment où elle sentait que la patience risquait de faiblir. Alors elle soulevait sa robe, prenait dans sa jupe de taffetas un trousseau de clefs, en choisissait une qui ouvrait le tiroir d'un petit « bonheur du jour » près d'elle; dans ce tiroir, elle trouvait une autre clef, celle du secrétaire d'où elle sortait, avec la boîte de fruits confits, une liasse de papiers dont elle allait donner lecture à ma mère. La boîte était toujours à peu près vide, de sorte qu'on n'osât se servir qu'avec discrétion; ma mère s'abstenait; et comme un jour je lui demandai pourquoi :

— Tu vois bien, mon petit, que la cousine n'a pas insisté, me dit-elle.

Après que j'avais pris mon fruit, la cousine remettait la boîte dans le secrétaire, et le second acte de la visite commençait. Les papiers qu'elle produisait ainsi, papiers dont peu d'années plus tard, et sitôt que je fus jugé d'oreille assez mûre, j'eus à subir moi aussi la lecture, ces papiers n'étaient pas seulement des lettres à elle adressées, et le double de ses réponses, c'étaient aussi des conversations dont elle avait pris note et où elle avait consigné, non point tant les propos d'autrui, que ses répliques qui étaient d'une excessive noblesse, à la fois lapidaires et infinies; je soupçonne qu'à la manière de Tive-Live, elle écrivait non point tant ce qu'elle avait dit, que ce qu'elle aurait voulu dire, et que c'est même pour cela qu'elle l'écrivait.

— Voici donc ce que je lui ai répondu, commençait-elle, d'une voix de théâtre; et l'on en avait pour longtemps.

— Allons! aujourd'hui il a été raisonnable; il grandit, dit-elle un jour, tandis que nous prenions congé. Il n'a pas demandé, comme autrefois, « quand on s'en irait ». Tout cela commence à l'intéresser, lui aussi.

Et le temps vint où je fus jugé d'âge à ne plus accompagner ma mère. De fruits confits il ne fut plus question. J'étais mûr pour les confidences; et je me sentis assez flatté, lorsque, pour la première fois, ma cousine sortit pour moi ses papiers.

Ce fut avenue d'Antin (la cousine ayant déménagé) dans un somptueux appartement dont elle n'occupait guère qu'une pièce, car elle se faisait servir ses repas dans sa chambre. En s'y rendant on entrevoyait, à travers des glaces sans tain, deux grands salons fastueux aux volets clos. Un jour, elle m'y accompagna pour me montrer un grand portrait de Mignard qu'elle avait « l'intention de léguer au Louvre ». Sa préoccupation constante était de déshériter le plus possible sa fille, la comtesse de Blanzey, et je crois que certains ne demandaient pas mieux que d'y aider. Ses récits n'étaient pas inintéressants, mais péchaient par extravagance. Je me souviens en particulier de celui d'une entrevue avec le pasteur Bersier, à qui elle racontait je ne sais quelle tentative d'empoisonnement dont elle aurait été victime, et dont elle accusait sa fille :

— Mais c'est du drame, s'écriait-il.

— Non, Monsieur; c'est de la Cour d'assises.

Elle prenait, pour redire ces mots, une voix tragique, se redressant dans le fauteuil à oreillettes qu'elle ne quittait guère, et où je la revois encore. Son visage blafard était encadré par les tours d'une perruque d'un noir de jais, que surmontait un bonnet de dentelle. Elle était vêtue d'une robe de faille couleur puce, qui crissait à tout mouvement; ses longues mains, enveloppées de mitaines noires, sortaient à peine de larges manchettes plissées. Elle croisait volontiers les jambes, de manière à découvrir un pied menu chaussé d'étoffe de la même couleur que la robe et que rejoignait presque la dentelle du pantalon. Devant elle, était une sorte de chancelière où l'autre pied restait douillettement enfoui.

Elle avait près de cent ans lorsqu'elle est morte, et plus de quatre-vingt-dix lorsqu'elle me faisait ces récits.

X

J'entrai, sitôt après la publication de mes *Cahiers*, dans la période la plus confuse de ma vie, selve obscure dont je ne me dégageai qu'à mon départ avec Paul Laurens pour l'Afrique. Période de dissipation, d'inquiétude... Volontiers je sauterais à pieds joints par-dessus, si, par le rapprochement de son ombre, ne se devait éclairer ce qui suivra; de même que je trouve quelque explication et quelque excuse à cette dissipation, dans la contention morale où m'avait maintenu l'élaboration des *Cahiers*. Si déjà je ne peux rien affirmer qui ne soulève en moi la revendication du contraire, quelle réaction l'exagération d'un tel livre ne devait-elle pas provoquer? L'inquiétude que j'y peignais, pour l'avoir peinte il semblait que j'en fusse quitte; mon esprit ne se laissa plus occuper pour un temps que par des fadaises, plus guider que par la plus profane, la plus absurde vanité.

Je n'avais pu savoir ce qu'Emmanuèle pensait de mon livre; tout ce qu'elle m'avait laissé connaître, c'est qu'elle repoussait la demande qui s'ensuivit. Je protestai que je ne considérais pas son refus comme définitif, que j'acceptais d'attendre, que rien ne me ferait renoncer. Néanmoins je cessai pour un temps de lui écrire des lettres auxquelles elle ne répondait plus. Je restais tout désemparé par ce silence et cette désoccupation de mon cœur; mais l'amitié cependant emplit le temps et la place que cédait l'amour.

Je continuais de fréquenter presque quotidiennement Pierre Louis. Il habitait alors, avec son frère, à l'extrémité de la rue Vineuse, le second étage d'une maison basse, qui fait angle et domine le petit square Franklin. De la fenêtre de son cabinet de travail, la vue s'étendait vers le Trocadéro et jusqu'au delà de la place. Mais nous ne songions guère à regarder au dehors, tout occupés de nous, de nos projets et de nos rêves. Pierre Louis, durant l'année de philosophie qu'il avait faite à Janson, s'était lié avec trois de ses camarades de classe, dont deux, Drouin et Quillot, devinrent bientôt mes intimes. (Avec Franc-Nohain, le troisième, je n'eus que d'agréables mais inconstants rapports.)

Je cherche à m'expliquer d'où vient que je n'ai nul désir de parler, dans ces mémoires, d'amitiés qui pourtant tinrent une telle place dans ma vie. Peut-être simplement la crainte de me laisser trop entraîner. J'éprouvai par eux la vérité de cette boutade de Nietzsche : « Tout artiste n'a pas seulement à sa disposition sa propre intelligence, mais aussi celle de ses amis. » Pénétrant plus avant que je ne pouvais faire dans telle région particulière de l'esprit, mes amis faisaient office de prospecteurs. Par sympathie, si je les accompagnais quelque temps, c'était avec un instinctif souci de ne point me spécialiser moi-même; de sorte qu'il n'est pas un de mes amis que je ne reconnusse supérieur à moi dans cette région particulière; mais leur intelligence était sans doute plus cantonnée; et tout en comprenant moins bien que chacun d'eux pris à part ce que celui-ci comprenait le mieux, il me semblait que je les comprenais tous à la fois, et que du carrefour où je me tenais, mon regard plongeait à travers eux, circulairement, vers les perspectives diverses que me découvraient leurs propos.

Et je ne dirais là rien que de banal — car chaque esprit se fait centre, et c'est autour de soi qu'on croit que le monde s'ordonne — si, de chacun de ces amis, je ne me fusse flatté de devenir l'ami le meilleur. Je ne supportais point de penser qu'il pût avoir confident plus intime, et je m'offrais à tous aussi complètement que j'exigeais que chacun se donnât à moi. La moindre réserve m'eût paru indécente, impie; et lorsque, quelques années plus tard, ayant hérité de ma mère, je fus appelé à aider Quillot, dont l'entreprise industrielle frisait la banqueroute, ce fut sans réticence aucune, sans examen; en lui donnant tout ce qu'il demandait, je ne croyais rien faire que de tout naturel, et j'aurais consenti davantage encore, sans m'inquiéter même si, ce faisant, je lui rendais réellement service; de sorte que je ne sais plus aujourd'hui si, peut-être, je n'avais pas souci surtout de mon geste, et si, plus encore que l'ami, ce n'était pas l'amitié que j'aimais. Ma profession était quasi mystique, et Pierre Louis, qui ne s'y méprenait pas, en riait. Certain après-midi, dissimulé dans une boutique de la rue Saint-Sulpice, il s'amusa de m'observer une heure durant, qui faisais les cent pas sous la pluie, près de la fontaine, exact au rendez-vous qu'il m'avait donné, le farceur! et où du reste je pressentais qu'il ne viendrait pas. Au demeurant j'admirais mes amis plus encore que moi-même; je n'en imaginais pas de meilleurs. Cette sorte de foi que j'avais en ma prédestination poétique me faisait accueillir tout, voir tout venir à ma rencontre et le croire providentiellement envoyé, désigné par un choix exquis, afin de m'assister, de m'obtenir, de me parfaire. J'ai gardé quelque peu de cette humeur-là et, dans les pires adversités, cherché instinctivement par quoi je pourrais m'en amuser ou m'en instruire. Même je pousse si loin l'*amor fati*, que je répugne à considérer que peut-être tel autre événement, telle autre issue, aurait pu m'être préférable. Non seulement j'aime ce qui est, mais je le tiens pour le meilleur.

Et pourtant, méditant sur ce temps passé, je suppute aujourd'hui de quel profit eût été pour moi l'amitié d'un naturaliste : l'eussé-je en ce temps rencontré, mon goût pour les sciences naturelles était si vif, que je me précipitais à sa suite, désertant la littérature... D'un musicien : dans le cercle autour de Mallarmé, où je fus bientôt entraîné par Louis, chacun se piquait d'aimer la musique, Pierre Louis le premier; mais il me paraissait que Mallarmé lui-même et tous ceux qui le fréquentaient, recherchaient dans la musique encore la littérature. Wagner était leur dieu. Ils l'expliquaient, le commentaient. Louis avait une façon d'imposer à mon admiration tel cri, telle interjection, qui me faisait prendre la musique « expressive » en horreur. Je me rejetais d'autant plus passionnément vers ce que j'appelais la musique « pure », c'est-à-dire celle qui ne prétend rien signifier; et par protestation contre la polyphonie wagnérienne, préférais (je le préfère encore) le quator à l'orchestre, la sonate à la symphonie. — Mais déjà la musique m'occupait à l'excès;

j'en oignais mon style... Non, l'ami qu'il m'eût peut-être fallu, c'est quelqu'un qui m'eût appris à m'intéresser à autrui et qui m'eût sorti de moi-même, un romancier. Mais en ce temps je n'avais de regards que pour l'âme, de goût que pour la poésie. Certes je m'indignais d'entendre Pierre nommer Guez de Balzac « Balzac le Grand », par mépris pour l'auteur de *La Comédie humaine;* mais pourtant il était dans le vrai lorsqu'il m'invitait à mettre les questions de forme au premier rang de mes préoccupations et je lui suis reconnaissant de ce conseil.

Je crois bien que, sans Pierre Louis, j'aurais continué de vivre à l'écart, en sauvage; non que le désir m'eût manqué de fréquenter les milieux littéraires et d'y quérir des amitiés; mais une invincible timidité me retenait, et cette crainte, qui me paralyse souvent encore, d'importuner, de gêner ceux vers qui je me sens le plus naturellement entraîné. Pierre, plus primesautier, plus hardi, certainement aussi plus habile, et de talent déjà plus formé, avait fait offrande de ses premiers poèmes à ceux de nos aînés que nous consentions d'admirer. Pressé par lui, je décidai d'aller porter mon livre à Heredia.

— Je lui ai parlé de toi. Il t'attend, me répétait-il.

Heredia n'avait pas encore réuni ses sonnets en volume; *La Revue des Deux Mondes* en avait publié certains; Jules Lemaitre en avait cité d'autres; la plupart, inédits encore, et dont notre mémoire gardait jalousement le dépôt, nous paraissaient d'autant plus splendides que le vulgaire les ignorait. Mon cœur battait quand, pour la première fois, je sonnai à la porte de son appartement, rue Balzac.

A quel point Heredia ressemblait peu à l'idée que je me faisais alors d'un poète, c'est ce qui d'abord me consterna. Aucun silence en lui, aucun mystère; nulle nuance dans le bégayant claironnement de sa voix. C'était un petit homme, assez bien fait, quoique un peu court et replet; mais il cambrait d'autant jarret et taille, et marchait en faisant sonner les talons. Il portait la barbe carrée, les cheveux en brosse, et, pour lire, un lorgnon par-dessus lequel, ou, plus souvent, à côté duquel, il jetait un regard singulièrement trouble et voilé, sans malice aucune. Comme la pensée ne l'encombrait pas, il pouvait sortir tout de go ce qui lui passait par la tête, et cela donnait à sa conversation une verdeur extrêmement plaisante. Il s'intéressait à peu près exclusivement au monde extérieur et à l'art; je veux dire qu'il restait on ne peut plus embarrassé dans le domaine de la spéculation, et qu'il ne connaissait d'autrui que les gestes. Mais il avait beaucoup de lecture, et, comme il ignorait ses manques, rien ne lui faisait besoin. C'était plutôt un artiste qu'un poète; et plutôt encore un artisan. Je fus terriblement déçu d'abord; puis j'en vins à me demander si ma déception ne venait pas de ce que je me faisais de l'art et de la poésie une idée fausse et si la simple perfection de métier n'était pas chose de plus de prix que je n'avais cru jusqu'alors. Il accueillait à bras ouverts, et son accueil était si chaud que l'on ne s'apercevait pas tout de suite que son cerveau était un peu moins ouvert que ses bras; mais il aimait tant la littérature que, même ce qu'il ne comprenait pas par l'esprit, je crois encore qu'il y parvenait par la lettre, et je ne me souviens pas de l'avoir entendu bêtifier sur rien.

Chaque samedi, Heredia recevait; dès quatre heures son fumoir s'emplissait de monde : diplomates, journalistes, poètes; et j'y serais mort de gêne si

Pierre Louis n'eût été là. C'était aussi le jour de réception de ces dames; parfois un des assidus passait du fumoir dans le salon, ou vice versa; par la porte un instant entrouverte, on entendait un gazouillement de vois flûtées et de rires; mais la peur d'être aperçu par Mme de Heredia ou par une de ses trois filles, à qui je sentais bien qu'il eût été séant, après que je leur eus été présenté, et pour répondre à l'amabilité de leur accueil, que j'allasse un peu plus souvent présenter mes hommages — cette peur me retenait à l'autre extrémité du fumoir, caché dans la fumée des cigarettes et des cigares comme dans une olympienne nuée.

Henri de Régnier, Ferdinand Hérold, Pierre Quillard, Bernard Lazare, André Fontainas, Pierre Louis, Robert de Bonnières, André de Guerne, ne manquaient pas un samedi. Je retrouvais les six premiers chez Mallarmé, le mardi soir. De tous ceux-ci, nous étions Louis et moi les plus jeunes.

Chez Mallarmé s'assemblaient plus exclusivement des poètes; ou des peintres parfois (je songe à Gauguin et à Whistler). J'ai décrit par ailleurs cette petite pièce de la rue de Rome, à la fois salon et salle à manger; notre époque est devenue trop bruyante pour qu'on puisse se figurer aisément aujourd'hui la calme et quasi religieuse atmosphère de ce lieu. Certainement Mallarmé préparait ses conversations, qui ne différaient souvent pas beaucoup de ses « divagations » les plus écrites; mais il parlait avec tant d'art et d'un ton si peu doctrinal qu'il semblait qu'il vînt d'inventer à l'instant chaque proposition nouvelle, laquelle il n'affirmait point tant qu'il ne semblait vous la soumettre, interrogativement presque, l'index levé, l'air de dire : « Ne pourrait-on pas dire aussi?...

peut-être... » et faisant presque toujours suivre sa phrase d'un : « N'est-ce pas? » par quoi sur certains esprits il eut sans doute le plus de prise.

Souvent quelque anecdote coupait la « divagation », quelque bon mot qu'il rapportait avec perfection, tourmenté par ce souci d'élégance et de préciosité qui fit son art s'écarter si délibérément de la vie.

Certains soirs que l'on n'était pas trop nombreux autour de la petite table, Mme Mallarmé s'attardait, brodant, et près d'elle sa fille. Mais bientôt l'épaisseur de la fumée les faisait fuir; car, au milieu de la table ronde autour de laquelle nous étions assis, un énorme pot à tabac où l'on puisait, chacun roulait des cigarettes; Mallarmé lui-même fumait sans cesse, mais de préférence une petite pipe de terre. Et vers onze heures, Geneviève Mallarmé rentrait, apportant des grogs; car, dans ce très simple intérieur, il n'y avait pas de domestique, et à chaque coup de sonnette le Maître lui-même allait ouvrir.

Je peindrai quelques-uns de ceux qui s'empressaient auprès de ces deux directeurs, et qui devinrent mes compagnons. Il semblait qu'en ce temps-là nous fussions soumis, plus ou moins consciemment, à quelque indistinct mot d'ordre, plutôt qu'aucun de nous écoutât sa propre pensée. Le mouvement se dessinait en réaction contre le réalisme, avec un remous contre le Parnasse également. Soutenu par Schopenhauer, à qui ne je comprenais pas que certains pussent préférer Hegel, je tenais pour « contingence » (c'est le mot dont on se servait) tout ce qui n'était pas « absolu », toute la prismatique diversité de la vie. Pour chacun de mes compagnons il en allait à peu près de même; et l'erreur n'était pas de chercher à dégager quelque beauté et quelque vérité d'ordre général de l'inextricable fouillis que présentait alors le « réalisme »; mais bien, par parti pris, de tourner le dos à la réalité. Je fus sauvé par gourmandise... Je reviens à mes compagnons.

Henri de Régnier était assurément le plus marquant d'eux tous. Son physique déjà le désignait. Sous des allures d'une cordialité charmante, encore qu'un peu hautaine, il cachait le sentiment constant, mais discret de sa supériorité. De corps trop grand, maigre et quelque peu dégingandé, il faisait de sa maladresse une grâce. On était, au premier aspect, frappé par la hauteur de son front, la longueur de son menton, de son visage, et celle de ses belles mains qu'il en approchait constamment pour tordre de longues moustaches tombantes, à la gauloise. Un monocle complétait le personnage. Leconte de Lisle avait mis le monocle à la mode dans le cénacle et plusieurs de ces messieurs le portaient. Chez Heredia, chez Mallarmé, Régnier, par déférence, restait presque muet; c'est-à-dire qu'avec une habileté enjouée, il ne fournissait à l'entretien (je parle de celui de Mallarmé) que cette discrète réplique qui lui permît de rebondir. Mais en tête à tête sa conversation devenait exquise. Il ne se passait pas quinze jours que je ne reçusse un billet de lui : « Si vous n'avez rien de mieux à faire, venez donc demain soir. » Je ne suis pas certain qu'aujourd'hui je prendrais plaisir égal à ces soirées, mais en ce temps je ne souhaitais rien davantage. Je n'ai pas souvenir qu'aucun de nous deux parlât beaucoup; et en ce temps je ne fumais pas encore; mais certaine indolence, mais le charme insolite de cette voix, moins musicale sans doute que celle de Mallarmé, plus sonore et qui devenait incisive dès qu'elle n'était pas assourdie; mais certain art de présenter sous l'aspect le plus fantasque et le plus déconcertant son opinion — et je n'ose dire : sa pensée, car on tenait en grand discrédit la pensée —; mais je ne sais quel amusement malicieux en face des êtres et des choses... Le temps passait et quand minuit sonnait j'étais aux regrets de partir.

L'on comprend que, pour ces portraits, je réunisse en un faisceau les traits qui, parfois sur plus de dix ans, s'éparpillent. Ainsi ce n'est qu'un peu plus tard... je me souviens d'un soir : Régnier me paraissait soucieux; il laissait tomber son monocle; son regard se perdait :

— Qu'avez-vous, mon ami? dis-je enfin.

— Eh! me répondit-il, avec un hochement de tout le haut du corps et sur un ton grave et bouffon tout à la fois, je m'apprête à passer le cap de la trentaine.

Il me parut du coup très vieux. Comme il y a longtemps de cela!

En ce temps, Francis Vielé-Griffin était son ami le plus intime. Souvent on associait leurs deux noms; on confondait leur poésie; pour le public; durant longtemps, seul le vers régulier semblait permettre des différences; tous les vers libres se ressemblaient. Il en va de même chaque fois qu'une nouvelle technique s'impose, en musique, en peinture, en poésie. Rien de plus divergent pourtant que ces deux êtres; leur amitié, comme celle qui m'unissait à Pierre Louis, avait pour base une maldonne. Rien de plus franc, de plus honnête, de plus primesautier que Griffin; et je ne veux point dire, que, contrairement à lui, Régnier fût retors, pervers et dissimulé; non certes! mais une culture savante s'était saisie de ses sentiments les plus tendres, les plus naturels, les meilleurs, pour les polir, les lustrer, les assouplir, de sorte qu'à la fin il semblait qu'il n'éprouvât rien par surprise et ne connût nulle émotion dont par avance il ne fût maître et qu'il n'eût résolu d'éprouver. Certains s'efforcent d'atteindre cet état (j'en ai connu) qu'ils considèrent comme l'état supérieur; il m'a souvent paru qu'ils y parvenaient un peu facilement, un peu vite, et toujours à leur détriment; autrement dit, il me paraît que cet idéal ne convient qu'à ceux qui s'efforcent en vain d'y atteindre. Griffin certes ne s'y efforçait guère. Il s'affirmait par boutades, humoureusement, et malgré le plus sincère amour pour notre pays et pour le doux parler de France, il gardait je ne sais quoi de vert et d'insoumis dans l'allure, qui sentait farouchement son Nouveau Monde. Un léger grasseyement, qu'on eût dit bourguignon, dans sa voix (j'ai retrouvé le même à peu près chez son charmant compatriote Stuart Merrill) donnait à ses moindres propos une saveur singulière; si seulement il n'eût pas trop chéri le paradoxe, rien n'eût été plus cordial que sa façon de s'exprimer. Il était de tempérament extraordinairement combatif; par générosité, grand redresseur de torts; au fond quelque peu puritain; il s'accommodait mal de l'extrême licence, souvent affectée, du milieu littéraire qu'il fréquentait. Il partait en guerre, contre le vers alexandrin, contre Mendès, contre les mœurs, contre l'époque, et terminait souvent un récit par cette phrase, qu'accompagnait un grand rire amusé (car il s'amusait de son indignation même) :

— Mais enfin, Gide! où allons-nous?

Il avait un visage tout rond, tout ouvert, un front qui semblait se prolonger jusqu'à la nuque; mais il ramenait une grosse mèche de cheveux plats, d'une tempe à l'autre, pour abriter sa précoce calvitie; car, malgré sa liberté d'allures, il était soucieux du décorum. Très coloré; un regard couleur myosotis (certains, qui l'ont fort bien connu, m'affirment que son œil était jaune-gris; mais je ne puis revoir son regard que couleur de myosotis). On le sentait très fort, sous le boudinement de ses petites jaquettes; ses pantalons paraissaient toujours trop étroits et ses bras se terminaient trop tôt par des mains moins longues que larges. On racontait qu'un soir, après un dîner, il avait parié de sauter à pieds joints par-dessus la table, et l'avait fait sans rien casser. Ceci c'est la légende; le vrai c'est que, pour peu qu'on l'en priât, il sautait sans élan par-dessus les chaises, dans un salon — ce qui, pour un poète, est déjà suffisamment surprenant.

Il est le premier qui m'ait écrit au sujet des *Cahiers d'André Walter*. Je ne l'oubliais point et cherchais à lui marquer ma reconnaissance. J'aurais voulu pouvoir causer mieux avec lui; mais l'abondance de ses paradoxes me gênait affreusement; ne pouvant épouser sa façon, je me faisais l'effet d'un imbécile, et bientôt il n'y avait plus que lui qui parlât; car il était de ceux qui, pour bien parler, ont besoin de n'écouter point l'autre. Il m'est arrivé de l'aller voir avec du précis à lui dire, et d'être reparti sans avoir pu placer trois mots.

Un autre petit travers d'esprit apportait dans mes relations avec lui un peu de gêne : une susceptibilité toujours en éveil, mais pas toujours bien éclairée. Comme il avait sans cesse peur qu'on ne lui manquât, j'étais sans cesse en souci de ne paraître point lui manquer. Le plus souvent sa précaution aboutissait à quelque impair énorme, dont il restait penaud, jusqu'à ce que l'emportât sa cordialité, qu'il avait de la qualité la meilleure; un gros rire amusé balayait tout, et l'on ne voyait plus devant soi que le limpide de son regard. Un exemple vaudra mieux que les commentaires (j'ai dit que j'écrasais ici les souvenirs de plus de dix ans) :

J'avais succédé à Léon Blum dans les fonctions de critique littéraire à *La Revue blanche ;* je m'occupais des livres de prose; à côté de moi, Gustave Kahn s'occupait de la poésie. Je rappelle en passant que, dans certains milieux, Gustave Kahn passait pour « l'inventeur du vers libre »; c'était en ce temps une question fort débattue; elle échauffait la bile de plus d'un, de Griffin entre autres, qui prétendait que le vers libre, au besoin, se serait bien passé de Kahn, qu'il était né tout seul, ou qu'il avait tel autre père... Parut la *Légende ailée de Wieland*, que Griffin m'envoya, comme il faisait ses autres livres. Regrettant qu'il ne m'appartînt pas d'en rendre compte, je glissai, sans songer à mal, cet alexandrin malencontreux, dans la lettre où je le remerciais :

Que ne puis-je chasser sur les terres de Kahn !

Sans doute le sang de Griffin ne fit qu'un tour; toujours est-il que, trois jours après, je recevais cette lettre, qui me plongea dans la stupeur.

« *20 février 1900.*

« *Cher André Gide,*

J'étudie votre lettre depuis quarante-huit heures.

Je me résous à vous demander par retour de courrier, le sens et la portée de cette phrase étrange :

Que ne puis-je chasser sur les terres de Kahn!

En attendant votre explication, j'ai l'honneur d'être

Votre serviteur.

Nous étions l'un et l'autre de trop bonne foi et notre sympathie réciproque était trop vive, pour que le malentendu ne fût pas bientôt dissipé.

Cette impétuosité de Griffin, où perçait la générosité de son caractère, m'entraîna dans une erreur assez grave, en elle-même et par ses suites — je veux parler de la dépréciation d'un livre de Régnier : *La Double Maîtresse* où j'emboîtai le pas avec une docilité un peu niaise et que bientôt après je regrettai cordialement. Il apparaissait à Griffin que Régnier, en écrivant ce livre, faisait fausse route. Peu de temps auparavant, *Le Trèfle blanc* avait révélé tel autre côté de sa nature qui, plus frais, plus arcadien, s'apparentait à Griffin bien davantage. Griffin n'était rien moins que livresque, et ce qu'il apportait de meilleur c'était peut-être, avec la clef des champs, je ne sais quelle spontanéité encore gauche, quelle fraîcheur, dont notre littérature, il faut le reconnaître, avait en ce temps grand besoin. La grâce de *La Double Maîtresse* lui paraissait tirer arrière; dans ce livre exquis, il ne voyait que littérature et dépravation affectée; il fit tant que me persuader que je rendrais aux lettres françaises, et à Régnier lui-même, notoire service, en le ramenant (comme s'il se pouvait!) et en dénonçant franchement l'incartade. Que l'on m'entende : je ne prétends nullement décliner, ni même diminuer, la responsabilité du sévère et même injuste article que j'écrivis alors; mais rarement je me donnai l'occasion de regretter plus de n'avoir point suivi mon goût naturel, d'avoir cédé à ce besoin de réaction, de résistance (qui m'est naturel, lui aussi) et non tout simplement à ma pente. Il va sans dire que Régnier continua de suivre la sienne, pour le plus grand ravissement des lecteurs; et mon article n'eut d'autre effet que de rafraîchir beaucoup nos relations, qui jusqu'à ce jour n'avaient été qu'excellentes. Au demeurant, n'eût été cet article, nous eussions bientôt rencontré d'autres raisons de brouille; nos goûts différaient trop.

Un des plus assidus chez Mallarmé, chez Heredia, chez Bonnières, chez Judith Gautier, chez Leconte de Lisle, assurément c'était Hérold. Je n'ai point fréquenté chez ces deux derniers, et très rarement chez Bonnières; je n'en parle que d'après ouï-dire; mais ce que je sais suffisamment c'est que je rencontrais Ferdinand Hérold partout. Il ne vous quittait point qu'il n'eût pris nouveau rendez-vous, et j'admire qu'il lui restât quelque temps pour écrire ou lire; mais le fait est qu'il écrivait beaucoup et qu'il avait tout lu. Il était inépuisablement documenté sur tous les sujets où s'accrochaient nos passions d'alors : les sonnets dits « bigornes » par exemple, ou l'emploi du saxophone dans l'orchestre, sur quoi il pouvait vous entretenir des kilomètres durant; car, à quelque heure que l'on sortît de chez Mallarmé, d'une réunion ou d'un spectacle, il vous raccompagnait toujours, et à pied. Ma mère l'aimait bien pour cela car elle craignait de me savoir seul dans les rues, passé minuit, et comptait que Hérold ne m'abandonnerait qu'à ma porte. A l'aide d'une barbe énorme il tâchait de donner un air mâle à son visage débonnaire et poupin; c'était le meilleur des camarades, le plus fidèle des amis; on le retrouvait chaque fois qu'on avait besoin de lui, et même plus souvent encore. On eût dit qu'il attendait autrui pour exister. Ferdinand Hérold portait la tête quelques centimètres plus en arrière et la barbe plus en avant, depuis qu'il avait fait paraître un article sur — ou plutôt contre — le respect; où il était démontré que la Sagesse, au contraire de ce qu'en disait Salomon, commençait seulement où cessait la crainte de Dieu. Et chaque respect — envers les parents, les coutumes, les autorités et le reste — chaque respect, dis-je, comportant un aveuglement, c'est seulement en s'affranchissant de ceux-ci que l'homme pouvait espérer de progresser vers la lumière. L'antimilitarisme de Quillard, de Lazare, de Hérold et de quelques autres, allait jusqu'à l'horreur de tout uniforme. L'uniforme était assimilable, selon eux, à la livrée des domestiques, attentait à la dignité individuelle. Et je ne voudrais pas les désobliger en parlant de leur internationalisme, car peut-être, après tout, que je leur fais injure en leur supposant rétrospectivement ces opinions, mais le fait est que, les ayant, moi, je croyais certainement les partager avec eux. Et même je ne concevais pas qu'un être ayant atteint un certain degré d'intelligence et d'éducation, pût en avoir d'autres. On comprend que dans ces conditions je considérasse le service militaire comme une calamité insupportable, à laquelle il était séant de chercher à se soustraire, s'il se pouvait sans désertion.

Hérold était parfois flanqué de son beau-frère, un Belge énorme, du nom de Fontainas, qui était peut-être bien le meilleur des êtres, du cœur le plus tendre, et pas bête, je crois, autant qu'on en pouvait juger par ses silences. Il semblait avoir découvert que le plus sûr moyen de ne jamais dire de bêtises est de ne point parler du tout.

Que dirai-je du comte Robert de Bonnières ? Sa jeune femme avait un renom de beauté qui n'était pour rien dans l'accueil qu'il trouvait partout. Je crois aussi qu'il avait fait du journalisme. Il venait de publier un roman : *Le Petit Margemont*, que je n'ai pas lu, mais où les habitués du salon de Heredia se plaisaient à reconnaître les qualités de la tradition française. Il achevait alors un recueil de petits contes en vers de huit pieds, dont il donnait volontiers lecture. Il était assez bon, je crois (je parle de l'homme), mais de nature colérique et je faillis déchaîner un orage, le jour où chez Heredia, comme il venait de donner lecture du dernier-né de ses récits... C'était, il m'en souvient, l'histoire d'un gant que laisse tomber ou que jette une dédaigneuse beauté; le galant chevalier rebuté s'empresse, et, bien qu'il y ait péril, je ne sais trop lequel, ramasse le gant (n'y a-t-il pas quelque chose de ce goût-là dans Schiller?) puis, tandis que la belle, enfin conquise, se penche, lui, dédaigneux à son tour

Passe aussi son chemin, ma chère.

Ainsi se terminait le récit. Silencieux d'ordinaire autant que Fontainas, je ne sais quelle audace me prit :

— Ne craignez-vous pas le *sse aussi son?* — demandai-je.

Tout le monde se regarda; et ce qui me sauva, c'est qu'on ne comprit pas d'abord. Puis que pouvait Bonnières contre le fou rire qui s'empara de chacun? Je crois que, depuis, il a modifié ce dernier vers.

Bonnières passait pour avoir beaucoup d'esprit; cette réputation lui donnait une grande assurance. Il avait sur n'importe quoi des opinions d'autant plus inébranlables, qu'il n'écoutait jamais que lui. Dieu! que son ton péremptoire me tapait sur les nerfs, quand je l'entendais affirmer :

— L'œuvre de chaque auteur doit pouvoir se résumer dans une formule. Plus aisément elle s'y réduit plus elle a chance de survivre. Tout ce qui déborde est caduc.

Que devins-je certain jour où, m'étant décidé à aller chez lui, cédant à sa cordiale insistance, il me demanda si j'avais déjà ma formule? Il s'était emparé d'un bouton de ma veste, et son visage était presque contre le mien, selon son habitude. Épouvanté, je reculai d'abord et fis mine de ne pas comprendre; mais lui, qui ne me lâchait point :

— Enfin, reprenait-il, vous voudriez, par avance, résumer votre œuvre future en une seule phrase, en un mot, quel serait-il? Ce mot, le savez-vous, vous-même?

— Parbleu! m'écriai-je, impatienté.

— Eh bien! quel est-il? Allons! sortez-le. Tout est là.

Et le plus ridicule c'est que je la connaissais, ma formule, et que, simplement par pudeur, j'hésitais à la livrer à ce roquentin, comme le pur secret de ma vie. Enfin, n'y tenant plus et tremblant d'une vraie fureur, j'articulai d'une voix blanche :

— « Nous devons tous représenter. »

Il me regarda avec stupeur, puis enfin lâcha mon bouton :

— Eh bien! allez-y! mon garçon, cria-t-il. « Représentez. » (Il était mon aîné de beaucoup.)

Je paraîtrai vraiment trop bête si je n'explique un peu ma « formule ». En ce temps elle dominait d'autant plus impérieusement mes pensées, qu'elle était nouvelle maîtresse. La morale selon laquelle j'avais vécu jusqu'à ce jour cédait depuis peu à je ne sais trop encore quelle vision plus chatoyante de la vie. Il commençait à m'apparaître que le devoir n'était peut-être pas pour chacun le même, et que Dieu pouvait bien avoir lui-même en horreur cette uniformité contre quoi protestait la nature, mais à quoi tendait, me semblait-il, l'idéal chrétien, en prétendant mater la nature. Je n'admettais plus que morales particulières et présentant parfois des impératifs opposés. Je me persuadais que chaque être, ou tout au moins : que chaque élu, avait à jouer un rôle sur la terre, le sien précisément, et qui ne ressemblait à nul autre; de sorte que tout effort pour se soumettre à une règle commune devenait à mes yeux trahison; oui, trahison, et que j'assimilais à ce grand péché contre l'Esprit « qui ne serait point pardonné », par quoi l'être particulier perdait sa signification précise, irremplaçable, sa « saveur » qui ne pouvait lui être rendue. J'avais écrit, en épigraphe du *Journal*, que je tenais alors, cette phrase latine cueillie je ne sais où : *Proprium opus humani generis totaliter accepti est actuare semper totam potentiam intellectus possibilis.*

Au vrai, j'étais grisé par la diversité de la vie, qui commençait à m'apparaître, et par ma propre diversité... Mais je m'étais promis, dans ce chapitre, de ne parler que du voisin. J'y reviens.

Bernard Lazare, de son vrai nom Lazare Bernard, était un juif de Nîmes, non point petit, mais d'aspect court et ineffablement déplaisant. Son visage semblait tout en joues, son torse tout en ventre, ses jambes tout en cuisses. A travers son monocle il jetait sur choses et gens un regard caustique et semblait mépriser furieusement tous ceux-là qu'il n'admirait point. Les plus généreux sentiments le gonflaient; c'est-à-dire qu'il était sans cesse indigné contre la muflerie et la crapulerie de ses contemporains; mais il semblait qu'il eût besoin de cette muflerie et qu'il ne prît conscience de lui que par une opposition violente, car, sitôt que son indignation faiblissait, rien plus ne restait que des reflets, et il écrivait *Le Miroir des légendes*.

Lazare et Griffin conjuguaient leurs humeurs combatives dans *Les Entretiens politiques et littéraires*. Cette petite revue, à couverture sang-de-bœuf, était, ma foi, fort bien rédigée, et je me trouvai extrêmement flatté d'y voir paraître mon *Traité du Narcisse*. J'ai toujours manqué à un degré incroyable de ce sens, qui est à la base de bien des audaces : l'intuition de mon crédit dans l'esprit d'autrui; je vise toujours au-dessous de ma cote, et non seulement je ne sais rien exiger, mais le moins que l'on m'accorde je m'en sens honoré et déguise mal ma surprise; c'est une faiblesse dont, à l'âge de cinquante ans, je commence à peine à me guérir.

Bernard Lazare me faisait peur; je sentais indistinctement en lui des possibilités déroutantes et qui n'auraient plus rien à voir avec l'art, sans doute ce sentiment ne m'était-il point particulier, et maintenait-il à certaine distance, sinon Quillard et Hérold, que des préoccupations de même ordre allaient entraîner à leur tour, du moins Régnier, Louis et moi.

— As-tu remarqué le tact de Régnier? me disait Louis; l'autre jour, il a failli se laisser aller à traiter Lazare tout à fait en camarade. Mais, sur le point de lui taper le genou, il s'est retenu. As-tu vu sa main qui restait en l'air?

Et lorsque Lazare, au moment de l'affaire Dreyfus, mit flamberge au vent et assuma le rôle important que l'on sait, nous comprîmes du coup qu'il venait de trouver sa ligne et que, dans la littérature, jusqu'alors, il avait fait antichambre — comme tant d'autres font toute leur vie.

Albert Mockel, que je n'ai pas encore nommé, dirigeait une petite mais importante revue franco-belge : *La Wallonie*. Comme le goût de chacun, dans une école (et nous en formions une assurément), par frottement, se tempère et s'affine, il était rare que l'un de nous commît une erreur de jugement; ou du moins cette erreur était-elle alors, le plus souvent, celle du groupe entier. Mais, en plus de ce goût collectif, Mockel jouissait d'un sens artistique des plus fins. Il poussait même la finesse jusqu'à la ténuité; en regard de l'amenuisement de sa pensée, la vôtre vous paraissait épaisse et vulgaire [1]. Ses propos étaient d'une subtilité si rare, et pleins d'allusions si minutieuses, que l'on courait sur l'extrême pointe du pied pour le suivre. La conversation, par excès d'honnêteté, par scrupule, n'était le plus souvent qu'une mise au point vertigineuse. Au bout d'un quart d'heure on était laminé. Il écrivait entre-temps sa *Chantefable un peu naïve*.

En plus de tous ceux-ci, que je retrouvais plusieurs fois par semaine, chez Heredia, chez Mallarmé, ou ailleurs, je fréquentais régulièrement un pauvre garçon, que je n'ose appeler précisément un ami, mais pour qui je m'étais pourtant épris d'une affection singulière. André Walckenaer, petit-fils de l'érudit lettré à qui nous devons une remarquable *Vie de La Fontaine*, était un être malingre et souffreteux, trop intelligent pour ne pas comprendre le prix de ce qui lui était refusé, mais à qui la nature n'avait donné qu'une voix fluette, et que juste ce qu'il en fallait pour se plaindre. Sorti de l'École des Chartes, et devenu depuis sous-bibliothécaire à la Mazarine. Une assez proche parenté le rattachait à ma tante Déma-

1. Mallarmé parlait d'une dame si extraordinairement distinguée... « Quand je lui dis bonjour, je me fais toujours l'effet de lui dire : Merde. »

rest, qui m'avait fait le rencontrer à un dîner. Je n'avais pas encore achevé mes *Cahiers d'André Walter*, c'est-à-dire que j'avais un peu moins de vingt ans; André Walckenaer était de quelques mois plus âgé. Je fus tout aussitôt flatté par son empressement et l'attention qu'il m'accordait; pour ne point demeurer en reste, j'imaginai de découvrir en lui d'extraordinaires ressemblances avec le héros imaginaire d'un livre que vaguement je projetais d'écrire, sous ce titre : *L'Éducation sentimentale*. Il y avait bien déjà celle de Flaubert; mais la mienne répondait mieux au titre. Naturellement, Walckenaer, fort excité, s'éprit de ce livre où je devais le portraire. Je lui demandai s'il consentirait à venir poser devant moi, comme il ferait devant un peintre. Nous prîmes jour. Et c'est ainsi que, trois ans durant, tout le temps que j'étais à Paris, André Walckenaer vint s'installer chez moi de 2 à 5, chaque mercredi; à moins que je n'allasse chez lui; et parfois nous prolongions jusqu'au dîner nos séances. Nous causions inlassablement, intarissablement; le texte des livres de Proust est ce qui me rappelle le mieux le tissu de nos causeries. Nous glosions sur tout et coupions en quatre les plus ténus cheveux du monde. Temps perdu? Je ne puis le croire : une certaine subtilité de pensée et d'écriture ne s'obtient pas sans ergotages. J'ai dit que le pauvre garçon était de santé très précaire : son fragile organisme n'échappait à l'asthme qu'en se couvrant périodiquement d'eczéma; c'était pitié que de voir ses traits tirés, que de l'entendre haleter et geindre; il gémissait aussi du désir d'écrire et, incapable de rien, se contorsionnait l'esprit affreusement. Je l'écoutais me raconter ses velléités, ses déboires, impuissant à le consoler sans doute, mais prêtant à son mal, par l'intérêt que je prenais à l'entendre en parler, une apparence de raison d'être.

Il me fit faire la connaissance d'un être encore plus falot que lui-même, dont je tairai le nom. X. avait juste assez d'épaisseur pour promener, dans les salons, des vêtements de coupe impeccable. Quand on sortait dans le monde avec lui, on s'étonnait de ne pas le voir accroché tout entier au vestiaire. Dans les salons, il faisait sourdre, de derrière une longue et soyeuse barbe couleur de miel, un extraordinaire fantôme de voix flûtée, qui nuançait suavement des banalités d'une fadeur insurpassable. Il commençait à vivre à l'heure du thé, courant le monde, où il jouait le rôle de gazetier, de trucheman, de trait d'union et d'écouteur. Il n'eut de cesse qu'il ne m'eût introduit dans quelques-uns de ces milieux où Walckenaer fréquentait aussi. Fort heureusement je n'avais rien en moi qui me permît de briller beaucoup dans le monde; les salons où je me fourvoyai, j'y faisais figure d'oiseau de nuit; j'y promenais, il est vrai, des redingotes assez bien faites; et mes cheveux longs, mes cols hauts, mon attitude penchée, attiraient l'attention, que devaient décevoir mes propos; car j'avais l'esprit si lourd, ou du moins si peu monnayé, que j'en étais réduit à me taire chaque fois qu'il eût fallu plaisanter. Chez Mme Beulé, chez Mme Beignères qui, celle-ci, n'était point bête, chez la vicomtesse de J. (— Oh! Monsieur X., s'écriait celle-ci, récitez-nous donc *Le Vase cassé* de Sully Prudhomme. — Elle estropiait ainsi titres et noms; parlait de sa grande admiration pour le peintre anglais John Burns, voulant dire, on suppose, Burne-Jones) — je ne fis que quelques apparitions épouvantées.

Chez la princesse Ouroussof l'intérêt était plus vif;

on s'amusait du moins. Les propos étaient sans contrainte, les plus fous les mieux accueillis. La princesse, d'une beauté plantureuse, dans des toilettes orientales, mettait aussitôt chacun à l'aise avec son affabilité volubile et son air de s'amuser elle-même de tout. La loufoquerie de la conversation tenait parfois du fantastique et l'on doutait alors si vraiment l'hôtesse était inconsciente et dupe de certaines énormités; mais une sorte de bonhomie cordiale, dont elle ne se départait point, décourageait l'ironie. Au cours d'un grand dîner, on l'entendait, tout à coup, de sa voix de contralto, crier au domestique en livrée, qui passait les mets les plus délicats :

— Comment va votre fluxion, Casimir?

Je ne sais par quel démon poussé, certain jour que je me trouvais seul avec elle, j'ouvris tout à coup son piano et me lançai dans la *Novellette* en *mi* de Schumann. J'étais incapable en ce temps de la jouer du train qu'il fallait. A ma grande surprise, elle critiqua fort justement le mouvement, me signala doucement quelques fautes, découvrant sa parfaite connaissance et compréhension du morceau, puis :

— Si vous trouvez mon piano bon, venez donc étudier ici. Vous me ferez plaisir et ne dérangerez personne.

La princesse me connaissait alors à peine, et cette proposition, que du reste je déclinai, me décontenança plutôt qu'elle ne me mit à l'aise; je la rapporte en exemple de la charmante spontanéité de ses façons. Mais comme l'on répétait à demi-voix qu'on avait dû l'interner, je ne restais jamais longtemps près d'elle sans craindre de voir sa fantaisie dégénérer en vraie démence.

C'est chez elle que j'emmenai Wilde certain soir,

à ce dîner que raconte Henri de Régnier quelque part, où, tout à coup, poussant un grand cri, la princesse protesta qu'elle venait de voir autour du visage de l'Irlandais, une auréole.

C'est aussi chez elle, à un autre dîner, que je fis la connaissance de Jacques-Émile Blanche — le seul de tous ceux que j'ai nommés dans ce chapitre que je fréquente encore. Mais de celui-ci il y aurait tant à dire... Je remets à plus tard, également, les portraits de Maeterlinck, de Marcel Schwob et de Barrès. Déjà sans doute n'ai-je épaissi que trop l'atmosphère de cette selve obscure où j'égarais, au sortir de l'enfance, mes aspirations incertaines et la quête de ma ferveur.

Roger Martin du Gard, à qui je donne à lire ces Mémoires, leur reproche de ne jamais dire assez, et de laisser le lecteur sur sa soif. Mon intention pourtant a toujours été de tout dire. Mais il est un degré dans la confidence que l'on ne peut dépasser sans artifice, sans se forcer; et je cherche surtout le naturel. Sans doute un besoin de mon esprit m'amène, pour tracer plus purement chaque trait, à simplifier tout à l'excès; on ne dessine pas sans choisir; mais le plus gênant c'est de devoir présenter comme successifs des états de simultanéité confuse. Je suis un être de dialogue; tout en moi combat et se contredit. Les Mémoires ne sont jamais qu'à demi sincères, si grand que soit le souci de vérité : tout est toujours plus compliqué qu'on ne le dit. Peut-être même approche-t-on de plus près la vérité dans le roman.

DEUXIÈME PARTIE

I

Les faits dont je dois à présent le récit, les mouvements de mon cœur et de ma pensée, je veux les présenter dans cette même lumière qui me les éclairait d'abord, et ne laisser point trop paraître le jugement que je portai sur eux par la suite. D'autant que ce jugement a plus d'une fois varié et que je regarde ma vie tour à tour d'un œil indulgent ou sévère suivant qu'il fait plus ou moins clair au-dedans de moi. Enfin, s'il m'est récemment apparu qu'un acteur important, le Diable, avait bien pu prendre part au drame, je raconterai néanmoins ce drame sans faire intervenir d'abord celui que je n'identifiai que longtemps plus tard. Par quels détours je fus mené, vers quel aveuglement de bonheur, c'est ce que je me propose de dire. En ce temps de ma vingtième année, je commençai de me persuader qu'il ne pouvait m'advenir rien que d'heureux; je conservai jusqu'à ces derniers mois [1] cette confiance, et je tiens pour un des plus importants de ma vie l'événement qui m'en fit douter brusquement. Encore après le doute me ressaisis-je — tant est exigeante ma joie; tant est forte en moi l'assurance que l'événement le plus malheureux en première appa-

1. Écrit au printemps de 1919.

rence reste celui qui, bien considéré, peut aussi le mieux nous instruire, qu'il y a quelque profit dans le pire, qu'à quelque chose malheur est bon, et que si nous ne reconnaissons pas plus souvent le bonheur, c'est qu'il vient à nous avec un visage autre que celui que nous attendions. Mais assurément j'anticipe, et vais gâcher tout mon récit si je donne pour acquis déjà l'état de joie, qu'à peine j'imaginais possible, qu'à peine, surtout, j'osais imaginer permis. Lorsque ensuite je fus mieux instruit, certes tout cela m'a paru plus facile; j'ai pu sourire des immenses tourments que de petites difficultés me causaient, appeler par leur nom des velléités indistinctes encore et qui m'épouvantaient parce que je n'en discernais point le contour. En ce temps il me fallait tout découvrir, inventer à la fois et le tourment et le remède, et je ne sais lequel des deux m'apparaissait le plus monstrueux. Mon éducation puritaine m'avait ainsi formé, donnait telle importance à certaines choses, que je ne concevais point que les questions qui m'agitaient ne passionnassent point l'humanité tout entière et chacun en particulier. J'étais pareil à Prométhée qui s'étonnait qu'on pût vivre sans aigle et sans se laisser dévorer. Au demeurant, sans le savoir, j'aimais cet aigle; mais avec lui je commençais de transiger. Oui, le problème pour moi restait le même, mais, en avançant dans la vie, je ne le considérais déjà plus si terrible, ni sous un angle aussi aigu. — Quel problème? — Je serais bien en peine de le définir en quelques mots. Mais d'abord n'était-ce pas déjà beaucoup qu'il y eût problème? — Le voici, réduit au plus simple :

Au nom de quel Dieu, de quel idéal me défendez-vous de vivre selon ma nature? Et cette nature, où m'entraînerait-elle, si simplement je la suivais? —

Jusqu'à présent j'avais accepté la morale du Christ, ou du moins certain puritanisme que l'on m'avait enseigné comme étant la morale du Christ. Pour m'efforcer de m'y soumettre, je n'avais obtenu qu'un profond désarroi de tout mon être. Je n'acceptais point de vivre sans règles, et les revendications de ma chair ne savaient se passer de l'assentiment de mon esprit. Ces revendications, si elles eussent été plus banales, je doute si mon trouble en eût été moins grand. Car il ne s'agissait point de ce que réclamait mon désir, aussi longtemps que je croyais lui devoir tout refuser. Mais j'en vins alors à douter si Dieu même exigeait de telles contraintes; s'il n'était pas impie de regimber sans cesse, et si ce n'était pas contre Lui; si, dans cette lutte où je me divisais, je devais raisonnablement donner tort à l'autre. J'entrevis enfin que ce dualisme discordant pourrait peut-être bien se résoudre en une harmonie. Tout aussitôt il m'apparut que cette harmonie devait être mon but souverain, et de chercher à l'obtenir la sensible raison de ma vie. Quand, en octobre 93, je m'embarquai pour l'Algérie, ce n'est point tant vers une terre nouvelle, mais bien vers *cela*, vers cette toison d'or, que me précipitait mon élan. J'étais résolu à partir; mais j'avais longtemps hésité si je ne suivrais pas mon cousin Georges Pouchet, ainsi qu'il m'y invitait, dans une croisière scientifique en Islande; et j'hésitais encore, lorsque Paul Laurens reçut, en prix de je ne sais quel concours, une bourse de voyage qui l'obligeait à un exil d'un an; le choix qu'il fit de moi pour compagnon décida de ma destinée. Je partis donc avec mon ami; sur le navire *Argo*, l'élite de la Grèce ne frémissait point d'un plus solennel enthousiasme.

J'ai dit, je crois, que nous étions exactement de

même âge; nous avions même taille, même aspect, même démarche, mêmes goûts. De sa fréquentation avec les élèves des beaux-arts, il avait rapporté un ton d'assurance un peu gouailleur qui cachait une grande retenue naturelle; aussi l'habitude d'un tour funambulesque, qui faisait mon admiration et ma joie, mais aussi mon désespoir lorsque j'y comparais l'ankylose de mon esprit.

Je fréquentais Paul moins souvent que Pierre Louis, peut-être; mais il me semble que j'avais pour le premier une affection plus véritable et plus capable de développement. Pierre avait dans le caractère je ne sais quoi d'agressif, de romantique et de contrecarrant qui mouvementait à l'excès nos rapports. Le caractère de Paul au contraire était tout souplesse; il ondoyait avec le mien. A Paris je ne le voyais guère qu'en compagnie de son frère, qui, de tempérament plus entier et bien qu'un peu plus jeune, nous bousculait, de sorte qu'avec lui la conversation se faisait sommaire. Deux fois par semaine une leçon d'escrime que j'allais prendre chez eux, le soir, était prétexte à des lectures et des entretiens prolongés. Nous sentions, Paul et moi, notre amitié grandir et découvrions avec ravissement l'un dans l'autre toutes sortes de possibilités fraternelles. Nous en étions au même point de la vie; pourtant il y avait entre nous cette différence, que son cœur était libre, le mien accaparé par mon amour, mais ma résolution était prise de ne m'en laisser pas empêcher. Après la publication de mes *Cahiers*, le refus de ma cousine ne m'avait point découragé peut-être, mais du moins m'avait forcé de reporter plus loin mon espoir; aussi bien, je l'ai dit, mon amour demeurait-il quasi mystique; et si le diable me dupait en me faisant considérer comme une injure l'idée d'y pouvoir mêler quoi que ce fût de charnel, c'est ce dont je ne pouvais encore me rendre compte; toujours est-il que j'avais pris mon parti de dissocier le plaisir de l'amour; et même il me paraissait que ce divorce était souhaitable, que le plaisir était ainsi plus pur, l'amour plus parfait, si le cœur et la chair ne s'entr'-engageaient point. Oui, Paul et moi, nous étions résolus, quand nous partîmes... Et si l'on me demande peut-être comment Paul, élevé moralement sans doute, mais selon une morale catholique et non puritaine, dans un milieu d'artistes et provoqué sans cesse par les rapins et les modèles, avait pu, passé vingt-trois ans, rester puceau — je répondrai que je raconte ici mon histoire et non point la sienne et qu'un tel cas est du reste beaucoup plus fréquent qu'on ne croit; car le plus souvent il répugne à se laisser connaître. Timidité, pudeur, dégoût, fierté, sentimentalité mal comprise, effarouchement nerveux à la suite d'une maladroite expérience (c'était le cas de Paul, je crois), tout cela retient sur le seuil. Alors, c'est le doute, le trouble, le romantisme et la mélancolie; de tout cela nous étions las; de tout cela nous voulions sortir. Mais ce qui nous dominait surtout, c'était l'horreur du particulier, du bizarre, du morbide, de l'anormal. Et dans les conversations que nous avions avant le départ, nous nous poussions, je me souviens, vers un idéal d'équilibre, de plénitude et de santé. Ce fut, je crois bien, ma première aspiration vers ce qu'on appelle aujourd'hui le « classicisme »; à quel point il s'opposait à mon premier idéal chrétien, c'est ce que je ne saurais jamais assez dire; et je le compris aussitôt si bien, que je me refusai d'emporter avec moi ma Bible. Ceci, qui peut-être n'a l'air de rien, était de la plus haute importance : jusqu'alors il ne s'était point passé de jour que je ne puisasse dans le saint livre mon aliment moral et mon conseil. Mais c'est précisément parce que cet aliment me semblait devenu indispensable que je sentis le besoin de m'en sevrer. Je ne dis pas adieu au Christ sans une sorte de déchirement; de sorte que je doute à présent si je l'ai jamais vraiment quitté.

Les Latil, amis des Laurens, nous retinrent à Toulon quelques jours. Je pris froid, et, dès avant de quitter la France, commençai d'aller moins bien; mais je n'en laissai rien paraître. Je n'en parlerais pas, si la question de santé n'avait été si importante dans ma vie, et dès ce voyage. J'avais toujours été délicat; au conseil de revision, deux ans de suite ajourné, réformé définitivement au troisième : « tuberculose » disait la feuille, et je ne sais si j'avais été plus réjoui de la dispense qu'effrayé par cette déclaration. De plus je savais que mon père, déjà... Bref cette sorte de rhume sournois que je pris à Toulon m'inquiéta tout aussitôt au point que j'hésitai presque si je ne laisserais point Paul s'embarquer seul, quitte à le rejoindre un peu plus tard. Puis je m'abandonnai à mon destin, ce qui presque toujours est le plus sage. Au surplus je pensais que la chaleur de l'Algérie me remettrait, que nul climat ne pouvait être meilleur.

Cependant Toulon accueillait l'escadre russe; le port était pavoisé et le soir une étrange liesse emplissait la ville illuminée, et jusqu'aux plus étroits vicolos; c'est ainsi que d'étape en étape, et dès la première, il nous parut, au cours de notre voyage, que peuple et pays devant nous se mettaient en fête, et que la nature même, à notre approche, s'exaltait. Je ne sais plus pourquoi je laissai Paul aller seul à la fête de nuit qui se donnait sur un des cuirassés de l'escadre, soit que je me sentisse trop fatigué, soit que m'attirât davantage, dans les petites rues, le spectacle de la débauche et de l'ivresse.

Le lendemain nous le passâmes au bord de la mer, à la Simiane, superbe propriété des Latil, où Paul se souvient que je lui racontai le sujet de ce qui devint plus tard ma *Symphonie pastorale*. Je lui parlai également d'un autre projet plus ambitieux, que j'eusse dû mener à bien avant de le laisser dévorer par les scrupules. Les difficultés d'un sujet, il est bon de ne les reconnaître qu'au fur et à mesure que l'on travaille; on perdrait cœur à les voir toutes d'un coup. Je projetais donc d'écrire l'histoire imaginaire d'un peuple, d'un pays, avec des guerres, des révolutions, des changements de régime, des événements exemplaires. Bien que l'histoire de chaque pays diffère de l'histoire de chaque autre, je me piquais de tracer telles lignes qui leur fussent communes à toutes. J'aurais inventé des héros, des souverains, des hommes d'État, des artistes — un art, une littérature apocryphe, dont j'exposais et critiquais les tendances, des genres dont je contais l'évolution, des chefs-d'œuvre dont je révélais des fragments... Et tout cela pour prouver quoi? Que l'histoire de l'homme aurait pu être différente, différents nos us, nos mœurs, nos coutumes, nos goûts, nos codes et nos étalons de beauté — et rester humains tout de même. Me fussé-je lancé là-dedans, je m'y serais perdu peut-être, mais sans doute beaucoup amusé.

Nous eûmes une traversée, de Marseille à Tunis, à peu près calme. Dans notre cabine l'atmosphère était étouffante, et, la première nuit, je transpirai si abondamment que les draps de la couchette me collaient au corps; je passai la seconde nuit sur le pont. D'immenses éclairs de chaleur palpitaient au loin dans la direction de l'Afrique. L'Afrique! Je répétais ce mot mystérieux; je le gonflais de terreurs, d'attirantes horreurs, d'attente, et mes regards plongeaient éperdument dans la nuit chaude vers une promesse oppressante et tout enveloppée d'éclairs.

Oh! je sais qu'un voyage à Tunis n'a rien de bien rare; non; mais le rare, c'était nous y allant. Certes, les cocotiers des atolls ne m'émerveilleraient pas plus aujourd'hui, et demain, hélas! ne m'émerveilleront plus autant, que ne firent alors les premiers chameaux aperçus du pont du navire. Sur une langue de terre basse, encerclant le goulet où nous venions d'entrer, ils se profilaient, tels une démonstration sur le ciel. Je m'attendais bien à rencontrer des chameaux à Tunis mais je n'étais point parvenu à les imaginer si étranges; et cette bande de poissons dorés que le navire, sur le point d'afflanquer le quai, fit gicler et voler hors de l'eau; et ce peuple de Mille et une Nuits qui s'empressait et se bousculait pour s'emparer de nos valises. Nous étions à cet instant de la vie où le ravissement de toute nouveauté vous enivre; nous savourions à la fois notre soif et son étanchement. Tout, ici, nous étonnait au-delà de toute espérance. Avec quelle naïveté nous donnâmes dans tous les pièges des courtiers! Mais que les étoffes étaient belles, de nos haïks, de nos burnous! Que le café que le marchand nous offrait nous semblait bon! et que généreux le marchand, de nous l'offrir! Dès le premier jour, dès notre apparition dans les souks, un petit guide de quatorze ans se saisit de nos personnes, nous escorta dans les boutiques (qui nous eût dit qu'il touchait commission nous eût indignés) et comme il parlait le français passablement, que de plus il était charmant, nous prîmes rendez-vous à notre hôtel pour le lendemain. Il s'appelait Céci et était originaire de l'île de Djerba, que l'on dit être l'ancienne île des Lotophages. Je me souviens de notre inquiétude en ne le voyant pas arriver à l'heure dite. Je me souviens de mon trouble, quelques jours plus tard, lorsqu'il vint dans ma chambre (nous avions quitté l'hôtel et loué, rue Al Djeriza, un petit appartement de trois pièces), chargé de nos récentes emplettes et commença de se dévêtir à demi pour me montrer comment on se drapait dans un haïk.

Le capitaine Julian, que nous avions rencontré chez le général Leclerc, mit à notre disposition des chevaux de l'armée et s'offrit à nous accompagner hors les murs. Je n'avais jusqu'à présent connu de chevauchées que celles du manège, fastidieux défilé des élèves sous les regards critiques du maître qui rectifiait les positions; mornes tours et retours, une heure durant, dans une morne salle close. Le petit alezan arabe que je montais était peut-être un peu trop fougueux à mon gré, mais quand j'eus pris le parti de le laisser pousser sa pointe et galoper tout son soûl, je ne mesurai plus ma joie. Bientôt, je me vis seul, ayant perdu mes compagnons, ma route, et fort peu soucieux de retrouver avant la nuit ni l'un ni l'autre. Le soleil couchant inondait d'or et de pourpre l'immense plaine qui s'étend entre Tunis et la montagne de Zaghouan et que jalonnent de loin en loin quelques arches énormes de l'antique aqueduc en ruine; et je l'imaginais celui-là même qui portait à Carthage les eaux limpides du nymphée. Un étang d'eaux saumâtres semblait un lac de sang; je suivis ses bords désolés d'où quelques flamants s'envolèrent.

Nous pensions ne quitter Tunis pas avant le commencement de l'hiver; notre projet était de gagner Biskra par le sud. Les conseils autorisés du capitaine Julian nous dissuadèrent de différer notre départ, eu égard à l'approche de la mauvaise saison. Il revisa notre itinéraire, prépara nos relais et couvrit de recommandations nos étapes. A travers le chott El Djerid, une escorte militaire, s'il me souvient bien, devait protéger notre randonnée. Et nous nous lancions dans le désert avec une enfantine imprévoyance, confiants en notre étoile, certains que tout nous devait réussir. Pour vingt-cinq francs par jour, nous nous étions assurés d'un guide et d'un cocher qui, dans un énorme landau, une sorte de fastueux carosse à quatre chevaux, devait, en quatre jours, nous mener à Sousse, où nous aviserions s'il ne valait pas mieux quitter le landau pour la diligence de Sfax et de Gabès. Guide et cocher étaient maltais; jeunes, superbement râblés, avec des airs de brigands qui nous enchantaient. J'admire encore que pour cette modique somme nous pussions avoir un tel équipage; mais il va sans dire pourtant qu'on payait les jours de retour. Les relais étaient assurés. Notre bagage et nos provisions étaient cordés derrière le landau. Enfouis sous un amoncellement de burnous et de couvertures, Paul et moi, nous avions l'air de deux boyards :

— « Et l'on s'étonnait autour d'eux de la modicité de leurs pourboires », disait Paul, habile à résumer d'un mot les situations.

Nous devions coucher à Zaghouan, et tout le jour nous vîmes devant nous se rapprocher lentement la montagne, d'heure en heure plus rose. Et lentement nous nous éprenions de ce grand pays monotone, de son vide diapré, de son silence. Mais le vent!... Cessait-il de souffler, la chaleur était accablante; s'il s'élevait on était transi. Il soufflait comme coule l'eau d'un fleuve, d'une hâte ininterrompue; il traversait les couvertures, les vêtements, la chair même; je me sentais transi jusqu'aux os. Mal remis de mon indisposition de Toulon, la fatigue (et je me refusais d'y céder) avait entretenu mon malaise. Il m'était dur de ne point suivre Paul, et je l'accompagnais partout; mais je crois que, sans moi, il en aurait fait davantage et que, par délicatesse amicale, il s'arrêtait où fléchissait ma résistance. Sans cesse je devais prendre des précautions, m'inquiéter si je n'étais pas trop couvert, ou trop peu. Dans ces conditions, se lancer dans le désert était folie. Mais je ne voulais pas renoncer; aussi bien me laissais-je prendre à cet attrait du Sud, à ce mirage qui nous fait croire à sa clémence.

Zaghouan cependant, avec ses aimables vergers, ses eaux courantes, bien abrité dans un repli de la montagne, eût présenté maints avantages, et sans doute m'y fussé-je vite rétabli, si j'avais pu m'y arrêter. Mais comment ne pas imaginer que, plus loin... Nous arrivâmes à l'auberge affamés et fourbus. Sitôt après souper nous nous apprêtions à gagner notre chambre et ne songions déjà plus qu'à dormir, lorsqu'un spahi (je n'entends rien aux uniformes et confonds peut-être turcos et spahis) vint nous dire qu'averti de notre arrivée, le commandant de la place (je n'entends non plus rien aux grades et n'ai jamais su compter les galons) se réjouissait de nous recevoir et ne souffrirait pas que nous logeassions ailleurs qu'au camp. Il ajoutait que des cas de choléra s'étaient déclarés dans le village et qu'il n'était pas prudent d'y rester. Ceci ne faisait point notre affaire, car déjà, dans la chambre, nous avions étalé notre fourbi; le lendemain il fallait quitter Zaghouan de bonne heure; nous tombions de sommeil; mais le moyen de refuser? Nous dûmes refaire nos sacs; un mulet attendait à la porte, qui s'en chargea; nous le suivîmes. Le camp était distant de plus d'un kilomètre, où nous attendaient plusieurs officiers désœuvrés. Leur intention était de nous entraîner vers les danses et les chants d'un café maure, unique distraction de ce lieu. J'arguai de ma fatigue et Paul seul emboîta le pas. Un des officiers s'offrit à me conduire à notre dortoir; mais les autres ne se furent pas plus tôt éloignés qu'il m'assit en face de lui, devant une table sur laquelle il étala les feuillets d'un travail sur les différents dialectes arabes, dont plus d'une heure durant je dus essuyer la lecture.

Cette nuit au camp ne fut pas sans profit pour moi, car c'est là que je fis connaissance avec les punaises. Quand l'officier estima qu'il m'avait suffisamment abruti, il me conduisit, à demi mort, dans une sorte de hangar énorme, que désobscurcissait très insuffisamment une chandelle, et dans un coin duquel étaient dressés deux lits de sangles. Elles se ruèrent au festin aussitôt la bougie soufflée. Je ne les reconnus pas aussitôt pour des punaises et crus d'abord qu'un mauvais farceur avait couvert mes draps de poil à gratter. Quelque temps il y eut lutte entre la démangeaison et le sommeil; mais la démangeaison fut la plus forte et le sommeil vaincu se retira. Je voulus rallumer ma bougie, mais cherchai vainement les allumettes. Je me souvins d'avoir aperçu, au chevet de mon lit, sur un escabeau, un alcarazas. La lueur de la lune pénétrait par une embrasure. Je bus à même l'alcarazas, à longs traits, puis trempai mon mouchoir, l'appliquai sur ma fièvre, inondai le col de ma chemise et les poignets. Puis, comme il ne fallait plus songer à dormir, à tâtons je cherchai mes vêtements, me rhabillai.

Sur le pas de la porte je croisai Paul qui rentrait :

— Je n'y puis plus tenir, lui dis-je. Je sors.

— Fais attention que nous sommes dans un camp. Tu ne sais pas le mot de passe. Si tu t'éloignes tu vas te faire tirer dessus.

La lune inondait le camp de sa clarté silencieuse. Devant la porte du hangar, je fis les cent pas quelque temps. Il me semblait que j'étais mort, que je flottais sans plus de poids ni de substance, un rêve, un souvenir, et si la sentinelle, que je voyais là-bas, me pressait un peu, j'allais me résorber dans l'air nocturne. Je dus rentrer sans m'en apercevoir, m'étendre tout habillé sur mon lit, car c'est là que me réveilla la diane.

On vint nous avertir que la voiture nous attendait devant l'auberge. Jamais l'air du matin ne me parut plus délectable qu'après cette nuit enfiévrée. Les murs blancs des maisons de Zaghouan qui, la veille au soir, répondaient en bleu au ciel rose, sur l'azur le plus tendre de l'aube prenaient des tons d'hortensia. Nous quittâmes Zaghouan sans avoir vu son nymphée, ce qui me permet de l'imaginer un des plus beaux endroits de ce monde.

Le second jour, notre route, qui n'était le plus souvent qu'une piste presque effacée, s'enfonça aussitôt qu'elle eut quitté la montagne, dans une région plus aride encore que celle de la veille. Vers le milieu du jour, nous approchâmes d'un rocher caverneux, hanté par un peuple d'abeilles, et dont les flancs ruissellent de miel; c'est du moins ce que nous raconta notre guide. Nous arrivâmes au soir à la ferme modèle de l'Enfida, où nous couchâmes. Le troisième jour nous atteignîmes Kairouan.

La ville sainte, sans que rien l'annonce, surgit au milieu du désert; ses alentours immédiats sont féroces; nulle végétation, que celle des nopals — ces paradoxales raquettes vertes, couvertes de piquants venimeux — dans le fouillis desquels se cachent, dit-on, des najas. Près de la porte de la ville, au pied des remparts, un magicien faisait danser au son d'une flûte un de ces redoutables serpents. Toutes les maisons de la ville, comme pour fêter notre venue, venaient d'être passées au lait de chaux; à ces murs blancs, aux ombres, aux reflets si mystérieux, il n'est que les murs d'argile des oasis du Sud que je préfère. J'avais plaisir à penser que Gautier ne les aimait point.

Des lettres de recommandation nous introduisirent auprès des puissants de la ville. Nous ne fûmes pas très prudents d'en user, car notre liberté en fut fort compromise. Il y eut un dîner chez le calife avec des officiers. Ce fut très fastueux, très gai; après le repas, on m'assit devant un mauvais piano et je dus chercher ce que je pouvais savoir de musique propre à faire danser les convives... Pourquoi je raconte tout cela? Oh! simplement pour retarder ce qui va suivre. Je sais que cela n'a pas d'intérêt.

Nous passâmes à Kairouan toute la journée du lendemain. Il y eut, dans une petite mosquée, une séance d'aïssaouas, qui dépassa en frénésie, en étrangeté, en beauté, en noblesse, en horreur, tout ce que je pus voir ensuite; et même dans mes six autres voyages en Algérie, je ne rencontrai rien d'approchant.

Nous repartîmes. J'allais de jour en jour moins bien. Le vent, de jour en jour plus froid, soufflait sans cesse. Quand, après une nouvelle journée de désert, nous arrivâmes à Sousse, je respirais si péniblement et commençais de me sentir si gêné, que Paul alla quérir un médecin. Je ne pus douter que mon état lui paraissait assez grave. Il prescrivit je ne sais plus quel révulsif pour décongestionner mes poumons, et promit de revenir le lendemain.

Il va sans dire qu'il n'était plus question de poursuivre notre randonnée. Mais Biskra ne paraissait pas un mauvais endroit pour y passer l'hiver, du moment que nous renoncions à l'atteindre par le plus aventureux et le plus long. Regagnant Tunis, le train nous y mènerait prosaïquement, mais pratiquement, en deux jours. En attendant, il fallait d'abord me reposer, car je n'étais pas en état de repartir de si tôt.

Je devrais écrire à présent de quel cœur j'écoutais les déclarations du docteur et quelle prise j'offris à l'alarme. Je ne me souviens pas d'en avoir été très affecté; soit que la mort ne m'effrayât pas beaucoup en ce temps, soit que l'idée de la mort ne se présentât pas à moi de manière urgente et précise, soit enfin que mon état d'abrutissement empêchât les réactions vives. Au demeurant je n'ai pas grande disposition à l'élégie. Je m'abandonnai donc à mon destin sans guère nourrir d'autre regret, que celui d'entraîner Paul dans ma faillite; car de me laisser seul, de continuer sans moi le voyage, il ne voulait entendre parler; de sorte que le premier effet de ma maladie, et si je puis dire : sa récompense, fut de me laisser mesurer une amitié si précieuse.

Nous ne demeurâmes à Sousse que six jours. Jours monotones, où sur un fond d'attente morne, se détache pourtant un petit épisode, dont le retentissement en moi fut considérable. Il est plus mensonger de le taire qu'indécent de le raconter.

Paul, à certaines heures, me quittait pour s'en aller peindre; mais je n'étais pas si dolent que je ne pusse parfois le rejoindre. Du reste, durant tout le temps de ma maladie, je ne gardai le lit, ni même la chambre, un seul jour. Je ne sortais jamais sans emporter manteau et châle : sitôt dehors, quelque enfant se proposait à me les porter. Celui qui m'accompagna ce jour-là était un tout jeune Arabe à peau brune, que déjà les jours précédents j'avais remarqué parmi la bande de vauriens qui fainéantisait aux abords de l'hôtel. Il était coiffé de la chéchia, comme les autres, et portait directement sur la peau une veste de grosse toile et de bouffantes culottes tunisiennes qui faisaient paraître plus fines encore ses jambes nues. Il se montrait plus réservé que ses camarades, ou plus craintif, de sorte que ceux-ci, d'ordinaire, le devançaient; mais, ce jour-là, j'étais sorti, je ne sais comment, sans être vu par leur bande, et, lui, tout à coup, au coin de l'hôtel m'avait rejoint.

L'hôtel était situé hors la ville, dont les abords, de ce côté, sont sablonneux. C'était pitié de voir les oliviers, si beaux dans la campagne environnante, à demi submergés par la dune mouvante. Un peu plus loin, on était tout surpris de rencontrer une rivière, un maigre cours d'eau, surgi du sable juste à temps pour refléter un peu de ciel avant de rallier la mer. Une assemblée de négresses lavandières, accroupies près de ce peu d'eau douce, tel était le motif devant lequel venait s'installer Paul. J'avais promis de le rejoindre; mais, si fatiguante que fût la marche dans le sable, je me laissai entraîner dans la dune par Ali — c'était le nom de mon jeune porteur; nous atteignîmes bientôt une sorte d'entonnoir ou de cratère, dont les bords dominaient un peu la contrée, et d'où l'on pouvait voir venir. Sitôt arrivé là, sur le sable en pente, Ali jette châle et manteau; il s'y jette lui-même, et, tout étendu sur le dos, les bras en croix, commence à me regarder en riant. Je n'étais pas niais au point de ne comprendre pas son invite; toutefois je n'y répondis pas aussitôt. Je m'assis, non loin de lui, mais pas trop près pourtant, et, le regardant fixement à mon tour, j'attendis, fort curieux de ce qu'il allait faire.

J'attendis! J'admire aujourd'hui ma constance... Mais était-ce bien la curiosité qui me retenait? Je ne sais plus. Le motif secret de nos actes, et j'entends : des plus décisifs, nous échappe; et non seulement dans le souvenir que nous en gardons, mais bien au moment même. Sur le seuil de ce que l'on appelle : péché, hésitais-je encore? Non; j'eusse été trop déçu si l'aventure eût dû se terminer par le triomphe de ma vertu — que déjà j'avais prise en dédain, en horreur. Non; c'est bien la curiosité qui me faisait attendre... Et je vis son rire lentement se faner, ses lèvres se refermer sur ses dents blanches; une expression de déconvenue, de tristesse assombrit son visage charmant. Enfin il se leva :

— Alors, adieu, dit-il.

Mais, saisissant la main qu'il me tendait, je le fis rouler à terre. Son rire aussitôt reparut. Il ne s'impatienta pas longtemps aux nœuds compliqués des lacets qui lui tenaient lieu de ceinture; sortant de sa poche un petit poignard, il en trancha d'un coup l'embrouillement. Le vêtement tomba; il rejeta au loin sa veste, et se dressa nu comme un dieu. Un instant il tendit vers le ciel ses bras grêles, puis, en riant, se laissa tomber contre moi. Son corps était peut-être brûlant, mais parut à mes mains aussi rafraîchissant que l'ombre. Que le sable était beau! Dans la splendeur adorable du soir, de quels rayons se vêtait ma joie!...

Cependant il se faisait tard; il fallait rejoindre Paul. Sans doute mon aspect portait-il la marque de mon délire, et je crois bien qu'il se douta de quelque chose; mais, comme, par discrétion peut-être, il ne me questionnait pas, je n'osai lui raconter rien.

J'ai déjà tant de fois décrit Biskra : je n'y reviens pas. L'appartement enveloppé de terrasses, que j'ai peint dans *L'Immoraliste*, et que l'Hôtel de l'Oasis mit à notre disposition, était celui-là même qu'on avait préparé pour le cardinal Lavigerie, et où il s'apprêtait à descendre lorsque la mort vint l'enlever à la mission des Pères Blancs. J'occupai donc le propre lit du cardinal, dans la plus grande chambre, dont nous fîmes également notre salon; une plus petite pièce, à côté, nous servit de salle à manger — car nous entendions bien ne pas prendre nos repas en commun avec les pensionnaires de l'hôtel. Les plats nous étaient apportés dans une *stufa*, par un jeune Arabe du nom d'Athman, que nous avions pris à notre service. Il n'avait guère que quatorze ans; mais très grand, très important sinon très fort parmi les autres enfants qui venaient sur nos terrasses, à la sortie de l'école, jouer aux billes et à la toupie, Athman les dépassait tous de la tête, ce qui rendait presque naturel l'air protecteur qu'il prenait avec eux; au reste, il y mettait une bonhomie et même une drôlerie des plus plaisantes, pour bien marquer que, s'il était peut-être un peu ridicule, ce n'était pas tout à fait malgré lui. Au demeurant le meilleur et le plus honnête garçon qu'on pût voir, incapable de marcher sur les pieds d'autrui, et aussi peu fait pour gagner de l'argent qu'un poète, mais au contraire toujours prêt à dépenser et à donner. Quand il nous racontait ses rêves, on comprenait ceux de Joseph.

Il aimait beaucoup les histoires, en savait beaucoup et les disait avec une gaucherie et une lenteur que Paul et moi nous nous plaisions à trouver orientales. Il était indolent et musard, et possédait à un haut degré cette charmante faculté de s'exagérer son bonheur et d'évanouir le souci présent dans le rêve, l'espoir ou l'ivresse. Il m'aida beaucoup à comprendre que, si le peuple arabe, artiste pourtant, a produit si peu d'œuvres d'art, c'est qu'il ne cherche point à thésauriser ses joies. Il y aurait là-dessus beaucoup à dire; mais je me suis défendu les digressions.

Athman logeait dans une troisième pièce, contiguë à la salle à manger, chambre toute petite qui s'ouvrait sur une minuscule terrasse où s'achevait l'appartement; le matin, Athman y cirait nos souliers. C'est là qu'un matin, Paul et moi nous le surprîmes : il était accroupi à la turque, revêtu de ses plus beaux habits et paré comme pour une fête; autour de lui, douze bouts de bougie, tous allumés, bien qu'il fît plein jour, alternaient avec de petits bouquets dans des godets; au cœur de cette modeste magnificence, Athman, à grands coups de brosse, cirait rythmiquement, en chantant à plein gosier je ne sais quoi qui ressemblait à un cantique.

Il était moins à la fête quand, chargé du chevalet, de la boîte à couleurs, du pliant, de l'ombrelle, il accompagnait Paul à travers l'oasis. Suant et soufflant, il se campait soudain, et avec l'air le plus convaincu s'écriait : « Ah! le beau motif! » pour essayer d'ancrer l'humeur vagabonde de son patron. C'est ce que Paul, qui s'en amusait beaucoup, me racontait au retour.

Je ne me sentais guère en état de les accompagner et les voyais partir avec un brin de mélancolie. J'en fus réduit les premiers temps, au jardin public, qui commençait à notre porte. Certes, je n'en menais pas large; cet « éventail du cœur », comme Athman appelait les poumons, rechignait au service, et je ne respirais qu'à grands efforts. Dès notre arrivée à Biskra, Paul avait été chercher le docteur D. qui apporta son thermocautère et commença de s'en servir aussitôt; puis revint de deux en deux jours. A ce régime de pointes de feu, qu'on arrosait de térébenthine, alternativement sur la poitrine et sur le dos, la congestion, au bout d'un demi-mois consentit à se localiser; puis passa brusquement du poumon droit au poumon gauche, ce qui plongea le docteur D. dans la stupeur. De ma température, il n'était pas question; et pourtant, des symptômes dont il me souvient, il ressort pour moi que chaque soir et chaque matin j'étais pris d'un accès de fièvre. J'avais fait venir d'Alger un assez bon piano, mais m'essoufflais à remonter la moindre gamme. Incapable de travail, et de toute attention prolongée, je traînais misérablement le long du jour, ne trouvant distraction ou joie qu'à contempler les jeux des enfants sur nos terrasses ou dans le jardin public, si le temps me permettait d'y descendre; car nous étions dans la saison des pluies. Et je n'étais épris d'aucun d'entre eux, mais bien, indistinctement, de leur jeunesse. Le spectacle de leur santé me soutenait et je ne souhaitais pas d'autre société que la leur. Peut-être le muet conseil de leurs gestes naïfs et de leurs propos enfantins m'engageait-il à m'abandonner plus à la vie. Je sentais, à la double faveur du climat et de la maladie, mon austérité fondre et mon sourcil se défroncer. Je comprenais enfin tout ce qui se dissimulait d'orgueil dans cette résistance à ce que je cessais d'appeler tentation puisque aussi bien je cessais de m'armer contre elle. « Plus d'entêtement que de fidélité », écrivait à propos de moi Signoret; je me piquais d'être fidèle : mais l'entêtement, c'est dans le cramponnement à la décision que j'ai dite : de nous « renormaliser » Paul et moi, que désormais je le mettais. La maladie ne me faisait pas lâcher prise. Et je voudrais que l'on comprît tout ce qu'il entrait de résolution dans ce qui va suivre; et si l'on tient à ce que je suivisse ma pente, que c'était celle de mon esprit et non point celle de ma chair. Mon penchant naturel, que j'étais enfin bien forcé de reconnaître, mais auquel je ne croyais encore pouvoir donner assentiment, s'affirmait dans ma résistance; je l'enforçais à lutter contre, et, désespérant de le pouvoir vaincre, je pensais pouvoir le tourner. Par sympathie pour Paul, j'allais jusqu'à m'imaginer des désirs; c'est-à-dire que j'épousais les siens; tous deux nous nous encouragions. Une station d'hiver, comme Biskra, offrait à notre propos des facilités particulières : un troupeau de femmes y habite, qui font commerce de leur corps; si le gouvernement français les assimile aux prostituées des vulgaires maisons de débauche, et les contraint, pour les pouvoir surveiller, de s'inscrire (grâce à quoi le docteur D. pouvait nous donner sur chacune d'elles tous les renseignements souhaités), leurs allures et leurs mœurs ne sont point celles des filles en carte. Une antique tradition veut que la tribu des Oulad Naïl exporte, à peine nubiles, ses filles, qui, quelques années plus tard, reviennent au pays avec la dot qui leur permette d'acheter un époux. Celui-ci ne tient point pour déshonorant ce qui couvrirait un mari de chez nous ou de honte, ou de ridicule. Les Oulad Naïl authentiques ont une grande réputation de beauté; de sorte que se font appeler communément Oulad Naïl toutes les filles qui pratiquent là-bas ce métier; et toutes ne retournent pas au pays, de sorte qu'on en voit de tout âge; mais d'extrêmement jeunes, parfois; celles-ci, en attendant la nubilité, partagent l'habitation de quelque aînée, qui la protège et l'initie; le sacrifice de leur virginité donne lieu à des fêtes, auxquelles la moitié de la ville prend part.

Le troupeau des Oulad Naïl est parqué dans une ou deux rues, qu'on appelle là-bas les *rues Saintes*. Par antiphrase? Je ne crois pas : on voit les Oulad figurer dans maintes cérémonies mi-profanes, mi-religieuses; des marabouts très vénérés se montrent en leur compagnie; et je ne veux pas trop m'avancer, mais il ne me paraît pas que la religion musulmane les regarde d'un mauvais œil. Les rues Saintes sont également les rues des cafés; elles s'animent le soir, et tout le peuple de la vieille oasis y circule. Par groupes de deux ou trois, s'offrant aux désirs du passant, les Oulad se tiennent assises au pied de petits escaliers qui mènent à leurs chambres et donnent tout droit sur la rue; immobiles, somptueusement vêtues et parées, avec leurs colliers de pièces d'or, leur haute coiffure, elles semblent des idoles dans leur niche.

Je me souviens de m'être promené dans ces rues, quelques années plus tard, avec le docteur Bourget, de Lausanne : — Je voudrais pouvoir amener ici les jeunes gens pour leur donner l'horreur de la débauche, me dit soudain, gonflé de dégoût, l'excellent homme (tout Suisse porte en soi ses glaciers). Ah! qu'il connaissait mal le cœur humain! le mien du moins... Je ne puis mieux comparer l'exotisme qu'à la reine de Saba qui vint auprès de Salomon « pour lui proposer des énigmes ». Rien à faire à cela : il est des êtres qui s'éprennent de ce qui leur ressemble; d'autres de ce qui diffère d'eux. Je suis de ces derniers : l'étrange me sollicite, autant que me rebute le coutumier. Disons encore et plus précisément que je suis attiré par ce qui reste de soleil sur les peaux brunes; c'est pour moi que Virgile écrivait :

Quid tunc si fuscus Amyntas ?

Paul revint certain jour, très exalté : au retour d'une promenade, il avait rencontré le troupeau des Oulad qui s'en allait à la Fontaine-Chaude se baigner. L'une d'elles, qu'il me peignit comme des plus charmantes, avait su s'échapper du groupe, sur un signe qu'il avait fait; rendez-vous avait été pris. Et comme je n'étais point encore en assez bon état de santé pour aller chez elle, il avait été convenu qu'elle viendrait. Bien que ces filles ne soient point parquées et que leur habitat ne rappelle en rien le bordel, chacune doit répondre à certains règlements : passé certaine heure, il ne leur est plus loisible de sortir : il s'agit d'échapper à temps; et Paul, à demi dissimulé derrière un arbre du jardin public, attendait Mériem au retour du bain. Il devait me la ramener. Nous avions orné la pièce, dressé la table et préparé le repas que nous pensions prendre avec elle et qu'Athman, à qui nous avions donné congé, ne devait pas nous servir. Mais l'heure était passée depuis longtemps; j'attendais dans un état d'angoisse indicible; Paul revint seul.

Il y eut un retombement d'autant plus atroce qu'aucun désir réel ne gonflait ma résolution. J'étais déçu comme Caïn lorsqu'il vit repoussée vers le sol la fumée de son sacrifice : l'holocauste n'était pas agréé. Il nous sembla tout aussitôt que jamais plus nous ne retrouverions occasion si belle; il me sembla que jamais plus je ne serais si bien préparé. Le couvercle trop lourd, qu'un instant avait entrebâillé l'espoir, se refermait; et sans doute il en irait toujours de même : j'étais forclos. Devant la délivrance la plus exquise, sans cesse je verrai se reformer l'affreux mur de la coutume et de l'inertie... Il faut en prendre son parti, me redisais-je, et le mieux assurément est d'en rire; aussi bien mettions-nous une certaine fierté à rebondir sous les rebuffades du sort; notre humeur y était habile, et le repas, commencé lugubrement, s'acheva sur des plaisanteries.

Soudain, le bruit comme d'une aile contre la vitre. La porte du dehors s'entrouvre...

De tout ce soir, l'instant dont j'ai gardé le plus frémissant souvenir : je revois sur le bord de la nuit Mériem encore hésitante; elle reconnaît Paul, sourit, mais avant que d'entrer, recule et, penchée en arrière sur la rampe de la terrasse, agite dans la nuit son haïk. C'était le signal convenu pour congédier la servante qui l'avait accompagnée jusqu'au pied de notre escalier.

Mériem savait un peu le français; assez pour nous expliquer pourquoi d'abord elle n'avait pu rejoindre Paul, et comment Athman, sitôt ensuite, lui avait indiqué notre demeure. Un double haïk l'enveloppait, qu'elle laissa tomber devant la porte. Je ne me souviens pas de sa robe, qu'elle dépouilla bientôt, mais elle garda les bracelets de ses poignets et de ses chevilles. Je ne me souviens pas non plus si Paul ne l'emmena pas d'abord dans sa chambre qui formait pavillon à l'autre extrémité de la terrasse; oui, je crois qu'elle ne vint me retrouver qu'à l'aube; mais je me souviens des regards baissés d'Athman, au matin, en passant devant le lit du cardinal, et de son « Bonjour Mériem », si amusé, si pudibond, si comique.

Mériem était de peau ambrée, de chair ferme, de formes pleines mais presque enfantines encore, car elle avait à peine un peu plus de seize ans. Je ne la puis comparer qu'à quelque bacchante, celle du vase de Gaète — à cause aussi de ses bracelets qui tintaient comme des crotales, et que sans cesse elle agitait. Je me souvenais de l'avoir vue danser dans un des cafés de la rue Sainte, où Paul, un soir, m'avait entraîné. Là dansait aussi En Barka, sa cousine. Elles dansaient à la manière antique des Oulad, la tête droite et le torse immobile, les mains agiles, et le corps tout entier secoué du battement rythmique des pieds nus. Combien j'aimais cette « musique mahométane », au flux égal, incessante, obstinée; elle me grisait, me stupéfiait aussitôt, comme une vapeur narcotique, engourdissait voluptueusement ma pensée. Sur une estrade, aux côtés du joueur de clarinette, un vieux nègre faisait claquer des castagnettes de métal, et le petit Mohammed, éperdu de lyrisme et de joie, tempêtait sur son tambour de basque. Qu'il était beau! à demi nu sous ses guenilles, noir et svelte comme un démon, la bouche ouverte, le regard fou... Paul s'était penché vers moi ce soir-là (s'en souvient-il?) et m'avait dit tout bas :

— Si tu crois qu'il ne m'excite pas plus que Mériem?

Il m'avait dit cela par boutade, sans songer à mal, lui qui n'était attiré que par les femmes; mais était-ce à moi qu'il était besoin de le dire? Je ne répondis rien; mais cet aveu m'avait habité depuis lors; je l'avais aussitôt fait mien; ou plutôt, il était déjà mien, dès avant que Paul eût parlé; et si, dans cette nuit auprès de Mériem, je fus vaillant, c'est que, fermant les yeux, j'imaginais serrer dans mes bras Mohammed.

Je ressentis, après cette nuit, un calme, un bien-être extraordinaire; et je ne parle pas seulement de ce repos qui peut suivre la volupté; il est certain que Mériem m'avait, d'emblée, fait plus de bien que tous les révulsifs du docteur. Je n'oserais guère recommander ce traitement; mais il entrait dans mon cas tant de nervosité cachée qu'il n'est pas étonnant que, par cette profonde diversion, mes poumons se décongestionnassent, et qu'un certain équilibre fût rétabli.

Mériem revint; elle revint pour Paul; elle devait revenir pour moi, et déjà rendez-vous était pris, quand, tout à coup, nous reçûmes une dépêche de ma mère, nous annonçant son arrivée. Quelques jours avant la première visite de Mériem, un crachement de sang, auquel je n'attachai pas grande importance, avait beaucoup alarmé Paul. Ses parents, avertis par lui, avaient cru devoir avertir ma mère; et sans doute aussi souhaitaient-ils de voir ma mère le remplacer auprès de moi, estimant que le temps d'un boursier de voyage pouvait être mieux employé qu'à ce rôle de garde-malade. Toujours est-il que ma mère arrivait.

Certainement j'étais heureux de la revoir, et de lui montrer ce pays; n'empêche que nous étions consternés : notre vie commune commençait de si bien s'arranger; cette rééducation de nos instincts, à peine entreprise, allait-il falloir l'interrompre? Je protestai qu'il n'en serait rien, que la présence de ma mère ne devrait rien changer à nos us, et que, pour commencer, nous ne décommanderions pas Mériem.

Quand, par la suite, je racontai notre oaristys à Albert, je fus naïvement surpris de le voir, lui que je croyais d'esprit très libre, s'indigner d'un partage qui nous paraissait, à Paul et à moi, naturel. Même, notre amitié s'y complaisait, s'y fortifiait comme d'une couture nouvelle. Et nous n'étions non plus jaloux de tous les inconnus auxquels Mériem accordait ou vendait ses faveurs. C'est que nous considérions tous deux alors l'acte charnel cyniquement, et qu'aucun sentiment, ici du moins, ne s'y mêlait. Tout au contraire de nous, Albert, non tant en moraliste qu'en romantique et de cette génération qui se reconnaissait en Rolla, ne consentait à considérer la volupté que comme une récompense de l'amour, et tenait le simple plaisir en mépris. Pour moi j'ai dit déjà combien l'événement à la fois et la pente de ma nature m'invitaient à dissocier l'amour du désir — au point que presque m'offusquait l'idée de pouvoir mêler l'un à l'autre. Au demeurant je ne cherche pas à faire prévaloir mon éthique : ce n'est pas ma défense, c'est mon histoire que j'écris.

Ma mère arriva donc un soir, en compagnie de notre vieille Marie, qui n'avait jamais fait si long voyage. Les chambres qu'elles devaient occuper, les seules libres de l'hôtel, de l'autre côté de la cour ouvraient en plein sur nos terrasses. Si je me souviens bien, c'est ce même soir que devait nous rejoindre Mériem ; elle arriva sitôt après que ma mère et Marie se furent retirées dans leurs chambres ; et tout se passa d'abord sans impair. Mais au petit matin...

Un reste de pudeur, ou plutôt de respect pour les sentiments de ma mère, m'avait fait condamner ma porte. C'est chez Paul que Mériem avait été directement. Le petit pavillon qu'il occupait était ainsi placé qu'il fallait, pour le gagner, traverser d'un bout à l'autre la terrasse. Au petit matin, lorsque Mériem, en passant, vint frapper à la fenêtre de ma chambre, je me levai en hâte pour lui faire un signe d'adieu. Elle s'éloignait à pas furtifs, se fondait dans le ciel rougissant, comme un spectre que le chant du coq va dissoudre; mais juste à ce moment, c'est-à-dire avant qu'elle eût disparu, je vis les volets de la chambre de ma mère s'ouvrir, et ma mère à sa fenêtre se pencher. Son regard un instant suivit la fuite de Mériem; puis la fenêtre se referma. La catastrophe avait eu lieu.

Il était clair que cette femme venait de chez Paul. Il était certain que ma mère l'avait vue, qu'elle avait compris... Que me restait-il à faire, que d'attendre? J'attendis.

Ma mère prit son petit déjeuner dans sa chambre. Paul sortit. Alors ma mère vint, s'assit près de moi. Je ne me souviens pas exactement de ses paroles. Je me souviens que j'eus la cruauté de lui dire, avec un grand effort, et tout à la fois parce que je ne voulais pas que son blâme retombât sur Paul seul, et parce que je prétendais protéger l'avenir :

— D'ailleurs, tu sais : elle ne vient pas que pour lui. Elle doit revenir.

Je me souviens de ses larmes. Je crois même qu'elle ne me dit rien, qu'elle ne trouva rien à me dire et ne put que pleurer; mais ces larmes attendrissaient et désolaient mon cœur plus que n'eussent pu faire des reproches. Elle pleura, pleura, je sentais en elle une tristesse inconsolable, infinie. De sorte que si j'eus le front de lui annoncer le retour de Mériem, de lui faire part de ma résolution, je n'eus pas le courage, ensuite, de me tenir parole à moi-même, et la seule autre expérience que je tentai à Biskra, ce fut loin de l'hôtel, avec En Barka, dans la chambre de celle-ci. Paul était avec moi, et, pour lui comme pour moi, cette nouvelle tentative échoua misérablement. En Barka était beaucoup trop belle (et, je dois ajouter : sensiblement plus âgée que Mériem) ; sa beauté même me glaçait ; je ressentais pour elle une sorte d'admiration, mais pas le moindre soupçon de désir. J'arrivais à elle comme un adorateur sans offrande. A l'inverse de Pygmalion, il me semblait que dans mes bras la femme devenait statue ; ou bien plutôt c'est moi qui me sentais de marbre. Caresses, provocations, rien n'y fit ; je restai muet, et la quittai n'ayant pu lui donner que de l'argent.

Cependant le printemps touchait l'oasis. Une indistincte joie commença de palpiter sous les palmes. J'allais mieux. Certain matin, je risquai une promenade beaucoup plus longue ; ce pays monotone était pour moi d'inépuisable attrait : ainsi que lui, je me sentais revivre ; et même il me semblait que pour la première fois je vivais, sorti de la vallée de l'ombre de la mort, que je naissais à la vraie vie. Oui, j'entrais dans une existence nouvelle, toute d'accueil et d'abandon. Une légère brume azurée distançait les plans les plus proches, dépondérait, immatérialisait chaque objet. Moi-même, échappé de tout poids, j'avançais à pas lents, comme Renaud dans le jardin d'Armide, frissonnant tout entier d'un étonnement, d'un éblouissement indicibles. J'entendais, je voyais, je respirais, comme je n'avais jamais fait jusqu'alors ; et tandis que sons, parfums, couleurs, profusément en moi s'épousaient, je sentais mon cœur désœuvré, sanglotant de reconnaissance, fondre en adoration pour un Apollon inconnu.

— Prends-moi ! Prends-moi tout entier, m'écriais-je. Je t'appartiens. Je t'obéis. Je m'abandonne. Fais que tout en moi soit lumière ; oui ! lumière et légèreté. En vain je luttai contre toi jusqu'à ce jour. Mais je te reconnais à présent. Que tes volontés s'accomplissent : je ne résiste plus ; je me résigne à toi. Prends-moi.

Ainsi j'entrai, le visage inondé de larmes, dans un univers ravissant plein de rire et d'étrangeté.

Notre séjour à Biskra touchait à sa fin. Ma mère, venue pour délivrer Paul, proposa bien de le remplacer près de moi, dont l'état de santé nécessitait encore beaucoup de soins, de sorte que lui pût poursuivre insoucieusement son voyage ; mais il protesta qu'il n'avait pas l'intention de me quitter, me donnant ainsi de son amitié une preuve nouvelle, sans que pourtant je lui eusse avoué que son départ m'eût désolé. Ce fut donc ma mère qui repartit avec Marie pour rentrer directement en France, tandis que Paul et moi nous nous embarquâmes de Tunis pour la Sicile et l'Italie [1].

Nous ne fîmes que traverser Syracuse ; de la Cyané, de l'allée des tombeaux, des latomies je ne vis rien, j'étais trop fatigué pour rien regarder, pour rien voir ; et ce n'est que quelques années plus tard que je pus tremper mes mains dans les eaux de la source Aréthuse. Au surplus nous étions pressés de gagner Rome et Florence ; et si nous nous attardâmes à

1. Plus exactement, nous quittâmes Tunis avec l'intention de gagner Tripoli, par manière de compensation pour tout ce à quoi mon mauvais état de santé nous avait forcés de renoncer. Mais ce dernier projet alla rejoindre les autres. La traversée fut si mauvaise que le cœur nous manqua, et de Malte, nous gagnâmes Syracuse au plus tôt.

Messine quelques jours, ce fut seulement pour reprendre souffle, car ce premier trajet m'avait rompu. Dieux! que cette question de santé nous était fâcheuse! Elle empêchait nos plus beaux mouvements; toujours il fallait compter avec elle; bien plus gênante assurément que la question d'argent; heureusement de ce côté nous étions bons; ma mère, pour plus de soins, m'avait ouvert de nouveaux crédits. Souffrant incessamment du froid, du chaud, de l'inconfort, j'entraînais Paul dans les meilleurs hôtels. Les bizarreries de l'auberge, les aventures, les rencontres, si plaisantes en Italie et qui sont devenues pour moi le plus attrayant du voyage, je ne devais les connaître que plus tard; mais du moins, que nos dîners en tête à tête se prêtaient bien à nos intarissables causeries! Nous y pesions toutes nos idées; nous les passions au laminoir, au crible; nous les contemplions dans l'esprit de l'autre se refléter, se développer, se parfaire; nous éprouvions la flexibilité de l'extrémité de leurs branches. Je ne crois pas, si ces conversations je pouvais aujourd'hui les réentendre, qu'elles me paraîtraient moins belles qu'elles me paraissaient alors; en tout cas je sais bien que, depuis, je n'ai jamais retrouvé pareil amusement à causer.

Des environs de Naples, je ne pus rien voir; l'insupportable raison de santé mettait obstacle à tout, et même aux courses en voiture. De nouveau je traînais misérablement comme aux plus mauvais jours de Biskra, suant au soleil, grelottant dans l'ombre et ne pouvant un peu marcher qu'en terrain absolument plat. Dans ces conditions, on juge ce que Rome aux sept collines put me plaire! De la Ville Éternelle, à ce premier séjour, je ne connus guère que le Pincio; dans son jardin public, je passais, assis sur un banc, les meilleures heures du jour; encore y arrivais-je hors d'haleine, épuisé bien que fût toute voisine la Via Gregoriana où j'avais pu trouver à louer une chambre. Elle était au rez-de-chaussée, du côté gauche de la rue quand on s'en revient du Pincio. Bien que cette pièce fût vaste, Paul, pour plus de liberté, s'était installé, à l'extrémité de la même rue, dans une autre chambre, qui donnait sur une petite terrasse où il espérait pouvoir travailler. Mais c'est dans ma chambre qu'il recevait celle que nous appelions « la dame », une putain de style, qu'un des élèves de la villa Médicis nous avait présentée. Je crois bien que j'essayai d'en tâter moi-même, mais je n'ai gardé souvenir que du dégoût qu'elle me causait avec la distinction de son allure, son élégance et son afféterie. Je commençais à comprendre que je n'avais supporté Mériem que grâce à son cynisme et à sa sauvagerie; avec elle du moins on savait à quoi s'en tenir; dans ses propos, dans ses manières, rien ne singeait l'amour; avec l'autre je profanais ce que j'avais de plus sacré dans le cœur.

A Florence, je n'étais guère en état de visiter beaucoup les musées ni les églises; du reste je n'étais pas mûr pour profiter beaucoup du conseil des vieux maîtres, non plus que je n'avais su écouter celui de Raphaël à Rome. Leur œuvre me paraissait appartenir au passé; or rien ne me point, que l'urgence, et ce n'est que quelques années plus tard, plus attentif et mieux instruit, que je me mis à leur école et sus réactualiser leur présence. Il ne me paraît pas non plus que Paul ait apporté à leur étude une attention et une sympathie suffisantes; le temps qu'il passait aux *Offices*, c'était devant le portrait du chevalier de Malte, par Giorgione, dont assurément il fit une copie excellente, mais qui ne l'enrichit point que de quelques habiletés de plus.

C'est à Florence que nous nous séparâmes, pour ne plus nous retrouver qu'à Cuverville, vers la fin de l'été. De Florence je gagnai directement Genève, où j'allai consulter le docteur Andreæ, nouveau Tronchin, grand ami des Charles Gide, homme excellent, et non seulement des plus habiles, mais aussi des plus sages, et à qui je dois mon salut. Il eut vite fait de me persuader que mes nerfs seuls étaient malades, et qu'une cure d'hydrothérapie à Champel, d'abord, puis un hiver dans la montagne, me feraient plus de bien que les précautions et les médicaments.

A Champel vint me retrouver Pierre Louis. Il se rendait à Bayreuth, où il avait retenu des places pour les spectacles de la saison; mais il supportait mal de demeurer si longtemps sans me revoir, et, de plus, voulait avoir le frais récit de mon voyage. Une autre raison l'invitait à ce détour : l'espoir de semer en chemin Ferdinand Hérold, qui s'était fait son compagnon et ne le quittait plus d'une semelle, ayant lui aussi retenu des places à Bayreuth aussitôt qu'il avait appris que son ami Pierre y allait. Je les vis s'amener tous deux à l'hôtel des Bains, où j'achevais ma cure. J'eus plaisir à raconter à Louis nos aventures et je n'eus pas plus tôt commencé à lui parler de Mériem, qu'en lui se forma le projet de partir pour la retrouver, laissant Hérold aller seul à Bayreuth. Mais celui-ci ne l'entendait pas ainsi, et sitôt que son ami lui eut fait part de son nouveau projet :

— Je pars avec vous, s'écria Hérold.

Pierre Louis pouvait avoir bien des défauts de caractère : il était capricieux, quinteux, fantasque, autoritaire; il cherchait sans cesse à incliner autrui vers ses goûts à lui, et prétendait forcer l'ami à marcher dans sa dépendance; mais il avait des générosités exquises et je ne sais quelle fougue, quels élans qui rachetaient d'un coup tout le détail. Il se persuada qu'il devait à notre amitié de faire de Mériem sa maîtresse. Il partit donc, au milieu de juillet, avec Hérold, emportant un foulard de soie que m'avait donné Mériem et que je lui remis comme un gage, qui devait lui servir à la retrouver et à s'introduire auprès d'elle. Il emportait aussi un orgue de Barbarie, qu'il comptait offrir à Athman, et que celui-ci revendit pour quelques francs, préférant sa flûte.

J'appris, peu de temps après, que Hérold et Louis avaient fait bon voyage, qu'ils étaient restés à Biskra juste le temps d'attraper la fièvre (car il y faisait une infernale chaleur) et d'enlever Mériem, avec laquelle ils s'installèrent aux portes de Constantine. C'est là que Pierre Louis acheva d'écrire ses exquises *Chansons de Bilitis*, qu'il me dédia en souvenir de Mériem ben Atala; et c'est là ce que signifient les trois lettres mystérieuses qui font suite à mon nom, en première page de volume [1]. Si Mériem n'est pas exactement Bilitis, puisque nombre de ces poèmes étaient écrits (s'il m'en souvient bien) avant le départ de Louis pour l'Algérie, néanmoins elle circule à travers le livre, et soudain je la reconnais.

Dois-je rapporter une gaminerie à laquelle Louis et moi, avec le concours de Mériem, nous nous amusâmes? — Lorsque Louis m'écrivit, un jour :

« Mériem demande ce qu'elle pourrait bien t'envoyer? »

Je répondis sans hésiter :

1. Cette dédicace ne figure que dans la première édition.

« La barbe de Hérold. »

Il faut dire (ou rappeler, car je l'ai déjà dit) que cette barbe constituait la partie la plus imposante, sinon la plus importante, de sa personne : on n'osait imaginer Hérold sans barbe, non plus que sans son auréole un martyr; et j'avais demandé la barbe de Hérold par plaisanterie, comme un autre aurait demandé la lune. Mais l'étonnant c'est que cette barbe, un beau matin, je la reçus; oui, par la poste; Louis m'avait pris au mot; Mériem, pendant un complaisant sommeil de Hérold, l'avait coupée, et Pierre Louis me l'expédiait sous enveloppe, avec, en guise d'envoi, ces deux vers, pastichés de ceux de *La Colombe* de Bouilhet [2] :

Les grands Parnassiens étaient si désirables
Que les Oulad Naïl coupaient leur barbe d'or.

C'est à Champel que je donnai lecture à mes deux parnassiens de la *Ronde de la Grenade* que j'avais écrite entre-temps, je ne sais plus trop où. J'écrivais cela sans aucune idée préconçue, sans autre prétention qu'une plus souple obéissance au rythme intérieur. Déjà j'avais l'idée des *Nourritures ;* mais c'était un livre qu'il fallait laisser s'écrire tout seul; et tout ce que je pus leur en dire ne me valut pas grand encouragement de leur part. L'idéal du Parnasse n'était pas le mien, et Louis, non plus que Hérold, n'avait de sens que pour l'idéal du Parnasse. Lorsque, deux ans plus tard, parurent mes *Nourritures*, elles

2. Voici les vers de Bouilhet :

Les grands Olympiens étaient si misérables
Que les petits enfants tiraient leur barbe d'or.

rencontrèrent une incompréhension presque totale. Ce n'est qu'une vingtaine d'années plus tard que l'attention s'éveilla.

Depuis ma résurrection, un ardent désir s'était emparé de moi, un forcené désir de vivre. Non seulement les douches de Champel m'y aidèrent, mais les excellents conseils d'Andreæ :

— Chaque fois, me disait-il, que vous voyez une eau où pouvoir vous plonger, n'hésitez pas.

Ainsi fis-je. O torrents écumeux! cascades, lacs glacés, ruisseaux ombragés, sources limpides, transparents palais de la mer, votre fraîcheur m'attire; puis, sur le sable blond, le doux repos près du repliement de la vague. Car ce n'était pas seulement le bain, que j'aimais, mais la mythologique attente, ensuite, de l'enveloppement nu du dieu; en mon corps pénétré de rayons, il me semblait goûter je ne sais quel bienfait chimique; j'oubliais, avec mes vêtements, tourments, contraintes, sollicitudes, et, tandis que se volatilisait tout vouloir, je laissais les sensations, en moi poreux comme une ruche, secrètement distiller ce miel qui coula dans mes *Nourritures*.

Je rapportais, à mon retour en France, un secret de ressuscité, et connus tout d'abord cette sorte d'angoisse abominable que dut goûter Lazare échappé du tombeau. Plus rien de ce qui m'occupait d'abord ne me paraissait encore important. Comment avais-je pu respirer jusqu'alors dans cette atmosphère étouffée des salons et des cénacles, où l'agitation de chacun remuait un parfum de mort? Et sans doute aussi mon amour-propre souffrait-il de voir que le cours ordinaire des choses avait tenu si peu de compte de mon absence et que maintenant chacun s'affairait comme si je n'étais pas de retour. Mon secret tenait en mon cœur tant de place que je m'étonnais de n'en pas tenir, moi, une plus importante dans ce monde. Tout au plus pouvais-je pardonner aux autres de ne pas reconnaître que j'étais changé; du moins, près deux, moi, je ne me sentais plus le même; j'avais à dire des choses nouvelles, et je ne pouvais plus leur parler. J'eusse voulu les persuader et leur délivrer mon message, mais aucun d'eux ne se penchait pour m'écouter. Ils continuaient de vivre; ils passaient outre, et ce dont ils se contentaient me paraissait si misérable, que j'eusse crié de désespoir de ne les en persuader point.

Un tel état d'*estrangement* (dont je souffrais surtout auprès des miens) m'eût fort bien conduit au suicide, n'était l'échappement que je trouvai à le décrire ironiquement dans *Paludes*. Il me paraît curieux, aujourd'hui, que ce livre ne soit pourtant point né du besoin de projeter hors de moi cette angoisse, dont toutefois il s'alimenta par la suite; mais il est de fait que je le portais en moi dès avant mon retour. Un certain sens du saugrenu, qui déjà s'était fait jour dans la seconde partie de mon *Voyage d'Urien*, me dicta les premières phrases, et le livre, comme malgré moi, se forma tout entier autour de celles-ci, que j'écrivis au cours d'une promenade dans un jardin public de Milan, où je m'arrêtai avant mon séjour à Champel:

Chemin bordé d'aristoloches, et :

— Pourquoi par un temps toujours incertain n'avoir emporté qu'une ombrelle ?

— C'est en en-tout-cas, me dit-elle...

On comprend de reste qu'avec la disposition d'esprit que j'ai dite, je ne songeasse qu'à repartir. Mais il n'était pas encore temps de prendre mes quartiers d'hiver dans le petit village du Jura que le docteur Andreæ m'avait indiqué. (Je suivais ses prescriptions à la lettre, et m'en trouvais fort bien.) C'est à Neuchâtel que je m'installai donc en attendant.

Je trouvai à louer, sur une petite place près du lac, une chambre au second étage d'une « maison de tempérance ». La salle à manger, au premier étage, recevait, vers midi, quantité de vieilles demoiselles frugales ou peu fortunées, qui prenaient leur maigre repas en face d'une énorme pancarte où l'on pouvait lire ce verset de l'Écriture sainte, bien choisi pour exalter et sublimer, si j'ose dire, les déceptions de mon appétit :

L'ÉTERNEL EST MON BERGER : JE N'AURAI POINT DE DISETTE.

Et plus bas, sur une pancarte plus petite :

LIMONADE AUX FRAMBOISES

Cela voulait dire qu'il fallait s'attendre à faire ici maigre chère. Mais quelles privations n'eussé-je pas endurées pour l'amour de la vue que j'avais de mes fenêtres ! Depuis ce temps, un grand hôtel est venu dresser sa masse indiscrète, tout au bord du lac, à l'endroit même où mes regards aimaient à s'attarder — où la glauque plaine du lac apparaissait çà et là, par surprise, à travers le feuillage épais de vieux tilleuls ou de vieux ormes que dorait l'automne.

J'avais laissé depuis des mois ma pensée se dénouer et se dissoudre; je m'en ressaisissais enfin, jouissais de la sentir active et j'aimais ce calme pays qui l'aidait à se recueillir. Rien de moins sublime, de moins suisse, rien de plus tempéré, de plus humain que les bords modestes de ce lac où le souvenir de Rousseau rôde encore. Nul pic altier alentour n'humilie ou ne disproportionne l'effort de l'homme, ni ne distrait le regard du charme intime des premiers plans. De vieux arbres penchent vers l'eau leurs branches basses, où parfois la rive incertaine hésite parmi les roseaux et les joncs.

Je passai à Neuchâtel un des plus heureux temps dont il me souvienne. J'avais repris espoir en la vie; elle m'apparaissait à présent étrangement plus riche et plus pleine que ne me l'avait d'abord figurée la pusillanimité de mon enfance. Je la sentais m'attendre, et je comptais sur elle, et ne me hâtais point. Cet inquiet démon ne me tourmentait pas encore, fait de curiosité, de désir, qui, depuis... Dans les allées tranquilles du jardin, le long des quais du lac, sur les routes et, quittant la ville, au bord des bois chargés d'automne, j'errais, comme sans doute je ferais aujourd'hui, mais tranquille. Je ne poursuivais rien que ma pensée ne pût saisir. J'avais fait de la *Théodicée* de Leibniz mon étude, et je la lisais en marchant; j'y trouvais un extrême plaisir, que je ne retrouverais sans doute plus aujourd'hui; mais la difficulté même de suivre et d'épouser une pensée si différente de la mienne, mais l'effort même auquel celle-ci m'invitait, me laissait voluptueusement pressentir le progrès dont serait capable la mienne dès que je l'abandonnerais à son cours. En rentrant, je retrouvais sur ma table l'énorme manuel de zoologie de Claus que je venais d'acheter et qui soulevait devant mon émerveillement le mystérieux rideau d'un monde plus riche encore et moins ombreux que celui de la pensée.

Sur les conseils d'Andreæ, c'est à La Brévine que je passai l'hiver. La Brévine est un petit village, près de la frontière, sur le sommet le plus glacé du Jura. Le thermomètre s'y maintient durant des semaines au-dessous de 0 et, certaines nuits, baisse jusqu'à 30. Pourtant, moi si frileux, je ne souffris pas du froid un seul jour. J'avais pu m'installer, non loin d'une auberge où j'allais prendre mes repas, dans une sorte de ferme, à l'extrémité du village, près d'un abreuvoir, où le matin j'entendais conduire les vaches. Un escalier particulier menait à trois pièces; j'avais fait mon cabinet de travail de la plus vaste, où une sorte de lutrin (j'écrivais volontiers debout) faisait face à un piano venu de Neuchâtel; un même poêle, enfoncé dans le mur, la chauffait à la fois et ma chambre; je dormais les pieds contre le poêle, enveloppé de laine jusqu'au cou et la tête encapuchonnée, car je gardais ma fenêtre grande ouverte. Une plantureuse Suissesse venait faire mon ménage. Elle avait nom Augusta. Elle me parlait beaucoup de son fiancé; mais un matin, tandis qu'elle me faisait admirer la photographie de celui-ci, je m'amusai inconsidérément à lui chatouiller le col avec ma plume, et me vis fort embarrassé lorsque tout aussitôt elle s'écroula dans mes bras. Avec un grand effort je la trimbalai sur un divan; puis, comme elle se cramponnait à moi et que j'avais culbuté sur son sein entre ses jambes ouvertes, écœuré je m'écriai soudain : « J'entends des voix! » et, feignant l'épouvante, je m'échappai de ses bras comme un Joseph, et courus me laver les mains.

Je restai à La Brévine près de trois mois, sans frayer avec personne; non point que mon humeur me cloîtrât, mais j'éprouvai que les habitants de ce pays sont les moins accueillants du monde. La visite que, muni de lettres de recommandation du docteur Andreæ, je fis au pasteur et au médecin du village, n'amena de leur part pas le moindre encouragement à retourner les voir, et encore moins à les accompagner, comme d'abord j'avais espéré, dans leurs tournées de pauvres et de malades. Il faut avoir vécu dans ce pays pour bien comprendre cette partie des *Confessions* de Rousseau et celles de ses *Rêveries* qui se rapportent à son séjour à Val-Travers. Mauvais vouloir, méchants propos, regards haineux, moqueries, non il n'inventa rien; j'ai connu tout cela, et même les cailloux jetés contre l'étranger par les enfants ameutés du village. Et qu'on juge si son accoutrement d'Arménien donnait prise à la xénophobie. Où commençait l'erreur, la folie, c'était de voir, dans cette hostilité, complot.

Chaque jour, malgré la hideur du pays, je m'imposais d'énormes promenades. Suis-je injuste en disant : hideur? Peut-être; mais j'avais pris la Suisse en horreur; non point celle des hauts plateaux peut-être, mais cette zone forestière où les sapins semblaient introduire dans la nature entière une sorte de morosité et de rigidité calviniste. Au vrai je regrettais Biskra; la nostalgie de ce grand pays sans profil, du peuple en burnous blancs, nous avait pousuivis à travers l'Italie, Paul et moi; le souvenir des chants, des danses, des parfums, et, avec les enfants de là-bas, de ce commerce charmant où déjà tant de volupté se glissait captieusement sous l'idylle. Ici, rien ne me distrayait du travail et, malgré l'exaspération que me causait la Suisse, je sus m'y cramponner aussi longtemps qu'il fallut pour terminer *Paludes*; avec l'idée fixe de regagner l'Algérie sitôt après.

II

Ce n'est qu'en janvier que je m'embarquai, après un court séjour à Montpellier chez les Charles Gide. Mon intention était de me fixer à Alger que je ne connaissais pas encore. Je m'exaltais à l'idée d'y trouver déjà le printemps; mais le ciel était sombre; il pleuvait; un vent glacé rabattait des sommets de l'Atlas ou du fond du désert la fureur et le désespoir. J'étais trahi par Jupiter. Mon retombement fut atroce. Si amusante que fût la ville, Alger n'était pas ce que j'avais cru; l'impossibilité de trouver à se loger ailleurs que dans le quartier européen me dépitait. Aujourd'hui je serais plus habile; plus résistant aussi : en ce temps l'habitude d'un excès de confort et le souvenir de ma récente maladie me rendaient extrêmement craintif et difficile. Mustapha, qui peut-être sinon m'aurait plu, n'offrait que des hôtels trop luxueux. Je pensai trouver mieux à Blidah. Je lisais alors, il me souvient, la *Doctrine de la Science*, de Fichte, sans autre plaisir que celui de mon application, et sans rien retrouver dans ce livre de ce qui m'avait séduit dans la *Méthode pour arriver à la vie bienheureuse*, et dans la *Destinée du savant et de l'homme de lettres*. Mais je répugnais à m'abandonner à moi-même et savais gré à tout ce qui exigeait de moi une certaine contention — dont je me reposais avec *Barnabé Rudge*, après avoir dévoré coup sur coup *La Petite Dorrit*, *Les Temps difficiles*, *Le Magasin d'antiquités* et *Dombey*.

Avant de m'embarquer, j'avais fait cette folie d'écrire à Emmanuèle et à ma mère pour les persuader de venir toutes deux me rejoindre. Il va sans dire que ma proposition n'eut pas de suite; mais je fus assez étonné de voir que ma mère ne la repoussait pas avec le haussement d'épaules que j'avais craint. Mon oncle était mort l'an passé après quelques jours de douloureuse agonie où Emmanuèle et moi, ensemble, l'avions veillé, et ce deuil, qui laissait mes cousines sans autre protection que celle de leurs tantes, de ma mère en particulier, avait resserré nos liens. J'ai su depuis qu'on s'inquiétait beaucoup dans ma famille de la direction que semblait prendre ma vie. L'idée de mon mariage avec Emmanuèle commençait d'être regardée d'un moins mauvais œil et comme le meilleur moyen peut-être de discipliner mon humeur; enfin on ne laissait point d'être sensible à ma constance.

« Il n'est pas dit que ce mariage soit heureux — écrivait mon oncle Charles Gide à ma mère, dans une lettre qui plus tard me fut montrée — et ce serait prendre une grande responsabilité que d'y pousser. Toutefois, s'il ne se fait pas, l'un et l'autre probablement en seront sûrement (je transcris la phrase telle quelle) malheureux, en sorte qu'il n'y a guère que le choix entre un mal certain et un mal éventuel. » Pour moi j'avais la certitude que ce mariage se ferait, et ma patience dans l'attente était faite d'une confiance absolue. Mon amour pour celle que j'avais décidé d'épouser me persuadait de ceci : qu'elle avait besoin de moi, si moi je n'avais pas besoin d'elle, de moi spécialement, pour être heureuse. Aussi bien n'était-ce pas de moi qu'elle attendait tout son bonheur? Ne m'avait-elle pas fait entendre qu'elle ne se refusait à moi que parce qu'elle croyait ne point devoir abandonner ses sœurs, ni se marier, qu'après elles. J'attendrais; mon obstination, mon assurance sauraient triompher de tout ce qui se dressait sur ma route, sur notre route. Mais, encore que je n'aie pu le tenir pour définitif, le refus de ma cousine m'avait été des plus pénibles. J'avais à me raidir; or, précisément, ma belle exaltation, trop suspendue aux sourires du ciel, tout azur absent, fléchissait.

Blidah, que je devais retrouver au printemps pleine de grâces et parfumée, m'apparut morne et sans attraits. Je rôdais à travers la ville, à la recherche d'un logement, mais ne trouvais rien à ma convenance. Je regrettais Biskra. Je n'avais goût à rien. Ma détresse était d'autant plus grande que je la promenais en des lieux où mon espoir n'avait imaginé que merveilles, l'hiver les désolait encore et me désolait avec eux. Le ciel bas pesait sur mes pensées; le vent, la pluie éteignaient toute flamme en mon cœur. Je voulais travailler, mais je me sentais sans génie; je traînais un ennui sans nom. Il se mêlait à ma révolte contre le ciel, de la révolte contre moi-même; je me prenais en mépris, en haine; j'eusse voulu me nuire et cherchais comment pousser à bout ma torpeur.

Trois jours passèrent ainsi.

Je m'apprêtais à repartir, et déjà l'omnibus avait pris ma valise et ma malle. Je me revois dans le hall de l'hôtel, attendant ma note; mes yeux tombèrent par hasard sur un tableau d'ardoise où les noms des voyageurs étaient inscrits, que, machinalement, je commençai de lire. Le mien d'abord, puis des noms d'inconnus; et tout à coup mon cœur sursauta : les deux derniers noms de la liste étaient ceux d'Oscar Wilde et de lord Alfred Douglas.

J'ai raconté déjà, par ailleurs, ce premier mouvement qui me fit aussitôt prendre l'éponge, effacer mon nom. Puis je payai ma note et partis à pied pour la gare.

Je ne sais plus trop ce qui me fit effacer ainsi mon nom. Dans mon premier récit, j'ai mis en avant la mauvaise honte. Peut-être, après tout, cédai-je simplement à mon humeur insociable. Durant les crises de dépression, que je n'ai que trop connues, pareilles à celle que je traversais alors, je prends honte de moi, me désavoue, me renie, et, comme un chien blessé, longe les murs et vais me cachant. Mais, sur le chemin de la gare, tout en marchant, je réfléchis que peut-être Wilde avait déjà lu mon nom, que ce que je faisais était lâche, que... bref, je fis recharger malle et valise et je revins.

J'avais beaucoup fréquenté Wilde, à Paris; je l'avais rencontré à Florence; j'ai raconté déjà tout cela longuement; également ce qui va suivre, mais sans le détail que j'y veux apporter ici [1]. Le livre

1. *I am delighted that you have reprinted your brillant Souvenirs of Oscar Wilde*, m'écrivait, le 21 mars 1910, son exécuteur testamentaire et fidèle ami Robert Ross. *I have told many friends, since your study appeared first in « l'Ermitage », that it was not only the best account of Oscar Wilde at the different stages of his career, but the only true and accurate impression of him that I have ever read; so I can only repeat to you what I have said so often to others.*

Some day, perhaps, I shall publish letters of Oscar Wilde to myself which will confirm everything you have said — if there can be any doubt as to the truth of what you so vividly describe.

This may one day become necessary in order to refute the lies of infâme de lord Alfred Douglas, *Oscar Wilde et moi*, travestit trop effrontément la vérité pour que je me fasse scrupule aujourd'hui de la dire, et puisque mon destin a voulu que ma route en ce point croisât la sienne, je tiens de mon devoir d'apporter ici ma déposition de témoin.

Wilde avait observé jusqu'à ce jour vis-à-vis de moi une parfaite réserve. Je ne connaissais rien de ses mœurs que par ouï-dire; mais dans les milieux littéraires que nous fréquentions l'un et l'autre à Paris, on commençait de jaser beaucoup. A dire vrai, l'on ne prenait pas Wilde bien au sérieux, et ce qui commençait à percer de son être réel, semblait une affectation de plus : on se scandalisait un peu, mais surtout on le prenait à la blague, on se gaussait. J'admire le mal qu'ont les Français, je parle du grand nombre d'entre eux, d'accepter pour sincères des sentiments qu'eux-mêmes ne ressentent point. Pierre Louis cependant avait été passer à Londres quelques jours de l'été précédent. Je l'avais vu dès mon retour; bien que ses goûts fussent autres, il était un peu chaviré :

Alfred Douglas. You no doubt heard reported in a recent libel action that he swore in the witness-box that he was unaware of Oscar Wilde's guilt, and that he was the « only decent friend who remained with Oscar Wilde ». You know perfectly well that Alfred Douglas was the cause of Oscar Wilde's ruin both before and after the imprisonment. I would like to have pretended this was not the case, out of old friendship and regard for Douglas : and the fact that I had quarelled with him personnaly would not have affected my determination to let the world think he was really the noble friend he always posed as being. But since he has taken on himself, in his new character of social and moral reformer to talk about Oscar Wilde's « sins » (in most of which he participated) and has betrayed all his friends, there is no longer any reason for me to be silent...

ROBERT ROSS.

— Ce n'est pas du tout ce qu'on croit ici, me disait-il. Ces jeunes gens sont des plus charmants. (Il parlait des amis de Wilde et de ceux de son entourage, dont la compagnie allait bientôt devenir si suspecte.) Tu ne t'imagines pas l'élégance de leurs manières. Ainsi tiens! pour t'en donner une idée : le premier jour où je fus introduit près d'eux, X. à qui je venais d'être présenté, m'a offert une cigarette; mais, au lieu de me l'offrir simplement comme nous aurions fait, il a commencé par l'allumer lui-même et ne me l'a tendue qu'après en avoir tiré une première bouffée. N'est-ce pas exquis? Et tout est comme cela. Ils savent tout envelopper de poésie. Ils m'ont raconté que quelques jours auparavant, ils avaient décidé un mariage, un vrai mariage entre deux d'entre eux, avec échange d'anneaux. Non, je te dis, nous ne pouvons imaginer cela; nous n'avons aucune idée de ce que c'est.

N'empêche que, quelque temps ensuite, comme la réputation de Wilde s'ennuageait, il annonça son désir d'en avoir le cœur net, partit pour Baden, je crois, où Wilde faisait une cure, sous prétexte de demander à Wilde des explications, mais avec le désir de rompre; et ne revint qu'ayant rompu.

Il m'avait raconté l'entrevue :

— Vous pensiez que j'avais des amis, lui aurait dit Wilde. Je n'ai que des amants. Adieu.

Décidément, je crois qu'il entrait de la vergogne dans le sentiment qui m'avait fait effacer mon nom de l'ardoise. La fréquentation de Wilde était devenue compromettante et je n'étais pas fier quand je l'affrontai de nouveau.

Wilde était extrêmement changé; non point dans son aspect, mais dans ses manières. Il semblait résolu à se départir de sa réserve; et je crois aussi que la compagnie de lord Douglas l'y poussait.

Je ne connaissais point Douglas, mais Wilde commença tout aussitôt à me parler de lui, dans un extraordinaire éloge. Il l'appelait *Bosy*, de sorte que je ne compris pas d'abord à qui ses louanges se rapportaient, d'autant moins qu'il semblait mettre une certaine affectation à ne louer de Bosy que la beauté.

— Vous allez le voir, répétait-il, et vous me direz si vous pouviez rêver une divinité plus charmante. Je l'adore; oui, je l'adore vraiment.

Wilde recouvrait ses sentiments les plus sincères d'un manteau d'affectation, ce qui le rendit insupportable à plus d'un. Il ne consentait pas à cesser d'être acteur; ni ne le pouvait, sans doute; mais c'était son personnage qu'il jouait; le rôle même était sincère, qu'un incessant démon lui soufflait.

— Que lisez-vous là? me demanda-t-il en désignant mon livre.

Je savais que Wilde n'aimait point Dickens; que du moins il affectait de ne pas l'aimer; et comme je me sentais plein de regimbement, je fus heureux de lui tendre la traduction de *Barnabé Rudge* (à cette époque, je ne savais pas un mot d'anglais). Wilde fit une curieuse grimace; commença par protester qu'il « ne fallait pas lire Dickens »; puis, comme je m'amusais de professer pour ce dernier l'admiration la plus vive — qui du reste était parfaitement sincère, et que j'ai conservée — il sembla en prendre son parti et se mit à me parler du « divin Booz » avec une éloquence qui marquait, au-dessous de cette réprobation de commande, beaucoup de considération. Mais Wilde n'oubliait jamais d'être artiste, et ne pardonnait pas à Dickens d'être humain.

A l'ignoble procureur qui nous pilota ce même soir à travers la ville, Wilde ne se contentait pas d'exprimer le souhait de rencontrer de jeunes Arabes; il ajoutait : « beaux comme des statues de bronze », et ne sauvait sa phrase du ridicule que par une sorte de lyrique enjouement, et par le léger accent britannique, ou irlandais, qu'il se plaisait à garder. Quant à lord Alfred, je ne le vis apparaître, je crois bien, qu'après le dîner; autant qu'il m'en souvient, Wilde et lui se firent servir leur repas dans leur chambre; et sans doute Wilde m'invita-t-il à prendre le mien avec eux; et sans doute aussi refusai-je car en ce temps toute invite provoquait d'abord en moi du retrait... Je ne sais plus. J'ai exigé de moi cette promesse de ne point chercher à meubler les chambres vides du souvenir. Mais j'acceptai de sortir avec eux après dîner; et ce dont je me souviens fort bien, c'est que nous ne fûmes pas plus tôt dans la rue, que lord Alfred me prit affectueusement par le bras et déclara :

— Ces guides sont stupides : on a beau leur expliquer, ils vous mènent toujours dans des cafés pleins de femmes. J'espère que vous êtes comme moi : j'ai horreur des femmes. Je n'aime que les garçons. Je préfère vous dire cela tout de suite, puisque vous nous accompagnez ce soir...

Je cachai de mon mieux la stupeur que le cynisme de cette déclaration me causa, et j'emboîtai le pas sans rien dire. Je ne parvenais pas à trouver Bosy aussi beau que le voyait Wilde; mais il mêlait tant de grâce à ses façons despotiques d'enfant gâté, que je commençai vite à comprendre que Wilde lui cédât sans cesse et se laissât mener par lui.

Le guide nous introduisit dans un café qui, pour être louche, n'offrait pourtant rien de ce que mes compagnons y cherchaient. Nous n'étions assis que depuis quelques instants lorsqu'une rixe éclata dans le fond de la salle, entre des Espagnols et des Arabes; les premiers sortirent incontinent leurs couteaux, et comme la mêlée menaçait de s'étendre, chacun prenant parti ou s'empressant pour séparer les combattants, au premier sang versé nous jugeâmes prudent de déguerpir. Je ne trouve rien d'autre à raconter de ce soir-là, qui, somme toute, fut assez morne. Le lendemain je regagnai Alger, où Wilde ne me rejoignit que quelques jours plus tard.

Il y a certaine façon de portraiturer les grands hommes, par quoi le peintre semble soucieux de ressaisir quelque avantage sur son modèle. Je voudrais me garder tout autant d'une peinture trop complaisante; mais, à travers tous les défauts apparents de Wilde, je suis surtout sensible à sa grandeur. Sans doute rien n'était plus exaspérant que nombre de ses paradoxes, où l'entraînait ce besoin de faire montre sans cesse de son esprit. Mais certains, après l'avoir entendu s'écrier, devant une étoffe de tenture : « Je voudrais m'en faire un gilet », ou devant une étoffe de gilet : « Je veux en tapisser mon salon », oubliaient trop de sentir tout ce qui se cachait de vérité, de sagesse, et plus subtilement : de confidence, sous son masque de concetti. Cependant, avec moi, je l'ai dit, Wilde à présent jetait le masque; c'est l'homme même enfin que je voyais, car sans doute il avait compris qu'il n'était plus besoin de feindre et que, ce qui l'eût fait renier par d'autres, ne m'écartait point. Douglas était rentré à Alger avec lui; mais Wilde semblait s'efforcer un peu de le fuir.

Je me souviens particulièrement d'une fin de jour que je passai près de lui, dans un bar. Il était attablé, quand je l'y retrouvai, devant un sherry-cobbler, et la table où il s'accoudait était couverte de papiers.

— Excusez-moi, dit-il; ce sont des lettres que je viens de recevoir.

Il ouvrait de nouvelles enveloppes, jetait sur leur contenu un regard rapide, souriait, se rengorgeait avec une sorte de gloussement :

— Charmant! Aoh! tout à fait charmant! Puis levant les yeux vers moi : Il faut vous dire que j'ai à Londres un ami qui reçoit pour moi tout mon courrier. Il garde toutes les lettres ennuyeuses, les lettres d'affaires, les notes de fournisseurs; il ne m'envoie ici rien que les lettres sérieuses, les lettres d'amour... Aoh! celle-ci est d'un jeune... *How do you say?*... acrobate? oui; acrobate; absolument délicieux (il accentuait fortement la seconde syllabe du mot; je l'entends encore). Il riait, se rengorgeait et semblait s'amuser beaucoup de lui-même. — C'est la première fois qu'il m'écrit, alors il n'ose pas encore mettre l'orthographe. Quel dommage que vous ne sachiez pas l'anglais! Vous verriez cela...

Il continuait de rire et de plaisanter, lorsque soudain Douglas entra dans la salle, enveloppé dans un manteau de fourrure dont le col relevé ne laissait passer que son nez et son regard. Il passa contre moi, comme sans me reconnaître, se campa en face de Wilde, et, d'une voix sifflante, méprisante, haineuse, lança d'une haleine quelques phrases dont je ne compris pas un mot; puis brusquement tourna les talons et sortit. Wilde avait essuyé l'averse sans rien répondre; mais il était devenu très pâle et, après que Bosy fut sorti, nous demeurâmes quelque temps silencieux l'un et l'autre.

— Toujours il me fait des scènes, dit-il enfin. Il est terrible. N'est-ce pas qu'il est terrible? A Londres, nous avons vécu quelque temps au Savoy, où nous prenions nos repas et où nous avions un petit appartement merveilleux avec une vue sur la Tamise... Vous savez que le Savoy est un hôtel très luxueux que fréquente la meilleure société de Londres. Nous dépensions beaucoup d'argent et tout le monde était furieux contre nous parce que l'on croyait que nous nous amusions beaucoup et parce que Londres déteste les gens qui s'amusent. Mais voici pourquoi je vous raconte ceci : Nous prenions nos repas au restaurant de l'hôtel; c'était une grande salle où venaient beaucoup de gens de ma connaissance; mais beaucoup plus encore qui me connaissaient et que je ne connaissais pas — parce qu'à ce moment on jouait une pièce de moi qui avait beaucoup de succès et qu'il y avait des articles sur moi et des portraits de moi dans tous les journaux. Alors j'avais choisi, pour être tranquille avec Bosy, une table, dans le fond du restaurant, loin de la porte d'entrée, mais à côté d'une petite porte qui donnait sur l'intérieur de l'hôtel. Et quand il a vu que j'entrais par cette petite porte, Bosy, qui m'attendait, m'a fait une scène, aoh! une scène terrible, épouvantable. « Je ne veux pas, me disait-il, je ne tolère pas que vous entriez par la petite porte. J'exige que vous entriez par la grande porte, avec moi; je veux que tout le monde du restaurant nous voie passer et que chacun dise : C'est Oscar Wilde et son mignon. » Aoh! n'est-ce pas qu'il est terrible?

Mais dans tout son récit, dans ces derniers mots même, éclatait son admiration pour Douglas et je ne sais quel amoureux plaisir de se laisser dominer par lui. Au surplus la personnalité de Douglas apparaissait beaucoup plus forte et plus marquée que celle de Wilde; oui, vraiment, Douglas était (et jusque dans le pire sens du mot) plus *personnel ;* une sorte de fatalité le menait; on l'eût dit par instants presque irresponsable; et comme il ne se résistait jamais à lui-même, il n'admettait pas que rien pût lui résister, ni personne. A dire vrai, Bosy m'intéressait extrêmement; mais « terrible » il l'était assurément et je crois bien que c'est lui qu'on doit tenir pour responsable de ce qui, dans la carrière de Wilde, fut désastreux. Wilde semblait, près de lui, doux, flottant et de volonté molle. Cet instinct pervers habitait Douglas, qui pousse un enfant à briser son plus beau jouet; il ne se contentait de rien, mais éprouvait le besoin d'aller outre. Ceci donnera la mesure de son cynisme : Comme je l'interrogeais un jour au sujet des deux fils de Wilde, il insista sur la beauté de Cyril (? je crois) tout jeune encore en ce temps, puis chuchota, avec un complaisant sourire : « Il est pour moi. » — Ajoutez à cela un don poétique des plus rares, et qu'on sentait dans le ton musical de sa voix, dans ses gestes, dans ses regards, et dans l'expression de ses traits — où l'on sentait aussi ce que les physiologistes appellent : « une hérédité très chargée ».

Douglas repartit le lendemain ou le surlendemain pour Blidah, où il allait travailler à l'enlèvement d'un jeune caouadji qu'il se proposait d'emmener à Biskra, car les descriptions qu'il m'avait entendu faire de l'oasis, où je me proposais de retourner moi-même, l'avaient séduit. Mais l'enlèvement d'un Arabe n'est pas chose aussi facile qu'il avait pu croire d'abord; il fallait obtenir le consentement des parents, signer des papiers au bureau arabe, au commissariat; il y avait là de quoi le retenir à Blidah plusieurs jours; pendant lesquels Wilde, se sentant plus libre, put me parler plus intimement qu'il n'avait fait jusqu'alors.

J'ai déjà rapporté le plus important de nos conversations; j'ai peint son excessive assurance, le rauque de son rire et le forcené de sa joie; j'ai dit aussi quelle grandissante inquiétude laissait parfois percer cette outrance. Certains de ses amis ont soutenu que Wilde, en ce temps, ne se doutait aucunement de ce qui l'attendait à Londres, qu'il regagna peu de jours après; ils parlent de la confiance inébranlable que Wilde, selon eux, conserva jusqu'au retournement fatal du procès. A quoi ce que je me suis permis d'opposer, ce n'est point une impression personnelle, ce sont les paroles mêmes de Wilde, que j'ai transcrites avec le seul souci de la fidélité. Elles témoignent d'une confuse appréhension, d'une attente d'il ne savait quoi de tragique, qu'il redoutait mais souhaitait presque, à la fois.

— J'ai été aussi loin que possible dans mon sens, me répétait-il. Je ne peux pas aller plus loin. A présent il faut qu'il arrive *quelque chose*.

Wilde se montrait extrêmement sensible à l'abandon de Pierre Louis, pour qui toujours il avait marqué une particulière tendresse. Il me demanda si je l'avais revu et insista pour connaître ce que Louis m'avait rapporté de leur rupture. Je le lui laissai connaître et redis la phrase que j'ai transcrite plus haut.

— Est-ce vraiment cela qu'il vous a redit? s'écria Wilde. Vous êtes bien certain que ce n'est pas vous qui rapportez mal ses paroles? — Et comme j'en certifiais l'exactitude, ajoutant qu'elles m'avaient beaucoup attristé, il demeura quelques instants silencieux, puis :

— Vous avez remarqué, n'est-ce pas, que les plus détestables mensonges sont ceux qui se rapprochent le plus de la vérité. Mais certainement Louis n'a pas voulu mentir; il n'a pas cru mentir. Seulement il n'a pas du tout compris ce que je lui ai dit ce jour-là. Non, je ne veux pas qu'il ait menti; mais il s'est trompé, terriblement trompé sur la signification de mes paroles. Vous voulez savoir ce que je lui ai dit? — Il a commencé, dans la chambre d'hôtel où nous étions, par me dire des choses affreuses, par m'accuser; parce que je n'ai voulu lui donner aucune explication de ma conduite; et je lui ai dit que je ne lui reconnaissais pas le droit de me juger; mais qu'il n'avait, si cela lui plaisait, qu'à croire tout ce qu'il entendait raconter sur moi; que tout cela m'était égal. Alors Louis m'a dit que, dans ce cas, il ne lui restait plus qu'à me quitter. Et moi je l'ai regardé tristement, parce que j'aimais beaucoup Pierre Louis, et c'est pour cela, pour cela seulement, que ses reproches me faisaient tellement de peine. Mais comme je sentais que tout était fini entre nous, je lui ai dit : « Adieu, Pierre Louis. *Je voulais avoir un ami ; je n'aurai plus que des amants.* » C'est là-dessus qu'il est parti; et je ne veux plus le revoir.

C'est ce même soir qu'il m'expliqua qu'il avait mis son génie dans sa vie, qu'il n'avait mis que son talent dans ses œuvres; j'ai noté ailleurs cette phrase révélatrice, qui depuis a été si souvent citée.

Un autre soir, sitôt après le départ de Douglas pour Blidah, Wilde me demanda si je voulais l'accompagner dans un café maure où l'on faisait de la musique. J'acceptai et allai le prendre après dîner à son hôtel. Le café n'était pas très distant, mais, comme Wilde marchait difficilement, nous prîmes une voiture, qui nous laissa, rue Montpensier, à la quatrième terrasse du boulevard Gambetta, où Wilde pria le cocher de nous attendre. A côté de celui-ci un guide était monté, qui nous escorta dans un dédale impraticable aux voitures, jusqu'à la ruelle en pente où se trouvait ledit café — la première à droite, parallèle aux escaliers du boulevard; d'après quoi l'on peut imaginer sa pente. Tout en marchant, Wilde m'exposa à demi-voix sa théorie sur les guides, et comme quoi il importait de choisir entre tous le plus ignoble, qui toujours était le meilleur. Si celui de Blidah n'avait rien su montrer d'intéressant, c'est qu'il ne se sentait pas assez laid. Ce soir, le nôtre était à faire peur.

Rien ne signalait le café; sa porte était pareille à toutes les autres portes : entrouverte, et nous n'eûmes pas à frapper. Wilde était un habitué de ce lieu, que j'ai décrit dans *Amyntas*, car j'y retournai souvent par la suite. Quelques vieux Arabes étaient là, accroupis sur des nattes et fumant le kief, qui ne se dérangèrent pas lorsque nous prîmes place auprès d'eux. Et d'abord je ne compris pas ce qui, dans ce café, pouvait attirer Wilde; mais bientôt je distinguai, près du foyer plein de cendres, dans l'ombre, un caouadji, assez jeune encore, qui prépara pour nous deux tasses de thé de menthe, que Wilde préférait au café. Et je me laissais assoupir à demi par la torpeur étrange de ce lieu, lorsque dans l'entre-bâillement de la porte, apparut un adolescent merveilleux. Il demeura quelque temps, le coude haut levé, appuyé contre le chambranle, se détachant sur un fond de nuit. Il semblait incertain s'il devait entrer, et déjà je craignais qu'il ne repartît, mais il sourit au signe que lui fit Wilde, et vint s'asseoir en face de nous sur un escabeau, un peu plus bas que l'aire couverte de nattes où nous nous étions accroupis à la mode arabe. Il sortit de son gilet tunisien une flûte de roseau, dont il commença de jouer exquisement. Wilde m'apprit un peu plus tard qu'il s'appelait Mohammed et que c'était « celui de Bosy »; s'il hésitait d'abord à entrer dans le café, c'est qu'il n'y voyait pas lord Alfred. Ses grands yeux noirs avaient ce regard langoureux que donne le haschisch; il était de tein olivâtre; j'admirais l'allongement de ses doigts sur la flûte, la sveltesse de son corps enfantin, la gracilité de ses jambes nues qui sortaient de la blanche culotte bouffante, l'une repliée sur le genou de l'autre. Le caouadji était venu s'asseoir près de lui et l'acccompagna sur une sorte de darbouka. Comme une eau limpide et constante le chant de la flûte coulait à travers un extraordinaire silence, et l'on oubliait l'heure, le lieu, qui l'on était et tous les soucis de ce monde. Nous restâmes ainsi, sans bouger, un temps qui me parut infini; mais je serais resté bien plus longtemps encore, si Wilde, tout à coup, ne m'avait pris le bras, rompant l'enchantement.

— Venez, me dit-il.

Nous sortîmes. Nous fîmes quelques pas dans la ruelle, suivis du hideux guide, et je pensais déjà que là s'achevait la soirée, mais, au premier détour, Wilde s'arrêta, fit tomber sa main énorme sur mon épaule et, penché vers moi — car il était beaucoup plus grand, — à voix basse :

— *Dear*, vous voulez le petit musicien?

Oh! que la ruelle était obscure! Je crus que le cœur me manquait; et quel raidissement de courage il fallut pour répondre : « Oui », et de quelle voix étranglée!

Wilde aussitôt se retourna vers le guide, qui nous avait rejoints, et lui glissa à l'oreille quelques mots que je n'entendis pas. Le guide nous quitta, et nous regagnâmes l'endroit où stationnait la voiture.

Nous n'y fûmes pas plus tôt assis que Wilde commença de rire, d'un rire éclatant, non tant joyeux que triomphant; d'un rire interminable, immaîtrisable, insolent; et plus il me voyait déconcerté par ce rire, plus il riait. Je dois dire que, si Wilde commençait à découvrir sa vie devant moi, par contre il ne connaissait encore rien de la mienne; je veillais à ce que rien, dans mes propos ou dans mes gestes, ne lui laissât rien soupçonner. La proposition qu'il venait de me faire était hardie; ce qui l'amusait tant, c'est qu'elle eût été si tôt acceptée. Il s'amusait comme un enfant et comme un diable. Le grand plaisir du débauché, c'est d'entraîner à la débauche. Depuis mon aventure de Sousse, plus ne restait au Malin grande victoire à remporter sur moi sans doute; mais ceci, Wilde ne le savait point, ni que j'étais vaincu d'avance — ou si l'on préfère (car sied-il de parler de défaite quand le front est si redressé ?), que j'avais, en imagination, en pensée, triomphé de tous mes scrupules. A vrai dire, je ne le savais pas moi-même; c'est, je crois, seulement en lui répondant « oui », que je pris conscience de cela brusquement.

Par instants, coupant son rire, Wilde s'excusait :

— Je vous demande pardon de rire ainsi; mais c'est plus fort que moi. Je ne peux pas me retenir. Puis il repartait de plus belle.

Il riait encore lorsque nous nous arrêtâmes devant un café, sur la place du théâtre, où nous congédiâmes la voiture.

— Il est encore trop tôt, me dit Wilde. Et je n'osai lui demander ce dont il était convenu avec le guide, ni où, ni comment, ni quand le petit musicien viendrait me retrouver; et j'en venais à douter si la proposition qu'il m'avait faite aurait une suite, car je craignais, en le questionnant, de trop laisser paraître la violence de mon désir.

Nous ne nous attardâmes qu'un instant dans ce

café vulgaire, et je pensai que, si Wilde ne s'était point fait conduire aussitôt au *petit bar* de l'hôtel de l'Oasis, où nous allâmes ensuite, c'est qu'y étant connu, il préférait s'écarter du café maure, et qu'il inventait cette étape pour accroître un peu la distance entre l'apparent et le clandestin.

Wilde me fit boire un cocktail et en but lui-même plusieurs. Nous patientâmes une demi-heure environ. Que le temps me paraissait long! Wilde riait encore, mais plus d'une manière aussi convulsive, et quand par instants nous parlions, ce n'était que de n'importe quoi. Enfin je le vis tirer sa montre :

— Il est temps, fit-il en se levant.

Nous nous acheminâmes vers un quartier plus populaire, par-delà cette grande mosquée en contre-bas, dont je ne sais plus le nom, devant laquelle on passe pour descendre au port — le quartier le plus laid de la ville, et qui dut être un des plus beaux jadis. Wilde me précéda dans une maison à double entrée, dont nous n'eûmes pas plus tôt franchi le seuil, que surgirent devant nous, entrés par l'autre porte, deux énormes agents de police, qui me terrifièrent. Wilde s'amusa beaucoup de ma peur.

— Aoh! *dear*, mais au contraire; cela prouve que cet hôtel est très sûr. Ils viennent ici pour protéger les étrangers. Je les connais; ce sont d'excellents garçons qui aiment beaucoup mes cigarettes. Ils comprennent très bien.

Nous laissâmes les flics nous précéder. Ils dépassèrent le second étage, où nous nous arrêtâmes. Wilde sortit une clef de sa poche et m'introduisit dans un minuscule appartement de deux pièces, où, quelques instants après, le guide ignoble vint nous rejoindre. Les deux adolescents le suivaient, chacun enveloppé d'un burnous qui lui cachait le visage. Le guide nous laissa. Wilde me fit passer dans la chambre du fond avec le petit Mohammed et s'enferma avec le joueur de darbouka dans la première.

Depuis, chaque fois que j'ai cherché le plaisir, ce fut courir après le souvenir de cette nuit. Après mon aventure de Sousse, j'étais retombé misérablement dans le vice. La volupté, si parfois j'avais pu la cueillir en passant, c'était comme furtivement; délicieusement pourtant, un soir, en barque avec un jeune batelier du lac de Côme (peu avant de gagner La Brévine) tandis qu'enveloppait mon extase le clair de lune où l'enchantement brumeux du lac et les parfums humides des rives fondaient. Puis rien; rien qu'un désert affreux plein d'appels sans réponses, d'élans sans but, d'inquiétudes, de luttes, d'épuisants rêves, d'exaltations imaginaires, d'abominables retombements. A La Roque, l'avant-dernier été, j'avais pensé devenir fou; presque tout le temps que j'y passai, ce fut cloîtré dans la chambre où n'eût dû me retenir que le travail, vers le travail m'efforçant en vain (j'écrivais *Le Voyage d'Urien*), obsédé, hanté, espérant peut-être trouver quelque échappement dans l'excès même, regagner l'azur par-delà, exténuer mon démon (je reconnais là son conseil) et n'exténuant que moi-même, je me dépensais maniaquement jusqu'à l'épuisement, jusqu'à n'avoir plus devant soi que l'imbécillité, que la folie.

Ah! de quel enfer je sortais! Et pas un ami à qui pouvoir parler, pas un conseil; pour avoir cru tout accommodement impossible et n'avoir rien voulu céder d'abord, je sombrais... Mais qu'ai-je besoin d'évoquer ces lugubres jours? Leur souvenir explique-t-il mon délire de cette nuit? La tentative auprès de

Mériem, cet effort de « normalisation » était resté sans lendemain, car il n'allait point dans mon sens; à présent je trouvais enfin ma normale. Plus rien ici de contraint, de précipité, de douteux; rien de cendreux dans le souvenir que j'en garde. Ma joie fut immense et telle que je ne la puisse imaginer plus pleine si de l'amour s'y fût mêlé. Comment eût-il été question d'amour? Comment eussé-je laissé le désir disposer de mon cœur? Mon plaisir était sans arrière-pensée et ne devait être suivi d'aucun remords. Mais comment nommerai-je alors mes transports à serrer dans mes bras nus ce parfait petit corps sauvage, ardent, lascif, et ténébreux?...

Je demeurai longtemps ensuite, après que Mohammed m'eut quitté, dans un état de jubilation frémissante, et bien qu'ayant déjà, près de lui, cinq fois atteint la volupté, je ravivai nombre de fois encore mon extase et, rentré dans ma chambre d'hôtel, en prolongeai jusqu'au matin les échos.

Je sais bien que certaine précision, que j'apporte ici, prête à sourire; il me serait aisé de l'omettre ou de la modifier dans le sens de la vraisemblance; mais ce n'est pas la vraisemblance que je poursuis, c'est la vérité; et n'est-ce point précisément lorsqu'elle est le moins vraisemblable qu'elle mérite le plus d'être dite? Pensez-vous sinon que j'en parlerais?

Comme je donnais ici simplement ma mesure, et qu'au surplus je venais de lire le *Rossignol* de Boccace, je ne me doutais pas qu'il y eût de quoi surprendre, et ce fut l'étonnement de Mohammed qui d'abord m'avertit. Où je la dépassai, cette mesure, c'est dans ce qui suivit, et c'est là que pour moi commence l'étrange : si soûlé que je fusse et si épuisé, je n'eus de cesse et de répit que lorsque j'eus poussé l'épuisement plus loin encore. J'ai souvent éprouvé par la suite combien il m'était vain de chercher à me modérer, malgré que me le conseillât la raison, la prudence; car chaque fois que je le tentai, il me fallut ensuite, et solitairement, travailler à cet épuisement total hors lequel je n'éprouvais aucun répit, et que je n'obtenais pas à moins de frais. Au demeurant je ne me charge point d'expliquer; je sais qu'il me faudra quitter la vie sans avoir rien compris, ou que bien peu, au fonctionnement de mon corps.

Aux premières pâleurs de l'aube je me levai; je courus, oui vraiment courus, en sandales, bien au-delà de Mustapha; ne ressentant de ma nuit nulle fatigue, mais au contraire une allégresse, une sorte de légèreté de l'âme et de la chair, qui ne me quitta pas de tout le jour.

Je retrouvai Mohammed deux ans plus tard. Son visage n'avait pas beaucoup changé. Il paraissait à peine moins jeune; son corps avait gardé sa grâce, mais son regard n'avait plus la même langueur; j'y sentais je ne sais quoi de dur, d'inquiet, d'avili.

— Tu ne fumes plus le kief? lui demandai-je, sûr de sa réponse.

— Non, me dit-il. A présent, je bois de l'absinthe.

Il était attrayant encore; que dis-je? plus attrayant que jamais; mais paraissait non plus tant lascif qu'effronté.

Daniel B. m'accompagnait. Mohammed nous conduisit au quatrième étage d'un hôtel borgne; au rez-de-chaussée, un cabaret où trinquaient des marins. Le patron demanda nos noms; j'inscrivis : *César Bloch* sur le registre. Daniel commanda de la bière et de la limonade, « pour la vraisemblance », disait-il. C'était la nuit. La chambre où nous entrâmes n'était éclairée que par le bougeoir qu'on nous avait donné pour monter. Un garçon nous apporta les bouteilles et des verres, qu'il posa sur une table, près de la bougie. Il n'y avait que deux chaises. Nous nous assîmes, Daniel et moi; et Mohammed, entre nous deux, sur la table. Relevant le haïk qui remplaçait à présent son costume tunisien, il étendit vers nous ses jambes nues.

— Une pour chacun, nous dit-il en riant.

Puis, tandis que je restais assis près des verres à demi vidés, Daniel saisit Mohammed dans ses bras et le porta sur le lit qui occupait le fond de la pièce. Il le coucha sur le dos, tout au bord du lit, en travers; et je ne vis bientôt plus que, de chaque côté de Daniel ahanant, deux fines jambes pendantes. Daniel n'avait même pas enlevé son manteau. Très grand, debout contre le lit, mal éclairé, vu de dos, le visage caché par les boucles de ses longs cheveux noirs, dans ce manteau qui lui tombait aux pieds, Daniel paraissait gigantesque, et penché sur ce petit corps qu'il couvrait, on eût dit un immense vampire se repaître sur un cadavre. J'aurais crié d'horreur...

On a toujours grand mal à comprendre les amours des autres, leur façon de pratiquer l'amour. Et même celles des animaux (je devrais réserver cet « et même » pour celles des hommes). On peut envier aux oiseaux leur chant, leur vol; écrire :

Ach! wüsstest du wie's Fischlein ist
So wohlig auf dem Grund!

Même le chien qui dévore un os trouve en moi quelque assentiment bestial. Mais rien n'est plus déconcertant que le geste, si différent d'espèce en espèce, par quoi chacun d'entre eux obtient la volupté. Quoi qu'en dise M. de Gourmont, qui s'efforce de voir sur ce point, entre l'homme et les espèces animales, de troublantes analogies, j'estime que cette analogie n'existe que dans la région du désir; mais que c'est peut-être au contraire dans ce que M. de Gourmont appelle « la physique de l'amour » que les différences sont les plus marquées, non seulement entre l'homme et les animaux, mais même souvent d'homme à homme, — au point que, s'il nous était permis de les contempler, les pratiques de notre voisin nous paraîtraient souvent aussi étranges, aussi saugrenues et, disons : aussi monstrueuses, que les accouplements des batraciens, des insectes — et, pourquoi chercher si loin? que ceux des chiens ou des chats.

Et sans doute est-ce aussi pour cela que sur ce point les incompréhensions sont si grandes, et les intransigeances si féroces.

Pour moi, qui ne comprends le plaisir que face à face, réciproque et sans violence, et que souvent, pareil à Whitman, le plus furtif contact satisfait, j'étais horrifié tout à la fois par le jeu de Daniel, et de voir s'y prêter aussi complaisamment Mohammed.

Nous partîmes d'Alger, Wilde et moi, très peu de temps après cette mémorable soirée; lui, rappelé en Angleterre par le besoin d'en finir avec les accusations du marquis de Queensberry, père de Bosy; moi, désireux de précéder ce dernier à Biskra. Il avait résolu d'y emmener Ali, le jeune Arabe de Blidah dont il s'était épris; une lettre de lui m'annonçait son retour; il espérait que je consentirais à l'attendre pour faire avec lui, avec eux, ce long voyage de deux jours qui, seul avec Ali, s'annonçait mortel; car il se découvrait qu'Ali ne savait pas plus le français ni l'anglais, que Bosy ne savait l'arabe. J'ai le caractère si mal fait que cette lettre précipita mon départ au contraire; soit qu'il me déplût de prêter la main à cette aventure et de favoriser quelqu'un qui croit que tout lui est dû; soit que le moraliste qui sommeille en moi estimât malséant de dépouiller de leurs épines les roses; soit, plus simplement, que ma maussaderie l'emportât — ou le tout concourant — je partis. Mais, à Sétif où je devais passer la nuit, me rejoignit une dépêche instante.

Avec un empressement pervers j'accueille tout ce qui vient briser ma route; c'est un trait de ma nature que je ne chercherai pas à expliquer, car je ne parviens pas à le comprendre... Bref, interrompant aussitôt mon voyage, je commençai d'attendre Douglas à Sétif, d'aussi bon cœur que je l'avais fui la veille. Aussi bien le trajet d'Alger à Sétif m'avait paru furieusement long. Mais cette attente, bientôt, me parut plus longue encore. Quelle interminable journée! Et que serait celle du lendemain, qui me séparait encore de Biskra? pensai-je, arpentant les rues régulières et fastidieuses de cette laide petite ville militaire et coloniale, où je n'imaginais point qu'on pût venir que pour affaires, ni demeurer que par consigne, où les quelques Arabes qu'on y rencontre paraissent déplacés, misérables.

J'étais impatient de connaître Ali. Je m'attendais à quelque caouadji bien modeste, mis comme Mohammed à peu près; c'est un jeune seigneur que je vis descendre du train, en vêtements brillants, ceinturé d'une écharpe de soie, enturbanné d'or. Il n'avait pas seize ans, mais quelle dignité dans la démarche!

Quelle fierté dans le regard! Quels sourires dominateurs il laissa tomber sur les domestiques de l'hôtel inclinés devant lui! Comme il avait vite compris, si humble encore la veille, qu'il devait entrer le premier, s'asseoir le premier... Douglas avait trouvé son maître, et quelque élégamment vêtu lui-même, on eût dit un suivant aux ordres de son fastueux serviteur. Tout Arabe, et si pauvre soit-il, contient un Aladdin près d'éclore et qu'il suffit que le sort touche : le voici roi.

Ali certainement était très beau; blanc de teint, le front pur, le menton bien formé, la bouche petite, les joues pleines, des yeux de houri; mais sa beauté n'exerçait sur moi point d'empire; une sorte de dureté dans les ailes du nez, d'indifférence dans la courbe des sourcils trop parfaite, de cruauté dans la moue dédaigneuse des lèvres, arrêtait en moi tout désir; et rien ne me distançait plus que l'apparence efféminée de tout son être, par quoi précisément d'autres sans doute eussent été séduits. Ce que j'en dis est pour laisser entendre que le temps assez long que je vécus auprès de lui fut sans trouble. Même, comme il advient souvent, le spectacle de la félicité de Douglas, non enviée, m'inclina vers des dispositions d'autant plus chastes, dispositions qui subsistèrent après son départ, tout le temps de mon séjour à Biskra.

L'hôtel de l'Oasis, de qui dépendait l'appartement du cardinal que nous avions loué l'an précédent, avait déjà disposé de ces chambres; mais le *Royal* venait de s'ouvrir, où nous pûmes trouver une installation qui, en agrément et en commodité, ne le cédait que de très peu à la première : au rez-de-chaussée de l'hôtel, trois chambres, dont deux contiguës, à l'extrémité d'un couloir qui, là, prenait issue sur le dehors. La porte du couloir, dont nous eûmes la clef, car elle ne pouvait servir qu'à nous, nous permettait de gagner nos chambres sans avoir à traverser l'hôtel. Mais le plus souvent je sortais et rentrais par ma fenêtre. Ma chambre, où je fis mettre un piano, était séparée de celles de Douglas et d'Ali par le couloir. Les deux premières prenaient vue sur le nouveau casino; un assez vaste espace en séparait, où s'ébattaient, en rupture de classes, ces mêmes enfants arabes qui, l'an précédent, venaient jouer sur nos terrasses.

J'ai dit qu'Ali ne comprenait point le français; entre Douglas et lui je proposai, comme interprète, Athman, qui précisément avait lâché son travail à l'annonce de ma venue, désireux de prendre près de moi du service, mais que je ne savais comment employer. J'ai pu me blâmer par la suite d'avoir osé songer à lui pour un tel poste, mais, outre que les relations de Douglas et d'Ali n'offraient rien qui pût particulièrement surprendre un Arabe, j'étais loin d'avoir alors pour Athman la grande amitié qui m'occupa tant, par la suite, et qu'il commença bientôt de mériter. Car, s'il accepta d'abord avec empressement la proposition, aussitôt qu'elle lui fut faite, je compris vite que c'était dans l'espoir de passer plus de temps près de moi. Le pauvre garçon fut bien quinaud, quand il me vit résolu à n'accompagner point Douglas dans ses promenades; quand il comprit que, somme toute, il ne me verrait que très peu. Douglas l'emmenait avec Ali, chaque jour, en voiture, jusqu'à quelque oasis non lointaine, Chetma, Droh, Sidi Okba, que, des terrasses de l'hôtel, l'on pouvait voir, sombre émeraude sur le manteau roux du désert. En vain Douglas insistait-il pour m'entraîner. Je ne me sentais point de pitié pour l'ennui qu'assurément il devait éprouver entre ses deux pages, et qui m'apparaissait comme la rançon du plaisir. « Tu l'as voulu! » pensai-je, tâchant de m'armer d'une factice sévérité contre ce que je n'étais que trop enclin à admettre. Et pour rançon aussi, je m'enfonçai dans le travail d'autant plus, avec le sentiment flatteur que je rachetais quelque chose. A présent que les années m'ont rendu plus docile, je m'étonne de tant de réticences, survivances d'une éthique ancienne que rien en moi n'approuvait plus; mais mes réflexes moraux en dépendaient encore. Si je cherche à découvrir quels ressorts faisaient ainsi cabrer comme malgré moi ma machine, je trouve surtout, il me faut bien l'avouer, du rechignement et du mauvais vouloir. Mais aussi Bosy ne me plaisait guère; ou pour mieux dire : il m'intéressait beaucoup plus qu'il ne me plaisait; malgré ses gentillesses, ses prévenances, ou peut-être même : à cause d'elles, je restais sur la défensive. Sa conversation me lassait vite; et je veux croire qu'avec un Anglais, ou seulement un Français un peu plus versé que je ne l'étais alors dans les choses anglaises, cette conversation eût pu être plus variée et abondante; mais, sujets communs épuisés, Douglas en revenait toujours, et avec une obstination dégoûtante, à ce dont je ne parlais qu'avec une gêne extrême, que sa totale absence de gêne augmentait. Il me suffisait de le retrouver aux interminables repas de la table d'hôte — avec quelle charmante et mutine grâce il s'écriait soudain : « Il faut absolument que je boive du champagne »; et pourquoi refusais-je maussadement la coupe qu'il me tendait? — ou parfois, à l'heure du thé, en compagnie d'Athman et d'Ali, et je l'entendais répéter pour la dixième fois, s'amusant non tant de la phrase même que de sa redite : « Athman, dites à Ali que ses yeux sont comme ceux des gazelles. » Il reculait un peu chaque jour la limite de son ennui.

Cette idylle prit fin brusquement. Bosy, qui voyait avec un amusement assez vif une douteuse intrigue s'ébaucher entre Ali et un jeune berger de la Fontaine-Chaude, entra dans une grande fureur lorsqu'il vint à comprendre qu'Ali pouvait bien être sensible également aux charmes des Oulad, et spécialement à ceux de Mériem. L'idée qu'Ali pût coucher avec elle lui était insupportable; il doutait si la chose était déjà faite (pour ma part je n'en doutais plus), se fâcha, exigea d'Ali des aveux, des regrets, des promesses, jurant, s'il manquait à celles-ci, de le renvoyer aussitôt. Je sentis en Douglas non tant de jalousie réelle que de dépit : « Des garçons, protestait-il; oui des garçons tant qu'il voudra; je le laisse libre; mais je ne puis supporter qu'il aille avec des femmes. » Au reste je ne suis point convaincu qu'Ali désirât vraiment Mériem; je crois plutôt qu'il cédait à son appel flatteur et qu'il pensait ainsi riposter à l'accusation d'impuissance qu'il entendait murmurer contre lui; je crois qu'il aimait se donner des airs, imiter les aînés, se grandir. Ali fit mine de se soumettre, mais Douglas avait perdu confiance. Certain jour, soupçonneux, il s'avisa de fouiller dans la valise d'Ali, découvrit sous des vêtements une photographie de Mériem, qu'il lacéra... Ce fut tragique : Ali, cravaché d'importance, poussa des hurlements à ameuter tous les gens de l'hôtel. J'entendais ces clameurs, mais restai enfermé dans ma chambre, jugeant plus sage de ne pas intervenir. Douglas apparut le soir à dîner, blême, le regard dur; il m'annonça qu'Ali regagnerait Blidah par le premier train, c'est-à-dire celui du lendemain matin. Lui-même quitta Biskra deux jours après.

C'est alors que je reconnus combien le spectacle de la dissipation, par protestation, me donnait de cœur à l'ouvrage. A présent que je n'avais plus à résister aux sollicitations des courses en voiture, je partais chaque jour, souvent dès le matin, me lançais à travers le désert dans d'exténuantes randonnées tantôt suivant le lit aride de l'oued, tantôt gagnant les grandes dunes où parfois j'attendais la tombée du soir, ivre d'immensité, d'étrangeté, de solitude, le cœur plus léger qu'un oiseau.

Au soir Athman venait me trouver, sa journée faite. Depuis le départ de Douglas et d'Ali, il avait repris son métier de guide; triste métier à quoi son pliant caractère ne le disposait que trop. Avec autant d'inconscience et aussi peu de gêne, son innocence acceptait de mener les étrangers chez les Oulad, qu'il acceptait de transmettre à Ali les propos sucrés de Douglas. Il me racontait l'emploi de ses journées, et chaque jour grandissait en moi, avec mon affection pour lui, mon dégoût pour ces complaisances; et comme aussi sa confiance grandissait, il m'en racontait toujours plus.

Un soir il arriva tout joyeux :

— Ah! la bonne journée! s'écria-t-il. Il m'expliqua comment il venait de gagner trente francs, ayant accepté d'une part dix francs de commission d'une Ouled pour amener à elle un Anglais, majoré de dix francs le salaire de l'Ouled, et reçu dix francs de l'Anglais en paiement de ce petit service. Je m'indignai. J'acceptais qu'il se fît proxénète; mais qu'il fût malhonnête, non, cela je ne le tolérais point. Il s'étonna de ce qu'il prit d'abord pour un sursaut d'humeur; et tout ce que j'obtins de lui d'abord, fut le regret de m'avoir parlé trop ouvertement.

J'eus alors l'idée de faire appel à ce sentiment de noblesse que je me flattais de retrouver dans chaque Arabe. Il me sembla qu'il comprenait :

— C'est bien, bougonna-t-il; je vais aller rendre l'argent.

— Je ne te demande pas cela, protestai-je. Simplement, si tu veux être mon ami, ne recommence plus ce honteux trafic.

— Alors, reprit-il en souriant — et je retrouvais aussitôt le docile enfant que j'aimais, — je crois qu'il vaut mieux que je ne mène plus les étrangers chez les femmes; avec elles il y a toujours trop à gagner.

— Tu comprends, ajoutai-je en manière d'encouragement, si je te demande cela, c'est pour que tu sois digne de mes amis, lorsque tu les rencontreras à Paris.

L'idée d'emmener Athman à Paris grandissait lentement en mon cœur. Je commençais de m'en ouvrir dans mes lettres à ma mère, craintivement d'abord; puis plus décidément, tandis que s'affirmait sa résistance; car je n'étais que trop enclin à regimber contre les admonitions maternelles; mais il faut dire aussi que ma mère en abusait un peu. Ses lettres n'étaient le plus souvent qu'une suite de remontrances; celles-ci parfois détendues jusqu'à pouvoir se dissimuler sous la bénévole formule : « Je ne te conseille pas; j'appelle simplement ton attention... » mais ces dernières étaient celles qui m'irritaient le plus; je savais en effet que, si l'attention ainsi sollicitée n'acquiesçait point, ma mère reviendrait à la charge, inlassablement, car nous prétendions ne céder ni l'un ni l'autre. En vain, ici, m'efforçai-je de la persuader, comme j'avais fini par m'en persuader moi-même, qu'il s'agissait d'un sauvetage moral et que le salut d'Athman dépendait de sa transplantation à Paris, que je l'avais comme adopté... Ma mère, que déjà l'exaltation de mes lettres précédentes inquiétait, crut que la solitude et le désert m'avaient dérangé la cervelle. Une lettre mit le comble à ses craintes, où je lui appris brusquement qu'avec le peu d'argent qui m'était revenu de ma grand-mère, je venais d'acheter un terrain à Biskra (que je possède encore). Pour donner à cette lubie quelque apparence de sagesse, je raisonnais ainsi : Si Biskra devient une station d'hiver en vogue et, partant, cesse de me plaire, le terrain « monte » et je fais une bonne affaire en le revendant; si Biskra continue d'être ce qu'il est, à savoir l'endroit du monde où je souhaite le plus de vivre, j'y fais construire et reviens y habiter chaque hiver. Je rêvais d'aménager le rez-de-chaussée de ma maison en café maure, que je faisais gérer par Athman; j'y invitais déjà tous mes amis... Cette dernière combinaison, je ne l'avais pas dite à ma mère; le reste suffisait déjà pour la faire me juger fou.

Ma mère fit feu de tout bois, appela à l'aide Albert et ceux de mes amis qu'elle pouvait atteindre. J'étais exaspéré par cette coalition que je sentais qu'elle soulevait contre moi. Quelles lettres je reçus! Supplications, objurgations, menaces; en ramenant Athman à Paris, je me couvrirais de ridicule; que ferais-je de lui? Que penserait de moi Emmanuèle?... Je m'obstinais; lorsque enfin une lettre éperdue de notre vieille Marie me força soudain de lâcher prise : elle jurait de quitter la maison du jour où y entrerait « mon nègre ». Or, que deviendrait maman sans Marie? Je cédai, il le fallut bien.

Pauvre Athman! Je n'eus pas le cœur de jeter bas d'un coup cet imaginaire édifice qui chaque jour se fortifiait d'un nouvel espoir. Il ne m'est pas arrivé souvent de renoncer ; un délai, c'est tout ce qu'obtient de moi la traverse ; ce beau projet, qu'en apparence je résignai, je finis pourtant bien par le réaliser ; mais ce ne fut que quatre ans plus tard.

Athman cependant comprenait bien qu'il y avait quelque tirage. Je ne lui en parlais d'abord pas, confiant encore dans la fermeté de ma résolution : mais il interprétait mes silences, observait le rembrunissement de mon front. Après la lettre de Marie, j'attendis encore deux jours. Il fallut bien, enfin, me décider à tout lui dire...

Nous avions pris cette habitude d'aller chaque soir jusqu'à la gare, à l'heure de l'arrivée du train. Comme à présent il connaissait tous mes amis — car je lui parlais d'eux sans cesse, peuplant d'évocations ma solitude — nous feignions, par un jeu puéril, d'aller à la rencontre de l'un d'eux. Sans doute, il serait là, parmi les voyageurs. Nous le verrions descendre du train, se jeter dans mes bras, s'écrier : « Ah ! quel voyage ! j'ai cru que je n'arriverais jamais. Enfin, te voilà !... » Mais le flot des indifférents s'écoulait ; nous nous retrouvions seuls, Athman et moi, et, tous deux, au retour, nous sentions notre intimité se resserrer sur cette absence.

J'ai dit que ma chambre ouvrait de plain-pied sur le dehors. Non loin passait la route de Touggourt, que les Arabes prenaient pour regagner à la nuit leur village. Vers neuf heures, j'entendais à mes volets clos un grattement léger : c'était Sadek, le grand frère d'Athman et quelques autres ; ils enjambaient l'appui de la fenêtre. Il y avait là des sirops et des friandises. Tous, accroupis en cercle, nous écoutions Sadek jouer de la flûte, dans un oubli du temps que je n'ai connu que là-bas.

Sadek ne savait que quelques mots de français; je ne savais que quelques mots d'arabe. Mais quand nous aurions parlé la même langue, qu'eussions-nous dit de plus que ce qu'exprimaient nos regards, nos gestes, et surtout cette tendre façon qu'il avait de me prendre les mains, de garder mes mains dans les siennes, ma main droite dans sa main droite, de sorte que nous continuions de marcher, les bras mutuellement croisés, silencieux comme des ombres. Nous nous promenâmes ainsi, ce dernier soir. (Ah! que j'avais du mal à me décider à partir! Il me semblait que j'allais quitter ma jeunesse.) Nous nous promenâmes longtemps, Sadek et moi; dans la rue des cafés, des Oulad, accordant un sourire, en passant, à En Barka, à Mériem, au petit café maure qu'Athman appelait mon petit casino, parce que, l'an passé, tandis que Paul accompagnait la femme du docteur D. dans la salle de jeu du vrai Casino qui venait d'ouvrir, j'allais jouer aux cartes, dans cette petite salle obscure et sordide, avec Bachir, Mohammed et Larbi; puis, quittant la rue des Oulad, la lumière et le bruit, nous allâmes jusqu'à l'abreuvoir, au bord duquel si souvent j'étais venu m'asseoir...

Alors, et pour ne pas abandonner tout à la fois je proposai à Athman de m'accompagner du moins jusqu'à El Kantara, où je m'attarderais deux jours. Le printemps naissait sous les palmes; les abricotiers étaient en fleur, bourdonnant d'abeilles; les eaux abreuvaient les champs d'orge; et rien ne se pouvait imaginer de plus clair que ces floraisons blanches abritées par les hauts palmiers, dans leur ombre abritant, ombrageant à leur tour, le vert tendre des céréales. Nous passâmes dans cet éden deux jours paradisiaques, dont le souvenir n'a rien que de souriant et de pur. Lorsque le troisième jour, au matin, je cherchai dans sa chambre Athman pour lui dire adieu, je ne le trouvai point et dus partir sans l'avoir revu. Je ne pouvais m'expliquer son absence; mais tout à coup, du train qui fuyait, très loin déjà d'El Kantara, j'aperçus au bord de l'oued son burnous blanc. Il était assis là, la tête dans les mains; il ne se leva pas lorsque le train passa; il ne fit pas un geste; il ne regarda même pas les signaux que je lui adressais; et longtemps, tandis que le train m'emportait, je pus voir cette petite figure immobile, perdue dans le désert, accablée, image de mon désespoir.

Je regagnai Alger, où je devais m'embarquer pour la France; mais je laissai partir quatre ou cinq paquebots, sous prétexte que la mer était trop forte; le vrai c'est qu'à l'idée de quitter ce pays mon cœur se déchirait. Pierre Louis qui relevait de maladie, était venu me retrouver, de Séville où il avait passé l'hiver; même je crois me souvenir qu'un excès de gentillesse et d'impatience l'avait précipité à ma rencontre et que c'est à quelques stations avant Alger que je le vis inopinément apparaître à la portière de mon wagon. Hélas! nous n'étions pas ensemble depuis un quart d'heure (ceci je ne m'en souviens que trop bien) que déjà nous nous querellions. Je consens qu'il y allât un peu de ma faute et, par tout ce que j'ai dit plus haut, on a pu comprendre que mon caractère n'était pas, en ce temps, des plus faciles, ni si ductile que je l'ai peut-être aujourd'hui; mais je sais bien pourtant que ce n'est qu'avec Louis que j'ai pu quereller de la sorte, tandis que je crois bien que lui ne querellait pas qu'avec moi. C'était à propos de tout et de rien; si plus tard on publie sa correspondance, on y verra maints échantillons de cela. Sans cesse il était occupé de faire prévaloir son opinion ou sa plaisance sur la vôtre; mais je crois qu'il n'était pas très désireux que l'on cédât, ou du moins que l'on cédât trop vite, et que ce qu'il aimait ce n'était point tant d'avoir raison que de se mesurer avec l'autre, pour ne pas dire de combattre. Cette pugnacité se manifestait tout le long du jour et tirait prétexte de tout. Souhaitait-on marcher au soleil, aussitôt il préférait l'ombre; il fallait toujours lui céder; quand on lui parlait, il s'enfonçait dans le mutisme, ou fredonnait de petits refrains provocants; il en haussait le ton si l'on désirait le silence; et tout cela me tapait furieusement sur les nerfs.

Il n'eut de cesse qu'il ne m'eût entraîné au bordel. A la manière dont je dis cela, on pourrait croire que je fis difficulté; mais non, je me piquais de ne plus me refuser à rien, et je le suivis donc, sans trop mauvaise grâce, aux « Étoiles andalouses », sorte de café dansant qui n'avait rien d'arabe, ni même d'espagnol, et dont la vulgarité tout aussitôt m'écœura. Puis, comme Pierre Louis commençait de déclarer que ce qui lui plaisait surtout, c'était cette vulgarité même, mon dégoût l'engloba pour le vomir avec le reste. Pourtant je n'étais point d'humeur à me laisser mener par mes répugnances; un mauvais besoin de me pousser à bout, et je ne sais quel obscur compost de sentiments, où sans doute entrait un peu de tout, excepté certes du désir, me fit renouveler cet essai qui, l'an précédent, avec En Barka, avait si piteusement échoué; qui cette fois réussit mieux, de sorte qu'à mon écœurement s'ajouta bientôt la crainte de m'être fait poivrer — crainte sur laquelle Louis s'amusa de souffler, insinuant d'une part qu'en effet « l'étoile andalouse » avec qui je m'étais enfermé, pour être la plus jolie de la constellation (je devrais dire : la moins hideuse) était sans doute la moins sûre, et que cela seulement pouvait expliquer qu'elle ne fût pas occupée; qu'il fallait bien un niais comme moi pour la choisir, car précisément ce reste de jeunesse et de grâce, qui la distinguait des autres, eût dû me mettre en garde, et les rires des autres lorsqu'elles m'avaient vu la choisir, mais que de tout cela je n'avais rien su remarquer. Et comme je me récriais qu'il aurait bien pu m'avertir alors qu'il était temps encore, il protesta que, d'autre part, ce mal, dont vraisemblablement je ressentirais bientôt les effets, n'avait en soi rien de redoutable, qu'au demeurant il fallait l'accepter comme la taxe du plaisir, et que, chercher à l'éviter, c'était prétendre échapper à la loi commune. Puis, pour achever de me rassurer, il me cita quantité de grands hommes qui devaient assurément à la vérole plus des trois quarts de leur génie.

Ce tocsin, qui me paraît assez drôle aujourd'hui, quand je songe à la mine que je pouvais faire — et que surtout je sais que je m'alarmais sans raison — ne m'amusait alors pas du tout. A mon dégoût et à ma crainte s'ajouta vite une espèce de fureur contre Louis. Décidément nous ne pouvions plus nous entendre plus nous souffrir. Cet effort de rapprochement fut, je crois bien, un des derniers.

Les quelques jours que je vécus encore à Alger, après que Pierre Louis m'eut quitté, furent de ceux que je serais le plus désireux de revivre. Je n'en ai gardé souvenir de rien de précis, mais bien seulement d'une extraordinaire ferveur, d'une joie, d'une frénésie qui m'éveillait dès l'aube, éternisait chaque instant de chaque heure, vitrifiait ou volatilisait tout ce qui s'approchait de mon cœur.

Ma mère commença de s'inquiéter beaucoup des lettres que je lui écrivais alors, et, comme il ne lui paraissait pas que l'exaltation qu'elles respiraient fût possible sans cause et sans objet précis, elle m'imaginait déjà des amours, une liaison, dont encore elle n'osait me parler ouvertement, mais dont je distinguais le fantôme à travers les allusions dont ses lettres étaient remplies. Elle me suppliait de revenir, de « rompre ».

La vérité, si elle avait pu la connaître, l'eût effrayée bien davantage; car on rompt des liens plus aisément qu'on ne s'échappe à soi-même; et, pour y réussir, déjà faut-il le désirer; or, ce n'est pas à l'instant où je commençais à me découvrir, que je pouvais souhaiter me quitter, sur le point de découvrir en moi les tables de ma loi nouvelle. Car il ne me suffisait pas de m'émanciper de la règle; je prétendais légitimer mon délire, donner raison à ma folie.

Le ton de ces dernières lignes va laisser croire que j'ai passé condamnation là-dessus; mais plutôt il y faudrait voir de la précaution, de la réponse à tout ce que je sais que l'on peut m'objecter; une façon de faire entendre que déjà je me l'objectais à moi-même; car je ne pense pas qu'il y ait façon d'envisager la question morale et religieuse, ni de se comporter en face d'elle, qu'à certain moment de ma vie je n'aie connue et faite mienne. Au vrai j'aurais voulu les concilier toutes, et les points de vue les plus divers, ne parvenant à rien exclure et prêt à confier au Christ la solution du litige entre Dionysos et Apollon. Comment, par-delà ce désert où mon adoration m'entraînait, m'enfonçant toujours plus avant à la recherche de ma soif, comment et avec quels transports d'amour je pus retrouver l'Évangile — le temps n'est pas encore venu d'en parler, non plus que de l'enseignement que j'y puisai lorsque, le lisant d'un œil neuf, j'en vis s'illuminer soudain et l'esprit et la lettre. Et je me désolais et m'indignais tout à la fois de ce qu'en avaient fait les Églises, de cet enseignement divin, qu'au travers d'elles je ne reconnaissais plus que si peu. C'est pour n'avoir point su l'y voir ou point consenti de l'y voir, que notre monde occidental périt, me redisais-je; telle devint ma conviction profonde, et que le devoir de dénoncer ce mal m'incombait. Je projetai donc d'écrire un livre que j'intitulais en pensée : *Le Christianisme contre le Christ* — livre dont nombre de pages sont écrites et qui sans doute eût déjà vu le jour en des temps plus calmes, et sans cette crainte que je pus avoir, si je le publiais aussitôt, de contrister quelques amis et de compromettre gravement une liberté de pensée à laquelle j'attache plus de prix qu'à tout le reste.

Ces graves questions, qui bientôt devaient me tourmenter entre toutes, ne commencèrent de m'occuper vraiment que plus tard; mais, si je ne me les formulais pas nettement encore, pourtant m'habitaient-elles déjà, et me retenaient-elles de trouver mon confort dans un hédonisme de complaisance, fait de facile acquiescement. J'en ai dit assez pour l'instant.

Cédant enfin aux objurgations de ma mère, je vins la retrouver à Paris quinze jours avant son départ pour La Roque, où je devais la rejoindre, en juillet, et où je ne la revis que mourante. Ces derniers jours de vie commune (je parle de ceux de Paris) furent des jours de détente et de trêve; il m'est de quelque consolation de les remémorer, en regard des contestations et des luttes qui formaient, il faut bien le reconnaître, le plus clair de nos rapports. Et même si j'emploie ici le mot « trêve », c'est qu'aucune paix durable entre nous n'était possible; les concessions réciproques qui permettaient un peu de répit ne pouvaient être que provisoires et partaient d'un malentendu consenti. Au reste je ne donnais pas précisément tort à ma mère. Elle était dans son rôle, me semblait-il, alors même qu'elle me tourmentait le plus; à vrai dire je ne concevais pas que toute mère, consciente de son devoir, ne cherchât point à soumettre son fils; mais comme aussi je trouvais tout naturel que le fils n'acceptât point de se laisser réduire, et comme il me semblait qu'il en devait être ainsi, j'en venais à m'étonner lorsque, autour de moi, je rencontrais quelque exemple d'entente parfaite entre parents et enfants, comme celui que m'offraient Paul Laurens et sa mère.

N'est-ce point Pascal qui disait que nous n'aimons jamais des personnes mais seulement des qualités. Je crois que l'on eût pu dire de ma mère que les qualités qu'elle aimait n'étaient point celles que possédaient en fait les personnes sur qui pesait son affection mais bien celles qu'elle leur souhaitait de voir acquérir. Du moins je tâche de m'expliquer ainsi ce continuel travail auquel elle se livrait sur autrui; sur moi particulièrement; et j'en étais à ce point excédé que je ne sais plus trop si mon exaspération n'avait pas à la fin délabré tout l'amour que j'avais pour elle. Elle avait une façon de m'aimer qui parfois m'eût fait la haïr et me mettait les nerfs à vif. Imaginez, vous que j'indigne, imaginez ce que peut devenir une sollicitude sans cesse aux aguets, un conseil ininterrompu, harcelant, portant sur vos actes, sur vos pensées, sur vos dépenses, sur le choix d'une étoffe, d'une lecture, sur le titre d'un livre... Celui des *Nourritures terrestres* ne lui plaisait pas, et comme il était encore temps de le changer, inlassablement elle revenait à la charge.

De misérables questions d'argent, depuis quelques mois, apportaient dans nos rapports une cause d'irritation nouvelle : maman me versait chaque mois la pension qu'elle estimait devoir me suffire — c'est-à-dire, si j'ai bonne mémoire, trois cents francs — dont je consacrais régulièrement les deux tiers à l'achat de musique et de livres. Elle tenait peu prudent de mettre à ma libre disposition la fortune qui me revenait de mon père, fortune dont j'ignorais le montant; et du reste elle gardait de me laisser connaître que ma majorité m'y donnait droit. Qu'on n'aille pas ici se méprendre; nul intérêt personnel ne la guidait en ceci, mais bien uniquement le désir de me protéger contre moi-même, de me maintenir en tutelle, et (c'est là ce qui m'exaspérait le plus) un certain sentiment de sa convenance et, si j'ose dire, de la portion congrue (en l'espèce : de la mienne), sentiment qui la faisait mesurer selon son estimation de mes besoins ce qu'elle jugeait séant qu'il me revînt. Les comptes qu'elle me présenta lorsque j'eus pris conscience de mes droits prétendaient emporter la balance; on a parlé de « l'éloquence des chiffres » : avec maman, chaque addition se faisait plaidoyer; il s'agissait de me prouver que je ne trouverais aucun avantage à changer de régime, que la mensualité qu'elle m'octroyait équivalait ou dépassait les revenus de mon avoir; et, comme toutes les dépenses de notre vie commune, ici figuraient en décompte, il me parut que le moyen de tout concilier était de proposer au contraire de lui payer pension pour le temps que je demeurerais auprès d'elle. Ce fut sur ce tempérament que notre différend s'apaisa.

Mais je l'ai dit, ces quinze jours de vie commune, après un long temps de séparation, furent sans nuages. Et certes, j'y mettais beaucoup du mien, comme si quelque pressentiment nous avait avertis l'un et l'autre que ces jours étaient les derniers que nous avions à passer ensemble, car de son côté maman se montrait plus conciliante que je ne l'avais jamais connue. La joie de me retrouver, moins abîmé qu'elle ne s'était imaginé d'après mes lettres, la désarmait aussi sans doute; je ne sentais plus en elle qu'une mère et me plaisais à me sentir son fils.

Cette vie en commun, que j'avais cessé de croire possible, je recommençai donc de la souhaiter et projetai de passer tout l'été près d'elle, à La Roque où elle me précéderait pour ouvrir la maison, et où il n'était pas impossible qu'Emmanuèle vînt nous rejoindre. Car, et comme pour assurer notre concorde plus parfaite, maman m'avouait enfin qu'elle ne souhaitait rien tant que de me voir épouser celle qu'elle considérait depuis longtemps comme sa bru. Peut-être aussi sentait-elle ses forces diminuer et craignait-elle de me laisser seul.

J'étais à Saint-Nom-la-Bretèche, où je m'attardais auprès de mon ami E. R. en attendant d'aller la rejoindre, lorsqu'une dépêche de Marie, notre vieille bonne, m'appela brusquement. Ma mère venait d'avoir une attaque. J'accourus. Quand je la revis, elle était couchée dans la grande chambre dont j'avais fait mon cabinet de travail les étés précédents, et que d'ordinaire elle occupait de préférence à la sienne lorsqu'elle venait à La Roque pour quelques jours et qu'elle ne rouvrait pas toute la maison. Je crois bien qu'elle me reconnut; mais elle semblait n'avoir plus conscience nette de l'heure, ni du lieu, ni d'elle-même, ni des êtres qui l'entouraient; car elle ne marqua ni surprise de ma venue, ni joie de me revoir. Son visage n'était pas très changé, mais ses regards étaient vagues, et ses traits devenus inexpressifs au point que l'on eût dit que ce corps qu'elle habitait encore, avait cessé de lui appartenir et qu'elle n'en disposait déjà plus. Et cela était si étrange que j'éprouvais plus de stupeur que de pitié. Des oreillers la maintenaient à demi assise; elle avait les bras hors du lit et, sur un grand registre ouvert, elle s'efforçait d'écrire. Cet inquiet besoin d'intervenir, de conseiller, de persuader la fatiguait encore; elle semblait en proie à une pénible agitation intérieure, et le crayon qu'elle avait en main courait sur la feuille de papier blanc, mais sans plus tracer aucun signe; et rien n'était plus douloureux que l'inutilité de ce suprême effort. Je tâchai de lui parler, mais ma voix ne parvenait plus jusqu'à elle; et quand elle essayait de parler je ne pouvais distinguer ses paroles. Désireux qu'elle se reposât, j'enlevai le papier de devant elle, mais sa main continua d'écrire sur les draps. Elle s'assoupit enfin et ses traits, peu à peu, se détendirent; ses mains cessèrent de s'agiter... Et soudain, regardant ces pauvres mains que je venais de voir peiner si désespérément, je les imaginai sur le piano, et l'idée qu'elles avaient naguère appliqué leur maladroit effort à exprimer, elles aussi, un peu de poésie, de musique, de beauté... cette idée m'emplit aussitôt d'une vénération immense, et tombant à genoux au pied du lit, j'enfonçai mon front dans les draps pour y étouffer mes sanglots.

Les chagrins personnels ne sont pas ce qui peut m'arracher des larmes; mon visage alors reste sec, si douloureux que soit mon cœur. C'est que toujours une partie de moi tire en arrière, qui regarde l'autre et se moque, et qui lui dit : « Va donc! tu n'es pas si malheureux que ça! » D'autre part j'ai grande abondance de larmes à répandre s'il s'agit des chagrins d'autrui, que je sens beaucoup plus vivement que les miens propres; mais plutôt encore à propos de n'importe quelle manifestation de beauté, de noblesse, d'abnégation, de dévouement, de reconnaissance, de courage, ou d'un sentiment très naïf, très pur, ou très enfantin; de même toute très vive émotion d'art s'arrose aussitôt de mes pleurs — à la grande stupeur de mes voisins si je suis au musée ou au concert : je me souviens du fou rire qui prit de jeunes Anglaises, au couvent de Saint-Marc, à Florence, à me voir ruisseler devant la grande fresque de l'Angelico; mon ami Ghéon m'accompagnait alors, qui pleurait de conserve; et je consens que le spectacle de nos deux averses pût être en effet très risible. De même, il fut un temps où le nom seul d'Agamemnon ouvrait en moi de secrètes écluses, tant me pénétrait de respect et d'appréhension mythologique la majesté du Roi des rois. De sorte qu'à présent ce n'était pas tant le sentiment de mon deuil qui bouleversait mon âme à ce point (et, pour être sincère, je suis bien forcé d'avouer que ce deuil ne m'attristait guère; ou si l'on veut : je m'attristais de voir souffrir ma mère, mais pas beaucoup de la quitter). Non, ce n'était pas surtout de tristesse que je pleurais, mais d'admiration pour ce cœur qui ne livrait accès jamais à rien de vil, qui ne battait que pour autrui, qui s'offrait incessamment au devoir, non point tant par dévotion que par une inclination naturelle, et avec tant d'humilité, que ma mère eût pu dire avec Malherbe, mais avec combien plus de sincérité : *J'ai toujours tenu ma servitude une offrande si contemptible, qu'à quelque autel que je la porte, ce n'est jamais qu'avec honte et d'une main tremblante.* Surtout j'admirais ce constant effort qu'avait été sa vie, pour se rapprocher un peu plus de tout ce qui lui paraissait aimable, ou qui méritât d'être aimé.

J'étais seul dans cette grande chambre, seul avec elle, assistant au solennel envahissement de la mort, et j'écoutais en moi l'écho des battements inquiets de ce cœur qui ne voulait pas renoncer. Comme il luttait encore! J'avais été témoin déjà d'autres agonies, mais qui ne m'avaient point paru si pathétiques, soit qu'elles me semblassent plus conclusives et achever plus naturellement une vie, soit simplement que je les regardasse avec moins de fixité. Il était certain que maman ne reprendrait pas connaissance, de sorte que je ne me souciai pas d'appeler mes tantes auprès d'elle; j'étais jaloux de rester seul à la veiller. Marie et moi nous l'assistâmes dans ses derniers instants, et lorsque enfin son cœur cessa de battre, je sentis s'abîmer tout mon être dans un gouffre d'amour, de détresse et de liberté.

C'est alors que j'éprouvai la singulière disposition de mon esprit à se laisser griser par le sublime. Je vécus les premiers temps de mon deuil, il me souvient, dans une sorte d'ivresse morale qui m'invitait aux actes les plus inconsidérés, et dont il suffisait qu'ils me parussent nobles pour emporter aussitôt l'assentiment de ma raison et de mon cœur. Je commençai par distribuer à des parents même éloignés, et dont certains avaient à peine connu ma mère, en manière de souvenirs, les menus bijoux et objets qui, lui ayant appartenu, pouvaient avoir pour moi le plus de prix. Par exaltation, par amour, et par étrange soif de dénuement, à l'instant même de m'en saisir, j'aurais donné ma fortune entière; je me serais donné moi-même; le sentiment de ma richesse intérieure me gonflait, m'inspirait une sorte d'abnégation capiteuse. La seule idée d'une réserve m'aurait paru honteuse et je n'accordais plus audience qu'à ce qui me permît de m'admirer. Cette liberté même après laquelle, du vivant de ma mère, je bramais, m'étourdissait comme le vent du large, me suffoquait, peut-être bien me faisait peur. Je me sentais pareil au prisonnier brusquement élargi, pris de vertige, pareil au cerf-volant dont on aurait soudain coupé la corde, à la barque en rupture d'amarre, à l'épave dont le vent et le flot vont jouer.

Il ne restait à quoi me raccrocher, que mon amour pour ma cousine; ma volonté de l'épouser, seule orientait encore ma vie. Certainement je l'aimais; et de cela seul j'étais sûr; même je me sentais l'aimer plus que je ne m'aimais moi-même. Lorsque je demandai sa main, je regardais moins à moi, qu'à elle; surtout j'étais hypnotisé par cet élargissement sans fin où je souhaitais l'entraîner à ma suite, sans souci qu'il fût plein de périls, car je n'admettais pas qu'il y en eût que ma ferveur ne parvînt à vaincre; toute prudence m'eût paru lâche, lâche toute considération du danger.

Nos actes les plus sincères sont aussi les moins calculés; l'explication qu'on en cherche après coup reste vaine. Une fatalité me menait; peut-être aussi le secret besoin de mettre au défi ma nature; car, en Emmanuèle, n'était-ce pas la vertu même que j'aimais? C'était le ciel, que mon insatiable enfer épousait; mais cet enfer je l'omettais à l'instant même : les larmes de mon deuil en avaient éteint tous les feux; j'étais comme ébloui d'azur, et ce que je ne consentais plus à voir avait cessé pour moi d'exister. Je crus que tout entier je pouvais me donner à elle, et le fis sans réserve de rien. A quelque temps de là nous nous fiançâmes.

APPENDICE

A la suite de la publication, dans *La Nouvelle Revue française*, du premier chapitre de ces mémoires, mon cousin Maurice Démarest, mieux renseigné que je ne pouvais être, voulut bien apporter à mon récit quelques retouches. Je transcris donc ici, en guise d'*errata*, la lettre même de mon cousin :

M. Roberty n'a été pour rien dans l'entrée d'Anna Shackleton à la rue de Crosne. Anna est entrée en 1850, 51 ou 52. M. Roberty n'est venu de Nantes à Rouen qu'en 59.

(Je retrouve la date exacte dans une lettre de ma mère.)

Tu imagines les enfants Shackleton précipités d'Écosse sur le continent par quelque revers de fortune. La réalité c'est que M. Shackleton avait été appelé par M. Rowcliffe pour être contremaître dans sa fonderie de la route d'Elbeuf. Les Anglais étaient très en avance sur les Français pour la métallurgie, comme pour la construction des chemins de fer et de leur matériel. La construction et la mise en exploitation du chemin de fer de Paris au Havre avaient amené à Rouen toute une colonie anglaise.

Autre erreur ; celle-là, grossière : D'après toi, ma mère se serait mariée après l'entrée d'Anna dans la famille, et même assez longtemps après. Or ma mère s'est mariée en 1842, et je suis né en 1844. Ta mère, en 1842, avait 9 ans. Tu vois combien peu mon père peut être qualifié de « nouveau beau-frère », dans les années 60 : partant, il est inexact de parler des demoiselles Rondeaux (au pluriel) et de « leur » gouvernante.

Je ne puis que souscrire de tout point à ce que tu dis d'Anna Shackleton. J'y ajouterais encore, si j'en parlais, car j'ai été à même d'apprécier ce qu'elle recelait en son cœur d'aspirations refoulées, de tendresse dérivée. Je m'en suis d'autant mieux rendu compte à mesure que je suis devenu plus âgé et j'y pense encore souvent avec la même tristesse et comme avec une révolte contre l'injustice du sort.

Un dernier point. Tu t'étends sur les débuts d'Anna — alors Miss Anna — dans la famille, débuts dont les conditions étaient celles d'une demi-domesticité. Tu ne marques pas son ascension progressive dans ce que tu appelles la hiérarchie; comment elle a été peu à peu considérée comme faisant partie de la famille et comment elle a fini par y prendre place à côté de ma mère, de la tienne et de ta tante Lucile. Déjà avant le mariage de ta mère, on parlait de « ces demoiselles », sans distinguer. Elles formaient ensemble un même et seul être moral.

P.-Sc. — *Es-tu sûr que ce soit en 1789 que M. Rondeaux de Montbray ait été maire de Rouen, et non plus tard?*

Détail tout à fait insignifiant. Es-tu certain que l'école de Mlle Fleur fût rue de Seine? N'était-elle pas plutôt rue de Vaugirard, entre la rue du Luxembourg et la rue Madame?

DU MÊME AUTEUR

Aux Éditions Gallimard

Poésie

LES POÉSIES D'ANDRÉ WALTER. *En frontispice portrait de l'auteur par Marie Laurencin*

LES CAHIERS ET LES POÉSIES D'ANDRÉ WALTER (« Poésie/Gallimard ». Édition augmentée de fragments inédits du *Journal. Édition de Claude Martin*).

LES NOURRITURES TERRESTRES.

LES NOUVELLES NOURRITURES.

LES NOURRITURES TERRESTRES *suivi de* LES NOUVELLES NOURRITURES (« Folio », *n° 117*).

AMYNTAS (« Folio », *n° 2581*).

Théâtre

LES CAVES DU VATICAN. Sotie (« Folio », *n° 34*).

LES CAVES DU VATICAN. Farce en trois actes et dix-neuf tableaux tirée de la sotie. Édition de 1950.

LE PROMÉTHÉE MAL ENCHAÎNÉ.

PALUDES (« Folio », *n° 436* ; « Foliothèque », *n° 97. Commentaire et dossier réalisés par Jean-Pierre Bertrand).*

SAÜL. Drame en cinq actes. (« Répertoire du Vieux-Colombier »).

LE ROI CANDAULE

ŒDIPE.

PERSÉPHONE.

THÉÂTRE : Saül – Le Roi Candaule – Œdipe – Perséphone – Le Treizième Arbre.

LE PROCÈS en collaboration avec Jean-Louis Barrault d'après le roman de Kafka.

Récits

ISABELLE (« Folio », *n° 144*).

LA TENTATIVE AMOUREUSE OU LE TRAITÉ DU VAIN DÉSIR.

LE RETOUR DE L'ENFANT PRODIGUE *précédé de* LE TRAITÉ DU NARCISSE, *de* LA TENTATIVE AMOUREUSE, *d'*EL HADJ, *de* PHILOCÈTTE *et de* BETHSABÉ (« Folio », *n° 1044*).

LE RETOUR DE l'ENFANT PRODIGUE.

LA SYMPHONIE PASTORALE (« Folio », *n° 18* ; « Folio Plus », *n° 34. Avec un dossier réalisé par Pierre Bourgeois* ; « Foliothèque », *n° 11. Commentaire et dossier réalisés par Marc Dambre*).

LE VOYAGE D'URIEN (« L'Imaginaire », *n° 474*).

L'ÉCOLE DES FEMMES.

L'ÉCOLE DES FEMMES *suivi de* ROBERT *et de* GENEVIÈVE (« Folio », *n° 339*).

ROBERT. Supplément à *L'École des femmes*

GENEVIÈVE..

THÉSÉE (« Folio », *n° 1334*).

LE RAMIER. *Avant-propos de Catherine Gide. Préface de Jean-Claude Perrier. Postface de David H. Walker* (« Folio », *n° 4113*).

Roman

LES FAUX-MONNAYEURS (« Folio », *n° 879* ; « Folio Plus », *n° 26. Avec un dossier réalisé par Michel Domon* ; « Foliothèque », *n° 6. Commentaire et dossier réalisés par Pierre Chartier*

Divers

SOUVENIRS DE LA COUR D'ASSISES.

MORCEAUX CHOISIS.

CORYDON (« Folio », *n° 2235*).

INCIDENCES.

SI LE GRAIN NE MEURT (« Folio », *n° 875* ; « Foliothèque », *n° 125. Commentaire et dossier réalisés par Jean-Michel Wittmann).*

JOURNAL DES FAUX-MONNAYEURS (« L'Imaginaire », *n° 331*).

VOYAGE AU CONGO. Carnets de route. LE RETOUR DU TCHAD. Suite du *Voyage au Congo*. Carnets de route (« Folio », *n° 2731*).

L'AFFAIRE REDUREAU *suivi de* FAITS DIVERS.

LA SÉQUESTRÉE DE POITIERS (« Folio », *n° 977*).

DIVERS : Caractères – Un esprit non prévenu. – Dictées – Lettres.

PAGES DE JOURNAL (1929-1932).

NOUVELLES PAGES DE JOURNAL (1932-1935).

RETOUR DE L'U.R.S.S.

RETOUCHES À MON « RETOUR DE L'U.R.S.S ».

JOURNAL (1889-1939).

DÉCOUVRONS HENRI MICHAUX.

INTERVIEWS IMAGINAIRES.

JOURNAL (1939-1942).

JOURNAL (1942-1949).

AINSI SOIT-IL OU LES JEUX SONT FAITS (« L'Imaginaire », *n° 430. Nouvelle édition réalisée par Martine Sagaert*).

LITTÉRATURE ENGAGÉE. *Textes réunis et présentés par Yvonne Davet.*

ŒUVRES COMPLÈTES (15 volumes).

NE JUGEZ PAS : Souvenirs de la Cour d'Assises – L'Affaire Redureau – La Sequestré de Poitiers.

LA SÉQUESTRÉE DE POITIERS *suivi de* L'AFFAIRE REDUREAU. Nouvelle édition (« Folio », *n° 977*).

DOSTOÏEVSKI. Articles et causeries.

VOYAGE AU CONGO – LE RETOUR DU TCHAD – RETOUR DE L'U.R.S.S. – RETOUCHES À MON « RETOUR DE L'U.R.S.S. » – CARNETS D'ÉGYPTE (« Biblos).

Voir aussi Collectif, LE CENTENAIRE. *Avant-propos de Claude Martin.*

Collectif, ANDRÉ GIDE ET LA TENTATION DE LA MODERNITÉ. Actes du colloque international de Mulhouse (25-27 octobre 2001), *réunis par Robert Kopp et Peter Schnyder* (« Les Cahiers de la *nrf* »).

CD-Rom (en collaboration André Gide Éditions Project/Université de Sheffield) édition génétique des « CAVES DU VATICAN » d'André Gide. *Conçu, élaboré et présenté par Alain Goulet. Réalisation éditoriale par Pascal Mercier.*

Correspondance

CORRESPONDANCE AVEC FRANCIS JAMMES (1893-1938). *Préface et notes de Robert Mallet.*

CORRESPONDANCE AVEC PAUL CLAUDEL (1899-1926). *Préface et notes de Robert Mallet.*

CORRESPONDANCE AVEC PAUL VALÉRY (1890-1942). *Préface et notes de Robert Mallet.*

CORRESPONDANCE AVEC ANDRÉ SUARÈS (1908-1920). *Préface et notes de Sidney D. Braun.*

CORRESPONDANCE AVEC FRANÇOIS MAURIAC (1912-1950). *Introduction et notes de Jacqueline Morton.*

CORRESPONDANCE AVEC ROGER MARTIN DU GARD, I (1913-1934) et II (1935-1951). *Introduction par Jean Delay.*

CORRESPONDANCE AVEC HENRI GHÉON (1897-1944), I et II. *Édition de Jean Tipy ; introduction et notes de Anne-Marie Moulènes et Jean Tipy.*

CORRESPONDANCE AVEC JACQUES-ÉMILE BLANCHE (1892-1939). *Présentation et notes de Georges-Paul Collet.*

CORRESPONDANCE AVEC DOROTHY BUSSY. *Édition de Jean Lambert et notes de Richard Tedeschi.*

I. Juin 1918-décembre 1924.

II. Janvier 1925-novembre 1936.

III. Janvier 1937-janvier 1951.

CORRESPONDANCE AVEC JACQUES COPEAU. *Édition établie et annotée par Jean Claude. Introduction de Claude Sicard.*

I. Décembre 1902-mars 1913.

II. Mars 1913-octobre 1949.

CORRESPONDANCE AVEC JEAN SCHLUMBERGER (1901-1950). *Édition établie par Pascal Mercier et Peter Fawcett.*

CORRESPONDANCE AVEC SA MÈRE (1880-1895). *Édition de Claude Martin. Préface d'Henri Thomas.*

CORRESPONDANCE AVEC VALERY LARBAUD (1905-1938). *Édition et introduction de Françoise Lioure.*

CORRESPONDANCE AVEC JEAN PAULHAN (1918-1951). *Édition établie et annotée par Frédéric Grover et Pierrette Schartenberg-Winter. Préface de Dominique Aury.*

CORRESPONDANCE AVEC JACQUES RIVIÈRE (1909-1925). *Édition établie, présentée et annotée par Pierre Gaulmyn et Alain Rivière.*

CORRESPONDANCE AVEC ÉLIE ALLÉGRET (1886-1896), L'ENFANCE DE L'ART. *Édition établie, présentée et annotée par Daniel Durosay.*

CORRESPONDANCE AVEC ALINE MAYRISCH (1903-1946). *Édition de Pierre Masson et de Cornel Meder, introduction de Pierre Masson.*

CORRESPONDANCES À TROIS VOIX (1888-1920), André Gide, Pierre Louÿs, Paul Valéry. *Édition de Peter Fawcett et Pascal Mercier, préface de Pascal Mercier.*

CORRESPONDANCE AVEC JACQUES SCHIFFRIN (1922-1950). *Édition établie par Alban Cerisier, préface d'André Schiffrin.*

CORRESPONDANCE AVEC MARC ALLÉGRET (1917-1949). *Édition établie par Jean-Claude et Pierre Masson.*

CORRESPONDANCE AVEC MAURICE DENIS (1892-1945). *Édition de Pierre Masson et Carina Schäfer avec la collaboration de Claire Denis.*

Dans la « Bibliothèque de La Pléiade »

JOURNAL, I (1887-1925). *Nouvelle édition établie, présentée et annotée par Éric Marty (1996).*

JOURNAL, II (1926-1950). *Nouvelle édition établie, présentée et annotée par Martine Sagaert (1997).*

ANTHOLOGIE DE LA POÉSIE FRANÇAISE. *Édition d'André Gide.*

ROMANS, RÉCITS ET SOTIES – ŒUVRES LYRIQUES. *Introduction de Maurice Nadeau, notices par Jean-Jacques Thierry et Yvonne Davet.*

ESSAIS CRITIQUES. *Édition présentée, établie et annotée par Pierre Masson.*

SOUVENIRS ET VOYAGES. *Édition de Pierre Masson avec la collaboration de Daniel Durosay et Martine Sagaert.*

Chez d'autres éditeurs

ESSAI SUR MONTAIGNE.

NUMQUID ET TU ?

L'IMMORALISTE (« Folio », *n° 229*).

LA PORTE ÉTROITE (« Folio », *n° 210* ; « Bibliothèque Gallimard », *n° 50*).

PRÉTEXTES.

NOUVEAUX PRÉTEXTES.

OSCAR WILDE. In Mémoriam - De Profundis.

UN ESPRIT NON PRÉVENU.

FEUILLETS D'AUTOMNE (« Folio », *n° 1245*).